KB252274

Jhoon Rhee 자서전

Jhoon Rhee

Grand master

자서전

매일경제신문

잊혀지기를 바라지만 결코 잊을 수 없는 생생한 기억이 있다. 1951년 12월부터 1952년 2월까지 한겨울의 혹한 속에서 강원도 철원의 깊은 산골에서 나는 추위와 배고픔에 시달렸다.

내가 잊고자하는 것은 추위와 배고픔이 아니다. 전쟁터에서 전우와 민간인들이 주검으로 변하는 것을 지켜보면서 죽음의 공포에 시달려야 했다. 지옥 같은 고통이 이어진 그 90일간의 끔찍한 기억이 지금도 잊혀졌으면 하고 바라는 부분이다.

악몽 같은 90일간의 경험 이후 바로 다음달인 그해 3월 간부후보생으로 자원했다. 전쟁 중이던 당시에는 군인은 항상 죽음을 눈앞에 두고 있었다. 최악의 상황이 이어졌다. 그러나 위기는 기회이기도 했다. 다음해인 1953년 7월 23일 포병소위로 임관하기 2주 전에 휴전이 되었다. 전쟁이 좀더 계속되었더라면 나와 동료들은 전장에서 목숨을 잃든가 아니면, 포로가 되어 탄광에서 강제노동을 해야 했을지도 모를 일이다.

여하튼 나는 전쟁의 위험으로부터 새 생명을 부여받은 셈이다. 새로운 도전과 각오로 미국행을 결심했다. 13살 때 익힌 태권도가 길잡이가 되어주었다. 미국에서 대학을 졸업하고 마침내 미국의 심장부라고 할 수 있는 워싱턴의 의사당에서 최초로 태권도 도장을 차리게 되었다. 여기서 40년 가까이 미국의 정치지도자들에게 태권도를 가르친 것이 나의 굳건한 인맥이 되었다. 지금은 전세계적으로 180개국에 태권도가 보급되어 태권도 가족이 6천만 명에 달한다.

올림픽에서 금메달을 따내야 울릴 수 있는 애국가가 180여 개국의 태권도 도장에서 울려 퍼지고 있다. 6천만 태권도인들이 매일 애국가를 듣고 한국의 문화와 엄격한 규범을 익히고 있는 것이다.

노벨상을 수상한 인도의 시인 타고르가 〈동방의 등불〉이라는 시에서 읊었듯이 "일찍이 아시아의 황금 시기에 빛나던 등불의 하나였던 코리아, 그 등불 다시 한번 켜지는 날에 너는 동방의 밝은 빛이 되리라"고 한 것처럼 세계로 퍼진 태권도가 동방의 등불을 밝히는 촛대와 같다고 믿는다.

세계의 태권도 지도자들이 다음 세대의 청소년들에게 태권도와 인성교육을 가르쳐 올바른 인재를 키워 내는 것은 촛대에 불씨를 옮겨 심는 것과 마찬가지다. 타고르가 예언한 '동방의 등불'이 태권도를 통해 세계의 어두운 곳을 밝히리라고 믿어 의심치 않는다. '동방의 등불'을 밝히는 간절한 심정으로 나는 고국의 장래에 대해 애정과 희망과 열정을 가지고 지켜보고 있다.

희망찬 고국의 미래는 우리 모두의 참여를 전제로 한다. 참여는 화합을 필요로 한다. 태권도를 통해서 세계에 울려 퍼지고 있는 우렁찬 애국가와는 사뭇 달리 고국의 분위기와 나라사랑의 마음이 예전 같지 않다는 느낌을 지울 수가 없다. 아마도 사회곳곳에 존재하는 갈등요소들 때문이리라. 특히 세대간의 갈등은 경계해야할 문제로 가정과 사회, 나아가서 국가적인 문제로 발전할 수도 있다. 서로에 대한 인식의 차이는 어느 곳이든 존재하기 마련이다.

세대간의 갈등 중에서 전쟁을 겪은 세대와 전쟁을 겪지 않은 세대 간의 인식차이가 가장 클 것이다. 전쟁을 겪은 세대는 누구나 죽는 날까지 전쟁의 아픈 기억을 안고 살아가기 마련이다.

혹한 속에서 겪은 전쟁, 삶과 죽음의 경계선을 헤맨 90일간의 기억이 평생 지워질 수 없듯이 그 고통을 종식시켜준 연합군과 미군의 도움은 전쟁을 겪었던 세대들에게는 더 없이 고마움으로 다가올 수밖에 없다. 전쟁 후의 폐허 속에서 그들의 경제적 후원은 우리가 다시 일어서는데 결정적인 도움이 되었다.

그러나 전후세대는 민주화운동, 급진적인 산업화의 진행에 따른 빈부격차 심화의 영향으로 기성세대와는 큰 시각 차이를 보이고 있다. 이 같은 세대간의 갈등은 갈수록 골이 깊어지는 것 같다.

지금의 결과를 책임지고 있는 기성세대는 이 같은 세대간의 깊은 갈등과 반목에 대해 마음이 무거워지는 것은 당연한 일이다. 기성세대의 일원으로서 고국의 미래를 이끌고 갈 젊은 세대들에게 정중하게 부탁한다. 전쟁의 상처를 지니고 사는 세대의 입장을 다소나마 이해하고, 그들이 겪었던 전쟁을 사실로 받아들여 달라는 것이다. 그리고 기성세대의 고뇌어린 시각을 나름대로 인정해줘야 한다는 것이다. 인식의 차이는 존재하지만 서로 이해는 해야 한다고 생각하기 때문이다.

인식의 차이는 서로의 상황과 환경을 이해하는 것을 계기로 좁혀질 수도 있다고 생각한다. 젊은 세대들의 민첩하고 섬세한 사고로 기성세대와 그들의 설명을 경청하기만 해도 문제의 상당부분은 풀려나가리라고 믿는다. 젊은 세대들에게 감히 당부하건대, 차이를 인정하고 포용해서 한 단계 더 높은 성숙한 시민사회를 주도해 달라는 것이다.

내가 미국 사회를 발판으로 삼아 태권도의 세계화에 성공했듯이 젊은 세대들도 기성세대를 배척하기보다는 그들을 발판으로 삼고, 나아가서 미국도 발판으로 삼아서 한국을 세계의 빛나는 등불로 밝혀주기를 희망한다. 경원시하고 배척하기 보다는 포용해서 발전적으로 소화해나가자는 뜻이다.

3년 전 나는 방송국PD로부터 자서전 발간을 제안받고 많이 망설였다. 태권도와 관련한 집필이야 당시에 제대로 된 태권도 교본이 없는 실정이라 직업적으로도 할 수 있는 일이었다. 자서전 집필은 다르다고 생각했다. 역사적인 사건과 현존 인물이 등장할 수밖에 없고 그러다보면 나의 기록이 특정인의 마음을 상하게 할 수도 있다는 생각이 든 것이다. 그래서 자서전 저술은 나의 인생 우선순위에서 항상 뒤로 밀려있었다.

그러던 차에 주변 분들이 하루라도 기억이 또렷할 때 기록을 남기라는 권유도 있고 해서 2004년부터 사업가이자 시인인 동생 이전구에게 자료정리를 부탁했다. 둘이서 1년간 지나온 기억들을 더듬고 기록하는 동안 많은 것을 느끼게 되었다. 어떤 일을 생각하면 지금도 웃음이 쏟아지고, 또 걷잡을 수 없는 아쉬움에 회한이 밀려들기도 하고, 잊을 수 없는 고마운 분들을 생각하며 눈시울을 적시기도 했다. 자서전 집필은 글을 정리하는 것과는 별도로 나에게는 아주 소중하고 보람된 시간이었음을 밝혀둔다.

이 책이 나오기까지 수고해주신 국제10021클럽의 김성걸 사무총장과 박기현 실장 그리고 매경출판의 김석규 대표와 남동희 부장을 포함한 임직원분들께도 감사드린다.

李俊九

Jhoon Rhee

목차

머리글 | 4

제1부

성 밖에서 포효하는 호랑이 | 14

은혜를 입었으면 꼭 갚아라 | 28

어머니, 나의 어머니 | 35

미국을 꿈꾸는 소년 | 49

내 인생을 바꾼 태권도 | 59

첫 번째 인생의 위기 - 한국전쟁 | 68

꿈을 향한 첫 걸음을 내딛다 | 81

나는 한국에서 온 준 리입니다 | 93

워싱턴의 작은 거인 | 104

제2부

박보희 씨와의 인연 | 126

새로운 스타일, 준 리 태권도 | 130

준 리의 날 선포 | 139

나의 첫사랑 | 144

나의 첫 번째 결혼 | 151

한순, 그리고 테레사 │157

태권도를 통해 맺은 인연 │173

청도관의 창시자 이원국 관장과의 인연 │189

코리아 게이트와 나 │193

제2의 인생 │199

전두환 대통령의 미국 방문 │209

노태우 대통령의 미 국회 연설 │213

한승수 대사와 인연 │217

이홍구 대사 │221

김창준 미 하원의원 │223

부시 대통령 취임 │227

이회창 총재와의 만남 │230

미국 태권도협회와 국제 태권도연맹의 최홍희 장군 │235

김운용과 태권도 │246

제3부

미국독립기념일의 행사준비위원장 임명 | 278

나의 건강, 나의 행복론 | 284

나의 인생과 골프 인생 | 291

세계를 향한 비전 | 299

공산국가 소련 땅에 태권도를 개척하다 | 309

첫 번째 소련 여행 | 314

두 번째 소련 여행 ① ② ③ | 324 · 347 · 373

세 번째 소련 여행 | 391

네 번째 소련 여행 | 397

다섯 번째 러시아 여행 | 400

여섯 번째 러시아 여행 | 407

등걸에 물을 붙이는 심정으로 | 411

제 1부

"13세 소년의 겁 없는 원대한 꿈은 찰나가 아닌
세계 속에서 큰 열매를 이루게 되었다."

성 밖에서 포효하는 호랑이

내 이름은 이준구. 미국 명 Jhoon Rhee.
미국인들은 나를 Grand Master라고 부른다.

내가 태어난 곳은 대한민국의 충남 아산군 염티면 산양리 193번지,
1932년 1월 7일 생이다. 원래는 한 해 빨리 태어난 1931년 10월 27일
(음력)생인데 호적등록이 늦어져 또래보다 한 살을 덜하게 되었다.

난 태몽도 심상치 않았다. 꿈에 어머니는 아주 높고 단단한 담 안에

서 있었다. 그 때 밖에서 호랑이가 담 벽이 무너지도록 아주 커다란 소리로 포효를 했단다. 그 소리가 얼마나 컸던지 나가서 눈으로 보지는 못했지만 호랑이의 크기가 어느 정도인지 짐작할 수 있을 정도였다고 한다. 그렇게 어머니는 호랑이가 크게 울부짖는 소리를 듣고 꿈에서 깨어났는데 그게 나의 태몽이었다.

훗날 이 태몽을 어른들이 풀이하기를 "호랑이가 담 안이 아닌 밖에서 포효를 했으니 이는 필시 이 땅을 벗어나 더 넓은 땅, 외국에서 이름을 높일 것이 틀림없다"라고 했다. 결국 그 풀이대로 나는 한국이 아닌 미국에서 크게 성공을 했으니 그 태몽이 그대로 들어맞은 것이다. 부모님은 두고두고 이 얘기를 하시며 신기해 했다.

어머니는 내가 태어났을 때부터 꽤 허약한 편이었다고 늘 말씀했다.

"그러던 준구, 네가 커서는 그리도 태권도를 잘해 미국에서 성공을 했으니 내 꿈이 딱 들어맞은 게 아니냐?"

몸 약한 나를 두고 걱정이 끊이질 않았던 어머니는 늘 나를 가졌을 때 꿨던 태몽을 떠올리며 "언젠가 이 애도 남들만큼 건강해져서 태몽처럼 외국 땅에서 이름을 날리는 훌륭한 사람이 될 것이다"라고 혼자서 마음을 위로했다고 한다.

그런 어머니 마음을 더욱 안타깝게 했던 것이 있었다. 어린 나를 한동안 큰아버지 댁으로 보내기로 한 어른들의 결정이었다.

유럽의 귀족들은 자녀를 다른 귀족이나 왕궁으로 보내 어린 시절부터 서로 친분을 쌓고 예절을 배우게 한다고 하는데, 조선왕조(朝鮮王朝) 때도 그와 비슷한 전통이 있었다.

내 아버지 쪽 형제들은 모두 4남 1녀. 큰아버지가 이 성(晟)자 훈(薫)자, 그리고 아버지가 진(晉)자 훈(薫)자, 그 밑으로 고모인 '순원'과 남동생들인 시(時)자 훈(薫)자, 만(晩)자 훈(薫)자 삼촌들이 계셨다. 5살 때 할아버지의 결정에 의해 나는 큰아버지 댁으로 보내졌다. 큰아버지의 아들들은 우리 집으로 왔다. 양가에서 1년 동안 서로의 아이들을 맡아 키우기로 한 것이다. 오늘날의 '교환학생' 프로그램과도 비슷한 셈이다. 어린 나이에 친척집에서 독립심을 기르고 예의를 배우기 위해 만들어진 풍습이라고 한다.

결국 나는 5살이라는 어린 나이에 부모 품을 떨어져 큰아버지 댁으로 보내지게 되었다. 떠나는 날 밤, 어머니는 그냥 아무 말 없이 조용히 내 짐만 챙겨주셨는데 내가 떠난 뒤에야 부엌으로 들어가 눈물을 흘렸다고 한다.

할아버지의 아침 운동 습관이 뚜렷이 남아

어린 나이에 집을 떠난다는 것은 세상에 홀로 내팽개쳐지는 기분이었다. 큰집 대문을 막 들어설 때의 너무나 낯선 느낌에 며칠 밤을 잠 못 이루고 뒤척였던 기억이 아직도 남아있다.

할아버지와 큰아버지는 내가 큰 댁에 있는 동안 엄격하게 나를 가르쳤다. 매일 아침 일어나자마자 두 어른께 무릎 꿇고 한국식으로 큰절을 하며 아침 문안 인사를 올리는 것이 내가 제일 처음 배운 것이었다.

"밤새 안녕히 주무셨습니까?"라는 인사와 함께 큰절을 올리도록 했다. 말끝에는 항상 '네, 할아버지', '네, 큰어머니' 등의 공손한 존대를 썼다. 어른들께서 방안에 들어올 때는 일단 자리에서 일어섰다가 그분들이 앉으신 다음에야 나도 자리에 앉아야 한다는 것을 배웠다. 오늘날의 젊은이들에겐 꿈 같은 얘기일 것이다.

할아버지는 당시 성균관에서 유학을 공부한 유학자였다. 그래서인지 꼿꼿한 선비의 기량(氣量)과 학식 있는 기품이 배어 나왔다. 엄격하시지만 그 안에는 손자에 대한 사랑을 감춘 할아버지를 나는 몹시 존경했다. 지금 이 글을 쓰는 순간에도 그 분이 그립다.

할아버지와 외할아버지는 당시 우리나라 최고학부인 성균관에서 동문수학하시고 한날한시에 박사 벼슬(任命狀別添)을 받았다. 그러면서 "자네는 아들이 있고 나는 딸이 있으니 우리 다음에 사돈하세"하며 결혼을 시킨 것이 나의 아버지와 어머니였다.

외할아버지는 같은 아산군 염티면 송곡리, 지금 충무공 이순신 장군의 현충사가 세워져 있는 동네에 살았다. 그때 아산군에는 단 두 분만이 서울로 유학하며 성균관에서 박사 벼슬을 했다고 한다. 두 할아버지의 문장솜씨는 대단하여 다른 가문에서도 조상들의 비문을 쓸 때는 모두 두 분에게 부탁할 정도였고 이(李) 박사댁, 홍(洪) 박사댁으로 유명했다.

할아버지에 대한 추억 중 가장 인상 깊게 남아있는 것은 새벽마다 보는 할아버지의 뒷모습이었다. 나는 큰집에서 맞는 첫 날밤을 뜬눈으로 지새고 새벽녘에 졸린 눈을 부스스 뜨고 장지문을 열었다. 마당에는 할아버지가 홀로 아침을 맞고 있었다.

아마 새벽 6시쯤이었나 보다. 마루 건너 저쪽에 있는 부엌에선 벌써부터 큰어머니의 밥 짓는 소리가 달그락거리며 들려왔다. 은은한 밥 냄새가 풍겨오는 가운데 마당 한 가운데서 할아버지는 아침 운동을 하고 있었다. 간단한 맨손체조와 스트레칭을 하고 천천히 마당을 밟으며 새벽공기를 마시던 할아버지의 모습은 오랫동안 내 머릿속에 뚜렷하게 각인되었다.

내가 지금까지 새벽운동을 거르지 않는 것 역시 할아버지에 대한 기억에서 비롯된 것이 아닐까? 훗날 내가 고안한 'Jhoon Rhee Daily Dozen', 즉 '준 리 태권도'에서 고안한 12가지 스트레칭 프로그램 역시 예전에 할아버지가 매일 매일 했던 운동과 간단한 요가동작에 그 기초를 두고 있다.

새벽운동을 하루도 거르지 않으며 스스로에게 엄격했던 할아버지는 우리에게도 엄격했다. 도덕적인 자기 수양과 인간의 기본 소양을 갖추는 것에 남다른 신경을 썼다.

그 시절, 나는 오늘날의 유치원과 비슷한 동네 글방에 다녔다. 할아버지는 나를 글방에 보내시면서 매일 집에 돌아오면 글방에서 배운 것을 외우게 하고 따로 공부를 시켰다. 그 시간만큼은 손자를 예뻐하는 할아버지의 모습은 온데간데 없고 글방 훈장님보다 더 무서운 호랑이

할아버지가 되곤 했다. 깜박 졸기라도 할라치면 사정없이 종아리를 맞
았다. 나는 늘 잔뜩 긴장하고 단정하게 무릎을 꿇고 앉아 책을 읽어야
했다.

거짓말하다 엄청나게 혼나

하루는 글방에 갔다가 집에 돌아와 보니 책보에 있어야 할 내 책이
없었다. 아마도 글방이 끝나고 동무들과 노는 중에 어딘가에 떨어뜨렸
던 것 같다. 당장 할아버지께서 물어볼 일이 겁난 나는 잔뜩 고민에
빠졌다. 무거운 발걸음을 끌고 천리 같은 길을 되돌아오는데 할아버지
께서 당장에 나를 사랑채로 불러 들였다.

"할아버지, 저 준구입니다. 부르셨어요?"

"오냐. 너 글방에서 배우는 책 좀 꺼내 보거라."

순간 눈앞이 깜깜해지면서 나는 이 상황을 어떻게 피할지 묘안을 짜
내려고 애를 썼다.

"저기, 저… 책을 글방 친구에게 빌려줬습니다."

"책을 빌려줘?"

"네."

"그게 참말이냐?"

"네? 네. 저기 제 동무 중에…."

"준구, 네 이노옴!"

어렵사리 머리를 짜내 거짓말을 하는 내 머리 위로 할아버지의 불호

령이 떨어졌다. 너무 놀라서 움츠러든 내 무릎 위로 할아버지는 자리 밑에서 뭔가를 꺼내어 던졌다. 들여다보니 내가 잃어버렸던 책이었다.

“준구, 이 놈! 네가 지금 뉘 앞에서 거짓말을 하느냐!”

내 생애에 첫 번째 거짓말은 몇 분도 채 못 가서 발각되고 말았다.

생전 처음 보는 무서운 얼굴로 할아버지는 나를 꾸중하셨다.

“준구 네가 벌을 받아야 하는 이유는 두 가지다. 첫째는 네 부주의로 귀한 책을 잃어버린 것이고 두 번째는 거짓말을 한 죄다. 알겠느냐?”

그때 비록 5살 밖에 되지 않았지만 나는 그 순간 떼를 쓰거나 울음을 터뜨려 상황을 모면하겠다는 잔꾀는 쓰지 않았다. 차근차근 엄하게 내 잘못을 짚어주는 할아버지 앞에서 내가 얼마나 큰 잘못을 했는지 알았기에 어린 마음이었지만 스스로에 대한 자책감이 더 크게 다가왔다. 그래서였을까. 할아버지께 벌을 받을 때, 나는 아이들이 흔히 가질 수 있는 반항심 같은 것이 생기지 않았던 것 같다.

회초리를 내린 후에야 할아버지는 나를 앉혀두고 부드럽게 말씀하셨다.

“애야, 너는 아직 모르겠지만 네가 거짓말을 할 때나 남의 것을 훔쳤을 때 언제나 하느님께서 네 잘못을 다 보고 계신단다. 또 네가 착한 일을 할 때도 항상 너를 보고 계시지. 그러니 언제 어디서나 행동을 조심하고 바르게 살아야 하는 게다. 내 말 무슨 뜻인지 알겠느냐?”

“네, 할아버지.”

그날 할아버지의 말씀은 두고두고 내 인생의 방향을 잡아나가는 데 중요한 역할을 했다.

사람은 누구나 속으로 옳지 못한 생각을 한다. 하지만 그 모든 것을 하느님은 보고 계신다는 것을 생각하면 그런 생각을 행동으로 옮기지 않고 양심적으로 커나가게 되는 것이다. 할아버지의 말씀은 동·서양의 전통과 현대의 가장 기본적인 삶의 가르침이었다. 내가 잘못된 길로 가려할 때 나를 바로잡아 주었다.

어린 시절, 할아버지의 가르침은 내 성격을 형성하며 나 '이준구' 를 만들어 나가는 데 큰 영향을 미쳤다. 그 시절이 내 인생의 가장 중요한 순간이었음을 지금도 확신한다.

드디어 어머니 품으로

처음 약속대로 나는 꼬박 1년을 큰댁에서 보냈다. 처음에야 집이 그리워 잠도 오지 않았지만 사촌형제들과 어울려 지내다보니 그럭저럭 적응이 됐다. 또래 아이답게 낯선 곳에서 느끼는 즐거움에 푹 빠져 있었다.

하루는 할아버지가 나를 사랑채로 불렀다. '오늘은 내가 또 무슨 장난을 쳤던가?', '혼이 많이 날까?' 걱정하며 조심조심 들어갔는데 할아버지는 별 말씀 없이 그냥 내게 편히 앉으라고만 했다.

"준구야."

"네, 할아버지."

"너, 집에 가고 싶지 않으냐?"

뜻밖의 말이었다. 집이라니! 1년이 다 되도록 집에 가보지 못했던 나는 느닷없는 얘기에 귀가 번쩍 틔었다.

"네 어미가 너 돌아올 날만 기다린단다. 너도 이제 소학교에 들어갈 나이가 됐으니 집에 돌아가서 학교 갈 준비를 해야지."

"정말요?"

나는 잔뜩 신이 나서 소리쳤다! 그날 밤, 나는 도통 잠을 이룰 수가 없었다. 그토록 그리워했던 어머니를 다시 본다니….

당시 큰댁인 아산에서 우리 집이 있는 수원까지 거리는 200리(50마일)정도 떨어져 있었다. 오늘날에야 자동차로 가면 불과 한 시간 남짓밖에 걸리지 않지만 - 70여 년의 세월이 그렇게 세상을 바꿔 놓은 것이다 - 당시만 해도 어린 아이가 감히 엄두를 낼 수 없는 먼 곳이었다.

큰댁에 보내진 후 5살의 어린 나는 애당초 집에 가보기를 포기하고 있었던 것 같다. 아예 마음으로 포기하고 나니 집에 대한 생각도 덜하고 큰댁에서 편히 생활할 수 있었던 것이다.

그러나 다시 집에 돌아갈 수 있다는 말을 듣자 그때부터 내 심장은 걷잡을 수 없이 뛰기 시작했다. 1년을 보지 못했던 누나들, 아버지, 그리고 어머니. 다른 사람 얼굴은 가물가물해도 어머니 얼굴만큼은 좀처럼 잊혀지지 않았다. 혼자 뒤꼍에서 어머니 얼굴을 땅에 그리며 시간을 보낼 때도 있었다. 그랬던 어머니를 다시 만난다니!

어머니가 나를 데리러 오시기로 한 날.

나는 평소와 달리 아침 일찍 눈이 떠졌다. 밖엔 아직 해도 뜨지 않아 어두컴컴했다. 잠도 오지 않을 만큼 어린 나의 마음은 어머니를 다시 본다는 생각에 흥분되고 행복했었다.

연신 부엌을 들여다보며 큰어머니를 졸라 일찌감치 아침을 먹고 나는 길로 나섰다. 언제쯤이 돼야 저 멀리서 어머니 모습이 보일까? 혼자 길바닥에 앉아 하늘의 구름을 보며 이런저런 공상도 하고 혼자 돌을 주워 공기놀이도 해봤다. 나무 꼬챙이를 가져다가 쓱쓱 의미 없는 낙서를 흙바닥에 그려가며 한참을 그렇게 길에서 시간을 보냈다.

얼마나 지났을까? 큰어머니가 점심을 먹으라며 나를 찾았다. 밥을 먹는 사이 어머니가 오실까 봐 나는 안절부절 못 하며 점심을 먹고 곧바로 뛰쳐나왔다. 하지만 어머니의 모습은커녕, 지나가는 사람 하나 없이 길은 한산했다.

우리 집이 있는 수원에서 큰댁까지 오려면 장항선 기차를 타고 온양온천역 다음 역인 신창역에서 내려 2.5km 거리를 걸어가야 하는데 들판 가운데에 있는 갯고랑을 나룻배로 건넌 후 다시 논길을 걸어야 했다. 오지 않는 어머니를 기다린 지 몇 시간이 됐을까….

길 저 끝에서 어머니의 모습이 보였다. 재빠르게 엉덩이를 털고 일어난 나는 한달음에 달려가서 어머니의 팔에 매달렸다. 그때! 얘가 왜 이래 하면서 갑자기 어머니가 나를 밀쳐냈다. 너무 당황해서 올려다보니 우리 어머니가 아니라 낯선 아주머니였다. 그제야 나는 울음을 터뜨렸다.

그리고 나서 한 10분쯤 흘렀을까. 어머니 같은 한 여자가 저쪽에서 걸어오고 있었다. 하지만 나는 좀전과 같은 실수를 또 되풀이하게 될까봐 겁이 나서 곧바로 달려갈 수 없었다. 그러자 이번에는 그 쪽에서 나에게 달려왔다. 진짜 내 어머니였다.

그제야 나는 어머니를 알아보고 마주 뛰어가 안겼다. 1년이 지났어도 여전히 익숙한 그리고 따스한 그 품에 안겼을 때 다시금 눈물이 터져 나왔다. 이번엔 안도와 반가움의 눈물이었다.

두 모자가 길에서 얼싸안고 눈물을 흘리며 상봉 의식을 치룬 다음에 나는 다시 기운을 회복했다. 1년 동안 제법 자란 키와 힘 자랑을 하기 위해 어머니의 보따리를 받아들고 앞장서서 어깨를 으쓱거리며 큰댁으로 향했다. 너무나 행복해서 다른 것은 생각나지 않았다.

어머니와 며칠을 큰집에서 보내고 나는 다시 수원 집으로 돌아왔다. 오랜만에 돌아온 집에서 나를 맞아주는 누나들(이 때는 두 누나만 있었다)의 요란에 왠지 내가 개선장군이라도 된 듯한 느낌이었다.

우리 형제는 모두 5남매다. 위로 누나 둘이 있고 가운데가 나, 그리고 내 밑에는 누이동생과 남동생이 있다. 각각 남구(南九), 안구(安九), 준구(俊九), 온구(溫九), 전구(典九) 이렇게 '구(九 아홉 구)' 자 돌림으로 이름을 지었는데 나나 내 밑 남동생 전구 같은 경우에는 남자니까 특별히 이름에 불만을 갖지 않았지만 위·아래 여자형제들은 제 이름에 투덜대던 생각이 난다.

"할아버지는 너무해. 여자 이름이 이게 뭐람!"

외국과는 달리 집안에서 돌림자를 따라 이름을 짓는 전통에 희생된 누나들은 소녀시절 내내 입이 부루퉁하게 나와 할아버지를 슬쩍 원망하곤 했다.

전주(全州) 이씨(李氏)들은 '九' 자 돌림 이름이 무척 많다. 족보 자랑하기가 민망스럽지만 조선(朝鮮)왕조 4대왕이신 훌륭한 세종대왕을 19대 할아버지로 두었고, 성종(成宗)대왕이 16대 할아버지며, 그 분의 10번째 왕자인 경명군(景明君)의 15대 손이라고 가문(家門)에 대한 교육 또한 철저했던 할아버지는 딸들까지도 돌림자를 이름에 붙였다.

나는 맏이인 남구 누나와는 나이 차가 크게 났다. 7살 터울의 남구 누나는 어머니가 밭에 나가시면 항상 나를 등에 업고 안구 누나를 봐줘야 했다. 그러다 내가 2살 때인가는 나를 업다가 문지방에 걸려 넘어지면서 떨어뜨려 집안 어른들에게 두고두고 혼이 났다.

친했던 둘째 누나와 많이 싸웠던 기억도

나와 제일 친했던 둘째 안구 누나. 바로 손위 누이다 보니 어릴 때부터 어울려 지내면서 싸우기도 꽤나 많이 싸웠던 기억이 난다. 싸우다가 화가 날라치면 나는 안구 누나에게 "너는 이담에 내가 세계에서 제일 바보 남편을 얻어 줄거야!"라고 약을 올리곤 했다. 누나가 화를 못 참고 울어버리면 혀를 길게 내밀고 약 올리며 도망치다 어머니께 붙잡혀 혼도 많이 났다. 그때 그렇게 누나를 놀렸던 게 어린 시절엔 왠지 마음에 걸려 진짜 내 어릴 적 얘기처럼 세상에서 제일 못난 남편을 얻어 가면 어쩌나 걱정도 했다. 다행히 안구 누나는 똑똑하고 사람 좋은 매부(妹夫) 이재오를 만나 당진에서 지금도 잘 살고 있다.

이렇게 어릴 적 같이 어울려 놀고 싸우며 든 정(情)이 커서 지금도 안구 누나와 제일 사이가 좋다. 어쩌다 내가 한국에 오면 누나는 그날 바로 버스를 타고 시골 당진에서 올라오곤 한다. 자주 만나진 못해도 우린 너무 사이가 좋고 재미있다.

안구 누나를 제외한 다른 형제들은 지금 다들 미국에 와 있다. 1971년에 어머니를 미국으로 모시면서 막내 동생 전구가 함께 미국으로 이민 온 것이 시작이었다. 2년 후에는 큰누나 남구와 큰 매형인 송기헌과 재성, 경숙, 재홍, 경민 4남매 6식구가 함께 왔고, 또 2년 후에는 누이동생 온구가 남편 전태섭과 양원, 양인, 혜영 5식구와 같이 미국으로 이민을 왔다. 1954년에는 내가 관훈동에서 학교를 다니게 했으며 태권도를 시작하게 했던 넷째 작은 아버지의 큰아들인 서구가 서울대를 졸업하고 카톨릭 유니버시티에 유학을 왔다. 둘째 동생 선구 역시 서울대를 졸업하고 태권도 사범으로 초청하여 지금은 나의 큰아들 지미와 함께 태권도 안전기구 공장을 맡아 운영하고 있다. 셋째 작은 아버지의 큰딸인 춘구와 둘째딸 인숙이도 초청하여 각각 변호사와 콜롬비아대학의 교수인 남편과 잘 살고 있다.

나의 사촌 동생인 이서구(李瑞九) 박사는 지난 1995년 3월에 삼성그룹 창업자인 이병철 회장의 호암 재단에서 수여한 '호암 과학상'을 받은 생명공학자로 미국 N. I. H(National Institution of Health) 국립건강연구소에서도 인정하는 과학자이다. 그의 PLC 효소에 관한 연구 논문은

1989년 미국 「사이언스」지에 실릴 정도로 국제적으로 인정을 받고 있으며 몇 년째 노벨 과학상의 후보자로 거론되기도 했다.

그렇게 한두 명씩 초청하기 시작한 게 이제는 미국에만 우리 일가가 100여 명이 넘을 정도로 대 식구가 되었다. 내가 어머니와 형제들을 하나 둘 씩 미국으로 초청한 것은 아버지가 돌아가신 후부터였다.

은혜를 입었으면 꼭 갚아라

미국으로 초청한 친척 중에 '조용철'이라는 동생이 있다. 우리 아버지가 1933년에 아산에서 수원으로 이사를 오게 된 동기는 조용철의 할아버지가 경영했던 '홍산 주식회사'에 취직이 되어서였다. 모든 면에서 틀림없고 정확했던 아버지께서 회사 업무를 보시며 많은 인정과 신임을 받았던 모양이다.

당시 그 회사에는 아버지보다 3살 아래인 조용철의 아버지와 5살 아래 작은 아버지, 이렇게 그 할아버지의 두 아들이 있었는데 두 사람 모두 공부를 하기 싫어해 부모님으로부터 인정을 받지 못했던 모양이다. 자연히 나의 아버지가 많은 귀여움을 받았던 것이다. "진훈(나의 아버지)이 같은 자식이 있었으면 얼마나 좋을까"하고 한탄을 많이 했단다.

이런 연유로 용철의 할아버지는 아버지에게 일생의 은인이었다. 해방 후 할아버지께서 돌아가신 그 해(1950년) 6·25 전쟁이 터져 회사는 폭격으로 인해 몽땅 불에 타서 망해 버리고 그 많던 부동산을 두 아들이 하나씩 둘씩 다 탕진했다. 자연히 용철이와 용철이 형인 용희, 두 아들은 무척 고생을 했으며 용철이는 고학(苦學)을 하면서 고등학교를 졸업했다.

그 용철이가 미국에 무척 오고 싶어해 나의 어머니에게 많이 졸라댔던 것이다. 어머니께서 말씀하시기를 "너희가 이만큼 성공해서 잘 살게 된 것은 모두 용철이 할아버지께서 아버지에게 베풀어주신 은혜 때문이니 무슨 일이 있어도 용철이를 초청해 주어라"하고 단호하게 엄명을 내렸다.

용철이도 군대에서 태권도를 배워 검은 띠를 획득했다니 영어공부도 열심히 하고 태권도도 열심히 하라는 편지를 하고 초청장과 노동계약서를 함께 보냈다. 수속한 지 2년만인 1977년에 미국으로 왔다. 그는 지금 3남매 모두 좋은 대학을 졸업시키고 세탁소와 세차장을 경영하면서 Great Fall 버지니아에 대궐 같은 집을 사서 잘 살고 있다. 물론 그와 친형제 같이 지내고 있다.

근사록(勤思錄)에 이르기를 '아유공어인(我有功於人)은 불가념(不可念)

이로되 이과측(而過則) 불가불념(不可不念)이요. 인유은어아(人有恩於我)는 불가망(不可忘)이로되 이원즉(而怨則) 불가불망(不可不忘)이니라' 라는 말이 있다.

'내가 남에게 베푼 공덕은 마음에 새겨 두지 말고, 내가 남에게 잘못한 것은 마음에 새겨 두어야 함이요. 남이 나에게 베푼 은혜는 가히 잊지 말되, 남이 나에게 끼친 원망은 잊어야 하는 것이니라.' 참으로 독자들과 함께 항상 교훈으로 삼아야 할 말인 것 같다.

어머니는 용철이를 크게 도와준 것은 없지만 그의 가족을 초청하여 아버지가 받은 은혜를 자식대에서 나마 갚았다는 안도감에 이제야 마음이 편하다고 말씀하셨다.

아버지의 용돈에 붕뜨는 행복감

아버지는 1966년, 59세에 위병으로 돌아가셨다. 내가 한참 미국 워싱턴에서 성공가도를 달릴 때였다. 당시 비자 문제로 미국에서 바로 돌아오지 못했던 나는 결국 아버지의 장례식에도 참석할 수 없었다. 1년 후, 대상(大喪) 때에야 한국에 들어와 못난 자식의 불효함을 눈물로 쏟아냈다.

1967년 당시, 한국을 방문했을 때 국내에서는 내가 미국 워싱턴에서 국회의원들을 가르치는 태권도 사범으로 유명하다는 얘기가 알려졌다. 정부에서 공항까지 운전사가 모는 큰 차로 마중을 나왔다. 그 차를 타고 동네에 들어서니 동네 사람들과 어머니, 그리고 집안 식구들이 '준구가 미국에서 크게 성공을 해서 대통령이 차를 내 주었다' 며 흐뭇해했다. 만약 아버지께서 살아 계셨다면 그 모습을 보고 얼마나 좋아하셨을까….

못난 이 아들은 살아생전 못 다한 효도를 아버지 사후(死後)에도 제대로 하지 못했다. 아버지…. 아버지의 임종을 지키지 못한 것이 아직까지도 내 가슴에 큰 아픔으로 남아있다.

내가 어린 시절 아버지는 시골에서 중학교를 졸업하고 수원으로 올라와 회사 생활을 하고 있었다. 형편이 아주 쪼들리지는 않았지만 워낙 대식구다 보니 특별히 넉넉할 수도 없었다. 대식구를 이끄는 아버지는 그 짐의 무게만큼이나 말이 없고 무뚝뚝했다. 그러다 보니 아버지에게 우리는 마음놓고 어리광을 부리기가 어색했다. 물론 언제나 듬직한 아버지를 존경하고 순종했지만 어머니에게 하는 것처럼 편하고 애틋한 정은 없었던 듯 하다.

하지만 그런 내 마음이 바뀌게 된 계기가 있었다. 소학교 2학년이 된 어느 날, 나는 문득 하교 길에 아버지의 사무실을 찾아갔다. 평소라면 '절대 아버지 일하시는데 방해하지 말라' 는 어머니의 신신당부처럼 감히 생각도 못했을 텐데 그날은 웬일인지 아버지가 일하는 곳에 가보고 싶었다.

조심스레 사무실 문을 열고 "아버지~" 하고 불렀다. 약간 놀란 표정의 아버지는, 그러나 곧 평소처럼 무뚝뚝한 얼굴로 돌아가 사무실의 동료들에게 간단히 '얘가 내 큰아들 준구' 라고 인사를 시켰다. 아저씨들께 인사를 드리고 머뭇머뭇 사무실을 나오는데 뒤따라 나온 아버지가 나를 불러 세우더니 약간의 돈을 주시는 것이었다.

"아버지, 이걸로 뭐 사올까요?"

"아니, 그거 가지고 너 사탕이나 사 먹거라."

심부름을 시키는 줄 알았는데 아버지가 나에게 용돈을 주신 것이다! 순간 나는 아버지의 말을 믿을 수가 없었다. 언제나 내게 용돈을 준 분은 어머니 아니면 친척들이었지 아버지로부터 직접 용돈을 받은 적은 거의 없었기 때문이다.

깜짝 놀란 나와 어색해 하는 아버지. 두 부자(父子)는 잠시 우스꽝스럽게 어색한 눈빛을 하고 서로를 쳐다보다가 내가 어색하게 꾸벅 인사를 하고 돌아 나오는 것으로 잠깐의 방문은 끝났다.

아버지의 사무실을 나오면서 나는 몸이 붕 뜨는 듯한 행복감을 느꼈다. 그 전까지 아버지는 특별히 우리들에게 애정을 표현한 적이 별로 없었기 때문이다. 하지만 그 순간 난 아버지의 마음속에 깊이 감추어진 우리들에 대한 사랑을 느낄 수 있었다. 나는 알았다. 비록 우리는 알지 못하더라도 아버지는 우리 형제들을 마음 속 깊이 사랑한다는 걸. 단지 가부장제 안에서 대 식구를 이끌어가느라 엄격해지고 무뚝뚝한 성격 때문에 속정을 다 표현하지 못했을 뿐이었다. 그리고 어쨌거나 나에게 있어 아버지는 매우 중요하고 소중한 분인 것이다.

그날 나는 집에 돌아오면서 아버지가 주신 돈으로 사탕을 사 먹는 대신 평소 아버지가 즐겨 드시는 된장국에 넣을 조개를 한 봉지 사들고 돌아왔다. 부엌에 들어서자 어머니는 내가 내민 봉지 속의 조개를 보고 깜짝 놀라셨다.

"아니, 준구야. 이건 웬 거냐?"

"아버지가 용돈 주셨는데 그걸로 사왔어요. 어머니 이따가 저녁 때 아버지가 좋아하시는 조갯국 끓이세요."

어머니는 아무 말도 없이 내 얼굴을 잠시 바라보더니 만면(滿面)에 미소를 지으며 내 머리를 쓰다듬으셨다.

그 사건 이후 내 안에 있던 아버지에 대한 어려움은 사라졌고 나는 아버지를 좀더 편하게 대할 수 있었다. 성장하면서 내가 느낀 아버지는 내가 생각했던 것보다 훨씬 감정이 풍부하고 유머가 있었다.

훗날 내가 미국에 간 다음 아버지는 경기도청 운수부 일을 하다가 4·19 이후 '허정 과도정부'가 끝나고 윤보선 대통령 시절, 1960년 12월 19일에 수원시 의회의원에 당선이 되어 시(市) 의장까지 지냈다.

하지만 당신의 능력을 한껏 펼치려던 시 의장 감투는 그리 오래가지 못했다. 박정희 군사 정권으로 바뀌면서 5개월만에 아버지는 시 의장 자리에서 물러난 것이다.

나중에 어머니의 말씀에 따르면 시 의장 자리를 물러난 뒤 아버지는 자조(自嘲)적인 농담으로 이모부에게 "아, 어쩌다 내가 감투를 한 번 썼는데 그게 대통령이 한 번 바뀌니 훌렁 벗겨져 버리데"라고 말했다고 한다.

충청도 출신인 아버지는 알게 모르게 잔잔한 유머기질을 가지고 있었다. 홀로 고군분투하며 시 의장 자리까지 올랐으나 150일 천하로 끝나 버린 뒤 씁쓸한 마음을 그렇게 농담처럼 풀어버리곤 했다.

남다른 포부를 가지고 있었지만 그 꿈을 다 풀어내 보지 못했던 아버지는 내가 미국에서 성공을 한 것에 자부심을 느꼈다고 한다. 특히 1962년 6월 28일 워싱턴에서 태권도장 개관식을 황재경 목사의 '미국의 소리 방송'으로 중계한다는 소식을 듣고는 좋아서 어쩔 줄 몰라 하셨다. 그렇게 연일 좋은 소식들이 전해지자 병석에 누워서도 참으로 기뻐하셨단다. 그런 아버지를 미국에 한번 모시지도 못하고 임종도 지키지 못한 것이 내 가슴 안에 아직까지도 채 지워지지 않은 아쉬움으로 남아있다.

어머니에 대한 내 첫 번째 기억은 아주 어린 시절, 난데없이 겪은 사고에서부터 시작된다. 내가 두 살 때였던가. 나와 나이 차이가 많이 나는 큰누나는 농사일로 바쁜 어머니를 대신해 나를 많이 업어 키웠다고 한다.

하루는 문지방을 넘다가 발이 걸려서 등에 업혀있던 두 살배기 아기였던 나를 문턱에 떨어뜨리고 말았다. 어린아이 뼈가 무슨 힘이 있겠는가. 그만 뼈가 부러져 온 집안이 발칵 뒤집혔다. 허벅지 뼈가 부러져 자칫 잘못하면 평생 다리를 절어야 할지도 모른다는 동네 의원의 말에 집안 어른들 모두 낙심했다.

그 중에서도 내리 딸 둘을 낳고 늦게 본 아들이 다친 것에 어머니 마음이 제일 심란했을 것이다. 아픔도 제대로 표현하지 못하고 그저 빽빽 울어대는 어린 나를 어르면서 그 마음이 오죽했을까.

죄스러운 마음에 시댁 어른 뵐 낯이 없어 연신 어른들 눈치만 보며 부러진 내 다리를 쓰다듬으면서 어머니의 속은 천 갈래 만 갈래로 찢어졌을 것이다.

그런데 엎친 데 덮친 격으로 내가 다치고 이틀인가 지나서 외할아버지께서 돌아가셨다는 비보(悲報)가 전해졌다. 어머니는 그 와중에도 내가 먼저 생각나셨나 보다. 외할아버지의 장례를 치르러 가면서도 나를 데리고 가겠다고 하셨다.

"네가 아주 준구를 잡으려고 그러는구나!"

"시어른들이 뻔히 눈을 뜨고 있는데 어디 그 먼 데까지 다친 애를, 그것도 우리 장손이 아니더냐. 어딜 데려가려고!"

엊그제 다리뼈가 부러진 어린 나를 초상이 난 친정에 데려가겠다고 나선 어머니에게 할아버지를 위시한 어른들이 불호령을 내렸음은 물론이다.

그러나 어디서 그런 용기가 났는지 시어른들의 노성(怒聲)도 무시하고 어머니는 나를 등에 업고 외가를 향해 떠났다고 한다. 세간에 떠도는 비방(秘方) 중에 죽은 시신(屍身)의 손을 끌어다가 아픈 부위를 문지르면 신기하게 낫는다는 얘기를 어디서 듣고는 돌아가신 친정아버지

손으로 다친 내 다리를 고쳐보고자 새벽길을 떠났던 것이다.

외가에 도착하자 슬픔 반, 반가움 반으로 어머니를 맞이하는 친정식구들도 본체만체하고 어머니는 냅다 외할아버지의 시신이 누워있는 안방 문을 열었다. 부패가 되기 직전의 비릿한 냄새를 꾹 참고 돌아가신 아버지의 차디찬 손을 끌어당겨 내 부러진 다리를 연신 문지르던 어머니.

돌아가신 아버지께 연신 죄송하다는 말을 되뇌이며 '아버지, 우리 준구 좀 살려주세요, 살려주세요' 라고 빌었다고 한다. 눈물을 뚝뚝 흘리면서 몇 번이고 두 손 모아 합장을 올리면서 어머니는 그렇게 밤새 내 다리를 고쳐보려 차갑게 식은 외할아버지의 손을 붙들고 있었다고 한다.

그 덕일까? 얼마 후 신기하게도 내 다리는 말끔히 붙었다. 왕진을 위해 아버지가 시내에서 데려온 의원조차도 감탄할 만큼 말끔히 붙은 다리로 나는 학교를 다니고 태권도까지 배워 옆차기를 할 수 있었다. 또 그 태권도로 미국 땅까지 와서 이렇게 태권도의 아버지, 'Grand Master Jhoon Rhee' 로 불리고 있다는 사실을 믿을 수가 없다. 그것은 바로 절대적인 어머니의 사랑 덕분이었다.

서로를 도와주는 정

내 기억 속에 우리 집은 언제나 사람들로 바글거렸다. 우리 5남매만으로도 집안에 매일 사고가 끊이질 않았다. 그런데다 공부를 하러 시골에서 올라온 사촌, 육촌, 팔촌 형제들과 철따라 들리는 집안 어른들까지 보통 10명이 넘는 남의 식구들이 함께 생활을 했으니 끼니때마다 밥을 짓는 것도 보통 일이 아니었다. 특히 수원으로 유학을 온 사촌, 육촌들은 공부가 끝날 때까지 2~3년은 기본으로 숙식을 했다. 일 도와주는 아주머니도 두지 않고 그 큰살림을 해내신 어머니를 생각하면 요즘의 주부들이 내뱉는 불평 같은 건 감히 생각도 할 수 없는 것이다.

그렇게 엄청난 살림을 꾸려가면서도 어머니는 불평 한 번, 짜증 한 번 내지 않고 언제나 사랑으로 감싸 안았다.

"부모가 그리울 텐데 객지에서 공부 잘 하는 애들이 얼마나 기특하냐? 나는 너희들이 다 내 자식 같다."

그런 덕분일까? 어머니의 후손들은 머나먼 미국 땅에 와서도 제각기 자리를 잡아 잘 살고 있으니. 어머니의 노고를 아는 친척들은 지금도 "너희 어머니가 쌓은 은공에 자손들이 덕을 본다"라고 말씀하신다.

어머니가 베푼 정을 받은 친척들은 어떻게든 보답을 하려했다. 나만해도 소학교 졸업 후 중·고등학교를 서울 작은 아버지 댁에서 보내지 않았던가. 그렇게 서로를 도와주고 정을 나누는 한국식 유대관계는 개인 이기주의가 팽배한 서구문화에서는 찾아보기 힘든 것이다. 그래서 한국인의 성정(性情)을 차지하는 가장 큰 부분을 바로 '정(情)'이라고 하는 지도 모르겠다.

정(情) - 영어단어로 표현하기가 가장 애매한 단어가 아닐까? 그것은 오랜 세월을 서로 부대끼고 살아온 한국인들의 마음속에 우리네 된장처럼 오래 묵은 감정의 첫 마디이다.

어머니는 그 사랑만큼이나 나를 강하게 키웠다. 집안을 이어갈 장손이라는 것도 한 몫을 했겠지만 모름지기 한 집안을 책임질 남자는 강해야 한다는 것이 어머니의 지론이었다. 생각해 보면 내가 태권도의 길을 들어서게 된 것도 어머니 때문이다.

순사 딸과의 사건이 앞길 정하는 데 큰 몫

내가 6살 때, 동네에 자주 들리던 엿장수 아저씨는 고무신이나 빈병, 부러진 수저 등을 가지고 가면 그 무게를 달아 엿을 잘라주었다. 끼니 외엔 딱히 입을 달래 줄 간식거리가 없던 시절에 달콤하고 입에 쩍쩍 달라붙는 엿은 우리에겐 최고의 간식이었다.

그 날도 구멍나고 낡은 어머니 고무신을 들고 나가 엿으로 바꿔 오는데 이웃에 사는 순덕이라는 여자아이를 만났다. 나보다 한 살 어린 5살이었는데 다짜고짜 내 손에 들린 엿가락을 빼앗아 가는 것이었다. 마음 같아서는 당장에 머리를 한 대 쥐어박고 싶었다. 하지만 순덕이 아버지가 우리들이 가장 무서워하던 '순사' 라는 것을 알기에 선뜻 손을 내밀지 못하고 머뭇거릴 수밖에 없었다. 그래도 빼앗긴 엿에 대한 미련이 컸는지 그 무서운 '순사 딸' 에게서 다시 엿을 뺏었다. 그런데 갑자기 순덕이가 내 뺨을 철썩 때리더니 다시 엿을 뺏어 들고는 제 집으로 도망가 버리는 것이 아닌가!

일제 시대에 호랑이보다 무섭다던 순사 집에 들어가 뺏긴 엿을 되찾아올 만큼의 배짱을 부리기엔 난 너무 어렸다. 결국 나보다도 어린 여자아이에게 엿을 뺏기고 뺨까지 한 대 맞은 나는 분한 마음에 엉엉 울면서 집 대문을 들어섰다. 마침 마당에 나와 계시던 어머니가 나를 보고 놀라 물으셨다.

"아니 준구야, 왜 울면서 들어오니?"

나는 내심 어머니가 나를 달래 주길 기대하면서 이웃 사는 여자아이에게 엿을 뺏기고 뺨까지 맞았다며 훌쩍이며 다 일러 바쳤다.

그 순간! 철썩하는 소리와 함께 한 쪽 뺨이 얼얼해지면서 귀가 찡~하고 울려왔다. 정신이 하나도 없는 와중에 어머니가 내 뺨을 때렸다는 걸 알았다. 무슨 사내가 저보다 어린 계집애한테 맞고 다니냐는 것이었다. 순간 뺨이 얼얼하고 정신이 없는 중에 이 세상에 홀로 떨어져 있는 듯한 느낌을 받았다. 내가 울면 당연히 달래줄 거라고 믿었던 어머니에게 오히려 더 혼이 나고 보니 실망과 참담함이 이루 말할 수 없었다. 이 세상에 오직 나 하나만 덜렁 떨어져 있는 듯한 기분….

하지만 그날 무섭게 혼내시던 어머니의 마음을 나는 나중에야 알 수 있었다. 내가 미국에서 크게 성공을 하고 어머니를 미국으로 모셔왔을 즈음의 일이다.

"어머니, 그때 기억나세요?"

"언제 말이냐?"

"예전에 제가 이웃 순사 집 여자아이에게 얻어맞고 울면서 들어왔다가 어머니께 더 크게 혼났던 적이 있지요?"

"그래…. 그때는 얼마나 속이 상하던지. 저보다 큰아이도 아니고 나이도 어린 아이한테 맞았다니 내가 아들을 너무 약하게 키우나보다 해서 마음이 다 먹먹하더라. 나중에 생각해보니 준구 네가 순사 집 딸이라 차마 때리지 못했나 보다 했는데…. 그러고 나니 내가 널 혼냈던 게 마음에 걸려 또 속이 상했지."

어머니의 손을 어루만지며 나와 어머니는 잠시 말이 없었다.

"어머니, 그래도 그때 어머니 덕에 제가 강해져서 이렇게 성공할 수 있었지요."

"그래, 얼마나 좋아. 이렇게 내가 미국엘 다 와보고."

미국에 일가친척 100여 명 집결

어머니가 미국에 오신 것은 1970년, 아버지가 돌아가신 후 4년 뒤의 일이다. 한 평생을 한국에서 산 어머니가 하루아침에 파란 눈과 노란 머리의 서양인들이 사는 낯선 땅에 오게 된 것이다. 아버지 생전에 두 분을 한 번도 미국에 모시지 못한 못난 아들의 불편한 마음을 덜어 보고자 한 것이었다. 미국에 온 어머니는 연신 아들 덕에 미국 와서 편하게 산다며 좋아하셨다.

"미국에 오니 다들 나보고 준 리 어머니래. 아들이 유명하니 나까지 덩달아 호강이네."

어머니가 온 후 우리 형제들과 사촌들도 하나 둘씩 미국으로 오게 되었다. 그들을 초청해 미국에서 자리를 잡을 수 있게 도움을 주는 나를 보고 친척 어른께서 하시는 말씀이 "너희 어머니가 그렇게 친척들을 거두더니, 이제는 준구가 형제들부터 사촌들까지 극진하게 거두는구나. 네 어머니 덕에 너희들이 그렇게 잘되었으니 이제는 네 덕에 너희 자손들이 덕을 보겠다"라고 하셨다.

그렇게 미국에 온 가족들이 또 새롭게 가정을 이루고 수(數)를 늘려서 명절에 우리 집에 모이는 일가들이 100여 명이 될 정도다.

1991년쯤인가 워싱턴 국회의 미 하원 노인분과위원회에서 나를 초청했다. '어떻게 하면 늙어도 건강하게 살 수 있는가?'에 대한 강연이 있었는데 그 자리에 당시 미국에서 유명한 인물인 '잭 롤레인'이 함께 초청되었다. 그는 당시 76살 나이에도 젊은이 못지 않은 건강을 과시했다. 그는 수영과 입으로 작은 배를 끄는 묘기까지 선보이며 활기찬 삶을 살고 있었다. 그 강연에 당시 87세였던 어머니를 모시고 갔다. 잭 롤레인에 비하면 거의 11살이나 나이가 많은데도 어머니는 강연에서 정정하고 활기찬 모습으로 참가자들의 기립박수를 받았다.

87세의 연세에도 젊은이보다 더 유연하게 스트레칭을 하고 머리 높이까지 태권도 발차기를 할 수 있는 할머니가 과연 몇 명이나 있을 것인가? 이는 어머니가 미국에 오신 후부터 계속 나와 함께 아침 운동을 꾸준히 하며 태권도를 배웠기 때문에 가능한 일이었다. 그렇게 건강하게 사시던 어머니는 1995년, 92세의 나이에 돌아가셨다. 큰 병치래 한 번 없이 돌아가셨으니 호상(好喪)이 아닐 수 없다.

어머니의 묘소는 한국이 아닌 미국에 있다. 처음에는 형제들이 아버지 산소가 있는 충남 아산에 어머니 묘를 같이 쓰자고 했는데 어차피 나를 비롯한 다른 형제들이 모두(둘째 누님 제외) 미국에 있으니 꼭 한국을 고집할 필요가 없다 싶어 미국에 모셨다. 때문에 어머니는 폴스처치에 있는 '고향산천'이라는 한국인들을 위한 공동묘지에 잠들어 계신다.

남녀차별이 심한 한국에서 태어나 일제시대와 한국전쟁을 거치면서 우리 남매들을 키워내고 노년에는 비행기를 타고 바다 건너 미국 땅까지 오신 어머니, 만약 어머니가 안 계셨다면 지금의 Master 준 리가 존재할 수 있었을까? 또 미국에 태권도가 이만큼 뿌리내릴 수 있었을까? 힘들게 우리들을 키우시면서 그 변화무쌍한 세월만큼이나 한줄 한줄 주름이 잡힌 얼굴이지만 지금도 내게는 어머니의 얼굴이 가장 아름답게 느껴지고 무척 그립다.

막내 동생과 수많은 추억

나와 9살 차이가 나는 하나뿐인 남동생 전구(典九)에 대해 말을 하려 한다. 그는 서울대학교 농과대학을 1964년에 졸업하고 한국에서 아버지가 하시던 운수사업을 물려받아 운영했었다. 사업욕심이 많아서 그런지 염전업을 포함해 이것저것 시도는 많이 했지만 모두 실패하고 말았다. 결국 1971년에 내가 초청하여 모시고 있던 어머니와 두 조카(창우, 헌경)와 제수씨 이렇게 5식구가 이민을 왔다.

처음엔 태권도장에서 잡일을 하는 것으로 시작해 지점매니저로 13년 동안 내 밑에서 일을 했다 그러다가 뉴욕에 가서 골프용구점인 뉴욕 골프 센터를 시작했고 다행히 사업에 성공을 했다. 이후에 서울대학교 동창회장, 상공회의소 회장, 은행(Liberty Bank) 이사장, 미 동부 문인협회 이사장 등 큰 감투를 쓰는 것을 보며 대견하다는 생각이 들었다.

전구(典九)보다 4년 먼저 '정구경' 이라는 동서를 초청하여 도장 매니저를 시켰었다. 그는 영어도 잘하고 능력도 있어 나는 많은 일을 동서에게 맡겼었다. 물론 그는 미군부대에서 몇 년간 활동한 경험이 있었다. 하지만 서울대까지 나온 동생이 동서만 못하다는 것을 느끼고 속이 많이 상해 가끔 구박도 하고 잔소리도 많이 했었다. 그러던 어느 날 동생이 갑자기 골프 용품상을 하겠다며 뉴욕으로 가겠다는 것이다. 나는 큰 충격을 받았고 한편으론 섭섭하기도 했다. 몇 년 후에 전구 이야기인 즉 워싱턴에서는 형님이 너무 유명하여 누구에게 소개를 할 때 '준 리 동생' 으로 이름도 없이 소개가 되어 자신의 이름을 찾기 위해 뉴욕으로 갔다는 것이다.

그런데 요즘에는 그 반대가 되어 내가 '이전구의 형' 이라고 소개가 되곤 한다. 동생 전구는 하모니카에 특별한 특기가 있어서 뉴욕 링컨 센터에서 아메리칸 심포니와 협연을 하고 한국에서는 예술의 전당과 KBS 홀에서 교향악단과 협연을 하는 세계 최초의 하모니카 협연가가 되었고 지금도 여기저기 많은 초청을 받는다. 노래솜씨 또한 대단해 내 차는 항상 전구의 노래 테이프가 꽂혀 있다. 그리고 그의 시(詩)는 특별한 장르로, 특히 '골프인생' 이라는 시(詩)는 한국과 미국에 있는 골프를 좋아하는 많은 사람들에게 인정받고 있다.

미 동부 문인협회 이사장인 전구(典九)의 '나의 어머니' 라는 시(詩)를 소개한다. 나는 이 시(詩)를 팩스로 받아 읽고 아내와 함께 눈물을 닦느라 몇 시간이나 정신이 없었다.

나의 어머니

유년기 :　모진 진통 참아내며 못난 '나' 를 낳으셨네
　　　　　앞가슴에 젖 물리고 등에 업어 잠재우고
　　　　　떠놓은 물 꽁꽁 얼던 윗풍 많던 안방에서
　　　　　추울세라 아랫목에 얼을세라 포대기에

　　　　　품에 안아 체온으로 내 몸을 지켜주고
　　　　　보리방아 찧으면서 틈틈이 기저귀 채워
　　　　　다듬이질 하면서도 사이사이 젖 물리며
　　　　　금이야 옥이야 길러주신 어머님의 정성일세

소년기 :　무명바지 곱게 입혀 책보에 도시락에
　　　　　코흘리개 개구쟁이 손 붙잡고 등교할 때
　　　　　선생님 말 잘 듣고 공부 잘 하라시던
　　　　　어머님의 인자하신 그 모습이 아련하네

육이오 전쟁 시절 남쪽으로 피난 중에
화물칸 지붕 위에 자리 잡고 내려갈 때
안쪽으로 나 앉히고 당신은 바깥쪽에
떨어져서 죽더라도 내가 대신 죽으리라
어머님의 희생어린 그 사랑이 가이없네

청년기1 : 고등학교 졸업반에 대학 입시 공부할 때
시시때때 남편수발 시부모께 공경하며
낮에는 들에 나가 보리밭 김을 매며
밤마다 청수(淸水) 바쳐 향불 피고 기도하며

오뉴월에 찹쌀갱엿 양푼에 들러붙듯
명년에 우리 아들 철썩 붙게 하옵소서
틈마다 절에 가서 부처님께 불공하던
어머님의 정성으로 명문대학 들어갔네

청년기2 : 참한 규수 선 보시고 장가 들여놓은 후에
동네방네 자랑하며 그렇게도 좋아하신
천진난만 그 모습은 천사의 모습이라
남의 집 시어머니 며느리 시집살이

남의 집 며느리는 시어머니 흉보지만

며느리를 친딸같이 사랑을 흠뻑 주고
착한 며느리 칭찬하며 온 동네에 자랑하던
천사 같은 어머님과 한평생을 살으리라

장년기1 : 고달픈 이민생활 타국에서 시작할 때
아들 며느리 일터에서 밤늦게 귀가까지
TV 보면 눈뜬장님 라디오 켜면 귀머거리
밖에 나가면 반벙어리 이웃들과 손짓발짓

먼 하늘만 쳐다보며 나는 새를 바라보며
등허리가 휘도록 손자새끼 업어 길러
손등이 터지도록 밥 지으며 집안 살림
이 세상에 어느 식모 이다지도 혹사할까?

장년기2 : 이민생활 이삼십 년 번개같이 지나갔네
업혀온 아들놈들 대학을 졸업하고
돈도 벌고 집도 짓고 자가용도 번듯하게
사장님 회장님에 우쭐대며 살아보고

어머님 모셔놓고 호강시켜 드려볼까?
그러나 어이 하리 늙으시고 병이 들어
좋은 집도 못 보시고 좋은 차도 못 타시고

다시는 못 오실 길 저 세상에 가셨다오.

1999년 2월 18일

불초자식 이 전 구

1943년 나는 수원의 신풍초등학교를 졸업하고 중학교 진학을 위해 서울로 올라갔다. 만훈 삼촌, 즉 넷째 작은 아버지 댁이 있는 곳이 지금의 종로구 관훈동이었다. 집 뒤에는 중앙여고, 당시의 중앙고녀가 자리하고 있었다.

내가 다닌 동성학교는 처음에는 6년제 인문 중학교였다가 후에 중학교와 고등학교로 나뉘었다. 처음에는 머리를 빡빡 깎고 까만 중학교 교복을 입은 내 모습을 거울에 비춰보면서 왠지 어른이 된 듯한 기분에 흐뭇하게 미소를 짓곤 했다.

낯선 서울 생활을 하면서 몇 번의 계절이 지나가고 1945년, 여름방학을 맞아 나는 수원 본가로 내려 왔다. 입담만은 여전한 누나들, 그리고 방학에나마 만날 때마다 훌쩍 자라있는 동생들과 함께 동네 개울가로 나가서 고기도 잡고 툇마루에서 어머니 무릎을 베고 누워 이야기를 하고…. 방학이면 여러 가지 즐거운 일들이 나를 기다리고 있었다. 그리고 그 해 여름방학은 어느 때보다도 특별한 사건이 일어났다.

1945년 8월 15일, 내가 14살 때였다. 그 날은 왠지 아침부터 마을이 술렁술렁하며 어수선한 분위기였다. 다른 날보다 일찍 잠에서 깬 나는 더운 날씨에 칭얼거리는 동생들과 함께 집 앞 우물가에서 더위를 달래 보려 하고 있었다. 그때 사람들의 환성소리와 이쪽을 향해 달려오는 발걸음 소리가 들려오며 온 마을이 소란해졌다.

"만세! 대한독립 만세!"

"독립이 됐답니다. 왜놈들이 조선 땅에서 쫓겨간대요!"

독립, 독립이라고? 갑자기 부엌에서 일을 하시던 어머니가 허둥지둥 뛰어 나오셨다.

"준구야, 사람들이 지금 뭐라고 하는 거냐?"

"어머니, 독립이 되었대요."

"독립? 아이고, 독립이…. 드디어."

어머니는 말을 잇지 못한 채 다리에 힘이 풀렸는지 그대로 바닥에 주저앉았다.

만세를 외치는 목소리는 점차 우리 집 근처로 다가오고 있었다.

"여러분, 해방이 되었습니다. 해방이요!"

“대한독립 만세! 만세!”

“만세!”

나는 동생들의 손을 잡고 뛰쳐나가 만세를 부르는 대열에 합류했다. 온 마을이 해방의 기쁨에 출렁댔고 어린 나와 동생들까지도 그날이 얼마나 중요한 날인지 느낄 수 있었다. 자유국가의 중요성을 정확히 이해하기에는 어린 나이였지만 가슴 벅찬 해방의 기쁨은 내 어린 마음을 가득 채우는 큰 감동이었다.

동성중학교 학예회

해방 후 아직까지 흥분된 열기가 남아있는 서울로 나는 다시 올라왔다. 수원 본가는 아버지가 한국을 떠나는 일본인들로부터 사들인 큰집으로 이사를 한 뒤였다. 그 집에는 그들이 남겨두고 간 두 개의 바이올린도 있었는데 내 차지가 되었다.

아이들이 흔히 ‘깽깽이’라고 부르던 바이올린을 그림책이 아닌 내 손으로 직접 만져보기는 처음이었다. 매일같이 손에 쥐고 다니던 하모니카 말고 내가 무언가 새로운 악기에 관심을 가진 것은 바이올린이 처음이었다.

갈색의 반들반들하게 윤이 나는 악기를 조심스럽게 꺼내어 음악책에서 본 대로 제법 그럴듯하게 어깨에 대고 소리를 내봤다. 하지만 학교 음악시간에 선생님이 들려준 것과는 다르게 듣기 싫은 쇳소리가 흘러 나왔다. 그 날부터 나는 남 몰래 바이올린을 연습하기 시작했다.

나는 제각기 아름다운 소리를 내는 네 개의 현(絃)이 내는 소리에 매료되었고 피나는 연습 끝에 서툴지만 몇 곡의 한국민요를 연주할 정도의 실력을 갖추게 되었다. 그러던 중 꽁꽁 감춰두었던 바이올린 실력을 남들 앞에 보일 수 있는 기회가 다가왔다.

1946년, 동성중학교에서 학예회가 열렸다. 장기(長技)가 있는 학생들은 학예회를 준비하는 선생님께 출연신청을 하라는 담임선생님의 말씀을 듣고 얼마나 가슴이 설레던지….

두근거리는 마음으로 학예회를 기다리며 연습을 하고 또 했다. 평소에 그다지 숫기가 없던 내가 어떻게 그 날만큼은 수많은 사람들을 앞에 두고 무대에 오를 생각을 했는지. 어쩌면 그때 내 안에는 이미 오늘날 사람들 앞에 나서는데 익숙한 지금의 끼가 숨어있던 것은 아닐까?

드디어 학예회 날이 다가왔다. 덜덜 떨리는 다리에 힘을 주고 한 손에는 악기를 들고 무대로 걸어 나갔다. 자리를 잡고 숨을 고른 후 나는 연주를 시작했다. 그 순간만큼은 눈앞의 웅성거림도 동무들의 얼굴도 모두 눈에 들어오지 않았다. 내가 연주한 곡은 클래식이 아닌 한국의 민요였다. '도라지', '양산도'와 같이 어머니가 자주 흥얼거리던 친숙한 한국의 노래. 장날이면 찾아와 약초를 팔던 아저씨들에게서 익히 들었던 노래였다.

무대에서 민요를 연주한 다음 날, 나는 학교에서 유명인사가 되었다. 동무들은 나에게 '약장사'라는 별명을 붙였다. 동네를 돌아다니며

약을 파는 패거리들이 가끔 우스꽝스럽게 깽깽이를 들고 연주를 하곤
했는데 내가 그들과 비슷하다 해서 붙여진 별명이었다. 하지만 그런
놀림이 그리 나쁘지만은 않았다.

당시 동성중학교 교장은 장면 선생님이었다. 훗날 이승만 정권 때
한국 최초의 주미 대사를 지냈으며 1960년 4·19가 일어난 후에는 총
리 자리를 지냈던 분이다. 그 분이 우리 학교의 교장이었는데 내 연주
가 끝난 뒤 전교생 앞에서 장면 교장선생님과 악수를 하는 영광을 누
렸던 것이다.

장면 박사와는 그 후로도 우연찮게 여러 번 더 인연이 있었다. 훗날
6·25 사변이 나고 피난을 갈 때 장면 박사의 아들이 우리와 한차를
타고 내려가게 되었다. 서울에서 함께 출발해 수원 집에서 하루를 묵
고 내려간 그는 나중에 내가 미국에 건너가서 다시 한 번 만나기도 했
었다.

미국 영화보다 미국행 결심

학예회 이후로 바이올린의 매력에 푹 빠져있던 나에게 또 다른 세계
가 찾아왔다. 바다 건너 미국에 대한 환상이었다.

1945년 해방이 된 후로 한국에는 미국 영화가 쏟아져 들어왔다. 왠
지 촌스러워 보이는 악극단이 잔뜩 나팔을 불고 거리를 행진하던 시절
에 극장 앞에 붙여진 형형색색 컬러풀한 포스터는 우리들에게 낯설고
도 신비스러웠다. 포스터 안에 그려진 금발의 미남·미녀 배우들은 까

만 머리의 성춘향과 이도령으로 분한 한국 배우들과는 다른 멋으로 내게 다가왔다.

그 때만 해도 중학교나 고등학교 학생들이 극장에서 영화를 본다는 것은 상상도 할 수 없는 일이었다. 서구 문화를 고스란히 보여주는 미국 영화는 학교에서 '불온(不穩)한 것'으로 낙인이 찍혔고 '극장 구경'은 곧 '풍기문란(風紀紊亂)'으로 인식되었다. 극장에 새 영화가 걸리면 극장 앞문과 뒷문은 몰래 구경 온 학생들을 잡으려는 학교의 선도부 선생님들이 진을 쳤다. 몰래 영화 구경을 갔다가 발각이라도 되면 즉시 징계처리가 되었고 심하면 퇴학까지 당할 정도로 학생들의 극장 출입은 엄격히 제한되어 있었다. 오늘날 생각하면 정말 꿈만 같은 시절의 얘기다.

그러던 어느 날, 학교 동무 한 명과 나는 간 크게도 극장에 갈 생각을 했다. 그 때 내가 지내던 작은 아버지 댁이 '방향당'이라는 약방을 했는데 그 약방 유리문에 극장마다 영화 포스터를 붙이려는 경쟁이 치열했다. 그 중 한 극장에서 포스터를 붙이러 나온 아저씨가 자기네 포스터를 붙이는 대신 공짜 표 두 장을 주고 갔다. 생전 처음으로 영화 표를 손에 쥐게 된 것이다.

그 표를 가지고 친구와 몰래 극장으로 가는데 얼마나 가슴이 두근거리던지…. 어떻게든 나이 들어 보이려고 바지를 길게 입고 모자를 깊이 눌러쓰고 매표소 앞을 조심조심 지나갔다. 당장 뒤에서 "네 이놈들!" 하고 학생주임 선생이 목덜미를 잡아챌 것 같아서 뒷덜미가 서늘했다.

그렇게 목숨 걸고 들어간 극장에서 나는 첫사랑을 만났다. 무슨 영화인지도 모르고 그녀의 이름도 모른다. 마릴린 몬로였을까? 아니면 그레이스 켈리? 화면 속에서 나를 향해 손짓하는 듯한 금발 미녀에게 14살의 소년은 첫 눈에 반했다.

학교에 가도 공부가 안 되고 수업 중에도 다시 그 영화를 보러가고 싶다는 생각뿐이었다. 그 날부터 나는 금발의 미녀에게 그리고 그녀가 산다는 미국 땅에 대한 몸살을 앓기 시작했다. 하루빨리 커서 돈을 벌어 미국에 가고 싶었다. 그리고 그녀를 꼭 닮은 금발 미녀와 결혼을 하겠다는 굳은 결심을 하기에 이르렀다.

태권도 사범을 노리다

일단 미래를 결정하고 나자 한 가지 고민이 생겼다. 미국 땅에 간다는 것도 허무맹랑한데 아는 사람 하나 없는 타국에서 도대체 무얼 해서 먹고 살아야 할지에 대한 것이었다. 아무리 어린 나이라지만 훗날 가정을 꾸리면 내가 가장(家長)이 되어 살림을 꾸려나가야 한다는 것쯤은 생각할 수 있었다.

영화를 보고 금발의 여인에게 반해버린 그 다음 날로 나는 이불을 뒤집어쓰고 고민하기 시작했다. 먼저 무얼 해서 먹고 살 것인가 한참을 생각하다가 떠오른 게 내가 막 배우기 시작한 태권도였다. 태권도는 우리나라 고유의 무술이라 했으니 미국에서 그것을 알 턱이 없다고 생각했다. 미국에만 갈 수 있다면 내가 다니는 도장의 사범처럼 나도 미국에서 태권도 사범을 하면 그럭저럭 먹고 살 수 있겠다는 생각이 떠올랐다.

그러자니 또 하나 걸리는 것이 영어 문제. 한국말이 통하는 것도 아닌데 나 혼자 가서 한국말로 떠들어보았자 무슨 소용이 있겠는가. 그날부터 나는 두 가지 목표를 세웠다. 하나는 태권도를 열심히 배우는 것이고 또 하나는 영어공부에 매진하는 것! 그 당시 오늘날처럼 과외 공부니 참고서니 하는 것이 있을 리 없었다. 그래서 내가 생각해 낸 영어공부란 그저 교과서만 달달 외는 것뿐이었다. 매일 배운 내용을 되풀이해서 읽고 또 읽어서 입과 눈이 동시에 문장을 외우게 하는 것이다.

훗날 이 얘기를 들은 지인(知人)들이 너무 무지막지한 공부방법이 아니었냐고 우스개 소리를 하기도 했는데 생각보다 이 방법은 상당한 효과가 있었다.

내가 고학년으로 올라갔을 때 '김광' 이라는 영어 선생님이 우리 학년을 맡아 가르쳤다. 특별히 두각을 나타내지 않던 나를 하루는 선생님께서 지목하셨다. 영어 교과서의 일부분을 읽고 해석해 보라는 것이었다. 조금 떨리긴 했지만 나는 자신 있게 일어나 지목한 부분을 읽고 해석을 했다. 해석을 끝내고 나자 선생님은 급우들 앞에서 나를 칭찬해 주셨다. 혼자 하기엔 좀 어렵다 싶은 부분이었는데 준구가 잘 해냈다는 것이다.

그 날 수업이 끝난 후 동급생들로부터 "어떻게 해야 그렇게 영어를 잘 하느냐"는 질문 세례가 쏟아졌다. 또 칭찬을 들은 후론 더욱 자신 감을 갖고 영어를 더 열심히 공부할 수 있었다. 그때부터 졸업할 때까 지 나의 영어 성적은 다른 어느 과목보다도 월등히 높았다.

세포로 기억하라

내가 영어를 공부할 때 쓴 방법은 아주 단순하면서도 쉬운 스스로 고안해 낸 방법이었다. 일단 영어의 가장 기본적인 문법들로 이루어진 짤막한 문장을 100개정도 고른다. 그리고 나서 입으로 읽고 손으로 쓰 며 계속해서 그 문장을 외워나가는 것이다. 그렇게 하다보면 입에서 나오는 소리가 귀로도 들리고 또 눈에도 익어 어느새 저절로 100문장 을 줄줄 욀 수 있게 되었다.

영어 100문장. 어찌 보면 그 많은 회화 문법 중 100문장은 너무 미비 할지도 모른다. 하지만 사실 그 정도만 달달 외운다 해도 어지간한 기 본 문법들은 다 익힐 수가 있었고 이렇게 3개월을 하다보니 어느새 내 영어실력은 놀랄 만큼 향상되어 있었다.

모든 분야를 통괄(統括)해 항상 통하는 원칙이 있다. 무엇을 배우든 지 그 안에는 그 지식을 쌓는 데 필요한 기본이 5~6가지가 있기 마련 이다. 제일 먼저 이 기본 지식들을 찾아내 하나하나를 외우는 것에서 부터 시작되는 것이다.

이때 중요한 것이 외울 때 머리로만 또는 눈으로만 외울 것이 아니 라 온 몸의 세포 안에 하나하나 습관처럼 각인(刻印)을 시켜야 한다는 것이다. 눈으로 보면서 입으로 외우고 그 외우는 것을 귀로 들으면서 손으로 쓰다보면 저절로 몸의 각 세포가 그것을 외우게 된다는 것이 내 생각이다. 이렇게 해서 어느 정도 지식이 쌓이면 이것을 신속 정확하게 각 부분과 연결해 또 다른 지식을 습득해 나가는 것이다.

꼭 공부뿐만 아니라 운전연습 같은 것도 마찬가지다. 처음에는 운전대를 잡는 것만으로도 겁이 덜컥 나지만 3개월이 지나면 긴장을 풀고 운전할 수 있고 6개월이 지나면 이제는 슬쩍 한 손으로만 운전대를 돌릴 수도 있다. 처음에 온 몸으로 익힌 기술이 나중에는 곳곳에 응용이 되어 좀더 수월하게 일을 해나갈 수 있는 것이다.

세포로 기억하라! 오늘날까지 나는 강연에서 만난 학생들에게 내가 스스로 터득한 이 학습법을 알려주고 있다.

처음 스크린에서 만난 금발 미녀, 그녀를 만나겠다는 욕심에 어린 소년은 철없이 미국을 꿈꿨고 점차 머리가 커가면서 그 꿈은 미국에 가서 살겠다는 구체적인 계획으로 변했다. 그 계획을 이루기 위해 시작한 영어공부는 훗날 6·25전쟁 때 통역관으로 활약하면서 내 목숨을 살렸고 또 미국에 가서 많은 사람들을 만나는 데 유용하게 활용이 되었다.

나는 워싱턴에서 미국 국회의원들을 가르치는 한국인 사범으로 이름이 알려지면서 많은 언론의 관심을 받았다. 인터뷰를 위해 찾아온 기자들이 항상 묻는 것이 있다.

"어떻게 태권도를 시작하게 되었습니까?"

나의 대답은 언제나 똑같다. 어린 시절의 사건 때문이라고. 앞서 얘기했던 옆집 여자아이와의 일화였다. 옆집 여자아이에게 맞고 들어왔다고 오히려 어머니에게 호되게 혼이 난 사건은 6살 나이에 꽤나 큰 충격이었다. 그때 '내 자신을 지킬 수 있는 것은 세상에서 오직 나 자신뿐이다' 라는 것을 깨달았다.

단지 어린 마음에 나를 혼낸 어머니에 대한 원망 때문은 아니었다. 내가 스스로를 지킬 수 있어야 남도 지킬 수 있고 혼자 자립할 수 있을 것이라는 생각이었다. 물론 6살 나이에 아주 논리적인 사고로 정리할 수는 없었지만 그 나이 또래의 아이들에 비해 조숙(早熟)한 면이 있었던 것만은 사실이었다.

그 날의 작은 사건은 나에게 큰 영향을 끼쳤다. 그 후 스스로를 지키기 위해 힘을 길러야겠다는 막연한 생각으로 혼자 운동도 하고 삼촌들이 쓰던 역기도 들어보면서 간단한 운동을 꾸준히 하게 되었다. 그때만 해도 내가 살던 수원에는 체육관이나 도장이 없었기 때문에 따로 운동을 배우지는 못 했지만 진학을 위해 서울로 올라온 13살이 될 때까지 몇 년간 꾸준히 내 몸을 단련시켰다. 그리고 서울로 올라와서는 태권도를 배우게 된 것이다.

훗날 농담처럼 "그때 그 여자아이 덕에 내가 태권도를 하게 되었으니 그 아이가 오늘날의 준 리를 만들었다"고 주위 사람들과 농을 하곤 했다. 가끔 그 여자아이가 어떻게 변했을지 궁금하기도 하다. 아마 지금쯤이면 꽤 나이가 들어 할머니가 되어 있을 텐데…. '옛날 너한테 뺨을 얻어맞았던 옆집 아이' 라고 나를 소개하면 과연 기억할 수 있을까?

어린 시절의 나는 꽤나 병약한 아이였다고 종종 어머니는 말씀하셨다. 소학교 졸업반이 될 때까지도 나는 학급에서 키가 제일 작았다.

매일 힘 센 아이들의 놀림을 받곤 해서 학교 가는 게 그리 즐겁지가 않았다. 그런데 얼마 후에 나보다 조금 더 작은 아이가 전학왔다. 우리 둘은 금방 단짝이 되었다. 그 때 얘길 하면 사람들은 믿질 않는다.

"준 리 사범님이 어릴 적에 허약했다고? 믿을 수가 없어요!"

하지만 그 시절 달리기 경주를 할 때면 나는 항상 꼴찌를 도맡아 했고, 종종 괴롭히는 아이들에게 얻어맞고 울기도 했었다. 그럴 때마다 어린 마음에도 당황스럽고 심한 좌절감을 맛봐야 했다.

수원에서 소학교를 마치고 나서 중학교에 가기 위해 서울 작은아버지 댁으로 올라왔다. 당시 약방을 하던 작은아버지 댁 뒤편으로 '청도관' 이라는 태권도장이 있었다.

새 학교에 들어가면서 뭔가 심기일전(心機一轉)하여 새로운 나를 만들어 봐야겠다는 생각을 했다. 자신을 지킬 수 있는 좀더 강한 무언가를 배워야겠다는 생각을 하게 됐는데 마침 청도관이 있었던 것이다! 말 그대로 '운명 같은 만남' 이란 바로 이런 경우를 두고 하는 말이 아닐까 싶다. 그렇게 해서 시작한 것이 바로 오늘날의 내 인생을 만들어 준 태권도였다.

태권도장 청도관을 찾다

태권도는 삼국시대부터 전해 내려오는 우리나라 고유의 무술이다. '택견', '공수(空手)', '당수(唐手)' 등의 이름으로 명맥을 유지해오던 태권도는 일제시대 잠시 주춤했다. 다행히 해방이 되면서 민족문화와 전통에 대한 정리가 되어감에 따라 되살아나기 시작했다. 또 광복 이후 내가 처음 태권도를 접했을 당시부터 전문인들에 의해 하나 둘씩 개설되기 시작한 태권도는 이후 6·25 전쟁 때까지 발전을 하다가 전쟁 이후에 점차 일반인들에게 보급되기 시작했다.

1955년 '태권도' 라는 정식 명칭이 1962년 '태수도' 로 변경되었고 현재의 정식 명칭은 '국기 태권도' 이다. 그 후 점차 발전에 발전을 거듭해 이제는 올림픽 종목으로까지 정식 채택되었다.

1946년 9월. 나는 당시 '당수도' 라고 불리던 오늘날의 태권도를 가르치는 청도관을 찾아갔다. 혼자 용기를 내어 찾아간 청도관은 당시 이원국 관장(태권도계의 대사범)이 운영을 하고 있었다. 이원국 관장 밑에는 사범들이 꽤 많았다. 엄운규, 현종명, 민운식 등의 여러 사범들은 어린 나이에 혼자 태권도를 배우겠다고 찾아온 나를 귀여워해서 개인 지도를 해주곤 했다.

그런데 생각보다 진도가 빠르지 않았다. 6개월 후에 겨우 9급을 땄고 그때는 노란 띠가 없어서 그 다음이 4급 자(紫)띠인데 나는 남들보다 운동신경이 둔해서 급을 하나하나 따는데 시간이 오래 걸렸다. 나는 이를 악물고 다른 아이들보다 더 많이 노력해야 했다.

그때만 해도 한국에는 태권도 도장이 그리 많지 않았다. 사대문 안에 있던 대표적인 태권도장이 청도관과 지도관, 연무관, 무덕관 등이었다. 그 외에는 태권도장이라는 것을 따로 찾아볼 수가 없었으니 태권도에 대해 사람들이 잘 모르는 것은 당연했다.

아버지에게 발각되다

태권도를 처음 배우기 시작해서 한동안은 수원에 계신 아버지 몰래 도장을 다녀야만 했다. 1940~50년대 한국 사람들은 태권도를 무술이 아닌 '주먹을 쓰는 일' 정도로만 여겼었다. 아버지는 당시 다른 사람들과 마찬가지로 태권도 같은 주먹질을 배우면 동네 깡패가 된다고 굳게 믿고 계셨기 때문이었다.

할 수 없이 나는 집에 알리지 않고 몰래 태권도장에 다녔다. 그러다 결국 여섯 달만에 아버지가 나를 보러 갑자기 서울에 올라오시는 바람에 발각이 나고 말았다. 서슬 퍼렇게 화를 내시는 아버지 앞에 무릎을 꿇었다.

"공부하라고 돈 들여 서울로 유학 보냈더니 기껏 주먹질이나 배운단 말이냐!"

"아버지, 태권도는 깡패들처럼 주먹질 배우는 게 아닙니다. 그냥 몸을 건강하게 단련하려고 배우는 것뿐이에요."

"시끄럽다! 한 번만 더 저기 들락거리는 게 눈에 띄면 당장에 수원으로 끌고 내려갈 줄 알거라!"

그 때 화가 난 아버지를 말리려고 작은 아버지가 들어왔다. 그동안 내가 태권도장을 다니는 것을 쭉 지켜봤던 작은 아버지는 간곡한 말로 아버지를 설득하기 시작했다.

"형님, 준구가 배우는 태권도란 것은 주먹질 가르치는 게 아닙니다. 제가 요 몇 달 준구를 계속 지켜봤는데 학교 공부도 열심히 하고 몸도 건강해져서 참 보기 좋았습니다.”

“그래요, 아버지. 태권도 한다고 해서 싸움 같은 거 절대 안하고 공부만 열심히 할게요. 허락해 주세요. 네?”

우리 두 사람의 간곡한 설득에 아버지는 조금씩 마음이 약해지시는 듯 하더니 결국 “좋다. 그럼 어디 한번 해봐라”하면서 허락을 했다. 그 순간 내 마음이 얼마나 기쁘던지! 그 후부터는 마음 편하게 도장을 다니며 태권도를 배울 수 있었다. 간간이 서울에 들러 나를 살피시는 아버지를 안심시키기 위해 공부도 열심히 한 것은 물론이다.

태권도를 배우고 2년 남짓 내가 태권도를 배운다는 것을 아는 친구들이 거의 없었다. 그도 그럴 것이 얌전히 공부 잘 하는 아이로만 인식되었기 때문에 내가 태권도 같은 운동을 하리라고는 상상도 할 수 없었던 것이다.

그러던 어느 날, 학교에서 싸움꾼으로 유명했던 한 동급생이 나에게 시비를 걸어왔다. 쉬는 시간에 공책을 정리하던 내 손에서 연필을 빼앗아 가더니 돌려달라는 내 말에도 아랑곳 하지 않고 계속 연필을 이리저리 돌리며 약올리는 것이었다. 머리끝까지 화가 치밀었지만 일단 참기로 하고 연필을 돌려달라고 다시 한 번 말했다. 그 순간 녀석은 “닥쳐! 이 새끼야”라는 말 한 마디로 나를 수많은 아이들 앞에서 무안을 주었다.

일말의 고민도 없이 나는 즉시 그 녀석에게 방과 후 잠깐 보자고 얘기했다. 말 그대로 결투 신청을 한 것이다.

방과 후 벌어진 결투

학교가 끝나고 녀석과 나는 학교 뒤에 있는 포도밭으로 향했다. 그때만 해도 나는 겨우 태권도 자띠를 딴 상태였으니 이제껏 누구와 이렇게 직접적으로 싸워 본 적이 없었다. 게다가 상대는 학교에서 소문난 싸움꾼이니…. 오죽 마음이 떨렸을까!

하지만 나는 분명히 알고 있었다. 만약 내가 이 녀석을 쓰러뜨린다면 더 이상 아무도 나를 괴롭히지 않을 것임을 말이다. 남자라면 자신을 스스로 지킬 줄 알아야 한다. 이번이 나에게 주어진 최초이자 최후의 기회가 될 것이다. 여기서도 무너진다면 나는 앞으로 어떤 일에서든지 내 몫을 할 수 없을 거라고 생각했다.

나에게 관심 있던 친구 서너 명이 따라와 지켜보는 가운데 긴장된 분위기가 흘렀다. 어느 순간 내 눈앞이 번쩍하면서 주먹을 한 대 얻어맞았고 그때부터 본격적인 싸움이 시작됐다. 최선을 다해 싸웠다. 다시 한번 녀석의 주먹이 날아왔지만 그 순간 눈을 크게 뜨고 그 주먹을 피한 다음, 주먹을 되받아 쳐 녀석의 얼굴을 명중 시켰다. 그리고 잠시 상대가 움츠린 틈을 타 그동안 익혀온 태권도 발차기로 그를 멀리 내던져 버렸다.

바닥에 내동댕이쳐진 녀석이 숨을 헐떡거리며 항복을 했다.

"그만 하자. 네가 이겼다…."

믿을 수 없었다. 내가, 내가 이긴 것이다! 처음으로 자신을 다른 사람으로부터 지킨 것이다. 내 힘으로!

다음 날 녀석이 검게 멍든 눈으로 등교를 하면서 전날의 싸움은 삽시간에 전교에 소문이 났다. 그 다음부터는 누구도 나에게 시비를 걸지 않았다. 그 날부터 학교 가는 게 두렵지 않고 재미있어졌다.

스스로 지켜낸 첫 번째 경험

요즘 학생들 사이에 집단 따돌림이 생기고 등교 거부를 하는 아이들이 많아진다고 한다. 그런 아이들이 태권도와 같이 자신을 지킬 수 있는 무예(武藝)를 하나쯤 배운다면 상황은 어떻게 달라질까? 분명 내가 겪었던 것처럼 두려움을 이기고 학교에 재미를 붙일 수 있을 거라고 생각한다.

그 날의 경험은 나 자신을 스스로 지켜낸 첫 번째 경험이었다. 만약 태권도를 배우지 않았더라면 엄두도 내지 못했을 일이었다.

어린 시절부터 지금까지 태권도가 없었더라면 나는 지금과는 다른 길을 걷게 되었을 것이라고 확신한다. 태권도를 알게 된 것은 선택이 아닌 운명이었던 것이다.

6살 나이에 '자신을 스스로 지키자'란 결심을 하게 된 것도, 서울로 유학을 왔을 때 집 바로 뒤에 청도관이 있었던 것도, 또 내가 영화관에서 금발의 여배우에게 반해 미국행을 결심한 것도 모두가 다 운명의 흐름이었다고 믿는다.

아버지 몰래 태권도를 하면서 13살의 나는 항상 아쉬움이 많았다. 이 좋은 걸 왜 부모님은 못하게 하는 걸까? 이건 아마도 사회적 이미지가 그리 좋지 않기 때문일 것이다. 나중에 내가 미국에 간다면 태권도를 가르치면서 그런 이미지를 좋게 만들어야겠다고 생각했다.

그 결심은 곧 실천에 옮겼다. 미국에 가자마자 학생들을 모아 태권도를 가르쳤다. 우등생이 아니면 검은 띠 심사자격을 주지 않으며 정신수양을 강조하는 한국인 사범에게 미국의 학부모들은 호감을 가졌다. 또 미국 국회의원들에게 무료로 태권도를 가르치며 홍보한 결과, 주류(主流) 사회에서부터 태권도에 대한 좋은 이미지가 퍼지게 되었다. 워싱턴에 주재한 세계 각 국의 대사들의 아이들이 준 리 태권도만 하면 우등생이 되고 부모님, 선생님 말을 잘 듣는 착한 아이들로 변했다. 그 때부터 대사들이 좋은 사범을 소개해달라고 할 때마다 한국에 많은 사범들이 있으니 한국 대한태권도협회에 연락하라고 소개했고 결국 태권도가 올림픽 정식 종목으로 채택된 것이다.

준 리 태권도의 신화.

그것도 아주 작은 계기에서부터 출발했다. 13세 소년의 겁 없는 원대한 꿈은 찰나에 그치지 않고 세계 속에서 큰 열매를 이루게 되었다.

첫 번째 인생의 위기 — 한국전쟁

1950년. 나는 동성고등학교를 졸업하고 동국대학교에 입학하게 됐다. 당시 흔치 않았던 대학 생활을 두 달 정도 지냈을까. 그 해 여름, 내 인생에 있어, 그리고 나의 모국(母國)인 대한민국에 있어 가장 큰 위기가 닥쳐왔다. 바로 한국 전쟁이었다.

1950년 6월 25일 새벽 4시. 서해안에서부터 동해안에 이르는 38선 전역에 걸쳐 북한군은 남침 기습공격을 개시했다. 비상 경계령이 해제되면서 병력의 1/3 이상이 외출중인 상태였기 때문에 남한의 대응은 거의 무방비 상태나 다름없었다.

서울이 불바다가 되었고 피난길은 아비규환(阿鼻叫喚)이었다. 이제껏 그런 난리를 겪어본 적이 없던 나는 온 세상이 뒤집어지는 듯한 위기감을 느꼈다. 당시 내 나이가 19살, 막내 동생인 전구가 10살이었다.

아침부터 땅을 울리는 포(砲)의 진동은 불길하게 우리 귀를 두드렸다. 멀리서 사람들의 비명 소리가 들리는 것 같았고 왠지 코끝에는 피비린내가 나는 것 같은 느낌이 들었다. 예민한 청소년 시절에 한국 전쟁은 씻을 수 없는 충격을 마음에 깊이 새겨 놓았다.

6·25 사변이 터진 후 곧바로 우리는 남쪽으로 피난을 내려왔다. 나의 고향인 충남 아산군 할아버지 댁에 도착한 것이 7월 4일. 그리고 며칠 후 북한군이 아산 쪽을 향해 진격해 온다는 소식이 들려왔다.

할아버지 댁이 있는 아산에서 한 달이나 머물렀을까? 처음엔 얌전하게 내 말을 잘 따르던 전구가 어머니가 보고 싶다며 칭얼대기 시작했다. 우리만 내려보내고 어머니는 그대로 수원 집을 지키고 계셨던 것이다. 우리들은 아산에, 아버지는 부산에, 그리고 어머니는 수원으로 온 가족이 헤어져 있는 상태였다.

조금만 참으면 어머니를 만날 수 있을 거라고 전구를 타이르기는 했지만 나 역시 어머니가 몹시 그리웠다. 게다가 아산에도 시골 농사꾼들이 공산당을 지지하고 나서면서 분위기가 험악한 상태로 돌변해 있었다. 특히 할아버지가 소위 지주(地主)라고 생각하고 있었던 동네 사람들이 우리 가족들을 감시하는 눈초리로 보았다. 게다가 창고의 곡식을 마구 빼앗아 가는 것을 보며 마음이 더욱더 불안한 상태였다.

결국 나는 어린 동생을 데리고 다시 수원으로 되돌아갈 계획을 세웠다. 난리 통에 수원으로 다시 올라가겠다는 내 말에 할아버지 댁은 한바탕 난리가 났다. 사실 그곳에 있다가 인민군 의용군에 징집을 당해 갈 수도 있기 때문에 더 불안했던 것이다. 그러나 다행히 나는 19살이었지만 키도 작고 나이가 어려 보여 불과 15~16살 밖에 되어 보이지 않았다.

"나이도 어린애가 동생까지 데리고 어딜 가겠다는 거냐? 절대로 못 간다!"

"할아버지, 수원에 계신 어머니가 어찌 지내고 있는지 한 번 가봐야겠습니다. 안 그러고는 도저히 마음이 편할 것 같지 않아요."

"어허, 못 간대도!"

하지만 이번에도 내 고집은 어른들을 꺾었다. 19살. 소년도 청년도 아닌 나이의 나는 혈기 왕성했고 뜻 모를 강한 의지에 불타고 있었다. 나는 막내 전구를 데리고 걸어서 수원까지 올라가기로 마음먹었다.

당시 이미 부산과 대구만 빼고 한반도 전체가 공산군에게 점령되었기 때문에 대구, 부산도 시간문제라는 소식이 들려왔다. 아산에서 수원까지.

200리 먼 길을 전쟁통에 걸어 올라간다는 것은 미친 짓과도 같았다. 하지만 다른 교통수단이 없었기 때문에 그 방법밖에 없었다. 지금 생각해봐도 어처구니가 없을 정도인데 그때 나는 무슨 용기로 그 길을 걸었을까?

8월의 이른 아침. 나는 전구의 손을 잡고 우리 인생에 있어 가장 큰 모험의 길을 떠났다. 출발한 지 몇 시간도 안 되어 어린 전구는 틈이

나면 배가 고프다고, 다리가 아프다고 울어댔고 그때마다 나는 먹을 것을 얻고 전구를 업어주며 묵묵히 걸었다.

하지만 그렇게 칭얼대는 것도 잠시 뿐, 길을 나선 다음 날로 전구는 조용해 졌다. 갑자기 철이 든다거나 아파서가 아니라 죽음에 대한 공포 때문이었다. 어떤 곳에서 공산당과 마주칠지 몰랐고 인민군 의용군으로 거리에서 징집 당할지 몰랐다. 하늘에서는 수시로 비행기가 폭격을 퍼부었다.

첫 날 우리는 6번의 공습을 피해야 했고, 공산당의 눈을 피해 밤을 보낼 곳을 찾아 한참을 헤맸다. 점점 어둠이 다가오고 마음은 불안해져만 가는데 저 멀리 폐가(廢家)가 눈에 띄었다. 급히 달려가 문을 여니 그곳엔 늙은 거지 부부가 불도 제대로 밝히지 않고 앉아 있었다.

"제발 저희 하룻밤만 재워 주세요. 폐는 끼치지 않겠습니다. 이대로 밤에 길로 나갔다가는 북한군들에게 끌려가고 말거예요!"

간절히 애원하는 나를 말없이 바라보던 부부는 나와 전구의 손을 잡아 방으로 들였다. 그리고 낮에 동냥해온 식은 밥을 걷어 우리에게 주었다. 그렇게 첫 날 밤이 지나갔다.

폭격으로 수원 집은 아수라장

다음 날 우리는 다시 길을 떠났다. 어제와 달리 전구는 조용히 나를 잘 따라왔다. 그 날은 운이 좋은 하루였다. 낮에도 공습이 2번밖에 없었고 하루 종일 걸어 오산쯤 왔을 때는 어떤 마음 좋은 아주머니를 만나 따뜻한 저녁을 얻어먹을 수 있었다. 그렇게 또 하루가 지나갔다. 이제 수원 집까지는 40리 정도밖에 남지 않았다.

다음 날 아침, 우리는 어느 때보다도 더 일찍 일어나 길을 떠났다. 그리고 오후가 되어서 드디어 집에 도착할 수 있었다. 아산에서 길을 떠난 지 4일 만에 집에 도착한 것이다.

"어머니! 저희 왔어요!"

큰 소리로 외치며 뛰어 들어가던 나는 순간 발걸음을 멈추고 말았다. 집은 형편없이 파괴되고 불에 타다 남은 잔재(殘滓)와 기왓장, 벽돌조각, 엿가락처럼 늘어진 유리 등이 널부러져 있었다. 폭격을 맞았는지 안채는 불에 타 부서졌지만 그래도 다행히 파편으로 만신창이가 되었어도 사랑채는 덩그러니 남아있었다. 그러나 애타게 찾던 어머니는 어디에도 계시질 않았다. 혹시 폭격으로 돌아가신 것은 아닐까? 엄청난 불안과 공포가 엄습(掩襲)해왔다.

"어머니, 어디 계세요? 어머니!"

전구가 집 안으로 뛰어 들어가 이곳저곳을 찾았지만 어머니는 없었다. 정말 돌아가신건가? 순간 눈앞이 깜깜해졌다. 전구가 울음을 터뜨렸고 나 역시 눈물을 뚝뚝 흘리며 텅 빈 마당에 주저앉았다. 그렇게 한 시간 쯤 흘렀을까…. 다 망가진 문을 열고 누군가 들어왔다. 머리에 짐을 이고 있는 어머니였다! 홀로 집을 지키고 계셨던 어머니는 식량을 구하러 나가셨던 것이다. 집에서 6Km 정도 떨어져 있는 광교산에 가서 도토리를 주워 오는 길이라고 하셨다.

그 순간 나는 몇 번이고 하늘에 감사했다. 폭격도 이겨내고, 배고픔도, 피곤도 참으며 무작정 사흘을 걸어 올라왔던 고단함이 한 순간에 씻겨 나가는 것만 같았다. 어머니와 나, 그리고 전구는 마당에 주저앉아 서로를 끌어안고 엉엉 울면서 그동안 겪었던 마음의 고단함을 털어버렸다.

그러나 집에 왔다고 해서 모든 고생이 끝나는 것은 아니었다. 아직도 전쟁은 계속되고 있었고 언제 어디에서 폭탄이 날아와 집이 불탈지 멀리에서 파편과 총알이 날아올지 알 수 없는 상황이었다.

당시 내 나이 또래의 남자들은 모두 군대 징집 대상이었기 때문에 나는 인민군에 끌려가지 않기 위해 이웃들의 눈을 피해서 마당의 김칫독을 묻는 구덩이에서 숨어살아야만 했다.

인천 상륙 작전, 서울 수복

얼마나 시간이 흘렀을까. 전투기가 아닌 경비행기 한 대가 높이 떠서 시내를 빙빙 돌며 무언가를 계속 뿌려대는 것이었다. 마치 수많은 새 떼들이 하늘을 뒤덮는 것 같았다. 땅에 떨어진 것을 집어보니 이른바 '삐라'라는 것이었다. 그 내용인즉 같은 해 9월 16일, 맥아더 장군의 지휘 아래 인천 상륙 작전이 이루어졌다는 것이었다.

이 작전이 성공을 거두면서 북한 쪽으로 기울었던 전쟁의 대세가 바뀌기 시작했다. 인천 상륙작전을 전환점으로 하여 전세를 반전시킨 유엔군은 패주(敗走)하는 북한군을 추격, 서울을 수복(收復)하고 평양까지 올라갔다.

상황이 바뀌면서 나도 구덩이에서 나와 자유로운 공기를 마실 수 있었다. 1950년 9월 28일의 일이다. 어느 누구에게도 끌려가지 않는다는 안도감, 되찾은 자유. 그 기분을 어떻게 설명할 수 있을까?

장독대 밑 지하 방공호 구덩이에서 기어 나와 오랜만에 세상 공기를 마시는 내 눈에 비친 이 세상은 햇빛의 자유라는 것이 어떤 광채를 내는지 절실히 느끼게 해주었다. 밖으로 뛰어나가 수원의 개천을 끼고 매향교 다리쯤에서 미군들의 탱크 행렬을 맞이한 나와 전구는 목이 터져라 만세를 부르며 환호했다.

그러던 중 한 미군 병사가 우리 형제 앞에 무언가 던져 주는 것이었다. 약삭빠른 전구가 잽싸게 그것을 집었는데 어느 어른 한 분이 "얘야 그것 이리 내놔봐라" 하는 것이 아닌가. 전구는 그것을 빼앗길세라 줄행랑을 치면서 집에 와 보니 깡통 통조림이었다.

부엌칼을 가지고 망치로 깡통을 열어 보니 메주 같은 콩죽 속에 길쭉길쭉한 고기 덩어리 몇 개가 섞여 있었다. 어찌나 맛이 있던지 그 기억은 지금도 생생하다. 미국에 처음 왔을 때 일부러 사보았는데 Frank & Beans (콩죽에 넣은 쏘세지)였다. 지금도 그것을 보면 6·25 전쟁이 생각난다.

통역 겸 하우스 보이로 자원

자유를 맛보고 난 후, 나는 이 전쟁에서 무언가 역할을 해내고 싶다는 생각을 하게 되었다. 전장에서 총칼을 맞대고 싸우지는 못할망정

대한민국의 남자로 태어나서 무언가는 해야 하는 게 아닐까? 고민 끝에 나는 오산의 K-55 미 공군 기지를 찾아갔다. 한국인 병사들과 미국 장교들 간의 언어 소통을 돕는 통역사로 자원(自願)을 한 것이다.

통역사를 구하기가 힘들었던 때라 나는 손쉽게 그곳에서 일하게 되었다. 처음에는 소위 '하우스 보이'라고 불리며 부대 내에서 허드렛일 즉 청소, 빨래, 구두닦이 등 잡일들로부터 통역에 이르기까지 모든 일들을 해야 했다. 저녁에 집에 올 때는 먹다 남은 치즈, 버터, 소고기 통조림 등을 가지고 왔는데 내가 미군 부대에 다니는 동안 동생 전구는 하루 종일 나를 기다리며 지내는 시간이 가장 행복했었다고 한다.

미군 부대를 따라 진해에서 3개월 정도를 보내고 나는 다시 수원으로 올라왔다. 계속되는 전쟁에 집은 엉망이 되었지만 다행히 가족들은 모두 무사했다. 가족들을 돌보기 위해서라도 새 일자리가 필요했지만 전방 근처에서 일자리를 구한다는 것은 그리 쉽지 않았다. 결국 나는 다시 집 근처의 미군 부대를 찾아갔다.

부대 앞에서 보초를 선 사병에게 나는 다짜고짜 통역사 일을 구한다고 말을 꺼냈다. 이 부대 내에 일자리가 없으면 전방 근처로 가는 차라도 태워달라고 요청을 했다. 말도 안 되는 요구에 다들 황당해 했지만 나는 꿋꿋하게 한 시간이 넘게 버텼다. 그 때 부대 안에서 미국인 장교를 태운 지프차가 나왔다. 나는 항상 미군들과 함께 있으면 있을수록 영어 공부도 더 많이 할 수 있고 미국에 갈 수 있는 기회가 많다고 생각했기 때문에 미군부대에 그렇게 집착 한 것이다.

길을 막고 서 있는 한국인 청년을 미국 장교가 의아해 여겼는지 차의 창문이 열었다. 간단한 설명을 하는 사병과 장교의 이야기를 듣는 몇 초의 시간이 몇 시간처럼 길게 느껴졌다.

"무슨 일인가?"

"여기 있는 이 청년이 직업을 구한답니다. 영어를 좀 할 줄 안다는데 혹시 통역사가 필요한지 묻고 있습니다."

장교가 시선을 돌려 나를 바라보더니 영어로 몇 가지 질문을 했다. 능숙하게 대답을 하는 나를 다시 살피더니 그는 나를 태워 자신의 숙소로 향했다. 그 날부터 일주일간 나는 장교의 숙소에서 하우스 보이로 일했다. 그리고 일주일 후, 내가 일하는 것을 눈 여겨 본 장교의 추천으로 강원도 금화에 있던 미 보병 25사단 헌병대에서 통역 일을 하게 되었다.

'뜻이 있으면 길이 있다' 라는 말을 그때 실감했다.

전쟁 중이었지만 통역 일을 하는 것은 그리 힘들지 않았다. 또 같은 부대 내에서 일하는 한국인 노동자들에게 미군들이 시비를 거는 것을 태권도로 겁을 줘 물리치면서 평판도 좋아졌다.

시간이 흐르고 연합군은 평양에 이어 압록강과 두만강까지 진격해 나갔지만 그 영광은 그리 길지 않았다. 12월 중공군이 개입하면서 다시 전세는 역전됐다. 엄청난 숫자의 중공군들이 인해전술(人海戰術)을 쓰며 남으로 반격을 하여 국군과 유엔군은 밀려 내려 올 수밖에 없었다. 중공군에 의해 38선이 다시 돌파되고 1951년 1월 4일, 이른바 1 · 4 후퇴라 불리는 참담함이 있은 이후로 대한민국 정부는 다시 서울을 내

주고 잠시 평택까지 후퇴했다. 그러나 재차 진격에 성공하여 서울을 재탈환했고 전선은 현재의 휴전선 일대로 고착(固着)되었다.

1·4 후퇴로 전선이 어지러워지면서 나는 다시 서울로 돌아왔다. 통역관으로의 경험 덕에 자신감이 생긴 나는 이번에는 서울역에 있던 영국군 병참부대를 찾아갔다. 이 곳에서도 역시 흔쾌히 일을 얻을 수 있었다. 부대 안에는 군 식량을 조달하는 중대가 자리하고 있어 나는 통역과 함께 100여 명이 넘는 거칠고 심술궂은 노동자들을 상대해야 했지만 이때도 내가 태권도 유단자라는 사실이 알려진 덕분에 큰 문제는 없었다.

하지만 이곳에서의 일도 12월을 끝으로 그만두어야만 했다. 한국군에 징집되었기 때문이다.

졸병에서 장교로

1951년 12월, 나는 길을 가다 난데없이 군 징집요원들에게 붙잡혀 논산 훈련소로 보내졌다. 훈련소에서 12주 동안 받은 훈련은 정말 끔찍하게 힘들었다. 언제나 춥고 굶주렸으며 잦은 기합까지 말로 설명할 수 없을 정도로 힘든 시간이 지나고 나서 다른 부대로 배속이 되었다.

그 때가 1952년 1월. 나는 가장 추운 때에 최전방인 철원의 101포병 부대로 보내졌다. 살을 에는 듯이 추운 날씨에 병사들은 들판의 텐트에서 거센 바람을 이기며 얇은 담요 하나로 겨울을 보냈다. 하루 3~4시간 밖에 잘 수 없는 부족한 수면시간과 식량 역시 충분하지 않아 나는 바싹바싹 말라갔다. 믿을 수 없는 것은 우리에게 간신히 지급되었던 군 식량의 대부분이 모두 대대장에 의해 빼돌려 졌다는 것이다.

이런 식으로 얼마를 더 지내야 하는 걸까? 눈앞이 깜깜했다. 전선의 참혹함은 우리에게 그대로 전해졌고 언제 어느 때 죽을지 모른다는 공포감은 겨울 추위보다도 더 매서웠다.

그러던 어느 날, 육군 장교 지원을 받는다는 소문이 들려왔다. 전장에서 제일 먼저 죽는 것이 부대를 이끄는 소모품 장교들이라는 건 모두들 잘 알고 있는 상식이었다. 하지만 또 다른 생각이 내 마음을 유혹했다.

'어차피 전장에서 죽으나, 여기서 이렇게 굶어 죽으나 똑같은데 내가 여기서 배고픔을 견디며 죽을 날만 기다리고 있어야 하는 것일까?

비참한 죽음보다는 지휘관으로 나라를 위해 싸우다 죽는 길을 택한 나는 주저 없이 장교 간부후보생 모집에 지원을 했다. 의외로 시험을 쉽게 통과하고 나는 곧바로 광주에 있는 상무대 훈련학교로 보내졌다. 훈련은 고되었지만 그래도 세 끼를 꼬박꼬박 먹고 따뜻한 숙소에서 잠을 잘 수 있었다. 그것 하나만으로도 나는 충분히 훈련을 견뎌낼 수 있었다. 하지만 시간과 날짜가 하루하루 흘러가면서 공포감과 불안감이 엄습(掩襲)하는 것은 어쩔 수가 없었다. 훈련이 끝나고 육군소위가 되면 곧바로 전장에 투입된다. 진짜 총알이 비 오듯 하는 전투에 임하게 되는 것이다. 내게 남은 시간은 이제 고작 단 두 달밖에 남지 않았다. 과연 내가 살아남을 수 있을까?

사즉필생(死則必生)을 경험

몇 날 밤이 쏜살같이 지나고 훈련과정도 거의 끝나가던 즈음이었다. 1953년 7월 27일, 훈련 종료를 두 주 앞두고 휴전이 되었다. 판문점에서 유엔군 사령관과 공산군 사령관 간의 휴전협정이 조인되면서 정전(停戰)이 된 것이다. 쌍방 간의 비무장지대 등에 관한 규정을 맺고 3년간의 전쟁은 그렇게 막을 내렸다.

나는 이 사실을 믿을 수 없었다. 사즉필생(死則必生-죽기를 각오하면 꼭 살아남는다)이라더니 죽기를 각오하고 장교 과정에 지원한 250명의 젊은이들은 이 세상에서 가장 행운아였다. 새로운 생명을 얻은 것이다!

그러나 대한민국 차원에서 본다면 참으로 불행한 일이었다. 그때 미국이 마음만 먹었다면 특히 맥아더 장군의 고집대로 만주 폭격을 하고 밀고 나갔다면 충분히 북진 통일을 할 수 있었다고 확신한다. 그때의 북한 사정은 최악이었기 때문이다. 그러나 어찌 하랴. 조물주께서 무슨 큰 뜻이 있어서 우리에게 더 큰 시련을 주시려는 것을….

지금 생각해 보니 그때 길에서 붙잡혀서 군대에 끌려간 것, 그리고 총탄이 비 오듯 하는 전방의 전투 중에서 죽기를 각오하며 장교 시험에 응했던 선택이 내가 미국에 올 수 있는 기회를 준 것이며 오늘의 내가 있도록 만든 기회가 된 것이다.

인간만사 '새옹지마(塞翁之馬)'라는 중국의 고사성어(故事成語)가 있으며 'Everything Happen For The Best'라는 영어 속담이 있다. 아무리 나쁜 일이 생겨도 그것은 좋은 결과를 만들기 위한 과정으로 생기는 일이라는 것이다. 이후 이 말은 내 인생의 좌우명의 하나가 되었다.

미국 친구 중에 사업가인 Richard Miller라는 친구가 있다. 200만 달러 짜리 계약을 하기 위하여 오전 9시 플로리다행 비행기를 타려고 아침 일찍 내셔날 공항으로 향하는 중이었다. 그런데 조지 워싱턴 파크웨이에서 일어난 자동차 사고 때문에 교통이 막혀 그만 비행기를 놓치고 말았다. 할 수 없이 뒤늦게 공항에 도착한 Richard는 다음 비행기를 타려고 공항 공중전화로 일단 상대방 회사에 전화를 걸어 사과를 하고 다음 비행기를 기다리고 있었다.

그런데 Richard가 놓친 비행기가 출발을 하려다가 워싱턴과 버지니아를 잇는 포토맥 다리 난간에 부딪쳐 대형사고가 난 것이다. 이 얼마나 큰 행운인가?

결과적으로 파크웨이에서 사고를 내고 죽은 자동차 운전자는 Richard를 살리기 위하여 죽은 살신성인(殺身成仁)이 된 셈이다. 그래서 Richard가 그 죽은 운전자 장례식에 꽃다발을 보냈다는 말을 듣고 참으로 사려 깊은 사람이라고 칭찬했다.

그러하니 이 글을 읽는 독자 여러분들!

아무리 커다란 고난에 처했다 할지라도 부디 실망하지 말기를 바란다. 그것은 여러분에게 더 큰 기회를 주기 위한 과정일 것이다.

　길고 고통스러웠던 3년 간의 한국전쟁은 전국을 폐허로 만들고 수많은 생명을 사라지게 했다. 전쟁이 끝나고도 나라 안은 어수선한 분위기가 감돌았다.

　하지만 나는 그때부터 다시 꿈을 꾸기 시작했다. 소년 시절 나를 몸살나게 했던 미국에 대한 꿈이었다.

　'나는 이 다음에 꼭 미국에 가서 미국 사람들에게 태권도를 가르치며 살테다!'

　폐허가 된 땅에서 나는 다시 예전의 꿈으로 달아올랐다.

장교훈련을 마치고 소위로 진급한 후, 나는 바로 육군 항공대 비행 훈련소에서 6개월 간의 정비교육을 받았다. 그리고 육군 항공학교로 가서 파일럿을 훈련시키는 임무를 맡게 됐다.

그곳에서 나는 예전에 청도관에서 태권도를 가르쳤던 엄운규 사범을 다시 만났다. 그때까지 혼자서 쭉 태권도를 계속 해왔던 나는 그곳에서 엄 사범께 승단 심사를 받고 2단까지 마칠 수 있었다. 그런데 그때 엄운규 씨는 사병이었고 나는 장교였으니 어찌 운명의 만남이 아니겠는가. 그러나 나는 결코 사범에 대한 예우를 게을리 하지 않았다. 그러던 중 청도관에서 같이 태권도를 배운 고재천이라는 선배까지 합세하면서 우리들은 합심해서 군대 안에 태권도 도장을 만들었다. 포병학교 내에 '상무관' 이라는 이름을 짓고 여러 차례 태권도 시범을 보이면서 우리는 일약 상무대 내의 스타가 되었다.

그렇게 1년 반을 보냈을 무렵, 육군 항공정비 교육장교를 모집한다는 공고가 붙었다. 시험에 통과하면 미국으로 연수를 보내준다는 내용이었다.

드디어 꿈에 그리던 미국으로 갈 수 있는 기회였다.

50 : 3이라는 치열한 경쟁을 뚫고 나는 제일 높은 점수로 시험을 통과했다. 그리고 3개월 간의 랭귀지 코스를 거친 후 1956년 6월 1일, 드디어 미국 텍사스로 가는 비행기에 올랐다.

태어나서 처음으로 비행기를 탔다. 미국으로 가는 긴 시간동안 나는 몇 번이나 뺨을 꼬집어 꿈이 아님을 확인했다. 그리고 드디어 샌프란시스코 국제공항에 도착했다. 내 앞에 다가온 첫 번째 기회의 계단을 향해 첫 발을 내딛었다. 텍사스에 가기 전, 나는 샌프란시스코의 도시를 둘러볼 수 있었다.

그곳은 완전히 다른 세상이었다. 전쟁으로 건물이 무너지고 산들은 황토 흙이 흘러내려 시뻘건 민둥산으로 변해 연기가 자욱한 한국의 땅과는 전혀 달랐다. 화려한 네온사인과 마천루(摩天樓)가 즐비한 도시의 빌딩 숲. 아름다운 금발의 여인들은 큰 차를 몰고 거리를 질주했다. 영화 속에서만 봐왔던 세상이 눈앞에 펼쳐지고 있었다.

그 날 본 화려한 밤거리의 모습은 그 후로도 오랫동안 내 머릿속에 아른거렸다. 나중에 잠시 한국에 돌아가 있던 순간에도 밤에 자려고 눈을 감으면 나타나 '빨리 미국으로 돌아가'라고 속삭이며 나를 유혹해 오곤 했다.

월급의 대부분을 꼬박꼬박 모아

샌프란시스코에서 하루를 보내고 나는 다시 텍사스 오스틴으로 이동했다. 긴 여행의 끝은 San Marcos, 텍사스의 Edward Air Force Base 공군기지. 그곳에서 나는 6개월 간의 정비 교육을 받았다. 훈련 프로그램의 클래스에는 20명의 학생들이 있었는데 내가 유일한 동양인이었다. 한국에서는 통역사로 일하면서 나름대로 영어에 자신이 꽤 붙었었는데 온통 미국 사람들 천지인 곳에서 생활하다보니 막상 말이 잘 통하지 않아 또 한번 고생을 할 수밖에 없었다. 나는 이를 악물고 한국에서보다 더 열심히 영어공부에 매달렸다.

훈련기간 동안 나는 매달 200달러의 봉급을 받았다. 그 중에서 50달러만 식비로 지출하고 나머지 150달러를 꼬박꼬박 모았다. 교육이 끝나고 한국에 돌아가야만 하는 상황에서 다시 미국에 오려면 어떻게든 돈을 만들어 두어야 했기 때문이다.

저금을 하는 동시에 나는 다시 미국에 오기 위한 방법을 모색하기 시작했다. 내가 미국에 돌아올 유일한 방법은 유학생 신분으로 돌아오는 것이었다. 그러나 과연 유학비자가 제대로 나올 수 있을 것인가. 며칠을 혼자 끙끙 앓다가 생각해 낸 것이 재정 보증인을 찾아야겠다는 생각이었다.

미국에 연고가 전혀 없는 한국인이 미국으로 유학을 오는 방법은 그의 모든 재정과 신분상 하자가 없다는 것을 미국 국적을 가진 신원이 확실한 사람이 보증해 주어야 했다. 하지만 이제 겨우 미국에 온 지 며칠이 지났을 뿐인 나를 대체 누가 보증을 서 주겠다고 나설까? 그 답은 어렵지 않게 떠올랐다. 나는 미국에 도착한 첫 번째 일요일에 군복을 잘 다려 입고 근처의 한 감리교회를 찾아갔다.

점잖고 편안한 침묵이 흐르는 교회의 나무 마룻바닥은 윤기가 흘렀다. 정성껏 주름을 잡아 다린 육군 장교제복을 입고 들어오는 동양인 청년을 사람들은 신기한 듯 쳐다봤다. 왠지 동물원의 원숭이가 된 기분이었다.

내게 제일 먼저 말을 건 것이 그 교회의 목사님이었다.

"어디서 오셨습니까?"

"저는 한국에서 온 육군중위 준 리라고 합니다. 이곳 텍사스의 공군 기지에서 항공기 정비교육을 받기 위해 연수 중입니다."

"아, 그러시군요. 저는 동양인은 처음입니다. 정말 반가워요. 들어가서 같이 예배를 보시죠."

예배가 끝난 후, 목사님은 나를 앞으로 데리고 나가 교인들에게 소개했다.

"여러분, 오늘 아침 아주 특별한 손님이 우리 교회를 찾았습니다. 여기 있는 준 리 중위는 한국에서 온 군 장교로 근처 항공기지에서 6개월 동안 근무를 할 예정이라고 합니다. 준 리 씨, 이곳에 온 것을 환영합니다."

동양인들을 본 적도 별로 없고 한국인이라고는 전혀 없는 텍사스 교회의 마을 사람들은 순박하고 친절했다. 그들은 따뜻한 마음으로 나를 환대해 주어 나는 낯선 땅에서 잠시나마 외로움을 잊을 수 있었다. 그날 나는 한 미국인 부부를 사귀게 되었다. Rev. Frosty Rich 와 그의 아내 Betsy가 말을 걸어 온 것이다. 그들은 나를 초청해 San Marcos에 있는 텍사스 사범학교의 캠퍼스가 있는 Wesley Foundation(감리교 학생들의 모임)을 구경시켜 주기도 했다. 이 부부를 통해 나는 교회의 많은 사람들을 사귈 수 있었다.

애타게 찾던 보증인

그 날 이후 나는 매 주일마다 교회를 찾았다. 가장 중요한 목적은 6

개월 후에 한국으로 귀국했다가 다시 미국으로 돌아올 수 있도록 재정 보증인이 되어 줄 사람을 찾는 것이었다. 성실하게 예배에 참석하는 나에게 사람들은 호감을 보였고 그러면서 '한국에서 온 준 리가 미국 유학을 위해 재정 보증인을 찾는다' 는 얘기도 점차 교회 안에 알려지게 되었다. 하지만 Frosty 부부는 나를 위해 보증을 서 주겠다고 나서지 않았다. 시간이 지날수록 나는 절망에 빠졌다.

어느새 6개월이 흘러가고 내가 미국에서 보내는 마지막 주일이 돌아왔다. 그때까지도 보증인을 구하지 못한 상태였다. 마지막 일요일. 잠시 자리에 누워 고민에 빠졌다. 보증인도 구하지 못하고 마음도 언짢은데 교회에 꼭 갈 필요가 있을까? 어차피 한국에 돌아가면 다시 돌아오지도 못할 터였다. 계속 고민을 하던 나는 일어나서 군복을 집어 들었다. 어차피 마지막이라면 인사라도 하고 마지막을 좋게 헤어지는 것이 낫겠다는 생각이었다. 다른 날보다 더욱 정성 들여 준비를 하고 교회로 향했다.

그 어느 날보다도 우울한 예배였다. 내 손을 잡고 아쉬워하는 사람들은 많았지만 그 중에 나를 도와줄 사람은 영영 없는 것인가 싶어 가슴이 답답했다. 철없던 14살 소년의 꿈은 그냥 스쳐가는 바람처럼 그대로 사그라지고 말 것인가. 내 눈을 그토록 부시게 했던 화려한 미국의 거리는 나를 받아들여 주지 않는 것인가.

설교가 끝나고 목사님이 나를 불렀다.

"여러분, 오늘은 준 리가 미국에서 보내는 마지막 주일입니다. 준 리가 미국에서 계속 공부를 하기 위해서는 우리의 도움이 필요합니다.
이 중에서 그에게 도움이 되어주실 분이 안 계십니까?"

저 편에서 한 노신사가 조용히 일어섰다.

"목사님, 제가 준 리의 재정 보증인 되겠습니다."

순간 나는 내 귀를 의심할 뻔했다. 지금 저 분이 나에게 도움을 주겠
다는 것인가. 고개를 돌려 목사님을 바라보니 목사님은 환하게 웃고
있었다.

"서프라이즈!"

알고 보니 나를 제외한 교회의 모든 사람들이 미리 짜고 이 좋은 소
식을 숨기고 있었던 것이다. 한국에서 온 청년이 과연 교회를 눈속임
으로 나오는 것인지, 아니면 도움을 줄 사람이 없다 해도 끝까지 교회
에 나올 것인지 그들은 지켜보고 있었던 것이었다. 만약 내가 그 날
교회를 가지 않고 내 방에서 마냥 미적미적 하루를 보냈다면 현재의
나는 아주 다른 모습이었을 것이다.

'마지막 순간까지 최선을 다 하는 것!'

나를 위해 재정 보증인으로 나선 노신사의 이름은 Robert L. Bunting
씨였다. 부동산 중개인인 Bunting씨 부부는 내 손을 잡고 함께 제단
앞으로 걸어 나갔다. 목사님의 주도 아래 모든 교인들이 일어나 내가
무사히 다시 미국에 돌아올 수 있기를 축복하며 찬송가를 함께 불렀
다. 그 순간부터 내 꿈은 다시 미래를 향해 달려나가기 시작했다.

예배가 끝나고 Bunting씨 부부는 나를 집으로 초대해 오찬을 열어주
었다. 그 날 자리에서 그들은 나에게 텍사스 대학의 John G. Flowers

총장을 소개해 주었다. 그 분은 훗날 내가 다시 미국으로 유학을 왔을 때 나에게 여러모로 큰 힘이 되어 주셨다.

다음 날로 짐을 꾸려 나는 한국으로 떠나는 비행기에 몸을 실었다. 창문으로 내려다보는 미국 땅은 몇 시간을 가도 끝이 없는 큰 나라였다. 바둑판 같이 잘 정리된 끝도 없는 농장과 남자의 기상처럼 장엄한 록키산맥의 눈 덮힌 높은 산들, 시뻘건 무용지물 같은 풀 한 포기 없는 사막의 광활함…. 참으로 큰 이 나라에 다시 돌아오겠다는 꿈을 꾸면서 귀국 비행기에 오른 것이다. 미국 땅을 보는 내 마음은 절망 대신 거대한 풍선처럼 부푼 희망으로 가득 찼다.

미국과 다른 풍속에서 살아온 한국 사람들은 대개 한두 번씩은 큰 실수를 저지르게 된다. 나 역시 예외가 아니었다.

하루는 날이 너무 더워 장교들의 수영장을 찾아갔다. 한국에서 수영복을 본 적이 없는 나에게는 모든 사람들이 속내의를 입고 수영을 하는 것으로 보였다. 그래서 나도 속내의를 입고 나와 물 속으로 뛰어들었다. 그랬더니 사람들이 나를 보며 키득거리기 시작했다. 조금 있다 Life Guard(안전책임요원)가 와서 나에게 하는 말이 "너 돌았느냐?" 하며 수영복을 입으라고 했다. 그래서 나는 이게 수영복이 아니고 뭐냐고 되물었다. 그때 그는 내가 외국인이라서 잘 모르는 것을 눈치 채고 조용히 사람 없는 곳으로 데려갔다. 그의 설명을 듣고 나는 쥐구멍이라도 있었으면 하는 심정이었다. 그 후로 장교 수영장은 부끄러워 들어가지 못하고 하사관 수영장만 드나들었다. 지금 생각하면 참 우스운 일이다.

또 한번은 도서관에서 공부를 하다가 건너편 문을 열고 걸어 들어오는 친한 금발 여학생을 손짓으로 불렀다. 가운에 손가락으로 사람을 부르는 것이 욕이라는 것을 알 턱이 없었던 나는 그 친구를 그렇게 부르고 말았다. 그 여학생이 밖으로 나를 조용히 불러내 그 제스처의 뜻을 설명해 주었을 때 나는 얼굴이 뜨거워졌다. 이것은 유학생으로 돌아온 다음 달 일어난 일이었다.

미국 유학 가겠다고 폭탄선언

한국으로 돌아온 첫 날, 준구가 미국에서 왔다고 내 얼굴을 보기 위해 온 친척들 앞에서 나는 미국 유학을 가겠다고 또 한 번의 폭탄선언을 던졌다. 이제 전쟁도 끝나고 준구도 왔으니 호강하겠다는 인사치레를 듣던 어머니의 얼굴도 새하얗게 질렸다.

"애 준구야! 그게 무슨 말이냐? 미국을 또 간다니?"

"할아버지, 아버지. 저는 다시 준비를 해서 미국 유학을 갈 계획입니다. 이미 미국 땅에서 절 돌보아 줄 보증인도 찾았고 대학 쪽도 다 알아봤습니다. 군 복무가 끝나는 대로 다시 미국으로 가겠습니다."

아연실색(啞然失色)한 친척 어른들 가운데 할아버지께서 무겁던 입을 떼셨다.

"준구야, 그 먼 땅에 꼭 가야만 하겠느냐?"

"예, 전 어릴 적부터 미국에 가겠다는 꿈을 항상 가지고 있었습니다. 가서 부끄럽지 않게 열심히 살겠습니다. 믿어 주세요, 할아버지."

결국 그 날 밤, 건너방에서 회의가 열렸다. 마루에서 이제나 저제나 결과를 기다리던 나는 옆에 다가와 앉으신 어머니의 얼굴을 차마 바로 볼 수 없어 고개를 숙였다. 전쟁 중에 여기저기 떠돌아다니는 아들 걱정으로 하루도 제대로 잠을 이루지 못했다는 어머니, 이제 다시 나를 미국으로 보내면 그 마음이 오죽 하실까…. 집안 살림을 건사하느라 이제는 거칠거칠해진 어머니의 손을 가만히 잡는 나에게 어머니는 가타부타 말씀이 없으셨다. 대신 내 손을 꼭 잡아 주셨다.

"네가 어떤 결정을 해도 나는 너를 믿으마."

"어머니, 가서 꼭 열심히 살겠습니다."

잠시 후, 건넌방 문이 열렸다.

"네 뜻이 정 그렇다면 미국으로 가거라."

엄청난 반대를 예상하고 있던 나는 뜻밖의 이야기에 어안이 벙벙해졌다.

"예?"

"전쟁 중에도 혼자 미국을 다녀온 너인데 유학인들 못 가겠니? 가려고 해도 방법이 없어서 다들 꿈도 못 꾸는 미국 유학인데 기회가 주어졌다면 가야지. 우린 그렇게 결정했으니 다녀오거라."

믿을 수가 없었다. 이렇게 빨리 결정이 나다니! 어른들께서는 내가 미국에서 공부를 하고 돌아오면 출세도 하고 내 뜻을 펼칠 수 있을 거라고 생각하셨기 때문에 선뜻 유학을 허락하셨던 것 같다.

나일론 옷감으로 유학비용 마련

나는 그 날로 홀가분한 마음에 유학 준비를 위해 뛰어다녔다. 일단
은 텍사스에서 정비교육을 받느라 다 마치지 못했던 군 복무가 문제였
다. 남은 1년의 시간을 채우면서 나는 동시에 유학시험을 준비했다.
당시엔 미국 유학을 가기 위해서는 문교부의 유학시험을 통과해야만
했다. 군 복무를 하는 동안에도 틈틈이 공부를 한 덕분에 50대 1의 경
쟁을 뚫고 유학시험을 통과하고 곧바로 제대를 했다.

일단 자격은 갖췄지만 미국에 갈 비행기 값이 문제였다. 텍사스에
있는 동안 월급에서 떼어 꼬박꼬박 150달러씩 모아서 쓰고 남은 돈이
총 750달러. 한국에 들어오면서 나는 그 750달러로 나일론 옷감을 잔
뜩 사 가지고 왔었다. 전쟁 후에 옷감이 귀해진 상황이라 그런지 나일
론 옷감들은 날개 돋친 듯 팔려나갔다. 막상 미국에서 그 옷들을 살
때만 해도 과연 이것들이 돈이 될까 불안했었는데 내 판단이 적중한
것이다.

그렇게 해서 옷감을 다 팔고 모아진 돈을 환불하니 2200달러가 됐
다. 그리고 6개월 동안 사용하던 TV, 전축과 녹음기를 셋째 작은 아버
지께서 유학비 보태주시는 셈치고 좋은 가격으로 주셔서 500여 달러
를 합해 2700달러가 되었다. 그 돈으로 비행기 표를 사고 다시 짐을
꾸렸다.

1957년 11월 21일, 공교롭게도 1953년 11월 21일 간부후보생 장교임관 한 똑같은 날, 만 4년 만에 어릴때 부터 꿈에 그리던 유학생으로 나는 다시 한 번 미국행 비행기에 올랐다. 이번엔 정말로 희망에, 그리고 큰 꿈에 가득 부풀어 있었다.

내 앞에 어떤 길이 기다리고 있을지 알 수 없었지만 일제 시대는 물론 수많은 사람들이 목숨을 잃었던 처참했던 6·25 전쟁을 이기고 살아남은 나였기에 어떤 어려움이 닥치더라도 다시 일어설 수 있음을 믿었다.

나를 미국으로 보내면서 할아버지는 "어떠한 상황에서도 네가 대한민국 사람이라는 것을 잊지 말고 네 가족들은 물론 국가와 민족을 항상 생각하라"고 말씀하셨다. 그 말씀은 이후 두고두고 나를 역경에서 일으켜 세우는 힘이 되었다. 아무리 힘들고 고통스럽더라도 한국의 가족들과 친지들을 생각하면 기운이 났고 미국인과의 경쟁에서 뒤쳐질 때면 낯선 땅에서 이렇게 쓰러질 순 없다고 생각하며 다시 일어났다.

미국이 한국보다 하루가 늦기 때문에 같은 날인 11월 21일에 점점 멀어져가는 고국의 산하를 뒤로하며 넓고 광활한 태평양을 건너 미국에 도착했다. 6개월의 훈련을 받고 미국에서 귀국한 지 만 11개월만에 이루어낸 꿈의 실현이었다. 긴 비행이 끝나고 나는 드디어 미국 땅에 발을 내려놓았다. 당시 내 주머니 속엔 46달러가 내가 가진 전부였다.

여기까지가 바로 내가 미국에서 새로운 인생을 어떻게 시작했는지에 대한 긴 서두이다.

텍사스에 도착해 이런저런 서류들을 처리하고 봄 학기를 기다리는 동안, Frosty는 나에게 Kansas 지방에 있는 감리교 신학대 학생회 모임에 함께 가자는 제의를 했다. 지루함도 달래고 사람들도 사귀어 볼 겸 동행한 나는 그곳에서 있었던 4일 간의 회의에서 큰 자극을 받았다.

둘째 날이던가, 게스트로 초대받은 중국계 학생이 연단에 올랐다. 막 입을 열어 연설을 시작하는 순간, 나는 그가 중국에서 유학을 왔다는 사실을 믿을 수가 없었다. 그만큼 그의 연설 내용이나 발음이 완벽했던 것이다. 거기에 비교하면 내가 쓰는 영어는 아주 창피한 수준이었다. 그 날로 당장 목표를 세웠다. 미국 본토인들의 수준만큼 영어를 구사하겠다는 것이었다. 그렇게 목표를 세우고 죽기 살기로 영어에 매달린 결과는 금방 나타났다.

텍사스 대학의 총장인 Flower 박사는 그 후, 대학에 다니는 동안 나를 양자처럼 여기면서 장학금을 받을 수 있게 도와주셨다. 한번은 이분이 자신이 멤버로 있는 로터리 클럽에 나를 초대했다. 한국에서 온 나를 소개하고 클럽의 장학금을 받게 해주려는 생각이었던 것이다. 클럽 모임에서 나는 그 분의 배려로 한국에 대한 소개를 하게 됐다.

상류층의 사람들이 주로 모이는 로터리 모임에서 연설을 해야 하는데 발음도 억양도 엉망이라면 큰일이 아닌가! 모처럼의 배려도 수포로 돌아가게 되는 것이다. 미국에서 군 교육을 받는 동안 혹시 도미(渡美) 유학에 성공하여 다시 미국에 왔을 때 한국을 소개하는 연설기회가 많을 것을 예상한 나는 녹음기를 하나 사서 발음이 좋은 미국장교 친구에게 연설하는 방식으로 녹음해 줄 것을 부탁했다. 나는 연설 준비동안 이 30분 원고를 노래하듯 달달 외어버렸다.

전형적인 미국식 발음과 억양이 담겨있는 그 테이프를 몇 번이고 돌려 들으면서 연설문을 외워 나갔다. 나중에는 녹음테이프가 다 늘어날 지경이었다.

그리고 로터리 클럽 모임 날, 수많은 사람들 앞에서 나는 일사천리로 연설을 해 나갔다. 분명히 한국에서 온 지 얼마 되지 않았다고 했던 내가 훌륭한 발음과 억양으로 줄줄 연설을 해 나가자 사람들은 모두 깜짝 놀랐다.

연설이 끝난 후, 근처 대학의 교수님이 특별히 나를 불러 내 전공이
뭐냐고 물었다.

"엔지니어를 목표로 공부를 하고 있습니다."

"허허, 준 리 씨, 당신은 엔지니어보다는 정치가가 되는 게 낫겠습니
다. 정말 좋은 연설이었어요."

그 날의 모임은 성공이었다. Flowers 박사는 나를 위해 로터리 클럽
의 장학금을 지원해주고 수양아들처럼 여겼다. 방학 때 기숙사가 문을
닫으면 자신의 집에서 묵게 해주었고 종종 여러 모임에도 함께 했다.
그러다보니 다른 교수들도 나에게 잘해 주게 되었고 여러 가지로 편한
대학생활을 할 수 있었다.

접시닦기로 생활비 벌어

학교에서의 평판도 좋아지고 장학금도 탈 수 있게 되었지만 또 다른
문제가 있었다. 학비는 장학금으로 충당한다지만 기숙사비 등을 포함
한 생활비가 나올 곳이 없는 것이다. 한국 집에 연락해 생활비를 부쳐
달라는 생각은 감히 할 수도 없었다. 어떻게 떠나온 유학인데 나를 철
썩 같이 믿고 계신 어른들께 안 그래도 넉넉하지 않은 집안 형편도 형
편이려니와 당시 국가적인 사정이 달러를 보낼 형편이 도무지 못 되었
으니 생활비까지 달라는 것은 상상도 할 수가 없는 것이다.

그래서 전에 정비교육을 받으러 왔을 때 주로 다녔던 항공기지의 장

교 식당에 아르바이트 자리를 얻었다. 매 끼니마다 산더미처럼 쌓이는 접시를 닦는 일이었다. 장교 식당의 매니저는 나를 보고는 아연한 표정을 지었다. 전에 장교로 왔을 때는 꼬박꼬박 말끝에 Sir를 붙여가며 깍듯이 존대를 했던 나를 이제는 접시닦이로 부려야 한다니 당황스러울만도 하다.

깔끔한 제복을 입고 장교로 대접받다가 접시를 닦고 있자니 그저 웃음만 나올 수밖에…. 세상은 참 신기하다. 하루아침에 전쟁이 터지기도 하고 서로의 위치가 금새 바뀌기도 한다. 그 안에서 치열한 경쟁을 이기고 살아남아야 하니 이 얼마나 힘든 세상인가!

6명으로 시작한 태권도 클럽

낮에는 공부를 하고 밤이면 식당에서 접시를 닦는 생활이 계속 됐다. 어느 정도 자리를 잡았다는 생각이 들 즈음, 나는 내가 미국에 온 목적을 다시 한 번 상기했다.

바로 미국인들에게 한국의 고유 무술인 태권도를 알리는 일, 세계에 한국 태권도의 위상을 떨치는 일이었다.

그 날로 나는 대학교 내에 태권도 클럽을 세우기로 결심을 하고 체육부를 찾아갔다. 당시 텍사스 대학 체육부에서 교내 모든 스포츠 클럽을 관장하고 있었는데 난데없이 나타난 한국 유학생이 알지도 못하는 무슨 클럽을 만들겠다고 나서니 쉽게 허가를 내주지 않았다. 일단은 태권도가 뭔지를 보여줘야겠다는 생각에 나는 체육관을 빌려 사람

들을 모아놓고 태권도 시범을 보였다. 미국에 온 지 5개월 만인 1958
년 4월의 일이었다.

생전 처음 듣는 태권도라는 동양무술 시범을 보이겠다는 얘기에 학
생들이 많이 몰려들었다. 그 앞에서 나는 한국에서 가져온 도복을 꺼
내 입고 발차기의 기본 동작과 송판 격파시범을 보였다. 체육관의 모
든 학생들은 한국인인 내가 쉽게 두꺼운 송판을 격파하자 환호를 보냈
고 이단 옆차기로 한 줄로 세워진 시범단들을 쓰러뜨리니 모두 놀라는
눈치였다. 체육부의 여자 부장은 태권도에 반해 바로 태권도 클럽 개
설을 허가해 주었다. 무용과 교수였던 Clara Gamble 교수는 내 제자
중 제일 먼저 검은 띠를 딸 정도로 태권도에 깊은 관심을 보였다. 자
기가 가르치는 학생들에게도 열렬한 태권도 전도사로 나설 정도였다.

교내 게시판에 내가 공들여 만든 태권도 클럽 모집 포스터를 붙이고
나자 많은 학생들이 찾아왔다. 첫 날 태권도를 배우겠다고 온 학생이
총 6명. 그 다음부터 입 소문이 퍼지면서 점차 학생 수는 늘어갔다.

태권도를 가르치며, 또 대학에서 공부를 하면서 그렇게 2년이란 시
간이 흘렀다. 어느 정도 기본 과정을 마치고 나서 나는 엔지니어 상급
과정을 공부하기 위해 Austin에 있는 텍사스 대학으로 옮겨가게 되었
다. 대신 태권도 클럽의 운영은 그동안 길러냈던 제자 중 Clara
Gamble에게 맡겼다. 정들었던 많은 사람들과 아쉬운 이별을 하고 새
로운 곳으로 가게 된 나는 역시 그곳에서도 태권도 클럽을 개설했다.

이미 한 번의 경험이 있었기 때문에 여기서 다시 새롭게 클럽을 만

드는 것쯤은 그리 어렵지 않았다. 한마디로 광고의 요령을 깨달은 것이다.

Linden B. Johnson 전대통령의 모교인 이 대학은 학생수가 3만 명이 넘는 큰 규모였다. 그 중 500여 명의 학생들이 나의 태권도 시범을 구경하러 몰려들었다. 그리고 다음 날 깜짝 놀랄 일이 벌어졌다. 하루에 175명의 학생이 태권도 클럽에 등록을 한 것이다. 그들이 10달러씩 낸 교습료만 1700달러가 훌쩍 넘었다. 당시 교수들의 봉급이 600~700달러인 것을 생각하면 그 돈이 어느 정도 큰 것인지 짐작할 수 있을 것이다. 그렇게 받은 태권도 교습료는 이후 아주 유용하게 쓰였다. 꾸준히 태권도 강습을 하면서 생활비를 벌어 쓰고, 또 3학년이 되어서는 아래 학년의 시험 답안을 채점하는 아르바이트를 얻을 수 있었다. 내가 태권도를 가르치다보니 불량한 학생들도 나에게 시비를 걸 수 없음을 파악한 기숙사에서 내게 기숙사 사감을 맡아달라고 요청을 해왔다. 대신 식사비를 포함한 기숙사비를 면제해 주겠다는 것이다. 그 덕에 나는 텍사스 대학에서 공부하는 동안 특별히 돈에 어려움을 겪지 않고 편하게 유학생활을 계속할 수 있었다.

워싱턴에서 태권도장을 열다

사람의 운명이란 때론 전혀 알 수 없는 방향으로 흘러가기도 한다. 만약 내가 그대로 계속 텍사스 대학에서 전공을 마쳤다면 지금의 내 인생은 또 어떻게 달라져있을지 모르는 것이다.

하지만 운명의 신은 나를 텍사스를 떠나 워싱턴으로 인도했다.

1962년 5월, 나는 마지막 한 학기 12학점 만을 남겨두고 여름방학을 맞았다. 그러던 어느 날 워싱턴 국방성에서 무술사범이 필요하다는 연락이 왔다. 고민 끝에 나는 결국 워싱턴으로 향했다.

워싱턴에서 태권도를 가르친다는 것은 미국의 중심에 태권도를 심는다는 말과도 같았다. 텍사스에 있을 때부터 워싱턴 진출을 남몰래 생각하고 있었던 나에게는 이번만한 기회가 없다 싶었다.

마침 집이 워싱턴인 학생 william이 가는 길이라며 나를 태워주기로 했다. 그 넓은 땅을 사흘이나 걸려 운전을 하고 가면서 새삼 나는 미국의 거대한 크기에 놀랄 수밖에 없었다. 서울에서 부산까지 기차를 타면 하루. 한국전쟁 때 내가 막내 동생을 데리고 아산에서 수원까지 걸어 올라왔을 때도 사흘 정도였는데…. 아침부터 저녁까지 꼬박 60마일 이상의 속력으로 운전을 하는데도 4일이나 걸린다니…. 상상할 수조차 없는 넓이였다.

노란 흙먼지를 뒤집어쓰고 워싱턴에 도착했지만 그곳에는 전혀 기대하지 않았던 것이 기다리고 있었다. 나를 국방성 무술사범으로 초청했던 담당자가 다른 곳으로 전근을 간 것이다. 망연자실(茫然自失)하여 그 자리에 주저앉아버릴뻔 했다. 나는 다시 생각을 하기 시작했다.

'어차피 텍사스로 돌아간다 해도 한 학기면 곧 졸업인데 꼭 다시 돌아가야 할 필요가 있을까? 어렵게 온 미국의 수도 워싱턴에서 태권도 도장을 여는 건 어떨까? 만약 이곳에서 태권도 도장을 열게 된다면 오

히려 도움이 될 수 있을지도 모른다.'

결국 나는 텍사스로 다시 돌아가는 것을 포기하고 워싱턴에 정착하기로 마음을 먹었다. 마침 주미 한국대사관에 무관(武官)으로 있던 박보희 대령을 찾아가서 인사를 하고 곧바로 YMCA에서 태권도를 가르치는 일자리를 얻었다. 그렇게 한 달 정도를 지내다가 도장을 열 수 있을 만한 곳을 수소문하여 세를 얻었다.

6월 28일, 드디어 워싱턴에 나의 첫 번째 태권도 도장을 열게 되었다. 3개월의 여름방학 동안 잠시 소일거리로 국방성에서 태권도를 가르치기 위해 왔던 것이 워싱턴에 영원히 눌러앉는 계기가 되었다.

박보희 씨로부터 400달러를 빌리다

1962년 6월 28일, 나는 워싱턴의 K스트리트 2035번지에 '준 리 태권도'라는 이름으로 첫 도장을 열었다. 당시 돈이 없어서 주미대사관의 무관(武官)이며 6촌 형뻘인 박보희 씨로부터 400달러를 빌려 개관을 했다. 도장을 열고 이전에 텍사스에서 했던 것처럼 「워싱턴포스트」에 조그맣게 '준 리 태권도 도장에서 관원을 모집한다'고 광고를 냈다. 태권도 시범을 보이기로 한 날, 125명의 관중이 찾아왔다. 미국에 처음으로 한국 태권도장이 생겨났다고 해서 당시 주미 대사였던 정일권 대사가 특별히 그날 축하연설을 해주셨다.

"한국 속담에 작은 고추가 맵다는 말이 있습니다. 여기 있는 준 리 씨는 키는 작지만 아주 대단한 태권도 명수입니다. 미국에 한국의 무술인 태권도가 소개된다는 것은 정말 기쁜 일입니다. 앞으로 태권도를, 그리고 한국에 많은 관심을 가져주세요.”

이 때 황재경 목사님이 하시던 ‘미국의 소리(Voice of America)’ 방송을 통해서 태권도장 개관식 중계방송까지 했는데 한국의 우리 가족과 친구, 친지들도 함께 들었다고 한다.

그 날 시범이 끝나고 그 자리에서 도장에 등록을 한 사람이 20명. 점차 그 수가 늘어 문을 연 두 달 뒤인 1962년 8월 말에는 관원이 125명으로 늘어났다. 그 덕에 400달러를 빌려서 시작한 태권도장이지만 3개월 후에는 그 돈을 모두 갚을 수 있었다. 125명의 학생이 모아진 다음에는 텍사스로 돌아가 12학점을 마치고 졸업하겠다는 생각을 완전히 접어버렸다.

나는 다시 생각해 보았다.

“If your dream is long enough and strong enough, the dream will become a reality sooner or later.”

꿈을 강하게 오래 간직하면 그 꿈은 꼭 실현될 수 있다는 말이다.

도장을 연 지 한 2개월 정도 됐을까? 나날이 입 소문이 번지고 있는 준 리 태권도장을 두고 인근의 다른 체육관에서 좋지 않은 시선을 보낸다는 얘기가 몇 번 들렸다. 그리고 나서 며칠 후, 근처에서 유도장을 운영하는 일본인 관장(요지야마까와)이 나를 찾아왔다. 준 리 태권도장에 대한 소문을 듣고 시비를 걸러 온 것이었다. 유도복을 입은 뚱뚱한 일본인 관장은 덩치가 나보다 두 배나 큰 사람이었는데 근방에서는 유도의 고수로 알려져 있었다. 들어오자마자 그는 바로 "한 수 배우겠다"고 하면서 공격 자세를 취했다. 직접 자기와 대련을 해서 동작을 알려달라는 것이다. 관원들이 보는 앞에서 나를 꺾어 태권도를 워싱턴에서 발을 붙이지 못하게 하겠다는 생각인 듯 했다. 하지만 승부는 단 5초 만에 싱겁게 끝이 났다.

"'아' 동작을 하면서 나에게 본 때를 보이려는 거구나…."

나는 단단히 마음을 먹고 틈을 보다가 그 일본인이 손 찌르기 동작을 하면서 나를 한 대 치려는 걸 순식간에 막으면서 발차기로 그를 거꾸러뜨렸다. 학생들 앞에서 제대로 본때를 보여준 것이다.

내 발차기를 맞은 일본인 관장은 잠시 넘어져서 끙끙대더니 슬그머니 일어나서는 인사를 하고 나가버렸다. 일단 그를 보내긴 했지만 한편으론 걱정도 됐다. 이번 일을 빌미로 계속 시비를 걸어오지 않을까 하는 생각이 들었던 것이다. 그러나 그 일본인 관장은 그 후로 단 한 번도 시비를 걸어오거나 우리 도장을 방해한 적이 없었다. 오히려 자기 도장으로 무술을 배우러 오는 학생들 중에 태권도가 더 잘 맞겠다 싶은 학생은 준 리 태권도장을 소개해줘서 나를 도와주기까지 했다. 그 다음부터는 그와 왕래를 하며 친하게 지내게 되었으며 파티 때나 행사가 있으면 서로 열심히 도와주는 관계가 되었다.

이런 사건을 겪은 후, 준 리 태권도장은 날로 번창해갔다. 나 혼자 사범도 하고, 경영도 꾸려가고, 도장 청소까지 다 해내니 수강생이 날로 늘어나도 따로 지출할 돈이 특별히 없었다. 그렇게 돈이 막 모이면서 2년 후에는 하잇스빌, 베데스타, 버지니아 지역까지 총 4군데에 도장을 더 세울 수 있었다.

준 리 태권도장의 성공으로 나는 워싱턴에 뿌리를 내릴 수 있었고 지금까지 수십 년을 살고 있으니 이곳은 이제 나의 제2의 고향과도 같다. 그렇게 해서 '워싱턴의 대 사범 준 리'의 신화는 시작되었다.

태권도가 미국 국회의사당에 진출하다!

미국의 수도인 워싱턴에서 한국 무술인 태권도를 가르치는 작은 키의 한국 남자, 준 리. 이것이 내가 최초로 워싱턴에 알려진 이름이었다. 하지만 2년 후 신문과 TV에서는 새로운 별명을 붙여서 부르기 시작했다. 바로 '미 국회의원들의 사부, 준 리'라는 별명이었다.

나는 특별히 정치 지향적인 사람은 아니다. 그러나 태권도가 세계에 전파되기 위해서는 미국의 힘을 활용하지 않으면 안 된다는 것을 인식하고 있었다. 미국의 힘 중에서 가장 직접적이고 강력한 것은 바로 정치. 이미 내가 워싱턴에 도장을 차리면서부터 나는 태권도를 세계화해야 한다고 생각했다. 그래서 워싱턴에서 국회의원들에게 태권도를 가르치게 된 것이다.

내가 미국의 국회의원들에게 처음 태권도를 가르치게 된 계기는 아주 우연히 시작되었다.

차근차근 도장을 늘리고 조금씩 준 리 태권도의 이름을 알려가던 1965년의 어느 날, 「워싱턴 포스트」에 기사가 하나 실렸다. '제임스 Cleveland'라는 뉴햄프셔 출신 국회의원이 강도를 만나 작은 부상을 입고 돈을 빼앗겼다는 내용이었다. 1면에 크게 실린 그 기사를 본 순간, 내 머리 속을 스치는 생각이 있었다. 그 자리에서 나는 당장 제임스 Cleveland 의원에게 전화를 걸었다.

"저는 한국에서 온 준 리라고 합니다. 현재는 워싱턴에서 태권도라는 한국 무술을 가르치고 있습니다. 만약 태권도를 배우신다면 앞으로 그런 봉변을 당하더라도 충분히 방어를 할 수 있을 겁니다."

잠자코 내 얘기를 듣던 Cleveland 의원은 몇 번인가 사양을 했다. 하지만 내가 계속 권유를 하자 못내 사양하던 그도 나중에는 날짜를 지정해 주고는 자기 사무실을 찾아와 달라고 부탁하게 되었다.

며칠 후, 다시 전화가 왔다. 상원의원 1명하고 하원의원 2명이 합류하게 되었으니 도복을 4벌 준비해 달라는 얘기였다. 각자 사이즈에 맞춰 도복을 준비해서 약속된 날짜에 Cleveland 의원의 사무실을 찾아가니 예상외로 많은 사람들이 모여 있었다. 태권도를 배우겠다는 국회의원 외에도 「라이프」와 「워싱턴 포스터」의 기자들이 몰려와 있었던 것이다. 아마도 배우는 것을 선전하기 위해 기자들을 불렀던 모양이다.

나는 좋은 생각이 떠오르면 즉시 시작하는 버릇이 있다. 절대 내일로 미루지 않는다. 그렇기 때문에 많은 실수를 저지르기도 하지만 내가 만약 Cleveland 의원에게 즉시 전화를 걸지 않고 미루었다면 그 기회를 영영 갖지 못했을 수도 있는 것이다.

여하튼 그 날의 첫 수업이 1965년 5월 6일자 「라이프」와 「워싱턴 포스터」에 대대적으로 실리면서 준 리 태권도는 단번에 유명세를 타게 됐다. 그 뒤로 많은 정치인들이 나를 찾기 시작했다.

미 국회의원 무료교육

'뜻이 있는 곳에 길이 있다' 라는 말이 실감이 났다. 그리고 길이 있으면 반드시 목적지까지 갈 수 있는 여러 방법이 있다는 진리를 찾았다. 당시만 해도 한국인이 흔치 않던 때에 태권도라는 신기한 한국 무술을 가르친다는 것, 그것도 미국의 국회의원들에게 가르친다는 것은 아주 재미있는 기사거리였다.

그 후로 자주 나에 대한 이야기가 실리면서 한국 특파원들 역시 경쟁적으로 한국에 내 소식을 전하기 시작했다. 그때부터 한국과 미국에 본격적으로 태권도 붐이 일어나기 시작한 것이다. 많은 태권도 사범들에게 해외진출의 꿈을 부채질하기 시작했고 나는 그들의 선망의 대상이 되었다.

그 날 4명의 국회의원들을 시작으로 나는 본격적으로 미 국회 상·하원들에게 태권도를 가르치기 시작했다. 교습료도 없이 무료로 말이다. 어떤 이들은 나에게 국회의원들이라면 교습료를 훨씬 더 많이 받을 수도 있고 일주일에 사흘을 꼬박 할애하고 도복이나 책, 비디오, 안전기구까지 무료로 주는 것이 바보 같은 짓이라고들 했다. 하지만 나는 절대 그렇게 생각하지 않았다. 돈 몇 푼의 교습료 대신에 내가 얻은 것은 그보다 더 큰 가치가 있는 미 정계 국회의원들의 신뢰였다.

몇 번인가 여러 의원들이 나에게 태권도 교습료를 내겠다고 얘기를 한 적이 있었다. 그때마다 나는 그들의 제의를 정중하게 거절했다. 그리고 대신 부탁을 한 가지 했다. 강연이나 인터뷰 자리가 있으면 그들이 배우고 있는 태권도에 대해 그리고 태권도의 나라인 한국에 대해 소개해 달라고 말이다. 그들은 나의 말에 감명을 받았고 내 부탁대로 기회가 될 때마다 성심성의껏 태권도를 홍보해 주었다. 한미 관련 문제가 있을 때 '친한파(親韓派)'라고까지 불리며 한국에 우호적인 태도를 보여주었음은 물론이다.

내가 정말 자랑스럽게 생각하는 것은 국회에서 태권도 수업을 하면서 매일 운동하기 직전에 미국 국가, 그리고 애국가에 맞춰서 태권도 동작을 했다는 것이다. 그렇기에 내 밑에서 배운 의원들은 모두 애국가를 다 알고 있다.

8년 전인가 우루과이라운드(UR) 농산물 무역협상 테이블에서 미국의 농림부 장관 '마이클 에스피' 가 한국 허신행 장관을 만나 애국가를 불러준 이야기는 지금까지도 두고두고 회자되고 있는 사건이다.

1965년부터 시작한 국회에서의 태권도 수업은 40년이 다 된 지금까지도 계속해오고 있다. 일주일에 세 번씩, 아침 7시부터 한 시간씩 미국 국회의사당 내의 레이번 빌딩 국회의원 전용 체육관에 있는 태권도 훈련장에서 국회의원들은 단정하게 도복을 입고 태권도를 배운다.

내가 국회의원들을 가르치는 모습은 여러 차례에 걸쳐 CNN 그리고 ABC와 NBC TV 방송망을 통해 방송되었다. 그리고 미국의 국회의원들은 공화당이니 민주당이니 하는 소속 정당에 관계없이 나를 스승으로 모시고 있다.

한번은 민주당 대 공화당 의원들끼리 태권도 시합을 벌여 워싱턴 방송가의 화제가 된 적도 있다. 1975년 8월 3일, 버틱 상원의원과 알라스카의 테드 스티븐스 상원의원의 자유대련은 4000만 부를 발행하는 「퍼레이드(PARADE)」 매거진에 표지 뉴스로 보도되기도 했다.

제대로 무술을 배워 본 적 없는 이들이기에 손발을 삐거나 손을 다치는 사고가 생길 때가 있다. 정통으로 코를 맞고 무서워서 그만 둔 국회의원도 있고 그렇게 다치고도 계속 와서 끈기 있게 태권도를 배우는 국회의원도 있다. 착실하게 태권도를 배우는 의원들은 이를 통해 싸우는 법을 배운다기보다는 자신감과 정신통일을 훈련할 수 있다는 것을 제대로 인식하고 있으며 또 건강관리의 목적과 솔직히 말해서 선거구민들에게 인기몰이를 위해 배우는 의원도 있었다.

그래서인지 그들에게 태권도 단(段)을 올려주는 승단 대회는 하나의 작은 축제와도 같다.

2003년 7월 23일 의회 승단 대회가 열렸다. 이번 대회는 지난 1985년, 1992년에 이어 세 번째. 의사당 건물 가운데 하나인 하원 캐넌 빌딩 간부 회의실에서 열린 승단 대회에는 유단자들인 현역의원들이 참가해 심사를 받았다. 닉 스미스 의원과 밥 세이퍼 의원은 각각 2단 승단 심사를 받았고 민권 운동가 제시 잭슨 목사의 아들인 제시 잭슨 2세 의원은 초단에 도전했다.

심사위원에는 공화당에서 탈당, 미국 헌정 사상 처음으로 상원임기 도중 여소야대를 실현시킨 장본인인 제임스 제퍼즈 상원의원과 진 테일러 의원 및 밥 보스키 하원의원 등 현역 의원 3명 외에 마이크 애스피 전 농무장관과 하원의장으로 지명됐던 밥 리빙스턴 전 의원이 포함되어 있었다. 물론 심사위원장은 내가 맡았다.

심사가 시작되기 전, 나는 의원들 및 시범단과 함께 한국과 미국의 국가에 맞춰 양국의 국기를 흔들며 분위기를 이끌었고 베토벤의 '운명교향곡' 등에 맞춰 태권무를 선보이기도 했다.

승단 대회장에는 본부석 바로 뒤에 커다란 태극기가 걸렸고 심사를 받는 의원들과 시범단들이 입는 태권도복의 어깨에는 한·미 양국의 국기를 나란히 새겼다. 태권도에 있어서만큼은 한·미 양국이 대등한 관계임을 상징하는 것이다. 이날 심사에 참여한 의원들은 모두 어렵지 않게 심사를 통과해 초단과 2단을 각각 승단하는 영예를 안았다.

미 하원의장 리빙스턴과 오랜 친교

지금까지 39년 동안 나에게서 태권도를 배운 국회 상·하원의원만
해도 300여 명이 넘는다. 그 중에는 국회의장을 했던 밥 리빙스턴 의
원을 비롯 탐휠리 하원의장, 깅리치 하원의장, 농림부 장관인 마이클
에스피 의원, 밀턴영 상원의원, 아이코드 의원, 알라스카 테드 스티븐
스 의원까지 여러 유명인사들이 포함되어 있었다.

그 중 두 미녀 국회의원 Carolyn Malony 뉴욕 민주당 의원이 2004년
9월에 검은띠를 땄으며 플로리다에서 부시 2000년 대선에서 부시의
승리를 선언한 Katherine Harris 의원도 곧 검은띠를 딸 예정이다.

닉 스미스 하원의원은 국회의원들 중 유일하게 3단까지 딴 사람인
데 2003년 6월 28일, 준 리의 날 선포식 때 나와 함께 무대에 서서 태
권도 시범을 하고 승급을 받기도 했다.

그 중에서 가장 기억이 남는 제자이자 지금까지도 깊은 우정을 나누
고 있는 사람은 역시 밥 리빙스턴이다.

밥 리빙스턴이 처음 의회에 들어온 것이 1977년. 지금은 은퇴해 로
비스트로 활약하고 있다. 10선 하원의원인 리빙스턴은 미국 정치계의
막강 파워로 꼽혔던 유명 정치가다. 태권도를 배우고 한국을 알면서
그는 한반도 문제에 대해 매우 우호적인 입장을 보여주기도 했다. 15
년 동안 그는 꾸준히 태권도를 배워 검은 띠까지 딴 우수한 제자였다.

그가 처음 국회에 입성했을 때만 해도 동양 무술이라고는 일본의 가
라데를 유일하게 알고 있는 정도였다. 국회로 들어오고 나서 1년인가

2년 후에 하루는 리빙스턴이 국회 체육관으로 운동을 하러왔다. 한쪽에서 태권도를 가르치던 모습을 유심히 보던 그는 나에게 다가와 지금하는 것이 무엇인지 물었고 그 다음 날부터 내 제자로 들어와 15년을 꾸준히 하게 된 것이다. 나중에는 그의 아이들 역시 따로 태권도를 시켜 부자가 나란히 태권도를 배웠다.

의회에서 하원의장까지 역임한 리빙스턴이 나를 친구로 스승으로 받아들인 데 대해 나는 영광스럽게 생각한다. 처음에는 스승과 제자로 만났지만 지금은 정치가도 태권도 사범도 아닌 서로 충실한 조언자로서 관계를 계속하고 있는 것이다.

한번은 리빙스턴이 정치를 그만두겠다고 한 적이 있었다. 세출(稅出) 위원장을 역임하고 있던 시절이었다. 나와 아내를 초대해 자신들 부부와 함께 점심 자리를 마련한 리빙스턴은 이제 국회를 그만두고 로비회사를 해볼까 생각 중이라고 진지하게 고민을 털어놓았다.

그 의견에 나는 강하게 반대를 했다. 나중에 로비회사를 운영하더라도 일단은 최고 자리인 국회의장을 하고 나서 은퇴하는 것이 더 도움이 되지 않겠냐는 생각 때문이었다.

나뿐만 아니라 주위의 의원들이 간절히 말렸다. 결국 우리의 뜻에 따라 국회에 남은 그는 1년 후, 국회의장 자리에 올랐다. 이후 국회를 떠나 유명 로비스트로 활약하면서도 밥 리빙스턴은 계속 우리 부부와 우정을 나누고 있다.

조지 부시 대통령의 친필 편지

리빙스턴뿐만 아니라 다른 유명 정치가도 나에게 태권도를 통해서 많은 교감을 나누었다. 그 중에는 레이건 전 대통령을 비롯해 조지 부시 등 전대(前代)의 미국 대통령들도 포함되어 있다.

로널드 레이건 대통령 집권 시에 처음으로 체육고문에 발탁된 후, 나는 계속해서 체육고문과 직업교육고문 등을 역임했고 지금은 아시아 태평양 정책고문으로 활동하고 있다. 나에게서 태권도를 배우는 국회의원들이 적극적으로 나를 추천한 덕분이었다.

그 중에서도 조지 부시 대통령은 친필로 편지를 보낼 만큼 특별한 호의를 보여주었다. 그는 나로 인해 한국에 대해 호의적인 인식을 갖게 되었으며 태권도를 알 수 있게 되어 기쁘다고 말한다.

한번은 나에 대한 다큐멘터리를 한국 KBS 방송에서 제작하게 됐다. 내 주위 사람들과도 인터뷰를 하던 중 담당 프로듀서가 조지 부시 전 대통령과의 인터뷰를 하는 게 어떻겠냐고 제의해 왔다. 마침 부시 전 대통령은 스케줄이 꽉 잡혀있어 시간을 낼 수 없었다. 할 수 없이 인터뷰를 그만두기로는 했는데 그에게서 연락이 왔다. 당장 인터뷰를 찍어 보내겠다는 것이다. 부시 전 대통령은 이틀 뒤 인터뷰 테이프를 보내왔다. 직접 카메라맨을 불러서 자택에서 인터뷰를 하고 편집을 해서 보내온 것이다. 그럴 정도로 한번 맺은 인연에는 끝까지 신의를 지키는 사람이었다. 그렇기 때문에 미국의 대통령직을 수행할 수 있지 않았을까?

동양계 여성으로서는 최초로 정부 주요직에 오른 일레인 차우 노동부 장관 역시 나의 소중한 친구 중 한 사람이다. 남다른 총명함과 센스, 거기에 우아한 미모까지 갖춘 그녀는 미국 역사상 최초의 아시아계 노동부 장관에 오를 만한 능력을 갖춘 뛰어난 사람이다. 내 친구가 된 이후 일레인 차우는 종종 나를 초청해 강연을 부탁한다. 내가 가르치는 자제심, 그리고 자신에 대한 의무, 그 밖의 철학을 여러 사람과 나누고 싶다는 것이다.

상원의원이었던 밀턴 영 역시 빼놓을 수 없는 인연이다. 1975년, 노스타코다 주 밀턴 영 상원의원이 나에게 상담을 해왔다. 상원의원 선거를 준비중인데 상대 후보가 78세의 영 의원 나이를 빌미로 공격을 한다는 것이다. 그 말을 듣는 순간 기발한 아이디어가 떠올랐다.

"송판을 깨는 태권도 시범을 보이면 유권자들은 당신의 건강은 물론이고 당신이 80대의 노인 같지 않다는 것을 알게 될 것입니다."

내 의견에 적극 찬성한 영 의원은 국회 태권도장에서 송판을 깨고 옆차기를 하는 그의 모습을 다음 날 신문에 크게 실었다. 그리고 TV 등의 매체를 통한 많은 선전에서도 이런 컨셉을 적극적으로 활용했다.

영 의원은 선거에서 상대방을 180표라는 극히 작은 표 차이로 따돌리고 이길 수 있었다. 그렇게 해서 내 태권도 제자가 되었던 그 분은 내가 계속해서 국회에서 태권도를 가르치는 데 많은 도움을 주셨다. 훗날에는 나를 수양아들로 삼아 아버지 같은 애정으로, 또 든든한 후원자로 내가 정부의 체육고문으로 활약하는 것을 지켜봐 주었다. 1969

년 6월 미국 태권도협회를 창립하고 그 분을 미국 초대 태권도협회 회
장으로 모셨다.

40년 가까이 국회에서 태권도를 가르쳐 오면서 맺은 인연들….

그들은 밖에서는 미국이라는 큰 나라를 이끌어 가는 정치 리더들이
지만 나에게는 한명 한명 모두 소중한 태권도 제자들이다.

언제나 나를 깍듯이 스승으로 섬기고 Grand Master로 부르며 존경을
표하는 사람들. 나에게 무슨 일이 있을 때면 만사 제치고 달려와 도움
을 주려하고 나를 통해 배운 태권도와 한국을 사랑하는 사람들.

그들이 있기에 내가 워싱턴에서 보낸 인생의 절반은 너무나 소중하
고 의미 깊은 시간이 될 수 있었다.

준 리의 조부
성균관 박사 이근제(李根濟) 옹

준 리 총재의 부친이 젊었을 때
아주 미남이었다.

셋째 숙부인 이시훈(李時薫)씨는
경성제대 약대를 졸업하고,
이연화학(주) 사장을 지냈다.

육군항공대 시절, 미국에 가기 전 어느 여름날 친구 김현영 중위와 함께

1956년 무더운 여름날.
셋째 숙부댁에서 만난 아버님 삼형제.
왼쪽부터 셋째 숙부 시훈씨, 백부 성훈씨, 준 리의 부친

1956년 5월, 미국에 들어가기 전에 가족들과 기념촬영. 뒷줄 오른쪽부터 준 리, 누이동생 온구씨, 작은 누나와 조카 민용, 첫 번째 부인, 동생 전구씨, 앞줄은 이종사촌 동생 한기원

1955년 전남 광주의 육군 항공대 시절

운수사업을 하던 준 리의
부친이 당시 경기도청
운수조합 직원들과 신흥사에서
찍은 사진(1955. 4. 27)

동생 전구씨의 결혼식 사진.
앞줄 왼쪽 첫 번째가 준 리.
10년만에 처음 귀국했다.
(1967. 1. 29)

모친과 함께한 준 리의
형제내외. 왼쪽부터 제수씨,
동생 전구씨, 모친, 준 리, 처

함한순 씨와 결혼(1966)

모친과 일곱 손자, 손녀

첫 아들인 천우를
안고 있는 모습(1966)

오남매와 어머니.
왼쪽부터 큰누나 남구(80),
둘째누나 안구(77),
준 리(74), 누나 온구(68),
동생 전구(65)

5남매가 모친과 만났다.
왼쪽부터 동생 전구,
누이 온구, 준 리, 둘째 누나
안구, 큰 누나 남구(1990)

5남매 내외간이 모친과
한자리에 모였다.
왼쪽부터 동생 전구씨, 준 리,
큰매형 송기헌씨, 매제 전태섭씨,
누이 온구씨, 둘째 누나 안구씨,
큰누나 남구씨, 모친, 처 한순씨,
사촌 제수 경희씨(1990)

꽃밭에 앉아계신 선녀같이
아름다운 준 리의 어머님

'세기의 무술인상'을 받은 후
어머님과 기념촬영(1976. 1. 17)

청도관 창시자인 이원국
대사범이 준 리 모친의 생신잔치에
오셔서 흥겨운 나머지
함께 춤을 추고 있다.

모친의 생신기념 나들이에서
가족들이 함께 케이크를
자르고 있다.(1985. 5.)

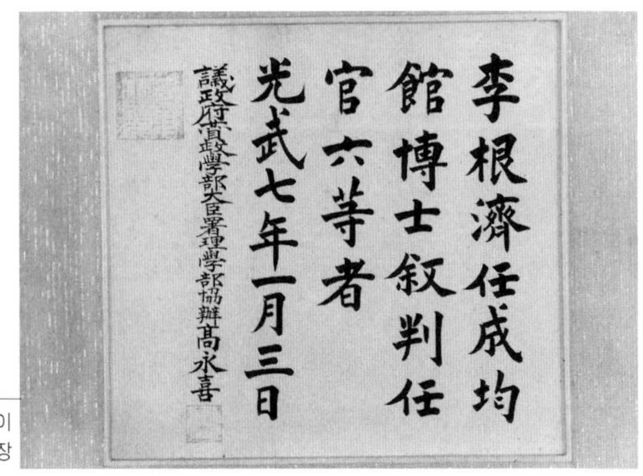

준 리의 할아버지인 이근제 옹이
받은 성균관 박사 임명장

육군 포병학교 간부후보생 장교임관 기념사진. 뒤에서 셋째 줄 오른쪽에서 두 번째가 준 리(1953. 11. 21)

"지나온 길을 돌아보면서 나는 후회란 것을 하지 않는다.
내가 원해서 미국에 왔고, 태권도를 가르치기 시작했으며,
태권도를 세계에 알릴 수 있었기에 나의 태권도 인생은
누구보다도 성공적이었다고 나는 자신한다."

박보희 씨와의 인연

　앞에서 언급했듯이 나의 고향은 충청남도 아산군 염치면 산양리 온양 온천에서 북쪽으로 4km쯤 가면 염치면 사무소가 있었으며 그 옆 동네가 나의 어머니가 태어나신 송곡리 즉, 이순신 장군 충무공의 현충사가 있는 동네이다. 그리고 염치면 사무소에서 서쪽으로 1.5km 쭉 가면 '중방리'가 있는데 이 동네가 박보희 씨의 고향 동네이며 앞들에는 서해 바닷물이 들락날락 하는 갯고랑이 있었다. 다시 서쪽으로 2.5km쯤 쭉 가면 '산양리'. 바로 내가 태어난 고향 동네이다.

박보희 씨의 아버지는 나의 아버지와 외사촌간이며 나의 할머니의 친정 조카이므로 나와는 6촌간이 된다. 그는 나의 누나(안구)와 소학교를 같이 다닌 적도 있다. 그러다가 나는 수원으로 이사를 갔기 때문에 어릴 때는 만날 기회가 없다가, 6 · 25 전쟁 후 내가 전남 광주에서 육군 항공대 소위로 있을 때 박보희 씨는 육군 대위로서 다시 만나게 됐다. 그때 이미 박보희 씨는 영어 실력이 대단했었다.

내가 대학교를 한 학기만 남겨놓고 휴학을 하고 1962년 6월에 워싱턴에 첫 태권도장을 차릴 때 박보희 씨는 주미 한국 대사관에 무관(武官)으로 임명되어 있었다. 그때는 이미 통일 교회에 심취되어 있었던 것으로 안다.

그리고 처음 몇 달 동안 박보희 씨 집에 신세를 지고 있었다. 그리고 그로부터 400달러를 꿔서 태권도장 오픈 때 사용했던 적도 있다. 그러던 중 자연스럽게 종교에 대한 토론도 하게 되었으며 나도 통일 교회에 자연스레 입교하게 되었다. 그리고 그 유명한 '리틀 엔젤스 어린이 무용단' 을 창립할 때 나도 많은 지원을 아끼지 않았었다.

유명한 사물놀이 단장인 '김덕수' 는 그때 리틀 엔젤스의 어린이 농악대원이었는데 지금은 그들도 50세를 넘나드는 장년이 된 세월이 흐른 것이다.

2003년 6월 서울 코엑스에서 W. C. O. 세계 문화 오픈 서울 대회(중앙일보 주최) 특별 행사 때 나는 '행복론' 에 대한 세미나를 했고 김덕수 씨는 신명나게 사물놀이단의 공연이 끝난 후 나를 알아보고 찾아와서 자기가 옛날 리틀 엔젤스 무용단 어린이였던 김덕수라며 인사를 했다. 내가 사준 켄터키 후라이드 치킨과 맥도날드 햄버거와 쵸콜릿의 맛을 잊을 수가 없다고 말하면서 50세의 구렛나루 사나이가 인사하는 모습을 보니 세월의 무상함을 실감할 수 있었다.

내가 통일 교회에 입문하여 1년 반 정도 지났을 때 1964년경 나는 많은 생각에 잠겼다. 어렸을 때부터의 꿈을 이뤄 이제 태권도를 미국 땅에 그것도 미국의 수도인 워싱턴에 보급하는 첫발을 내딛었다. 그런데 내가 통일 교회라는 종교에 너무 심취하다보면 나의 목적이 퇴색될 것 같은 예감이 들었다. 태권도를 배우러 오는 사람들에게 통일 교회 원리강론을 하게 될 것이며 그렇게 되면 태권도를 통일 교회를 선교하기 위한 수단으로 사용한다는 비판을 피할 수가 없다는 생각을 하게 되었다.

그렇지 않아도 심심치 않게 Moony 라는 별명으로 통일교에 대한 비평과 비난의 글들이 신문이나 잡지에 자주 게재되곤 했었다. 잘못 하다가는 태권도 보급에도 크게 영향을 미칠 것 같은 염려가 되었다.

나는 고민 끝에 통일 교회와 결별을 하기로 결심을 하고 박보희 씨와 만나서 최후의 통첩을 한 것이다. 다행히 박보희 씨와는 개인적으로 아무런 섭섭함도 없었으며 가끔 만나면 반갑게 인사하곤 한다. 미국 속담에 'out of sight, out of mind(안보면 마음이 멀어진다)' 라는 말이 있으며 중국 속담에도 '去者日以疎 來者日以親(떠난 사람은 날마다 멀어지고 오는 사람은 날마다 친해진다)' 이란 말이 있으며 우리 노랫말에도 '가는 님은 밉상이요, 오는 님은 곱상이라네' 라는 말이 있다. 하는 일이 다르다보면 자주 만날 수가 없는 것이고 자주 만날 수 없으면 자연히 소원(疏遠)해지는 것은 동서고금을 막론하고 어쩔 수 없는 것이리라. 달변가이고 웅변가이며 유창한 영어를 자연스럽게 구사할 수 있는 박보희 씨는 집에서는 자상하고 인자한 아버지이고 남편이다.

Korea-Gate 사건 때 한국인의 저승사자였던, 그리고 특히 한국을 싫어했던 Joe Fraser의원을 미국회에서 있었던 청문회 때 침착하고 용기 있게 증언하며 질타하던 그 용기는 대단했었다. 결국은 Joe Fraser를 낙선시키는 데 큰 공헌을 했던 사실은 미 국회의 의사록과 역사에 남을 일이었다.

어쨌거나 내가 만약 통일 교회와 그때 결별 하지 않았다면 그로부터 10년 후에 나타난 Korea-Gate 사건 때 태권도 발전에 큰 의혹과 더 많은 고통을 당했을 것이라고 생각된다. 그렇기 때문에 신문 기자들이 많은 국회의원들과 인터뷰를 할 때 Master Jhoon Rhee는 단 한번의 로비하지도 않았으며 그런 눈치도 주지 않았고 그는 그저 자나깨나 태권도와 청소년 정신 교육 밖에 모르는 미국의 애국자라고 강력하게 증언을 했기 때문에 무사할 수가 있었던 것이다. 그럼에도 불구하고 태권도 사업이 한동안 위축이 되었다가 회복하는 데 3~4년이 걸렸다.

새로운 스타일, 준 리 태권도

1960년대 중반부터 국회의원들을 가르치고, 4개의 도장을 운영하면서 나는 점점 더 바쁜 나날을 보내게 되었다. 날이 갈수록 태권도를 배우려는 사람들이 늘어나서 도장도 이곳저곳에 생기게 되었다.

1969년부터는 TV 광고까지 하게 됐다. 그때부터 1980년까지 10년 동안을 거의 매일, 워싱턴의 5개 TV 방송국에서 준 리 태권도장의 광고가 나갔으니, 그 시절 미국으로 이민 온 교포들이 깜짝 놀랄 수밖에 없었다.

훗날 그들로부터 내 광고 덕에 한국인이라는 것에 자부심을 갖고 낯선 땅에서도 당당하게 살아갈 수 있었다는 인사를 들었을 때는 나 역시 마음이 찡할 정도로 감동을 받았다.

1962년 8월 9일자 조선일보 워싱턴 발 기사에는 준 리 태권도장의 개원 소식을 알리면서 '跆手(태수-태권도의 옛 말)는 한국이 미국에 전한 첫 대미(對美) 기술 원조'라고 보도했다. 워싱턴에 처음으로 문을 연 준 리 태권도장은 전쟁으로 모든 것이 황폐해진 당시 한국인들의 유일한 위안거리이자 자존심이었던 것이다.

해를 거듭할수록 언론과 대중의 관심을 받으면서 준 리 태권도장은 더욱 늘어나 미국 전역으로 퍼져나갔다. 텍사스 대학에 다닐 때 나에게 태권도를 배운 학생들이 도장을 열어 텍사스 지방에도 준 리 태권도장이 세워졌고 플로리다, 피닉스, 애리조나 등 미국 곳곳으로 퍼지게 되었다.

미국에서 태권도는 힘만 쓰는 무술이 아니라 무예 또는 무도라는 의미로 받아들여지고 있다. 내 주위에는 태권도 사범들이 많은데 그들의 부인들은 자기 남편의 직업을 얘기할 때 Martial Artist라고 소개를 한다. 그 정도로 태권도를 높이 인정하고 있는 것이다.

무엇이 미국인들을 낯선 태권도에 그토록 매료시켰을까? 지금도 여기 저기 강연을 다니다 보면 이에 관한 질문을 많이 받곤 한다. 나는 그에 대한 대답으로 준 리 태권도가 새로운 방식으로 태권도의 대중화를 이루어냈기 때문이라고 답한다.

'국회의원들을 가르치는 사범, 준 리'의 이야기가 연일 신문에 보도

되면서 태권도를 찾는 사람들 역시 많아졌다. 그 중에서도 특히 미국의 학부모들에게 준 리 태권도장은 큰 신뢰와 인기를 얻었다.

나는 언제나 아이들에게 승급심사를 통과하여 검은 띠를 따려면 태권도만이 아닌 공부와 교우 관계도 좋아야 한다고 강조하고 있다. 그래서 우등생이 아니면 검은 띠를 주지 않기로 원칙을 정했기 때문에, 태권도를 하는 아이들이라면 아무래도 저절로 공부를 열심히 하지 않을 수가 없는 것이다.

더불어서 스승과 제자, 부모와 자식 간의 관계, 도리(道理)에 대해서 철저한 교육을 시켰다. 스승이란 단어는 단순한 '선생님' 과는 다르다. '지식만 주입하는 것이 아닌 함께 인생을 논하고, 삶에 있어서의 진정한 의미를 전달해 주는 사람' 이 바로 스승의 개념이다. 태권도장을 다니면서 동양식 스승 교육을 받은 미국의 아이들은 또래와는 달리 예의 바르고 모범적인 모습을 보이기 시작했다.

내가 가르쳤던 아이들 중에 '길버트 콜론' 이라는 아이가 있었다. 로버트 일리 고등학교 2학년이었는데, 처음에 콜론이 우리 도장에 왔을 때만 해도 그는 많은 과목에서 F학점을 받을 정도로 성적이 좋지 않았다. 그러나 태권도를 배우면서 콜론은 검은 띠를 따기 위해 성적에도 신경을 쓰기 시작했고, 지금은 거의 모든 과목에서 A와 B학점을 따내며 우수한 성적을 얻고 있다.

오늘날 미국 사회에서 준 리 태권도 검은 띠 유단자라는 말은 공부도 잘하고 성격도 좋고, 예의를 갖추고 있다는 보증수표와도 같다. 그러기에 학부모들은 아이들이 태권도 배우는 것을 반대하지 않고 오히러 환영하고 나서는 것이다.

이는 미국에 있는 많은 세계 각국의 주미 대사 외교관들의 자녀들에게도 마찬가지로 적용되었다. 워싱턴에 모여 있는 대사관저들 사이에서 '준 리 태권도장에 아이들을 보내면 몸도 튼튼해지고 성적도 오른다' 는 소문이 퍼져나갔다. 그러자 서로 앞 다투어 아이들을 나에게 보냈고, 그들이 본국으로 돌아간 다음에는 그 자녀들을 통해 세계 각 국에 준 리 태권도가 알려지게 되었다.

아이들뿐만 아니라 나에게서 태권도를 배우는 성인 학생들과 국회의원들은 입을 모아 태권도로 인해 자신들의 삶이 달라졌다고 말한다. 신체를 단련하면서 자신감이 생기고, 또 태권도를 하면서 무술과 철학을 동시에 흡수하면서 정신이 단련되었다는 것이다.

그렇게 태권도와 함께 엄격한 정신수양을 강조하는 것뿐 아니라 나는 이전에 한국 태권도에는 없던 태권도 안전기구들을 만들어 냈다. 손목을 보호하는 손목 보호대, 시야를 확보하면서도 머리를 안전하게 지켜주는 머리 보호대, 손과 발을 감싸는 보호 장갑, 보호신발과 스티로폼으로 되어 가볍고 가슴을 보호하는 가슴 보호대, 발 보호대 등이 바로 그것인데 그때 당시로서는 획기적인 것들이었다.

이것들은 내가 텍사스 대학에서 공학을 전공했던 기억을 되살려 디자인을 하고 그때 배운 설계라든지 역학을 도입해 만든 것이다. 발명 직후인 1970년, 내가 만들어낸 15종류의 태권도 안전장비들은 미국 발명특허까지 받았다.

아직까지도 태권도를 격투기처럼 격렬하고 다치기 쉬운 무도로 생각했던 사람들에게 보호 장비 착용은 태권도를 새로운 시각으로 바라보게 했다. 국회의원들은 물론이고, 아이들을 도장에 보내는 부모들도 좀 더 안심하고 태권도를 시킬 수 있었던 것이다.

최초로 만들어낸 15종류의 태권도 보호 장비는 선풍적인 인기를 끌었고, 한국에 역(逆)으로 전해지면서 한국에서도 공식 경기를 할 때는 내가 고안해 낸 보호 장비를 필수로 착용하게 되었으며 그 덕에 태권도는 대중들에게 더욱 사랑을 받게 되었다.

이 때부터 나는 태권도 도장 이외에 태권도 보호 장비와 도복, 기타 관련 용품을 취급하는 공장을 운영하여 이를 통해 사업을 확장하게 되었다. 지금은 내 큰아들이 내가 초청한 사촌동생 선구(瑄九)와 함께 뒤를 이어 공장을 운영중이다. 지금은 뉴욕 박물관에 우수한 발명품으로 선정되어 내 이름과 함께 진열되어 있다.

이와 더불어 도장을 운영하던 초기에 나는 여러 권의 태권도 책을 펴냈다. 이는 좀 더 안전하고 친숙한 태권도, 좀 더 한국적인 태권도를 알리는 일과 함께 체계적인 연구가 필요하다고 판단했기 때문이다. 낮에는 도장에서 아이들을 가르치고, 밤에는 혼자 남아 완성한 책이 모두 5권, 그리고 『Bruce and I』라는 책이다.

내가 개발하여 태권도의 대중화에 또 하나 기여한 것은 바로 태권무 (Martial Ballet)이다. 중국의 춘추전국시대 이전부터 있었던 검무(劍舞)는 장수들과 임금들의 연회 때 흥을 돋구기 위하여 추었으며 가끔 적국의 지도자를 초청하여 은근히 위협을 하려는 목적으로도 추었던 무예였다.

『초한지』에 나오는 항우(項羽)가 '홍문연' 이라는 연회에서 유방(劉邦)을 죽이려고 수하 장수를 시켜 검무를 추기 시작하자 유방의 장수였던 번쾌가 뒤따라 검무를 추어 주군(主君)인 유방을 구한 사실은 중국 역사에서 유명한 이야기이다. 우리나라 삼국시대나 고려왕조, 이조왕조 때에도 검무를 추었다는 기록은 많이 남아있다.

그런데 나의 이 태권무(Martial Ballet) 개발은 대한 태권도 협회와 국기원에서 비난의 대상이 되었다. 전통 태권도를 변형시켜 가르친다는 비난이 많았었다.

준 리 태권도를 알게 된 사람들이 가장 인상 깊게 본 것 중 하나가 바로 애국가와 미국 국가에 맞춰 태권무를 하는 모습이었다고 한다.

태권무는 이름 그대로 음악에 맞춰 태권도를 하는 무용이다. 원래의 태권도가 음악 없이 시각적으로만 다가오는데 비해 거기에 음악을 집어넣어 눈과 귀가 같이 즐거울 수 있는 태권도, 즉 예술적인 경지에 이른 태권도를 만들어낸 것이다.

음악은 클래식이나 국가만 허용한다는 원칙 아래에, 태권도의 각 동작을 응용시켜 안무에 적용했다. 모든 안무는 내가 직접 맡아서 했다.

어렸을 때부터 하모니카와 바이올린 연주하는 것을 즐겨했던 나는 음악 외에 춤에도 관심이 있었다. 잠시 미국에 항공기 정비 교육을 받으러 왔을 때 몇 번 사교파티에 초대받은 적이 있었다.

그곳에서 우아하게 사교댄스를 추는 커플들을 보고 거기에 반해버린 나는 한국에 돌아와 미국 유학을 준비하면서 본격적으로 사교댄스 선생을 찾아가 춤을 배웠다.

이런 내 모습을 보고 어머니는 기막혀 했지만, 아버지는 유학 가는 준비로 수학공부를 배우러 다닌다는 거짓말로 아들의 춤바람을 슬쩍 숨겨주기도 했다. 그때 그렇게 배워두었던 사교춤의 기억을 살려 독창적인 태권도의 힘찬 동작과 사교댄스의 부드러움을 결합해 태권무를 만들어냈다.

그렇게 완성된 태권무를 가지고 나는 1980년, 전국 TV에 나오는 댄스 피버 대회에 출전해 2회 연속 2등의 우수상을 차지하며 그 예술성을 인정받기도 했다.

지금도 미국 전역의 준 리 태권도장 어디에서나 학생들은 애국가와 미국 국가에 맞춰 태권무를 한다. 미국의 준 리 태권도장을 찾은 한국의 정치인들, 유명인사들, 혹은 낯선 이민생활을 시작하는 한인 교포들이 가장 감동을 받는 부분이 바로 미국 학생들이 한국의 애국가에 맞춰 태권무를 하는 모습이라고 한다. 태권무를 통해 미국인들은 한국의 국가를 알게 되었고, 공식자리에서 한국 사람을 만나면 자연스럽게 애국가를 함께 부를 수 있게 된 것이다.

그러나 이런 각고의 노력들이 항상 우호적인 찬사만 받았던 것은 아니다. 새로운 스타일의 준 리 태권도가 점차 알려지면서, 나는 주위에서 공격도 많이 받았었다.

현재 전 세계 태권도는 한국이 주도하는 세계 태권도 연맹과 북한이 지지하는 국제 태권도 연맹으로 나뉘어져 있다. 내가 운영하는 준 리 태권도는 현재 남북 어디에도 속하지 않은 독립적 위치이다.

처음엔 나 역시 한국에서 배워온 태권도에 기본을 두고 가르쳤지만,

시간이 가면서 내가 고안한 독창적인 것이 더해져 새로운 스타일의 준 리 태권도가 태어난 것이다.

준 리 태권도는 일반적으로 알고 있는 태권도 동작과는 다른 스타일로 이루어져 있다. 태권도의 기본 동작인 정면 주먹 찌르기의 경우, 뒷발이 지면에 닿아있는 상태에서 허리에서부터 주먹이 나가는 것이 정통 스타일인데 반해, 준 리 태권도의 경우 주먹은 가슴에서 모은 상태에서 앞으로 나가고, 뒷발은 지면에 붙어있는 것이 아니라 뒤꿈치를 든 상태에서 이뤄진다. 정통과 전통을 따지는 태권도 관계자가 보면 이단인 것이다.

기존의 태권도 스타일을 고수하는 사람들은 내가 하는 방식의 태권도를 보고 '태권도 교과서에도 없는 황당한 폼으로 쇼를 한다' 면서 비웃곤 했다. 음악에 맞춰 동작을 하는 태권무를 만들었을 때에도 나보고 춤선생이나 하는 게 어떻겠냐고 말하는 사람이 한둘이 아니었다. 태권도 안전장치를 만들어 보급에 나섰을 때는 나를 보고 사이비 태권도를 하면서 장사를 한다고 욕을 하기도 했다.

그러나 지금은 어떤가. 태권도 시범을 음악에 맞춰 벌이고, 안전기구를 몸에 걸치고 경기를 하는 것이 당연시 되어 있다. 지금 올림픽에서 사용하는 안전기구의 원형 역시 준 리 태권도가 그 시초라고 말하는 것을 반론할 사람이 있을까?

내가 미국에서 태권도를 처음 시작할 때만 해도 태권도라는 말 자체가 아예 없을 때였다. 영어식 발음으로 태권도라는 것을 발음하기가 어렵기 때문에 미국인들 중 일부는 아직도 태권도를 '코리안 가라데'

라고 부르곤 한다. 그러던 것이 준 리 태권도장이 이름을 알리면서 이제는 태권도가 올림픽 종목에까지 올라갔으니 생각해보면 정말로 놀라운 발전이 아닐 수 없다.

태권도의 올림픽 종목 선정을 위해 오랫동안 대한 태권도 협회가 노력을 해왔는데, 거기에 더불어 준 리 태권도 역시 한 몫을 했다고 나는 자신한다.

1960년대까지만 해도 미국 어디를 가도 볼 수 있었던 일본의 유도장과 가라데 도장이 지금은 사라지고 대신 그 자리를 한국의 태권도장이 채우고 있다. 내가 아는 한국인 태권도 사범들만 해도 미국 내에 3,000여 명이 넘는다. 미국인 사범까지 합치면 수만 명의 태권도 사범들이 태권도를 가르치고 있다.

변화무쌍한 미국 사회에서 태권도가 살아남을 수 있었던 것. 그것은 기존의 틀에 얽매이지 않고 변화에 맞춰 도장을 운영해나갔기 때문이다. 내가 무슨 특별한 신기(神技)를 보인 것도 아니다.

행동하는 실천 철학이 담겨있고, 아이들에게 스승의 역할을 하고, 시대의 변화에 맞춰 적절히 대중들 속에 녹아 들어가는 것. 그것이 준 리 태권도가 오랜 시간에 걸쳐 미국에, 그리고 세계에 뿌리내릴 수 있었던 비결이다.

2003년 6월 28일. 워싱턴에서 한인 이민 100주년 기념 음악회가 열
렸다. 이 날 무대에서 윌리엄스 워싱턴 시장은 28일을 '쥬 리의 날'로
선언했다. 워싱턴에 태권도를 알리고 공헌한 것을 기리기 위해 이 날
을 만들게 된 것이다. 6월 28일은 41년 전 워싱턴에 첫 도장을 연 날이
다. 자국인도 아닌 동양계 태권도 사범의 이름을 딴 날이 만들어진다
는 것은 이제까지 전례가 없던 일이라고 한다. 기념 음악회에 모인 2
만 5,000명의 한국인들 역시 나와 마찬가지로 깊은 감동을 받았다.

미국에 온 이래 거의 대부분의 시간을 보냈던 워싱턴에서 나를 기념

하는 날이 만들어진다는 것은 나에게 벅찬 감동을 주었다. 사실상 워싱턴은 내게 있어 제 2의 고향이나 마찬가지였으니까.

'준 리의 날'이 만들어지게 된 데에는 미국에서 자리를 잡고 오늘날에 이르기까지 내가 미국 시민의 한 사람으로서 열심히 살아왔던 것이 반영되었다고 생각한다. 미국에 처음으로 태권도란 것을 소개하고, 한국 문화를 알리고 또한 태권도를 통해 신체와 마음의 바른 수양과 기본 도덕을 가르친 것이 미국 사회에 긍정적인 영향을 끼쳤고, 그들은 그 점을 높이 평가한 것이다. 한국에서 이 사실을 가장 기뻐하셨던 분은 민관식 전(前) 국회의장님이었다. 이 기회를 빌어 의장님께 감사의 마음을 전한다.

그렇게 인정받을 정도로 매사에 최선을 다하며 그 나라의 한 일원으로 열심히 살아왔지만, 내 마음 한 구석에는 항상 남은 미련이 있었다.

바로 내 진짜 고향. 두고 온 내 조국 한국에 대한 것이다. 미국에서 이렇게 성공을 했지만, 막상 한국에서는 내가 무엇을 이뤘던가. 물론 여기에서의 소식이 전해지며 한국에도 나름대로 태권도 붐이 일었다고는 하지만, 왠지 내가 제대로 할 일을 하지 못한 것 같아 항상 마음의 짐이 되었다.

그것을 씻기 위해 조국을 위해 내가 무엇을 할 수 있을지를 찾았다. 그래서 이번에는 태권도의 종주국인 한국에 W.T.L.(The World Tae-kwondo League)를 창립하기로 결심했다. 그 첫 번째가 바로 태권도를 통해 한국을 알리는 일이었다. 내 제자가 되었던 수많은 국회의원들은 나를 통해 한국을 알면서 한국과의 협정이나 문제가 있을 때 우호적인 모습을 보여주며 한국 문화를 알리는 데 동참해 주었다.

두 번째는 한국에 보다 활동적인 태권도 붐을 조성하는 것이었다. 한국을 몇 번 방문한 나는 '태권도 홈타운'을 계획하기 시작했다. 휴전선 내 비무장 지대인 강원도 통천에 태권도 관련시설과 위락시설을 만들자는 생각이다. 이에 관련해 1996년 4월, 리종혁 노동당 부부장 겸 아태평화 위원회 부위원장이 미국에 왔을 때, 나는 그를 초청해 의회 쪽 사람들과의 식사를 주선했다. 그 자리에 탐폴리 의장(Tom Foley), 밥 리빙스턴(Bob Livingston)을 비롯해 제임스 제퍼드(James Jefferde), 토비 로스(Toby Roth), 밥 보스키(Bob Borski), 진 테일러(Gene Taylor), 닉 스미스(Nick Smith) 등의 검은 띠를 딴 의원들이 함께 했다. 그 모임에는 메리어트 호텔 회장 아들인 John Marriot이 사업가로서 Jack Anderson이 언론인으로 참석하였으니 모두 나에게서 태권도를 배운 유단자이거나 그 자녀들이 태권도를 배웠던 사람들이었다.

그 자리에서 나는 태권도 홈타운 얘기를 꺼냈다. 당시 북한 측 부위원장은 물론이고, 미국 의회 쪽도 휴전선 비무장지대 내 2km×8km의 땅에 태권도 홈타운 건설에 대해 상당히 적극적인 모습을 보였다.

비록 한반도 핵개발 문제를 두고 팽팽한 대립이 있었지만 만국 공통어인 스포츠를 통해 서로의 앙금을 풀자는 기획의도에 모두 찬성했던 것이다.

결국 미국 의회 대표단은 태권도 홈타운 문제를 상의하기 위해 평양을 방문할 것을 결정했다. 방문이 끝나면 의원들 모두가 태권도 도복을 입고 판문점까지 걸어서 온다는 역사적인 일정까지도 모두 잡혀 있었다. 국방성에서는 비행기까지 준비되었다.

그러나 1996년 9월 18일, 이 모든 계획이 송두리째 뒤엎어지고 말았다. 강릉 앞 바다의 북한 무장간첩 잠수함 침투 사건으로 인해 급작스럽게 악화된 한·미·북의 관계로 인해 내 평생의 꿈 중 하나였던 '태권도로 남북통일에 기여하자' 는 소망은 그렇게 아쉽게 끝나 버렸다.

'태권도 홈타운 계획' 이 좌절되고 다시 한국을 방문한 나는 미국처럼 한국의 국회에도 태권도 동호회를 만들 계획을 세웠다. 당시 한국에는 태권도를 오랫동안 해오면서 많은 관심을 보인 국회의원들이 있었다. 바로 남궁석 의원과 박명환 의원, 김덕룡 의원 그리고 신기남 의원 등이었다. 그 분들을 중심으로 해서 2002년 2월 25일, 50명의 국회의원들이 모여 대한민국 국회 태권도 동호회가 만들어졌다. 앞으로 이들에 의해 한국 국회에서 태권도 붐이 일어나기를 기대해본다.

내가 처음 떠나올 때만 해도 한국에서는 태권도란 그저 깡패들의 주먹질거리나 별반 다름없는 취급을 받았다. 하지만 지금은 어떤가? 미국에 와서 준 리 태권도를 만들고, 워싱턴 정가에서 태권도를 배우는 국회의원들의 소식, 나의 여러 활동들이 특파원들에 의해 한국으로 전해지면서 많은 태권도인들에게 외국에 나가서 태권도를 가르치는 것이 꿈이 되었고, 한국에서도 인기 스포츠가 되었다.

거리를 지나면서 태권도 도복을 입고 도장에 가는 어린이들을 보는 게 흔한 일이 되었고, 이제는 올림픽에서 한국과 세계의 선수들이 태권도 종목에서 메달을 겨루고 있는 것이다.

사람들은 누구나 살면서 큰 꿈을 가지고 살아간다. 그 꿈을 평생에 걸쳐서 조금씩 이루어가며 죽을 때까지 그것을 위해 인생의 진로를 바꾸기도 하고 때론 포기도 하고 좌절도 한다.

나 역시 어린 시절 처음 세운 목표를 이루기 위해 평생에 걸쳐 노력해 왔다. 이제 태권도는 미국에서 성공적으로 뿌리를 내리고, 미국을 넘어 전 세계에서 널리 알려져 사랑 받고 있다. 60년 외길을 걸어온 나는 꼭 100년을 채울 것을 목표로 한다.

10대 소년 시절에 처음 배우면서 시작된 태권도와 함께 한 시간도 벌써 60여 년이 넘어간다. 지나온 길을 돌아보면서 나는 후회란 것을 하지 않는다. 내가 원해서 미국에 왔고, 태권도를 가르치기 시작했으며, 그로 인해 많은 사람을 만나고 태권도를 세계에 알릴 수 있었기에 나의 태권도 인생은 누구보다도 성공적이었다고 나는 자신한다.

나의 첫사랑

내가 청도관에서 열심히 태권도를 배우던 16살, 고등학교 1학년 때였을 것이다. 그때 청도관 옆에 중앙여고 건물이 있었는데 그곳에서 매일 태권도 교습이 끝날 무렵이면 피아노 연습을 하는 소리가 들렸다. 그 시절에 피아노를 칠 수 있을 정도면 대단한 집안이었다. 보통 개인집에서는 피아노를 구경할 수도 없었던 시절이었다.

나는 원래부터 음악을 좋아했다. 그래서 일본사람들이 버리고 간 바이올린으로 혼자 연습을 하고 하모니카도 혼자 불곤 했었다. 때문에 항상 그 피아노 소리에 관심을 많이 기울이고 있었다.

그러던 어느 날, 하루는 그 피아노 소리의 주인공이 누굴까 궁금하
여 연습이 끝날 때까지 기다리기로 작정을 했다. 약 1시간쯤 기다리다
보니 우아하고 지성적으로 생긴 여학생이 나왔다. 나보다 3학년쯤 위
로 보이는 우리집 안구 누나뻘 되는 여학생이었다.

나는 옆으로 다가가서 "누나! 피아노 연습한 분이 누나였어요? 나는
이 옆에 당수도장에서 당수를 배우는 이준구라고 합니다. 요 아래 관
훈동 방향당 약국이 저의 작은 아버지 댁인데, 그곳이 집이고 동성고
등학교 1학년에 재학 중이에요. 누나 피아노 참 잘 치시네요. 나도 바
이올린도 연습하고 하모니카도 부는데 항상 피아노를 배우고 싶었거
든요" 하며 넉살 좋게 말을 걸었다.

나보다 키가 훨씬 큰 그 누나는 나를 흘끔 내려다보면서 "그래? 나
는 저 남산 쪽 필동에 사는데 나도 피아노 배운 지 1년 정도 밖에 되
지 않았어" 하고 반말로 말하는 것이었다.

나는 그때에도 우리 반에서 키가 제일 작아서 교실에서 맨 앞쪽에
앉았었다. 그래서인지 초등학교를 갓 졸업한 어린아이로 보았던 것 같
다. 나를 위 아래로 훑어보는 것이 "당차게 생긴 꼬마 녀석이 얼굴은
못생겼지만 귀엽게 노는 구나"라고 한참 아래 동생처럼 생각했었던
것 같다.

그 날은 그대로 작은 아버지 댁 근처에서 헤어지고, 다음날도 역시
태권도 교습이 끝난 다음에 도장 근처에서 얼쩡거리면서 그 피아노 치
는 누나를 기다리곤 했었다. 지금 생각하니 그때 연습했던 곡목이 '엘
리제를 위하여' 라는 곡이었던 것 같다.

그녀는 중앙여고 1학년인의 나와 같은 '정선자'. 그 후부터는 태권도 배우러 가는 시간이 그렇게 기다려질 수가 없었으니 아마 임도 보고 뽕도 따려는 그런 기대감이 아니었나 싶다.

이렇게 2년 동안 가끔 집까지 바래다주면서 선자 누나는 졸업을 하고 또 세월은 흘러 나는 동국대학교에 입학을 하였다. 그 후 곧바로 6·25 전쟁이 터졌다. 전쟁중 에도 이따금 선자 누나 생각이 날 때면 피아노 치는 모습을 떠올리곤 했었는데 전쟁통에 집안 식구들도 이산가족(離散家族)이 되어버리는 지경에 어떻게 찾아볼 생각을 하겠는가!

그러면서 9·28 수복이 된 뒤 미군부대 하우스보이로, 통역관으로 몇 군데 옮겨 다니면서 영어실력도 꽤나 향상되었을 쯤, 어느 날 길에서 징병관에게 붙잡혀서 군대에 가게 되었다. 이후 논산 훈련소에서 단기 훈련을 받고 육군본부 직속 101 포병대대에 배치되어 전방인 금화·철원지구에서 북한군과 싸우게 되었다.

그 당시 사병들은 엄동설한에 춥고 배고파 엄청난 고생을 하고 있었다. 그러던 차에 마침 간부후보생(육군 장교 단기교육과정)을 모집한다는 소식을 들었다. 나는 이왕 굶어 죽으나 전장에서 죽으나 매일반이라고 생각하고 간부후보생시험에 응시하여 합격을 했다. 그 후 9개월의 훈련을 받고 1953년 7월 13일 육군소위로 임관되었다.

어느 날 1954년 8월 서울로 출장갈 일이 생겼다. 갑자기 선자 누나 생각이 나서 혹시나 하고 한 번 가 본적이 있는 필동 집에 육군 계급장을 단 군복을 입은 채 찾아가 보았다. 다행히 그 집은 전쟁 중에도 폭격을 당하지 않은 채 그대로 있었다. 그런데 가는 장날이라고 첫 아이 낳느라고 병원에 입원을 했다는 것이다. 그때 그 딸아이가 지금 뉴욕 병원에서 간호원으로 근무하고 있는 '최혜숙' 이다. 사과바구니를 사들고 병원에 찾아갔을 때 누나의 깜짝 놀라던 모습이 생각난다. 그렇게 잠깐 만난 것이 마지막이 되어버린 채 나는 1956년 미국으로 도미(渡美)하게 되었다.

나는 '정선자' 누나 이야기를 전 아내인 한순에게도 가끔 했으며 지금 아내인 테레사에게도 가끔 했다.

세월이 50년이나 흘렀으니 많이 늙어서 아직 살아있는지 궁금하다. 살아있다면 결혼생활은 어떤지, 아이들은 몇 명이나 두었는지, 남편은 어떤 사람인지 등….

내가 찾을 수는 없지만 그 분이 나를 찾으려면 찾을 수 있었을 것이다. 왜냐하면 내가 이따금 서울에 오면 신문과 TV에 항상 보도되었기 때문에 신문사나 방송국에 연락을 하면 연락처를 찾을 수 있었을 것이다.

그러던 차에 아내인 테레사가 하는 말이 요사이 인기 있는 프로그램인 'TV는 사랑을 싣고' 에 나가면 재미도 있고 인기도 있겠다고 제안을 했다. 참 좋은 아이디어라고 생각해서 방송국 아는 분에게 부탁하기로 했다.

1999년 한·미 태권도 친선대회 USO 위문공연을 하기 위해 서울에 와서 올림픽파크 호텔에 머물렀다. 그 때도 선자 누나 소식이 궁금했었는데 어느 날 전화 한 통이 걸려 왔다. 바로 '정선자' 누님이었다. 이것을 두고 텔레파시가 통했다고 하는 것인가? 아내인 테레사가 전화를 받았고 직감적으로 선자 누나라는 것을 느끼고 테레사가 서두르며 빨리 받으라고 재촉을 하여 실로 50년 만에 누나의 목소리를 들었다.

그 순간 내가 16살, 청도관에 다닐 때 도장 옆 건물에서 피아노 치던 모습으로부터 관훈동 거리의 모습들과 넷째 작은 아버지가 9·28 수복 때 공산당원들에게 끌려가는 마지막 모습, 사촌동생들인 혜구, 서구, 선구, 옥구 4남매의 어린 모습들, 그 때 19살의 꽃다운 처녀였던 선자 누나의 우아한 모습들, 태권도 도복 꾸러미를 들고 밖에서 서성거리던 나의 모습들이 주마등 같이 떠올랐다.

몇일 후 ○○식당에서 저녁 약속을 하고 테레사와 그리고 처음 보는 분이긴 하지만 매형 되는 '최남수' 씨와 함께 만났다. 71살 나이에도 곱게 늙으신 누님의 모습이 무척이나 보기 좋았다. 아직도 약간 수줍어하시는 모습은 50년 전 모습을 간직하고 있었다.

매형 되는 최남주 선생은 76세였는데 멋진 노신사로 점잖게 생기신 덕망이 흐르는 듯한 인상이었다.

솔직히 말해서 나는 일생동안 결혼 전에 어느 여자를 열렬하게 사랑해 본 적이 없었다. 미국 영화 속, 이름도 모르는 여주인공에게 홀딱 반해서 미국유학의 꿈을 꾸며 영어를 열심히 배우게 되었고, 미국 유학 때 생활 수단으로 태권도를 배우게 되었다는 것은 이미 말했다.

그런데 일생을 통하여 사는 동안 어릴 때 여자로서는 오직 선자 누나만이 잊혀지지 않고 떠오르는 유일한 어린 시절의 여인이었으니 아마도 이런 감정이 소위 '첫사랑' 이라는 것이 아닌가 싶다.

나는 이 말을 나의 아내와 선자 누나와 매형 되는 최남수 씨가 있는 자리에서 50년 만에 농담 삼아 털어놓았는데 모두들 껄껄대며 웃고 말았다. 하지만 그 말은 진심인 것 같다. 그 자리에서 최남수 매형은 오히려 나의 아내인 테레사가 마음의 상처를 받을까 싶어 "제발 이 말은 마음에 두지 마십시오"라고 위로하는 것이었다.

그 대답으로 테레사는 한술 더 떠 "내가 그 말에 마음 둘 것 같으면 전화도 안 바꿔 주었지요. 'TV는 사랑을 싣고'에 신청하려고 했던 것도 저의 아이디어였으며 신청도 제가 서둘렀는걸요. 인생은 추억을 먹고 산다지 않습니까? 저는 남편의 이런 솔직성에 오히려 반했답니다. 지금 내가 더 감개무량(感慨無量)하고 흥분해 있는걸요"라고 응답했다.

그 날 나는 테레사가 그렇게 사랑스럽고 고마울 수가 없었다. 이 여자야말로 하나님께서 마지막으로 내게 주신 선물이라고 감사하게 생각했다. 하여튼 나는 선자 누나에게 50년만에 첫사랑의 고백을 양가의 허락과 이해를 받아 얼렁뚱땅 해버리고 만 것이다. 세상에 이런 기상천외한 첫사랑 고백이 또 있을까! 내가 나를 생각해 보아도 별난 사람임에 틀림없다.

선자 누나는 딸 하나와 아들 둘을 두었다고 했다. 큰딸 혜숙과 큰아들 석진, 작은아들 석민. 이들은 모두 수재(秀才)들로서 혜숙이는 이화여대를 졸업하고 유학하여 뉴욕병원에서 간호원으로 근무하고 있으며, 석진이와 석민이는 모두 서울대학교를 졸업하고 좋은 직장에 다니고 있다고 한다.

혜숙이는 미국에서 가끔 연락을 하며 나에게는 깍듯이 삼촌이라고 부르고 뉴욕의 동생 '전구'에게는 작은삼촌이라고 부른다.

　그런데 2002년에 매형 최남주 씨께서 식도암으로 고생하다가 78세의 연세로 세상을 하직했다는 마음 아픈 소식을 접했다. 지금은 76세인 누나는 화곡동 자택에서 가끔 아들, 손자, 며느리의 방문과 뉴욕의 딸 혜숙의 전화안부를 받으며 외롭게 살고 있다.

나는 일생을 살면서 세 번의 결혼을 했다. 1953년 7월 13일 22살 때 간부 후보생 교육을 마치고 육군 소위로 임관하여 전방의 지휘관으로 배치될 계획으로 있었다. 그런데 2주일 후인 7월 27일 역사적인 휴전 협정이 조인되어 전쟁의 소모품으로 내정되었던 육군 소위가 전남 광주의 육군 항공대로 배치되어 복무할 때의 어느 날이었다.

갑자기 아버지도 아닌 나의 늙으신 할아버지께서 면회를 오신 것이다. 73세의 노인이 손자가 보고 싶어 오신 것이라고 생각하니 너무나 감격하고 송구스러웠던 것은 이루말할 수가 없었다.

앞에서 언급했듯이 나의 할아버지(李根濟)는 조선말엽 나의 외할아버지(洪鍾翼)와 함께 1902년 21살 나이에 성균관에서 고종황제께서 하사하시는 박사 벼슬을 한 날 한 시에 받으셨다. 그리고 나서 두 분이 함께 성균관 앞뜰 계단을 내려오시면서 막 태어난 1살과 4살짜리 젖먹이들을 생각하시며 "우리 아이들이 크면 혼인을 시켜서 우리 사돈하세"하며 약속하셨다. 그리고 15년 후에 결혼을 시킨 한 쌍이 나의 아버지(당시 15세)와 나의 어머니(당시 18세)였다.

그런데 내가 자라면서 봐왔던 우리 부모님의 금슬(琴瑟)은 그저 서로 소가 닭 보듯 하면서 사무적으로 너무나 덤덤하게 살아오셨던 요즈음 젊은이들이 보기엔 애정도 없고, 재미도 없는 그런 부부관계였다.

어릴 때부터 나는 항상 우리 어머니와 아버지 같은 결혼은 하지 않으리라. 마음에 들고 이상에 맞으며 공부도 할 만큼 한 예쁜 색시를 만나 결혼하리라는 것이 나의 꿈이었다. 미국 영화를 보고 영화 속의 여주인공에 홀딱 반해 미국에 가려는 꿈을 꾸었던 소년시절이 있었고, 전쟁의 소용돌이 속에서도 기회를 만들려는 그리고 미국에 유학하여 미국에 태권도 보급을 꿈꾸고 있던 야심만만한 청년이었다.

그런데 나의 할아버지가 면회 오셔서 "내가 가정교육도 잘 받은 참한 양반집 규수를 선보고 사주까지 다 받아 놓고 날짜까지 받아 놓았으니 너 장가들어야겠다"라고 일방적으로 말씀하시는 것이 아닌가? 그리고 "내가 너의 대장을 만나보고 휴가를 달라고 할테니 네 대장에게 같이 가자!"시며 서두르는 것이었다.

그러니 이 어찌 '청천벽력(青天霹靂)'이 아니란 말인가? 세상이 변한 것도 모르시고 할아버지는 옛날 당신들 하시던 대로 나의 의견은 물어 보지도 않고 일방적으로 결혼 날짜까지 받아 놓았던 것이다. 참으로 눈앞이 캄캄했다. "할아버지, 저는 아직 나이도 어리고 할 일이 태산 같이 많이 있습니다. 미국 유학도 해야 되고 미국에 가서 태권도도 가르쳐야 되고 아직 결혼할 때가 아닙니다. 할아버지!" 하며 강력히 반항을 했다.

"이놈아! 네가 몇 살인데 나이가 어리다는 것이냐? 나는 15살에 장가갔다. 이놈아! 사주까지 다 받아놓고 택일까지 결정해 놓았는데 지금 와서 파혼을 하면 그 색시는 어떻게 딴 곳으로 시집을 가란 말이냐? 그렇게는 할 수 없다!" 면서 막무가내였다.

그 옛날에는 약혼(사주단자교환)을 했다가 파혼만 해도 여자에게는 큰 흠으로 남아 그 다음부터는 중매도 다시 들어오지 않았다. 나는 여관방에서 할아버지와 함께 자면서 설득을 시키려고 노력하였으나 노인네 옹고집은 도대체 어찌할 도리가 없었다.

"네가 장가 안 간다면 나는 여기서 죽을란다. 이놈아!" 나는 참으로 난감했다. 부대 안에서는 난리가 났다. 남의 속도 모르고 부러워하는 놈도 있고, 싱글싱글 놀리는 놈도 있고, 동정하는 놈도 있고, 동료들과 상관들 모두 술렁거렸다.

나의 할아버지는 참으로 미남이었다. 또 엄격하고도 인자한 그 풍채는 어느 누구도 그 앞에서 고개를 숙였던 강한 카리스마가 있었다. 왜 놈들 때문에 나라가 망하여 조정에 나가지 못하고 낙향하신 것을 그렇게도 억울해 했다. 대통령이셨던 윤보선씨도 아산군 내의 어른인 할아버지에게 세배를 온 적이 있단다.

나는 버티고 버티다가 결국은 도살장에 끌려가는 늙은 소같이 부대로 가서 휴가를 받고 광주역에 가서 기차를 기다리던 중 할아버지 몰래 도망을 쳤다. 그래도 마음이 약한 나는 멀리가지는 못하고 먼발치에서 할아버지의 거동을 살폈다. 기차 시간은 거의 되었는데도 내가 나타나지 않으니 할아버지는 사색이 되어 두리번거리며 어쩔 줄 몰라 했다. 그 모습을 보니 마음이 약해져서 할 수 없이 풀이 죽은 채 할아버지 앞에 나타나서 집으로 함께 간 것이다.

1954년 이렇게 해서 장가를 간 것이 나의 첫 번째 결혼이었다. 충청남도 서산의 유충진(가명) 씨의 딸 유금숙(가명)이었으며 나와 동갑내기 시골 양반집 처녀였다. 나는 운명이려니 체념하고 그럭저럭 1년 반 정도 살다가 1956년 미국에 처음 갔다.

텍사스 대학교에 다닐 때 태권도 클럽에는 많은 학생들이 신비롭고 호기심 어린 눈으로 나를 바라보았다. 조그마한 동양 체구에서 어떻게 저런 힘이 나올 수 있을까? 송판과 벽돌을 돌려차기, 이단옆차기, 공중차기 등으로 격파하는 모습을 보고 경이로운 눈으로 나를 바라보았다.

미국 여자들은 대게 스포츠맨을 무척 좋아한다. 카렌이라는 금발 미인 학생이 있었다. 나의 태권도 class에서 열심히 배우는 여학생이었는데 나를 바라보는 눈이 심상치가 않았다. 나는 어릴 때부터 얼큰한 음식을 좋아했는데 특히 고추장찌개에 생선을 넣고 쑥갓을 곁들인 찌개를 제일 좋아했다.

기숙사에서 식사를 할 때 어느 음식에나 멕시칸 풋고추를 곁들여 먹는 것을 보고는 그 카렌의 핸드백 속에는 항상 풋고추를 넣어 가지고 다니다가 학교의 기숙사 식당에서 매번 식사시간마다 나의 식사 쟁반에 놓고 가는 정성을 보였다. 카렌이 나에게 심상치 않게 접근하고 있다는 것을 알고는 다른 여학생들은 먼발치에서만 바라볼 뿐 감히 옆에 오지도 못하였다.

그러나 나는 한국에 부인이 있다는 것을 잠시도 잊어버린 적이 없었다. 두고 온 부인을 사랑해서가 그리워서가 아니라 항상 발목에 매달린 무거운 쇳덩이 같은 마음이었으며, 가슴을 짓누르는 그런 마음이었다.

공부도 열심히 하여 A, B 학점도 받아야 하는데 이런저런 잡념 때문에 공부도 잘 되지 않았다. 많은 밤을 지새우는 고민 끝에 용기를 내어 한국의 아내에게 그리고 아버지에게 편지를 썼다. "나는 미국에서 할 일이 너무 많은 사람이며 한국에는 절대 가지 않을 것이니 기다리다가 아까운 청춘 낭비하지 말고 새 출발하라"는 내용이었으니 그녀에겐 청천벽력 같은 소식이었을 것이다.

지금은 한국의 이혼율이 세계 3위가 되었다 하며 이혼의 대부분이 여자가 먼저 이혼 소송을 한다하니, 세월의 무상함을 새삼스레 느끼며 세월 따라 변하는 사람들의 마음도 가치관도 참으로 많이도 변했다는 것을 느낀다.

나는 할아버지가 참으로 원망스러웠다. 이런 편지를 부인과 아버지에게 몇 년을 계속 했으니 얼마나 못된 남편이며 얼마나 불효막심한 자식이었을까? 나이가 들어가면서 내 가슴 속에는 그 회한이 점점 더

짙어졌다. 결국 1963년에 이혼을 하게 되었으니 나의 인생에 너무나 진하고 선명한 빨간 딱지가 붙게 된 것이다.

앞에서 내가 13살 때 영화 속의 미국 여배우에게 홀딱 반해서 미국에 가서 금발 미인과 결혼할 것이라고 꿈을 꾸었다는 것을 읽고 혹시나 있을 수 있었던 미국 여자와의 로맨스에 대하여 독자들은 매우 궁금할 것이다.

그러나 그 당시에는 내가 한국에 부인이 있다는 것을 모두 다 알고 있었다. 또 미국에서도 그 시절만 해도 결혼한 사람이 다른 이성과 데이트를 하면 부도덕한 사람으로 등 뒤에서 손가락질을 하던 때였다. 특히 나의 일거일동이 모든 학생들에게 관심의 대상이었기 때문에 항상 관심을 받고 있는 상태였으니 나 자신의 처신과 몸조심에 무척 노력하였다.

그리고 '존경하는 사범님'이 되기 위해서는 어느 한 사람에게 사랑을 집중할 수가 없었다. 모든 학생들에게 골고루 신경을 써야하는 입장이기 때문이다. 그리고 낮에는 공부하랴 말 배우랴 저녁에는 태권도 가르치랴 언제 시간이 있어 연애를 할 수 있겠는가?

아마도 유학을 하여 고학을 하며 P. H. D.를 딴 사람들은 이해를 할 것이다. 그러나 나도 피가 끓는 젊은이이고 학교 안에 한국사람이라고는 나 하나뿐인 그 시절, 잠들기 전에 잠깐씩 엄습해오는 그 외로움은 어떻게 표현을 하겠으며 그 누가 내 속을 알겠는가? 그러다가 워싱턴에 도장을 차리고 난 후 1년이 지난 1963년 첫 아내와 이혼을 하게 되었다.

미국에 온지 6년 동안 홀로 살면서 공부와 태권도 가르치는데 세월을 보내고 워싱턴에 도장을 차린 이듬해 1963년 8월 나의 첫 번째 아내와 이혼을 했다.

그때 내 나이가 벌써 32살. 당연히 한국에 계신 부모님께서는 미국 땅에서 결혼도 안하고 늙어가는 아들 걱정이 태산일 수밖에. 서신(書信)이 오갈 때마다 어머니는 한국에 들어와서 색시를 골라보는 건 어떻겠냐고 조심스럽게 얘기를 꺼내곤 하셨지만, 당시 오로지 태권도 밖에 몰랐던 나에겐 결혼이 그다지 심각하게 느껴지질 않았다.

그러던 중, 나는 한순을 만났다. 한국에 있을 때 부대에 근무하던 민장식이란 친구가 있었는데, 그가 미국으로 건너오면서 다시 연락이 되어 준 리 태권도장 사무실에서 일을 맡게 됐다. 그때부터 그의 부부와 왕래를 했는데, 1965년 12월 어느 날 크리스마스 파티에 함께 가자는 초대를 받았다.

그 날의 크리스마스 파티를 주최한 사람은 역시 한국에서 온 함한순이란 여성이었다. 첫 만남에서 나는 단박에 빼어난 미녀인 그녀에게 호감을 느끼게 되었다. 세련되고 상냥한 분위기의 그녀는 보통의 한국 여성과는 달리 개방된 성격으로 미국 사회에서도 잘 적응해 나가고 있었다.

주한 미국 대사관에서 일을 했던 한순은 영어도 잘하고 타자에도 능숙한 여성으로, 미국에 와서도 예의 보수적인 사고를 버리지 못하는 다른 한국계 이민 여성들과는 확연히 다른 모습이었다. 또 한순은 사교춤을 좋아하는 나와 취미도 잘 맞아 연말에 위싱턴의 몇몇 파티에 내 파트너로 동반하곤 했다.

그렇게 꾸준히 만남을 계속해 오면서 처음 가졌던 호감은 사랑으로 바뀌었고, 만난 지 석 달 만에 나는 청혼을 했다. 하지만 한순은 내 청혼을 거절했다. 그녀는 나와의 결혼이 초혼이 아니었던 것이다.

한국에서 한 번 결혼을 했던 적이 있는 한순은 두 아이까지 딸려있는 이혼녀였다. 큰딸인 창애와 둘째인 현모는 한국에서 외할머니 손에 키워지고 있다고 했다. 첫 결혼에서 아이까지 낳은 상태라서 나와 결혼할 수 없다는 것이었다.

하지만 나는 그녀의 거절을 받아들일 수 없었다. 사람들은 이 얘기를 들으면 나보고 '한국에서 20대까지 살았으면서도 전혀 그런 면에서 보수적이지 않다'고 놀라지만 내 생각은 다르다. 중요한 것은 그 사람의 됨됨이지, 그 주위 환경이 큰 문제가 될 수는 없다.

나중에 세월이 흘러서 며느리를 볼 나이가 됐을 때 내 막내 동생인 전구가 제 아이들한테 꼭 한국인과 결혼할 것을 종용한 것과 달리 나는 우리 아이들에게 그런 것을 특별히 원하지 않았다. 내 아이들이 마음 깊이 사랑하는 사람이면 백인이면 어떻고, 흑인이면 어떠한가. 초혼이건, 재혼이건, 아니면 집안에 어떤 문제가 있건 간에 본인의 마음이 똑바르고 건실한 사람이라면, 그리고 서로 깊이 사랑하고 있다면 나로서는 반대하지 않겠다는 것이다.

그때도 이미 그런 생각을 갖고 있었기에 나로서는 한순과의 결혼을 포기할 마음이 전혀 없었다. 하지만 문제는 한국에 계신 부모님이었다. 30살이 훌쩍 넘도록 미국에서 혼자 살던 아들이 난데없이 아이까지 있는 여자와 결혼을 한다는데 선선히 허락할 부모가 어디 있겠는가?

한순은 혹여 나와 결혼을 한다면 시작부터 집안의 반대에 부딪힐 것을 짐작하고 청혼을 거절한 것이다. 게다가 이미 미국에서 자리를 잡고 성공적으로 태권도장을 꾸려나가고 있던 나에게 자신은 너무 부족한 사람이라며 간곡히 거절을 했다.

하지만 나는 쉽게 포기할 수 없었다. 아이가 있다면 그 아이들을 내 자식으로 받아들여 키우면 되는 것이었고, 또 한국에 있는 어머님이 당장 미국으로 날아와 결혼을 반대하실 수도 없는 노릇 아닌가? 대범해진 마음으로 나는 계속해서 한순의 마음을 돌리려고 애를 썼다.

나의 아버지는 1966년 1월 3일 위암으로 세상을 떠나셨다. 그런데 집에서는 내가 귀국하지 못할 입장이라는 것을 알고 충격으로 학업과 사업에 지장이 있을까 하여 나에게 대상(大喪-1주기) 때까지 알리지 말자고 가족회의를 했다는 것이다.

그 당시가 한참 한순과 만나고 난 이후에 데이트를 할 때였던 것이다. 나의 할아버지께서는 당신의 고집으로 나의 결혼을 실패하게 했다는 미안한 마음 때문에 상관을 하지 않겠다고 말했다. 하지만 마음은 무척 괴로웠을 것이다.

여하튼, 쉽사리 물러서지 않는 나의 연이은 청혼에 끝끝내 결혼을 하지 않겠다고 버티던 그녀의 마음도 점차 허물어져 갔고, 결국 그녀는 내 청혼을 받아들였다. 그 날로 나는 일사천리로 결혼준비를 진행해 나갔다.

한국의 부모님께 편지로 이 사실을 알리자 즉시 결혼을 반대한다는 내용의 편지가 날아왔다. 하지만 비행기로도 꼬박 20시간이 걸리는 고향에 계신 부모님이 아무리 편지로 반대를 한다 해도 그것이 그렇게 강력한 힘을 발휘할 수는 없는 노릇이다. 몇 번의 편지가 오갔지만, 결국 나는 부모님의 뜻을 꺾고 고집스럽게 결혼을 밀어붙였다.

성균관에서 공부를 하신 유교 집안에서 보수적인 사상의 틀에 박혔던 어머님께서 아들이 두 아이까지 딸린 이혼녀와 결혼을 한다니 얼마나 실망하시며 낙심하셨을까 생각하니 나의 불효막심에 나 자신도 원망스러웠다.

결혼준비를 하며 재미있는 일화도 있었다. 한순과 데이트를 할 때 항상 'Miss 함'이라고만 불렀지 이름은 모르고 있었다. 그러다가 청첩장을 찍으려는데 아차, 이름을 모르는 것이 아닌가? 다짜고짜 전화를 걸어 이름이 무어냐고 물으니 이런 넌센스가 있을까? 이 이야기는 두고두고 지금까지도 웃음을 자아내게 한다.

1966년 9월 20일, 드디어 나는 한순과 결혼을 하게 되었다. 나이 35살에 나는 두 번째 결혼을 하고 동시에 두 아이의 아빠가 된 것이다. 식을 올리고 얼마 지나지 않아서 나는 한순에게 한국의 두 아이를 데려오자고 말했다. 창애와 현모를 데려와 내 자식으로 입적시키고, 현모에게는 특별히 'Jhoon Rhee Junior'라고 내 이름을 물려줄 계획이었다.

하지만 이번에도 아내는 입적까지 한다면 나에게 너무 큰 죄를 짓게 된다며 반대했다. 그러나 아내의 생각이 그렇다 하더라도 멀쩡히 부모가 있는데 키우지 않는 것 역시 아이들에게 큰 죄가 된다는 생각이 들어 결국 나는 아내의 뜻을 꺾고 결혼한 지 2년 후에 창애와 현모를 데려왔다. 결혼할 때 9살, 11살이었던 두 아이는 그때 막 11살과 13살이 되어 있었다. 아이들을 데려 오자마자 먼저 미국식으로 조앤 리와 제임스 리라는 이름을 지어 주었다. 현모에겐 내 이름을 그대로 붙여 주고 싶었지만, 그것만큼은 아내가 끝까지 반대해서 결국 제임스로 이름을 짓게 되었다.

새롭게 가정을 이룬 뒤 나는 진정한 평온이란게 어떤 것인지를 새삼

깨닫게 되었다. 이제까지 계속 성공만을 위해 달려오면서 태권도를 통해 큰 보람과 기쁨을 느꼈다. 하지만 이제는 다르다. 일 이외도 나를 필요로 하고 나에게 더 많은 안식과 기쁨을 주는 가정이 생긴 것이다.

행복한 결혼생활을 하면서 우리에겐 두 명의 아이들이 새로 태어났다. 아들은 천우, 막내딸은 미우라고 지었는데 우리끼리는 지금도 미미라는 애칭을 부르고 있다.

처의 아이들인 조앤과 제임스와는 나이 차가 10살이 넘게 났지만 아이들은 꽤나 사이가 좋았다. 조앤과 제임스는 처음에는 나를 서먹해했지만 점차 미국 생활에 적응하면서 뒤늦게 본 어린 동생들을 제 엄마만큼이나 잘 돌보고 사랑해 주었다.

네 아이들은 모두 어렸을 적부터 준 리 태권도장을 다녔다. 넷 다 꽤 잘했는데 조앤은 나이를 먹고 아가씨 티가 나면서부터 태권도를 시들해 하더니 그만두었고, 제임스와 천우, 미미는 꾸준히 태권도를 배웠다. 특히 천우와 미미는 나중에 워싱턴 지역 방송에 나가는 준 리 태권도장 광고에 출연하여 도복을 입고 태권도를 하는 모습을 직접 연기하기도 했다.

어릴 적부터 미국에서 자란 우리 아이들이지만 나쁜 길로 어긋나지 않고 다들 잘 자라주어서 아내와 나는 그것을 큰 기쁨으로 알고 살았다. 태권도를 배우면서 동양식 예의범절과 규범에 익숙해진 아이들이라서 그런지, 또래 미국 아이들과는 달리 얌전하고 나쁜 길로 빠지지 않고 자랐다. 지금도 제임스나 천우는 술, 담배를 하지 않는다. 어른을 대하는 예의범절에서도 마찬가지.

둘째 천우가 17살이었을 때였다. 비록 다른 미국 아이들보다는 예의가 바른 편이었지만 그래도 전통적인 한국 보수주의에서 자란 나의 눈에는 몇 가지 마음에 들지 않는 점이 보일 수밖에 없었다.

내가 특히 주의를 줬던 게 어른이 밖에서 들어오는데도 그대로 자리에 앉아있는 버릇이었다. 하루는 조지 워싱턴의 성장과정을 쓴 『The Making of George 워싱턴』이라는 책을 읽었다. 조지 워싱턴이 9살 때, 아버지가 하루 일을 끝내고 집으로 오면 항상 벌떡 일어나서 인사를 했다는 것이다. 이는 내가 어렸을 적, 할아버지와 아버지께 교육받은 예의범절과 별반 다를 것이 없었다.

글을 읽으면서 나는 가장 기본적인 예절풍속은 미국이나 한국이나 똑같다는 것을 알았다. 여기에 감명을 받은 나는 당장에 이 글을 천우에게 읽게 했다. 글을 읽은 천우는 내가 무슨 말을 하고자 하는지 곰곰이 생각하는 눈치였다.

"아버지, 여기서 무엇을 말하고 싶으신 거예요?"

"천우, 내가 말하고 싶은 건 바로 어른이 밖에서 들어올 때 바로 일어나서 인사를 하는 조지 워싱턴의 모습이야. 이렇게 기본적인 예의는 미국이나 한국이나 똑같아. 그러니 너도 앞으로 어른이 들어오면 앉아있다가도 일어나서 꼭 인사를 했으면 좋겠다."

하지만 자유로운 미국 방식에 익숙한 천우는 쑥스럽고 왠지 불편하다는 이유를 들어 투덜거렸다. 어릴 때도 제대로 하지 않았는데 이제와서 하면 어색하다는 것이다. 천우에게 나는 다시 한번 단호하게 말했다.

"천우, 만약 네가 이게 습관이 된다면 그때부터는 안 그러는 것이 오히려 더 어색하거나 쑥스러울 거다. 그러니 내 생각에는 네가 이걸 한번 실천해 봤으면 한다."

그제야 천우는 알았다며 하는 수없이 내게 약속을 해왔다. 그러나 그 약속이 하루아침에 지켜지기란 쉽지 않았다. 그 이튿날, 내가 태권도장에서 집으로 돌아와 주차를 하면서 거실 쪽을 보니 천우가 TV를 보고 있었다.

'과연 저 녀석이 어제 한 약속을 지킬까?' 나는 천우를 시험 해 보기 위해 일부러 문을 세게 닫고 들어섰다. 그런데 애가 말도 없이 나를 쓱 보더니 다시 TV로 눈을 돌리는 것이다. 천우 대신 벌떡 일어나 나를 맞이한 것은 집에서 키우던 강아지였다. 나는 천우를 불렀다.

"천우, 이것 좀 볼래? 우리 강아지가 내가 집에 들어오니까 제가 좋아하는 사람이라고 이렇게 일어나서 반가워한다."

"……"

"어때? 강아지도 이렇게 나를 보면 반가워하는데 자식인 너라면 어떻게 해야겠니?'

그때서야 천우는 뭔가 깨달은 듯 했다. 내 말에 잠자코 수긍을 한 천우는 그 다음부터는 누가 들어오더라도 일단 일어나서 반갑게 인사를 하는 것을 열심히 실천하게 되었다.

아이들을 키우다보면 종종 엄하게 야단을 쳐야 할 때가 있고 아니면 부드럽게 타일러야 할 때가 있다. 이번 같은 경우에는 내가 강아지를 예로 들면서 합리적으로 설명을 하니 천우가 아무런 반항 없이 순순히 내 말을 듣게 된 케이스다. 만약 내가 그 자리에서 큰 소리로 야단만 쳤다면 내가 진짜 천우에게 전하고 싶었던 의미는 사라져버리고 아이의 마음속에는 불만만 심어지게 되었을 것이다. 그때 깨달은 것을 나는 그 후로 강연을 통해 만나는 다른 부모들에게도 얘기해 주게 되었다.

큰아들인 제임스는 제 엄마를 닮아서 훤칠하게 잘생긴 미남이다. 어릴 때부터 유달리 총명했던 제임스는 제 머리를 믿고 공부를 게을리해 아내를 걱정시켰다. 15살 때인가, 하루는 우리 부부에게 와서 '하나님이 나에게 음악만 하라고 사명(使命)을 주신 것 같다. 그러니 나는 앞으로 기타를 치며 음악만 하겠다' 며 엄포를 놨다. 그러더니 하루는 12시가 넘은 늦은 밤에 기타를 시끄럽게 치는 것이다. 그 걸음으로 내려가서 기타를 빼앗고 호되게 혼을 냈다.

그때부터인가…. 제임스는 확연히 달라진 모습을 보였다. 취미로 기타를 가끔 치긴 했지만, 언제부턴가 열심히 공부를 하는 모습을 더 많이 보게 되었고, 대학에 들어가서는 법학부터 회계학, 컴퓨터까지 여러 부문을 두루 섭렵하면서 다양하게 지식을 쌓았다. 몇 년 전에는 존스 홉킨스 대학에서 MBA를 받았다.

지금은 결혼 후 태권도 용품(태권도 안전기구)을 제작, 판매하는 내 공장을 인수하여 나의 사촌동생인 선구(瑄九)와 함께 경영하고 있는데, 가끔 들러서 점검을 해 봐도 어디 하나 흠잡을 데 없이 성공적으로 사업을 해나가고 있다. 이제는 마흔 중반을 넘긴 제임스는 누가 봐도 어엿한 사업가이자 한 집안의 가장으로 성공적인 삶을 살고 있다.

큰딸 조앤 역시 결혼해서 지금은 전업주부로 남편(오병호, Brian Oh)과 함께 행복하게 살고 있다.

둘째 아들인 천우는 이제 36살. 천우는 현재 준 리 태권도장의 경영을 맡아 하고 있다. 아쉽게도 아직까지 결혼을 하지 않고 싱글 생활을 하고 있다. 가끔 나는 넌지시 천우에게 결혼은 언제 할거냐고 물어보는데 별 대답이 없는 걸 보니 아직 마음에 드는 여자가 없는듯 하다. 그런데 요즘은 뉴욕의 한국 여자를 만나는 눈치이다.

막내 미미는 제 언니 오빠들 재주를 하나씩 다 물려받았는지 성격도 활달하고 여러 방면에 재주가 많다. 특히 어릴 적부터 배운 태권도를 좋아했던 미미는 버지니아 대학에 들어가자마자 교내에 준 리 태권도 클럽을 만들었다.

뿐만 아니라 대학에 다니는 동안 대학 방송국과 신문사에서 기자생활도 하고 공부도 꽤 잘해서 여러 가지로 사람들을 놀라게 했었다. 지금은 샌프란시스코에서 심리학을 공부하고 있는데, 미미 역시 서른을 넘긴 지금도 결혼을 하지 않았다. 하지만 얼굴도 예쁘고 성격도 야무져서 누가 데려가도 후회하지 않을 거라고 우리는 항상 말을 하곤 한다.

그렇게 눈에 넣어도 안 아플 정도로 예쁜 막내 미미를 내가 더 챙기는 것은 일찌감치 집을 떠난 제 언니, 오빠들과는 달리 한창 좋을 나이에 엄마 병간호를 했어야 했던 것에 대한 측은한 마음도 없지 않다.

아무런 문제없이 행복하게 살았던 우리 집에 그림자가 드리워지기 시작한 것은 1989년의 일이다. 갑자기 아내가 암에 걸린 것이다. 병원에서 유방암 판정을 받은 아내는 곧바로 왼쪽 유방 절제수술을 받게됐다. 평범하게 애들을 키우고 살던 아내에겐 청천벽력 같은 일이었다. 여자로서 한쪽 가슴을 잘라낸다는 것에 심적으로 꽤나 충격이 컸던 것이다.

수술을 하고 나서 한동안 우울해 하던 아내와 수술 2주만에 천우와 미미를 데리고 나는 소련으로 태권도를 알리러 떠나게 됐다. 그런데 내가 소련 출장을 간다는 얘기를 듣자 아내는 자신도 동행하겠다고 고집을 부렸다. 그전까지도 내가 타지(他地)로 강연을 하러 가거나 태권도 관련 행사가 있으면 아내는 어린 두 아이들까지 데리고 종종 여행에 함께 했었다.

하지만 지금은 상황이 다르지 않은가! 겨우 수술한 지 2주일을 막 넘긴 사람을 데리고 비행기를 타는 건 무리일 것 같아 나는 아내의 뜻에 반대를 했다. 그러나 아내는 완강했다. 이번이 아니면 언제 또 갈지 모르는데 꼭 한번 가보고 싶다는 것이다. 결국 나는 아내와 천우, 미미를 데리고(위의 두 애들은 학교와 직장에 매여 있어서 같이 가질 못했다) 소련행 비행기에 올랐다. 그때가 1989년 12월 13일이었다.

다행히 수술을 하고 나서 건강이 생각했던 것만큼 최악은 아니었던지 아내는 소련 여행을 무사히 마치고 돌아왔다. 수술도 잘 됐다고 하여 그로부터 5년 정도 아내는 다시 암이 재발하는 일 없이 건강하게 생활을 할 수 있었다. 집안 일도 조금씩 하고 나와 함께 아침저녁으로 조금씩 운동도 하면서 보통 사람들처럼 지내는 아내를 보고 나는 어느 정도 안심을 할 수 있었다.

그러나 그게 끝이 아니었다. 1995년으로 접어들면서 다시 조금씩 아프기 시작해 병원을 갔더니 다시 암이 재발을 했다는 것이다. 처음에 한쪽 유방 절제수술을 받으면서 그 싹을 잘라낸 줄 알았던 암세포가 5년이란 시간동안 다시 살아나서 온 몸에 퍼져 있었던 것이다.

나중에는 그 암세포가 팔, 다리, 뼈에까지 퍼져 제대로 몸을 가누지 못할 지경에 이르렀다. 병이 말기에 이른 마지막 6개월 동안은 자리에 누운 아내의 대소변 수발을 들며 보냈다. 차라리 의식이나 없었으면…. 끊임없이 이어지는 고통에 하루에도 몇 번씩 생사가 오락가락 하는 가운데에서도 아내는 아이들 걱정을 놓지 않았다.

그렇게 고생을 많이 하던 아내는 결국 1996년에 숨을 거뒀다. 어머니께서 돌아가신 1995년 5월 이후 1년만인 1996년 4월 4일 아내는 세상을 떠났다.

아내가 떠나고 난 뒤 한동안 집에는 적막함이 감돌았다. 아이들은 직장으로, 나는 태권도장과 국회를 오가는 생활을 하며 그렇게 시간을 흘려보냈다. 유학시절에는 적당히라도 해 먹었었는데 아내가 세상을 떠난 후에는 나는 이상스럽게도 배가 고파도 라면 하나 내 손으로 끓여 먹지 못한다. 배가 고프면 식당에 가서 적당히 때우고 웬만하면 아침도 먹지 않고 건너뛴다. 한순이 가고 난 후엔 놀랍게도 몸무게도 줄고 얼굴이 수척해졌었다. 가끔 누님과 동생 집에 가서 얻어먹기도 했지만….

그러다가 만난 사람이 바로 세 번째 아내가 된 테레사이다. 1997년

봄, 아내가 떠난 다음 해에 나는 'Dr. 조셉(Joseph) 서'라는 친구가 우연히 소개했던 테레사라는 이름의 한국 여성으로부터 한 통의 전화를 받았다.

그녀는 탐 데이비스(Tom Davis)라는 페어팩스 카운티 국회의원의 후원그룹에 속해 공화당 한인 워싱턴 지부 의장으로 활동하고 있었다. 이번에 데이비스 의원의 정치자금을 모으는 파티가 열리는데, 거기에 내가 와서 기조연설을 해달라고 요청을 한 것이다. 선뜻 연설을 수락한 나는 그 날 파티에서 연설을 마치고 모금에도 참여를 했다.

그 후로 Dr. 조셉 서와 탐 데이비스는 서로 자기가 중매쟁이라고 주장을 한다. 그 자리에서 만난 테레사는 한국계 이민 여성치고는 드물게 활동적인 사람이라는 인상을 깊게 심어 주었다.

그녀가 말하기를, 자신은 원래 조지 워싱턴 대학 병원에서 간호사로 일을 했다고 한다. 그러다 레이건 대통령 저격사건 때 응급실에 실려온 대통령을 간호하는데 대통령이 당신은 어느 당이냐고 질문을 했다고 한다. 아무 당에도 속하지 않았다고 대답하니까 대통령은 그러면 앞으로는 공화당을 하라고 명령을 내렸다고 한다. 그것을 계기로 공화당원이 됐다는 것이다.

남달리 총명하고 활동적인 그녀는 공화당 한인단체 내에서도 그 능력을 인정받아 단체의 중심인 워싱턴 지부의 의장으로 올려지게 되었다. 그 날 파티에 참석해 훌륭하게 찬조연설을 해주고 모금에도 도움을 준 나에게 테레사는 다음 날 다시 감사의 전화를 해왔다.

그리고 크리스마스에 또 다시 그녀에게서 전화가 왔다. 이번에는 한

인회에서 주최하는 댄스파티의 티켓을 사달라는 것. 나는 두 장을 사기로 했는데, 막상 같이 파트너로 갈만한 사람이 떠오르지 않았다. 그 자리에서 나는 그녀에게 농담 삼아 혹시 춤출 줄 아는지 물어봤다. 하지만 그녀는 사교춤에 그리 능숙하지 않다는 것이다. 나는 바로 테레사에게 내가 사교춤을 가르쳐 줄테니 대신 크리스마스 파티에 함께 가줄 수 있냐고 청을 했다. 그런데 생각 외로 그녀는 선선히 승낙을 해왔고, 며칠 동안 테레사에게 사교춤을 간단히 가르쳐 주면서 우리는 짧은 시간 안에 가까워질 수 있었다.

그 후로 워싱턴에서 열리는 파티들에 그녀가 나의 파트너로 동반했음은 물론이다. 그즈음 나의 동생 전구가 흘러간 노래와 팝송을 취입해서 보내준 테이프가 있었는데 나는 그것을 자동차에서도 항상 틀고 다녔다. 그 노래들은 춤을 연습하기에 안성맞춤인 곡들이었다. 동생 전구의 노래실력은 웬만한 가수 뺨치는 실력으로 부드럽고 달콤한 목소리는 하루 종일 들어도 실증이 나지 않는다. 그 노래를 들으며 테레사는 'Rhee Brother's(이씨형제) 때문에 나는 참말로 행복해서 미치겠네, 동생은 노래해주고 형님은 춤춰 주고"라고 농담을 하곤 했다. 그렇게 춤을 연습하면서 우린 좀 더 가까워질 수 있었다.

여러 번의 만남을 가지면서 나는 테레사의 신상 얘기를 좀 더 자세히 들을 수 있었다. 그녀의 집안은 유달리 엄격하고 보수적인 가풍(家風)을 지니고 있었는데, 어릴 적부터 조부모께서 테레사에게 수녀가 되는 게 어떻겠냐고 권유를 했다고 한다. 주위에서 권하다보니 테레사 역시 수녀가 되기로 마음을 먹었고, 카톨릭 의대 간호대학을 나온 뒤

신학 공부를 위해 로마에서 4년 동안 유학을 했다고 한다. 그러나 졸업 즈음, 그녀는 생각을 바꾸게 됐다. 결국 다시 한국에 들어갔다가 미국으로 와서 조지 워싱턴 대학 병원의 간호사로 일하게 된 것이다.

미국에서 간호사 생활을 10년 정도 한 테레사는 슬슬 다른 일이 하고 싶어졌다고 한다. 그래서 시작한 것이 부동산업. 나를 처음 만났을 때에도 이미 테레사는 부동산 중개업으로 꽤 높은 수입을 올리며 인정을 받고 있었다.

파티와 잦은 모임에서 만나기를 몇 번 하면서 우린 서로에게 호감을 느끼게 됐다. 그렇게 6개월 정도를 만나다가 나는 그녀에게 청혼을 했다. 비록 테레사는 이번이 초혼이었지만 서로 사회생활도 오래하고 인생도 느긋하게 바라보게 된 나이에, 이 정도로 잘 맞는 사람이라면 망설일 필요가 없겠다 싶었다. 테레사 역시 내 청혼을 기쁘게 받아주었고, 우리는 1997년 6월 21일에 결혼을 하게 됐다.

새로 집안의 안주인이 된 테레사는 밖에서의 활동적인 모습과는 다르게 차분하고 따뜻하게 오랫동안 비어있던 집 안 곳곳을 채워나갔다.

아이들도 그런 테레사를 잘 따라주었다. 막내 미미는 나에게 "아빠, 새 엄마는 하늘에 있는 우리 엄마가 보내준 사람 같아요"라고 소곤거릴 정도로 테레사를 좋아했다.

처음에는 미미가 나의 결혼에 대해서 많은 불만이 있었다. 그리고 나에게 노골적으로 반대 의사를 표현하기도 했었다. 그러던 어느 날 아침 조깅을 하면서 땀을 뻘뻘 흘리며 돌아오는 도중에 갑자기 돌아가신 엄마의 환상이 나타나더니 "미미야, 새엄마는 내가 보내드린 분이니까, 아빠 말 잘 듣고 새 엄마에게 잘 해드려"하며 사라지더란다. 미미는 깜짝 놀라서 집으로 달려 와서는 나에게 그 사실을 말하는 것이었다. 그 사건이 있은 후에는 미미와 새엄마는 정말 친하게 지내었다. 참으로 믿을 수 없는 사실이다.

또 한 가지 놀라운 사실은 세상을 떠난 아내와 새아내인 테레사는 얼굴 모습이 너무도 비슷하다는 것이다. 모든 집안 친척들과 친구들도 처음 인사할 때 섬짓 놀랄 때도 많을 정도였다. 뉴욕의 조카 녀석(전구의 아들)들은 큰 엄마가 더 젊어지고 예뻐져서 다시 오신 것 같다고 말할 정도이다.

테레사는 집안에서는 물론이고, 집 밖에서도 좋은 내조자 역할을 해내고 있다. 내가 강연을 다닐 때면 거의 같이 동행을 하면서 내 강연 내용을 듣고 조언을 해준다. 그녀 역시 나에게 태권도를 배웠는데, 배운 지 7년째에 검은 띠를 받았다.

한순이 세상을 떠나고 테레사와 재혼한 지 7년. 내 인생의 절반을 함께 한 사람과, 그리고 지금 나머지 시간을 함께 보내고 있는 사람 한순과 테레사가 없었다면 오늘날의 그랜드 마스터 준 리는 없었을 지도 모른다. 그 누구보다도 나와 깊게 정신적 교감을 하며 오늘의 나를 만들어 준 반려자인 한순과 테레사. 그들은 내 인생에서 가장 소중한 사람들이다.

브루스 리와 무하마드 알리

Bruce Lee(브루스 리)와 Muhammad Ali (무하마드 알리). 태권도를 하면서 내가 얻은 가장 큰 재산 중 하나가 '사람' 이라고 생각한다. 명예도 얻고 돈도 벌었지만 그 중에서도 몇 십 년 동안 태권도를 통해 만난 수많은 사람들만큼 내게 소중한 것이 또 있을까? 그 중에는 대통령을 위시한 유명 정치가도 있었고, 지난 40년 동안 거쳐간 300여 명의 국회의원들, 언론인, 연예인들도 많았는데 그 가운데서도 특별히 생각

나는 두 명의 소중한 인연이 있다.

그 첫 번째가 바로 전설의 무술 스타 '이소룡, 브루스 리' 다.

이소룡! 그는 미국 샌프란시스코에서 태어난 중국계 미국인이었다. 유명배우인 아버지를 둔 그는 대학시절, 각 나라의 무도와 쿵푸를 합쳐 '절권도' 라는 자신만의 무술을 만들어냈다. 1964년 로스앤젤레스 롱비치에서 개최된 세계 가라데 선수권 대회에서 절권도를 선보이며 단숨에 눈길을 끌어모은 이소룡은 영화사 내에 작은 도장을 세워 액션 지도를 하던 중 영화에 출연하면서 크게 인기를 얻게 됐다.

그는 이후 〈정무문〉, 〈용쟁호투〉 등의 영화를 통해 중국인의 강한 이미지를 서양인들에게 심어주었다. 이제는 이소룡이란 이름보다 '브루스 리' 라는 이름으로 미국에서 하나의 전설로 남은 스타이다.

이소룡을 처음 만난 것은 1964년 롱비치 캘리포니아에서 에드 파커라는 사람이 연 국제 가라데 시합에서였다. 그때는 태권도에 대한 인식이 그다지 크지 않아서 태권도와 가라데, 쿵푸를 사람들이 제대로 분간하지 못했던 시절이다. 그 날 행사에 태권도 시범자로 초청을 받은 나는 '이번에야말로 태권도와 가라데가 얼마나 다른지 확실히 보여 주겠다' 고 다짐을 하고 갔었다.

그 날, 나는 중국 무술 쿵푸와 절권도의 시범을 보였던 이소룡을 만나게 된 것이다. 우리는 같은 동양인이란 점에서, 그리고 가라데가 아닌 각자 조국의 고유한 무술을 전하려 한다는 점에서 가까워졌다.

쿵푸는 발을 별로 사용하지 않는 대신에 손을, 태권도는 주로 발차기 기술이 많은 무술이다. 우리는 서로에게 각자 하고 있는 무술의 특기를 가르쳐주었다. 서로의 단점을 보완해주며 각자의 무술 세계를 성숙시켜나갔으니 친구이기 이전에 무술 사범으로서의 역할을 하게 된 셈이다. 내가 이소룡보다 9살이 더 많은 연장자로 때로는 형같이 인생을 논하기도 했었다.

이소룡을 만나면서 나는 영화에까지 출연하게 되었다. 1973년에 출연한 '흑권'이라는 무술영화가 바로 그것인데, 이를 계기로 나는 미국의 대중들에게 '태권도를 하는 동양인 준 리'로 스크린을 통해 더욱 알려지게 되었다.

전설적인 쿵푸스타 이소룡의 소개로 출연한 이 영화를 통해 미국인들은 동양 무술에 눈뜨기 시작했다. 그때부터 전 세계적으로 동양 무술 영화 바람이 불었으니, 현재 홍콩 액션의 대명사인 배우 성룡도 알고 보면 우리들의 뒤를 이은 후배인 셈이다.

이때부터 만나 우정을 이어온 잭 발렌티 미국 영화협회 회장은 나와 이소룡의 무술이 당시 할리우드에 아주 많은 영향을 주었다고 말한다. 우리가 처음 동양식 무술 액션의 길을 열었고, 그 뒤를 이은 것이 성룡, 척 노리스, 스티브 시갈 같은 오늘날의 액션스타들이라는 것이다.

이소룡과 나의 우정은 유별났다. 66년부터 70년까지 준 리 태권도 대회에 이소룡은 한 번도 빠지지 않고 참석해 자리를 빛냈다. 그렇게 1년에 두어 번씩 미국 대륙을 횡단하면서 우리는 상대방이 주관하는 무술대회에 시범자로서 나섰고, 그때마다 꼭 서로의 집에 묵으면서 가족들끼리도 우애를 나눴다. 아내인 한순과 이소룡의 부인인 린다 역시 우리처럼 친해졌다.

1973년에 그의 영화 ‘Enter the Dragon(용쟁호투)’이 개봉됐을 때는 아내와 함께 당시 홍콩에 살고 있던 이소룡의 집을 방문해 며칠을 묵기도 했다. 그렇게 서로의 가족들이 함께 보냈던 시간들을 나뿐만 아니라 이소룡의 부인인 린다 역시 지금까지도 추억하며 그리워하고 있다. 우리를 보고 주변에서는 ‘혹시 두 사람이 형제가 아니냐?’는 얘기를 할 정도로 우리의 우정은 각별했다. 사실 똑같은 오얏 이(李)자를 성(姓)으로 쓰는 우리는 머나먼 옛날, 같은 조상의 후예일지도 모른다.

이소룡이 죽기 전까지 우리는 오랜 기간 편지를 주고받으며 우정을 나눠왔다. 짧은 전화로는 채 못 다한 이야기들을 우리는 편지로 풀었는데, 나중에는 내가 그에게 편지 쓰기 편하라고 타이프라이터를 하나 사서 보내줄 정도였다.

이소룡은 그 강한 모습 안에 여리고 따뜻한 마음을 가진 남자였다. 부끄러움도 많았고, 가끔은 외로움을 타기도 했다. 언론의 집중관심을 부담스러워 했던 성격이었기에, 그는 사람들이 많은 곳을 꺼려하고 마음이 맞는 친구들 몇 명과 조용히 담소를 나누는 것을 좋아했었다. 때로는 자작시를 써서 보낼 정도로 섬세했던 그가 보낸 편지에는 그런 속내가 그대로 담겨있었다.

하지만 우리가 친구로 함께 했던 시간은 채 10년을 가지 못했다. 1973년 7월 20일, 이소룡은 돌연한 죽음으로 세상을 떠났다. 그가 죽기 전에, 제일 마지막으로 통화를 한 사람은 바로 나였다. 그 전날 통화를 하면서 나는 당시 새롭게 출연하기로 한 홍콩영화에 대해 이소룡에게 상담을 했었다.

‘흑권’ 이란 영화에 내가 주연급으로 출연할 계획이었는데, 감독이 다른 사람을 주연으로 밀려고 한다는 것이다. 그래서 이소룡이 강력하게 항의를 한 덕분에 그 자리를 고수할 수 있었다는 얘기를 하면서 그는 나의 영화계 진출을 축하해 주었다. 그때만 해도 그는 평소와 같은 목소리였다. 하지만 그 다음 날, 이소룡은 변사체로 발견되었고, 그의 죽음에 대한 사인(死因)은 지금까지도 미궁에 싸여 제대로 밝혀지지 않았다.

그가 세상을 떠나기 며칠 전, 전화통화 중에 ‘여자는 항상 조심을 해야 한다는 것과 역대의 영웅호걸들이 거의 모두가 여자 때문에 인생을 망친 경우의 예’ 를 들며 강력히 충고 했었다.

그의 죽음 이후 한참의 세월이 흘렀다. 그러나 지금도 세상은 이소룡, 브루스 리의 죽음을 애도하고 있다. 청춘스타 제임스 딘과 더불어 이소룡은 세계가 안타까워하는 요절(夭折) 스타의 자리에 이름을 올려 30년이 넘는 세월동안 끊임없는 추모의 행렬을 받고 있는 것이다.

이소룡은 누구보다도 손을 쓰는 무술에 강했다. 누구보다도 빠르고 강했던 그의 손. 하지만 그 손은 단지 무술에만 강했던 것은 아니다.

그는 누구보다 앞장서서 두 손으로 사람들을 도왔고, 또 사람들의 정신과 마음과 영혼을 일깨우기도 했다. 그는 축복 받은 깨끗하고 사려 깊은 성정(性情)을 가진 사람이었고, 풍요롭고 자유로운 영혼을 가진 사람이었다. 나는 그를 알게 된 순간을 지금까지도 행운이라고 여긴다.

그의 죽음 이후, 나는 『Bruce and I』라는 책을 펴냈다. 그와 함께 나눴던 편지들, 우리의 우정에 대한 이야기들을 실은 책이다. 60년대 후반부터 70년대 초까지 이소룡이 나에게 보낸 수많은 편지들은 지금은 세상에 없는 그 남자를 새롭게 조명해주고 있다. 그는 열성적인 독서광이었는데, 그런 만큼 문장 하나 하나에 재치와 감성이 담겨있었다.

그가 보낸 19장의 편지들을 나는 30여 년간 소중히 간직해 왔다. 책을 쓰기 몇 년 전, 하루는 그 편지들을 꺼내서 읽어 내려갔다. 편지 한 장 한 장마다 우리의 추억이 가득 담겨있었다. 그 편지들을 다 읽고 났을 때, 나는 이것들을 이대로 나 혼자 보관할 것이 아니라 책으로 옮겨 이소룡의 정신과 성공철학을 많은 사람들과 공유해야겠다는 생각을 하게 됐다. 그렇게 해서 탄생한 것이 바로 『Bruce and I』이다.

하지만 이미 그가 죽은 지 30년이 흘러 있었다. 과연 내가 제대로 그를 표현해낼 수 있을까? 고민하는 나에게 용기를 준 것이 바로 내 둘째 아들 천우였다.

"이 편지들은 정말 보물과도 같잖아요. 지금도 시간이 흐른 뒤에도 이 편지들은 아주 중요한 가치를 지닐 거예요. 책으로 남겨 소중히 전해야 할 필요가 있어요."

그 말에 힘을 얻어 나는 책을 출간하게 됐다. 책을 쓰면서, 나는 그 책을 읽는 사람들이 마치 이소룡을 눈앞에서 보는 것과 같은 감정을 느끼길 원했다. 그 책 안에는 이소룡에 대한 나의 기억들, 그의 영혼과 삶, 이상(理想)이 고스란히 담겨있기 때문이다.

그가 죽은 지 30년. 하지만 아직까지도 이소룡, 브루스 리는 내게 있어 가장 소중한 인연으로 기억된다.

이소룡과 더불어, 사람들이 홍미를 가졌던 특별한 만남은 바로 세계 권투 챔피언 '무하마드 알리' 와의 우정이었다.

이소룡과는 같은 동양 무술을 하는 사람으로서 교류를 했다고 하지만, 태권도와는 전혀 상관없는 권투 챔피언에다가 흑인인 알리와는 어떻게 친해지게 된 것인지 사람들은 궁금해 하곤 했다.

미국의 프로 권투 선수 무하마드 알리. 본명은 '캐시어스 마셀러스 클레이' 라고 하는 이 흑인 선수는 로마 올림픽에서 금메달을 따며 이름을 알리기 시작했다. 이후 1964년 세계 헤비급 챔피언 벨트를 따면서 알리는 세계적 스타가 되었다.

내가 알리를 처음 만난 것은 1975년. 나는 당시 "나비처럼 날아서 벌처럼 쏜다(이 말은 내가 지은것이 아니고, 알리가 직접 언급한 것인데 한국잡지가 오보하여 내가 한 것처럼 소문이 났음)"는 말로 유명한 최고의 스타 선수로 떠오른 무하마드 알리의 초청을 받게 됐다. 준 리에게서 태권도의 기술을 일부 배우고 싶다는 것이 그 목적이었다.

알리를 위해 나는 특별한 기술을 만들어 냈다. 바로 'Accu-Punch' 였다. 이는 사전에도 없는 단어로 내가 새롭게 고안해 낸 것이다. 때리는 사람이 주먹을 내지르겠다고 머리로 결심한 순간에 주먹이 동시에 나간다는 원리에서 출발한 이 Accu-punch는 가속도라는 물리학적 법칙을 응용한 것이다.

속도가 빠를수록 거기에 실린 힘의 강도 역시 제곱으로 더해진다는 원리를 바탕으로 주먹을 찌르겠다고 결심한 그 순간에 빠른 스피드로 주먹이 나가면 그 힘에 가속도가 붙어 폭발적인 파워가 나오는 것이다. 무술 훈련을 해본 적이 없는 일반 사람들은 감히 시도도 못하는 것이 바로 Accu-punch다.

이 Accu-punch는 원래 이소룡으로부터 힌트를 얻은 것이다. 처음에 그가 나에게 수기(手技)를 가르칠 때 함께 얻은 그 원리가 바로 가속도의 법칙이었다. 그것을 내가 알리를 위해 권투에 응용하고 이론적으로 정립해 Accu-punch라는 새로운 기술을 만들게 된 것이다.

Accu-punch를 훈련시키기 위해 나는 워싱턴에서 펜실베니아까지 일주일에 한 번씩 알리를 방문했다. 처음에는 그냥 신기한 동양 무술을 하는 동양인 사범 정도로만 나를 생각했던 알리였다. 하지만 첫 날 이후로 한 달을 끈질기게 꼬박 왕복 6시간씩 운전을 하고 다니면서 훈련을 시키는 나를 알리는 점차 친구를 넘어 자신의 스승처럼 생각하게 되었다.

알리는 TV에서 비춰지는 이미지와 실제로 보는 인상이 달랐다. 매스컴에서 '떠벌이 알리'라는 별명으로 불릴 만큼 유쾌하게 수다를 떨고 링 위에서 피를 흘리면서도 냉정하게 경기를 지속하는 사람. 홍보와 대중심리를 적절히 이용하고, 재치 있게 유머를 구사하는 사람, 무하마드 알리.

하지만 실제로 만난 알리는 혼자 있을 때는 조용하고 생각이 많은 사람이었다. 그를 점차 알게 될수록 내면에 있는 인간적인 고민거리들을 우리는 함께 나눴고, 누구보다 좋은 친구가 될 수 있었다.

한 달간 훈련받은 Accu-punch 덕에 알리는 일본에서 있었던 안토니오 이노키라는 레슬링 선수와의 이벤트성 대전에서 무승부로 끝냈다. 시합 직후 가진 인터뷰에서 알리는 기자들의 마이크에 "내가 가지고 있는 펀치 기술 중에 아주 독특한 Accu-punch라는 기술이 있다. 그것은 바로 한국인 태권도 사범인 준 리에게 배운 것이다"라고 말했다.

이 Accu-punch가 너무 무서워서 이노끼는 매춘부 같이 드러누워 싸워서 무승부로 끝났다고 했다. 덕분에 나 역시 언론의 집중적인 조명을 또 한번 받게 되었다.

일본에서의 시합이 끝나고 알리는 나와 함께 한국으로 향했다. 경기를 위해 일본으로 오기 전에 "나와 함께 한국을 방문해주지 않겠나?"는 내 부탁을 알리는 흔쾌히 들어주었던 것이다. 스케줄 때문에 주위 스텝들의 반대가 있었지만 알리는 '준 리와 한 약속'이라며 한국행을 고집했다.

1976년 6월 28일, 나는 무하마드 알리와 함께 서울에 도착했다. 이날은 내가 1962년 6월 28일 워싱턴에 태권도장을 개설한 14번째 기념일이었던 것이다. 이것이 어찌 우연의 일치를 넘어선 조물주의 섭리라 아니 할 수 있겠는가?

그리고 정확하게 24년 후인 2003년 6월 28일은 워싱턴에서 나의 날인 '준 리의 날'을 선포해 주었으니 말이다. 당시 김포공항에서 숙소로 정해진 조선의 호텔까지 무려 100만 명이 넘는 인파가 길가에 나와 우리를 환영해 주었다. 어느 정도 반응은 있을 거라고 예상했지만 상상을 뛰어넘는 열광에 알리와 나, 둘 다 깜짝 놀라고 말았다. 알리는 이 날의 감동을 잊지 못했던지 훗날 미국에 돌아갔을 때 한국에서 받은 열띤 환영인사를 두고두고 회고(回顧)했다.

카퍼레이드 후, 기자회견 장소에 도착하니 각 언론사에서 1,000여 명이 넘는 기자들이 기다리고 있었다. 인터뷰 중 알리는 "준 리 사범님한테 태권도를 배워서 Accu-punch로 무장한 내 주먹에 일본의 레슬링 선수가 벌벌 길 정도였다"고 밝혔다.

워싱턴에서 국회의원들을 가르치는 한국인 태권도 사범으로 유명해지면서 나는 특파원들에 의해 한국에도 종종 소개가 되었지만, 이번에 알리와 함께 방문한 것을 계기로 연일 신문지 상에 얼굴을 내밀게 되었다.

알리는 항상 신문기자들에게 나를 '스승님'이라며 추켜세웠는데, 이는 단지 자신을 훈련시켰기 때문만은 아니었다. 알리와 함께 한국을 방문하는 기간 동안 우리에겐 재미있는 에피소드가 있었다.

일정을 마치고 호텔로 돌아오는 길에 알리가 내게 한국의 미인 한 명을 오늘밤에 소개시켜 달라고 넌지시 말을 하는 것이다. 농담 반, 진담 반인 그의 말에 나는 처음에는 대꾸하지 않고 묵묵히 있었다. 그러자 알리는 재차 소개를 좀 시켜달라고 조르는 것이다. 나는 정색을 하고 그를 돌아봤다.

"알리, 내가 다른 건 다 해줘도 그것만큼은 안 되겠다. 하나님께 죄를 짓는 일이 아니겠는가?"

굳은 표정으로 진지하게 말을 하자 그는 1분 여를 가만히 생각에 잠겨있었다. 그러더니 내 손을 꼭 잡고 나를 존경한다고 말했다. 세계적으로 유명세를 누리며 원하는 것들을 성취해냈던 알리에게 그렇게 따끔하게 일침(一鍼)을 놓은 사람은 그리 흔치 않았을 것이다. 알리는 자신의 유명세에 약해지지 않고 오히려 엄하게 대하는 나를 진정한 스승으로 모시기 시작했다.

미국으로 돌아온 후, 우리는 나란히 '미국 세기의 인물'로 선정되기에 이른다. 미국 독립 200주년을 기념하는 1976년 1월 17일 이 행사에서 한국인인 내가 20세기 최고의 무술인(The Martial Art Man of The Century)으로 선정된 것이다. 이 행사는 세기의 인물상을 주는 행사였는데 정치 부문에 키신저, 복싱에 무하마드 알리, 축구에 제임스 브라운, 농구에 윌 챔버린, 야구에 조 디마지오, 무술에 이준구가 선정됐다.

그 후로도 나는 알리와 종종 만나면서 우정을 나눠왔다. 하지만 안타깝게도 알리는 파킨슨병에 걸려 오랜 시간 병마와 싸우게 됐다.

'나비처럼 날아 벌처럼 쏜다'는 말을 유행시키며 춤추듯 날렵한 동작과 메가톤급 펀치를 구사하는 화려한 선수였던 무하마드 알리. 그러나 복싱의 특성상 얼굴과 머리에 집중 가격을 받게 되었기 때문에 그는 후유증으로 인해 파킨슨병에 걸리게 된 것이다.

손발이 떨리고 뻣뻣해지거나 보행 장애 같은 증상이 나타나는 파킨슨병에 걸린 알리는 그 후로 언론에서 모습을 감췄고 나 역시 한동안 알리를 만날 수 없었다.

그러던 중, 1996년 미국 애틀란타 올림픽에서 나는 다시 그를 만났다. 올림픽 개막식에서 알리는 성화 봉송의 마지막 주자로 세계인들 앞에 모습을 드러낸 것이다. 비대해진 몸집, 멍한 표정에 쉴 새 없이 떨리는 손. 세계의 복싱 역사를 바꾸었고 그 스타일을 새롭게 창조해 냈던 세계헤비급 전 챔피언 무하마드 알리는 그렇게 파킨슨병과 죽는 날까지 싸워야 하는 초췌한 모습으로 변해있었다.

하지만 어느 누구도 그의 모습에 실망하는 사람은 없었다. 거기에 모인 사람들과 TV를 통해 개막식을 지켜보던 전 세계 인구들은 불굴(不屈)의 의지로 병을 딛고 인간 승리를 이뤄낸 알리에게 박수를 보내며 눈물을 흘리는 사람들이 많았다.

6개월 후, 나는 다시 한번 알리를 만났다. 워싱턴에서 있었던 모임에 그가 주빈(主賓)으로 참석한 것이다. 비록 아직까지도 병으로 고생하고 있었지만 알리는 여전히 영웅이었다. 사람들은 그에게 인사를 하고 싸인을 받기 위해 길게 줄을 섰다. 반가운 마음에 나 역시 알리에게 다가가 인사를 건넸다. 불편한 몸으로 의자에 앉아있던 알리는 나를 보자 애써 자리에서 일어났다. 내가 괜찮으니 자리에 앉으라고 만류했지만 알리는 '스승에게 앉아서 인사를 하는 제자는 없다' 며 힘겹게 일어나 정중히 인사를 했다.

한때 지구촌의 영웅이자 모든 흑인들에게 꿈의 상징, 불굴의 상징이었던 무하마드 알리. 그는 링 밖에서도 화려한 스포트라이트를 받으며 수백만 달러의 기부금을 대학과 단체에 헌납하며 인종문제나 전쟁 등 각종 사회문제에 정면으로 맞섰던 사람이었다.

끝까지 자신을 잃지 않고 불굴의 의지로 인생을 살아나가는 사람. 무하마드 알리는 그렇기에 나에게, 그리고 모든 사람들에게 우리 시대 최고의 복서로 기억될 것이다.

주미 한국 대사들과 나

앞에서 설명했듯이 1962년 6월 28일 워싱턴의 K. Street에 Jhoon Rhee 태권도 도장을 개장하고 정일권 대사의 축사로 시작한 이후 나는 가끔 정대사를 찾아뵙고 인사를 하고 많은 조언도 받아 크게 위로가 되었다.

그 당시에는 한국 교포들이 몇 백 명 될까 말까한 때였으니 나로서는 많은 위로가 될 수밖에 없었으며 나를 퍽이나 귀여워 해주셨다. 더구나 내가 국회에 나가서 태권도를 지도한다는 유명세 때문에 대사관 측에서도 항상 많은 관심을 가지고 있었을 것이다. 그리고 가끔 파티를 열어 국회의원들과 대사, 공사들과의 자연스런 만남을 주선해주기도 했다.

지난 43년 동안 많은 대사들과 공사들이 다녀갔다. 그분들은 부임하자마자 나와 만나 보기를 원했다. 특히 나의 태권도 도장을 구경함은 물론 국회의사당의 태권도 도장을 구경하는 것에 제일 관심이 많았다. 태극기를 성조기와 함께 나란히 걸어놓고 차렷, 경례 등의 한국말 구령에 맞추어서 한국의 여느 태권도장에서와 똑같이 사범님께 대한 절도 있고 예의바른 모습을 보고는 모두들 감개무량해 했다. 그러면서 나를 대한민국 훈장을 타고도 남을만한 공로자라고 칭찬을 하며 훈장을 상신하겠다고 부탁하지도 않는 말을 먼저 한다.

그동안 미국 정부에서 주는 수많은 상(賞)을 타 보았지만 지난 43년 동안 단 한번도 대한민국에서 주는 상이란 것을 타본 적이 없다는 말을 이미 말한 바 있다. 상(賞)은 고사하고 한번은 어느 대사님의 부탁의 말에 나는 크나큰 실망을 느끼지 않을 수 없었다. 그 대사는 나에게 30만 달러 보증(co-sign)을 서달라는 부탁을 했다. 한국 속담에도 '빚보증 서는 자식은 낳지도 말라' 는 말이 있다. 그러나 나는 그 당시에 그만한 돈의 10분의 1의 현금도 없었거니와 순수하지 못한 그의 마음을 읽고 한마디로 거절을 했다.

그 대사는 나를 하나의 성공한 돈 많은 재미동포로, 적당한 때 이용할 가치가 있는 재미교포로 보았던 것 같다. 자기와 만나주는 것만으로도 크게 영광으로 알라는 태도인 것이다. 그런 사람은 대쪽같은 나의 마음을 절대 사로잡을 수 없다.

일본에서는 1960년대 한국과 일본의 외교 정상화 이후 해방직후 일본에 남아서 자수성가(自手成家)한 성공한 재일교포들이 많았었다. '롯데백화점' 과 '롯데제과' 의 신격호 회장을 비롯한 많은 재일 동포들이 한국에 투자를 시작할 때였으니 미국 교포들과는 엄청나게 큰 차이가 있었다. 1960년대 중반 케네디 대통령의 이민법 개정으로 동양 사람의 이민이 시작하기 이전의 시기로 재미 동포들은 이민초기에 무척 고생을 할 때였다.

나는 그 당시 4개의 도장을 열어놓고 이리 뛰고 저리 뛰면서 기초를 잡아 갈 때였으니 돈 30만 달러가 어디 동네 강아지 이름인가? 그때 돈 30만 달러면 버지니아 교외의 부촌일대에 대궐 같은 집 5~6채를 현찰로 살 수 있는 돈이었으며, 태권도장 15개를 더 만들 수 있는 돈이었다. 그때부터 나는 그 대사와는 전화도 걸지 않고 큰 행사가 있어도 초청도 하지 않았으니 나를 미워할 수밖에….

그 후에 부임한 대사님들과는 잘 지냈지만 그 경험 때문에 자연히 어느 정도 적당한 거리를 두고 사귀게 되었다. 손자병법에 '不可近 不可遠(불가근 불가원), 즉 너무 가깝게도 말고 너무 멀게도 하지 말며 적당한 거리를 유지하라는 말' 이다.

나는 그 젊은 나이에도 분명한 철학이 있었다. "한국에서는 형제지간에 어느 한 사람이 자손이 없을 때 양자를 보내어 형제지간에 대를 잇게 하는 것이 하나의 미풍양속으로 되어있다." 내가 양부모에게 양자를 갔으면 성심성의껏 효도하는 것이 나를 낳아준 친부모에게도 큰 효도를 하는 것이다. 그 공로가 모두 친부모에게 가는 것이기 때문이다. 그 똑같은 이유로 내가 미국에 열심히 애국하는 일은 나의 조국 대한민국에 자동적으로 애국하는 일이라는 것, 이것은 나의 굳건한 철학이다.

그래서 나는 한국 커뮤니티보다는 미국 주류 사회에 더욱더 많은 정력을 쏟는다. 나는 교포 사회에 초청되어 연설할 기회가 있으면 잊지 않고 이 말을 꼭 한다. 미국주류 사회에 많은 참여를 하여 많은 봉사를 하라고…. 그것이 바로 조국에 애국하는 길이라고.

미국인 이웃들과 화목하게 지내는 것도 국위선양이다. 간밤에 눈이

왔지만 옆집에 젊은이가 없어서 눈을 아직 치우지 않았을 때 그 집 눈까지 치워준다면 그것은 이웃으로 하여금 감동을 받게 하는 것이 된다. 그것은 바로 다른 수많은 한국인의 위상을 높여 주는 것이 된다. 그러나 그것은 그리 쉬운 일이 아니다. 아침에 일어나기도 싫고 더구나 내 집 눈 치우기도 허리가 아픈데 옆집 눈을 어떻게 치울 수가 있겠는가? 하지만 그렇게 어렵기 때문에 감동을 줄 수 있다는 것이다.

청도관의 창시자 이원국 관장과의 인연

나는 중학교 2학년인 13살 때 처음으로 종로구 관훈동에 있던 청도관에 입관해서 엄운규, 현종명, 민윤식 사범으로부터 지도를 받았다. 청도관을 창립하신 이원국 관장은 엄운규 사범의 사범으로서 나는 직접 이원국 관장으로부터는 지도를 받지는 못했다.

그러니까 먼발치에서나 뵐 수 있는 대단히 높은 사부님이었던 것이다. 그러니 13살짜리 비리비리했던 꼬맹이를 어찌 대(大)사부님께서 기억을 하실 수 있겠는가? 그러면서 세월이 흘러 6·25 전쟁이 터지고 군대를 갔다가 미국에 오게 되었으니 이원국 관장님을 까맣게 잊고 있었다.

그러던 차에 1960년대 초부터 조선일보 특파원으로 있던 문명자 기자로부터 전화가 왔다. 이원국 관장이 워싱턴에 오신다는 것이다. 문명자 기자는 내가 1962년 워싱턴에 첫 번째 도장을 열 때 나에 대한 기사를 써서 한국에 보냈던 맹렬하고 능력 있는 여기자였는데 그녀의 친언니가 이원국 관장의 부인이었던 것이다. 그리고 보면 세상은 참으로 좁은 것이다.

나는 비행장에 나가서 이원국 관장 내외께 환영인사를 했다. 이원국 관장의 도착시간은 밤 11시 30분이었다. 나는 우리 태권도 학생 50명을 태권도복을 입은채로 Dulles 공항 대합실에서 큰 사범님 환영사와 태권도 시범을 보여드렸다. 이원국 관장님을 무척 기쁜 마음으로 모든 학생들에게 답사를 해주었다.

그때부터 자주 찾아뵙게 되었으며 나의 어머니와 사모님은 형님, 아우하시며 친형제같이 지내셨다. 사모님은 대중 앞에서도 훌륭한 연설로 대중을 놀라게 하시는 여걸이셨다. 매주 일요일마다 나의 어머니와 함께 절에 나가시면서 불교에도 심취하셨다. 나의 동생 전구(典九)와 내가 번갈아가며 매주 절에 모시고 오가면서 세 분을 모시고 나이아가라 폭포와 디즈니월드를 구경시켜 드리기도 하였다.

이렇게 30년 이상 가깝게 지냈으며 오히려 나의 아버지보다도 훨씬 많은 시간을 가까이 지냈던 것이다. 그리고 나의 어머니도 못 보고 돌아가신 나와 테레사의 결혼식까지도 두 분 내외께서 함께 와서 축하를 해 주었으니 이것이 어찌 보통 인연이겠는가?

해방 후 이원국 관장님께서 첫 번째로 창립하신 태권도장 청도관이 그 넓디 넓은 서울 땅에서 공교롭게도 나의 작은 아버지 동네인 종로구 관훈동에 있는 것이나 수원에 살면서도 서울까지 유학을 오게 되었던 여건들이 모두 우연이 아닌 운명이 되어 나로 하여금 미국에까지 와서 한국태권도를 심도록 하신 하느님의 섭리가 아닌가 싶다.

중국 당나라 때 이백(李白)의 시에 이런 말이 있다.

天生我材必有用 千金散盡還復來(천생아재필유용 천금산진환부래)

하늘이 나에게 재능을 주신 것은 나의 재능을 필히 쓸 데가 있어서이고 천금을 낭비한 것 같이 썼으나 언젠가는 다시 돌아오게 마련이니라.

지난 50년 동안 나에게 주신 모든 것을 나의 재능이라고 한다면 그것은 하느님께서 나를 사용할 데가 있었기 때문에 특별히 만들어 주신 재능과 필연이라는 것을 나는 굳게 믿는다. 그리고 지금까지 맺어온 모든 인간관계도 역시 하느님께서 맺어 주신 인간관계라고 굳게 믿는다. 그리고 그 동안 돈도 꽤 벌었다고 하지만 나이 70이 넘은 지금 내 수중에는 돈이 없다. 왜냐하면 돈이 들어오는 대로 쉴 사이 없이 떠오르는 상상력과 비전을 실현시키기 위하여 사용했기 때문이다.

나는 생각이 떠오르면 즉시 실행에 옮긴다. 물론 그 중에서는 시행착오도 참으로 많았었다. 그러나 그 시행착오들 역시 오늘의 나를 만들어 준 밑거름이 된 것이라고 생각할 때 그 많은 돈을 쓴 것들이 한

푼도 낭비라고 생각하지 않으며 이백의 시(詩)구절이 참으로 옳은 말
이라 생각된다.

1974년 미국 최초의 한국인 은행이 Diplomat National Bank라는 이름으로 워싱턴에 개점을 했다. 김창원 씨가 조직했으며 그의 강력한 설득으로 내가 창립 멤버이자 주주의 일원으로서 참여하게 되었다.

나는 그때 당시에 돈이 모아지기만 하면 모두 태권도장 개원에 쓰던지 아니면 더 좋은 시설물로 바꾸거나 신문과 TV 광고를 내는데 돈을 썼기 때문에 모아놓은 돈이 없었다. 그리고 돈에 대한 욕심이 없었다.

그러나 한국인으로서 한국인의 은행을 만들어 한참 자라나고 있는 한국 사회를 위해서 우리 한국 사람들끼리 자본을 모아 투자해서 은행을 만들어보는 것도 큰 의미가 있는 것이 아니겠느냐며 강력하게 설득하는 김창원(그 당시 김영삼 의원의 매제) 씨의 이론이 그럴듯하여 없는 돈 10만 달러를 은행에서 대출받아 투자했다.

그 당시에는 워싱턴과 버지니아 교외, 매릴랜드 교외, 메트로폴리탄 지역 내에 약 3만 명 정도의 교포들이 거주하고 있었다. 모아놓았던 자본이 있었다면 잃어버린 셈 치고 투자할 만도 했지만 은행 대출을 받아 은행에 투자한다는 것은 참으로 무모한 짓이었다.

게다가 나의 동생, 동서, 사촌, 처남, 매형 등 친척들에게까지 투자하게 했다. 은행을 개점하여 1년 정도 은행 업무를 해나갈 때였다. 50대 이상 되는 독자들은 귀에 익은 소위 코리아 게이트 사건에 휘말리게 되었다.

김창원 행장이 통일 교회의 돈을 유치하여 은행에 투자했다는 것이다. 그리고 양곡 무역을 하던 박동선 씨에게도 투자하게 했다는 것이다. 그렇지 않아도 통일 교회가 미국사회에서 좋지 않은 평을 받고 젊은이들을 유혹하여 brain wash를 한다느니 반기독교적이라느니 하며 걸핏하면 신문에서 두드려 맞고 혹평을 받을 때였으니 모처럼 한국인들의 힘으로 개업한 Diplomat National Bank가 통일 교회가 만든 은행이라고 소문이 나고 신문기자들이 동네북처럼 두들겨 대었다. 그러니 그놈의 은행이 무사 할 리가 있겠는가?

박동선 씨는 박동선 씨대로 George Town Club을 차려서 유명인사들과 교제하며 로비를 했다고 연일 신문에 나고, 나의 태권도장도 한국의 사주를 받아 '국회의원' 들을 로비하기 위한 것이 아니냐며 의심의 눈초리로 조명하면서 기사를 써댔으니 이 어찌 대 수난이 아니겠는가?

코리아 게이트의 게이트란 말은 1973년 대통령 선거 때 닉슨 대통령이 포토맥 강변에 있는 Water Gate Hotel의 민주당 사무실에 도청장치를 설치했다는 것이 도화선이 되며 사건이 확대되었는데, 결국 Water Gate Scandal이란 명칭으로 고유 명사가 되었으며 닉슨 대통령이 탄핵 직전에 하야(下野)까지 하게 된 사건이었다.

그 후로는 무슨 스캔들 사건만 생기면 끝에 게이트를 부쳐서 코리아 게이트로 명칭된 것으로써 우리 한국인 이민역사상의 한 장으로 기록될만한 사건이라고 생각된다.

그 때문에 미국 최초의 한국인 은행인 Diplomat National Bank의 주식 값은 휴지 값이 되며 싸구려로 팔려 버리고 말았고 나에게도 은행 빚 10만 달러만 고스란히 남게 되었다. 또 애꿎은 나의 친척들도 많은 돈들을 날려 버리게 되었으니 참으로 내가 면목 없게 되었었다. 그 때 돈 10만 달러면 버지니아 교외 부촌(富村)에 대궐 같은 저택 2채를 현금으로 살 수 있는 돈이었다. 더구나 나와 절친했던 CBS TV의 앤커우먼 Connie Chung도 잠시 이사로 있다가 사표를 냈고, 유명한 컬럼니스트인 Jack Anderson도 손해를 보았다.

그러나 나의 국회의원 제자들이 한결같이 Master Jhoon Rhee는 결코 우리에게 한국정부의 사주를 받아 로비 한 적도 없고 그런 눈치를 보인 적도 없으며, 그는 자나 깨나 태권도와 청소년 교육 밖에 모르는 미국의 애국자라고 강력하게 증언을 했기 때문에 나는 오히려 매스컴으로부터 동정을 받기 시작했다.

그리고 세무서(I. R. S.)로부터 한국정부에서 부정한 돈이 입수된 기록이 있는가를 조사하기 위하여 감사를 받았는데 나는 몇 년 동안 학생들을 위하여 설치한 코카콜라 판매기계에서 나오는 코 묻은 동전수입까지도 빠뜨리지 않고 세무 보고를 하여 세무서원들로부터 아무런 혐의가 없는 것은 물론 너무나 정직한 나의 세무보고에 감탄까지 했다는 보고를 받았다. 이렇게 해서 나의 태권도장은 무사하게 되었다.

그 후 3~4년이 지난 다음에 태권도 도장도 다시 본 궤도에 올라서게 되었다. 하여튼 이 사건(코리아 게이트)으로 나는 미국 생활에서 제일 큰 시련을 겪은 셈이다.

한국정부의 사주를 받은 로비스트란 말이 나왔으니 한마디 하고 넘어가야 할 에피소드가 있다. 1967년 10년 만에 한국에 갔을 때의 '에피소드' 다. 김형욱 중앙정보부 부장이 비행장까지 차를 보내고 내가 한국에 있는 동안 운전기사와 차를 내어주었다. 동생(전구)의 결혼식이 끝나고 신혼여행을 동래온천으로 갔을 때이다. 나도 함께 울산 정유공장 시찰 겸 부산행 비행기표를 사는데 중앙정보부장께서 여행비용을 대어준 것이다. 나는 단순하게 국위선양을 많이 했으니 특별대우를 해주는 것이라고 생각하며 명예스럽고 감사한 마음으로 받아 들였다.

여행을 다녀와서 김부장님 사무실에 방문하여 인사를 할 때 나에게 슬쩍 의사(意思)를 물어 보는 것이었다. "미국 전역의 중요도시에 태권도장을 열려면 돈이 얼마나 들겠소? 자본이 필요하면 대어 줄테니 한

번 추진해 보시오. 조국에서 태권도 사범들도 많이 초청해 주고 그리고 조국을 도울 수 있을 때 도와주시고"라고 말하는 것이었다.

단순히 생각하면 군침이 도는 유혹이 아닐 수 없었다. 나는 "생각해 보겠습니다"라고 감사하다는 인사를 하고 물러 나왔다.

그리고 미국으로 돌아와서 두어 달쯤 되었을 때 모국장으로부터 편지가 왔다. 그곳 워싱턴에서 반정부의 색깔 있는 사람들 명단을 아는 대로 만들어 보내달라는 내용이었다. 나는 소스라치게 놀라고 가슴이 떨렸다. 이 사람이 나를 어떻게 보는 것인가? 섭섭한 생각이 들었다. 나쁘게 이해한다면 나에게 앞잡이 노릇이나 하라고 하는 것이 아닌가? 반정부하는 사람들 명단쯤이야 대사관 직원들이 얼마든지 할 수 있는 것을 왜 하필 나에게 부탁한단 말인가? 한국을 방문했을 때 나에게 특별대우를 해준 것을 국위선양 많이 했다고 격려차원의 대접으로 받아들였던 나는 나를 매수하려고 한 것이라는 마음이 들어 참으로 기분이 안 좋았으며 처량한 마음이 들지 않을 수가 없었다.

나는 단단히 결심을 하였다. 내가 할 수 있는 애국은 그따위가 아니고 미국에 진심으로 애국을 하면 자동적으로 대한민국에 애국을 하게 되는 것이라고 지극히 간단한 진리가 나의 좌우명으로 단단히 마음에 자리를 잡았다. 그로부터 10년 후에 일어난 코리아 게이트 사건 이후 나는 나의 판단이 결코 헛되지 않았다는 것을 확인했다.

내가 만약 중정으로부터 돈을 받아 태권도장 차리는 자금으로 썼다면 그리고 모종의 지시를 조금씩 받았다면 코리아 게이트 사건 때와 I. R. S. 특별조사 때 그 진실이 무사히 숨겨 질 수 있었을까?

결코 아닐 것이다. 자금 추적을 하면 삽시간에 들통이 나게 마련이고 미국의 정보망이 그렇게 허술하지 않은 것을 알아야한다.

나는 항상 국회의원들에게 부탁 할 일이 있을 때는 정정당당하게 대의명분이 있을 때만 공개적으로 부탁을 한다. 그래야만 뒷 탈이 없는 것이다. 그리고 지난 40년 동안 국회의원들에게 나 개인의 이익을 위한 부탁을 단 한 건도 없었다는 것을 떳떳하게 말하며 앞으로도 결코 없을 것이다.

나는 또 "진실하고 정직한 것은 어느 때이고 반드시 인정을 받아도 꼭 받는다"는 진리를 깨달은 것이다.

　내가 처음 워싱턴에 태권도장을 개관한 것이 1962년 6월 28일의 일. 준 리 태권도장 안에서는 오늘도 수많은 미국인들이 태권도의 정신과 자세를 익힌다. 그들은 태권도를 배우는 동시에 한국의 태권도 정신을 익히고 동양의 예의를 배운다.

　오늘날 미국에서 태권도 사범의 사회적 위치는 한국에선 상상할 수 없을 정도로 높다. 그들에게 한국의 태권도는 힘만 쓰는 무술이 아니라 무예 또는 무도의 의미라는 것. 나는 파란 눈의 서양인들에게 태권도는 주먹 쓰는 기술이 아니라 정신을 수양시키는 무예임을 항상 강조하고 있다.

그래서일까? 준 리 태권도의 학생들은 점차 생활면에서 많은 변화를 보였다. 자신감과 긍정적인 사고방식을 갖게 된 것이다. 그래서 사람들은 준 리 태권도장에 다니면 건전한 마음을 가지고 일상생활에서도 자신의 일에 최선을 다하는 사람이 될 수 있다고 말한다.

이렇게 점차 태권도가 인정을 받으면서 미국의 각 학교에서 한국학붐에 이어 태권도를 교육과정의 일부로 가르치는 대학들도 하나 둘 점점 증가되고 있다.

이미 워싱턴의 애마돈 초등학교, 보웬 초등학교 등에서 태권도를 정식 과목으로 가르치고 있으며 버지니아의 우드브리지 고등학교에서도 교과목으로 채택하고 있다. 그 뒤를 이어 워싱턴 8개 초등학교를 비롯하여 태권도를 정식 교과목으로 가르칠 계획을 세우고 있다.

내가 태권도를 통해 강조하는 것은 바로 '규범(規範)의 기쁨(joy of discipline)' 이란 프로그램이다. 미국 교육의 질이 저하되고 있다는 비판이 높아지면서 미국 교육계 한쪽에서는 무조건 일본 교육을 모방하려는 움직임 역시 일어나기 시작했었다. 하지만 나는 여기에 반대하는 입장이었다. 미국 선조의 '보편 교육' 역시 훌륭한 교육정책이며, 여기에 태권도 교육의 중심인 '규범 교육' 을 접목한다면 현 미국 교육의 문제를 보완할 수 있을 거라고 생각한 것이다.

미국 언론 역시 태권도를 통해 긍정적이고 적극적인 삶의 자세를 강조하는 준 리 태권도를 주목하고 나섰다. 그러면서 나를 '대 사범', '규범 전도사' 등으로 부르기 시작했다.

사실상 현대의 미국은 제대로 된 도덕교육이 없다는 것이 나의 생각이다. 법원에서만 옳고 그른 것을 판단할 뿐, 사람들은 생활에서 진짜 중요한 삶의 가치를 잊어버리고 사는 것이다.

1986년 10월에 결정된 '스승의 날' 제정법안은 바로 그러한 생각에서 나온 것이었다. 미국의 '스승의 날'은 내가 미국 회의에 직접 건의해 채택된 법으로 '스승의 날 제정 건의서' 역시 직접 만들었다. 한국과는 다른 교육 환경은 어떤 면에서는 장점이 될 수 있지만, 또 한편으론 전통적인 예를 배울 수 없다는 게 나의 생각이었다.

미국인들에겐 낯선 '스승'이라는 이미지를 태권도를 통해 전하려던 내 건의에 의해 미국에서의 스승의 날은 1987년에 1월 28일로 제정되었으나 초등학교 학생들의 인성교육 프로그램을 끌고 갈 엄청난 재정이 부족하다는 이유로 결국 2년만에 백지화 되었다. 아쉬운 일이었으나 다시 한번 힘을 모아 미국에서도 스승의 날을 만들겠다는 것이 앞으로 내가 생각하는 여러 목표 중 하나이다.

이런 여러 가지 일들이 보도되면서 미국 내에서 나 - 준 리, 이준구라는 이름은 단순히 유명한 태권도 강사가 아니라 새로운 도덕을 전하는 강연자로서도 알려지게 된 것이 아닌가 생각한다.

내가 강연자로서 새로운 삶을 살게 된 것은 어느 날 갑자기 내 생활을 뒤돌아보면서부터이다. 수년 전만 해도 태권도장에 공장, 여러 행사까지 정신없이 바쁜 생활을 보내고 있었다. 그러던 어느 날 잠에서 깨어 생각해보니 나는 내 사업의 노예였다. 공장도 있고, 도장도 많고 일만 생각하다보니 제대로 남은 내 인생을 생각할 시간이 없었던 것이다.

내가 젊어서 처음 미국에 왔을 때만 해도 오로지 태권도밖에는 몰랐었다. 그러나 나이가 들고 세월이 가면서 태권도만 아니라 태권도로 다진 건강한 육체에 담아야 하는 철학 역시 중요하다는 생각을 점차 하게 되었다.

태권도는 자기 수양과 철학이 담긴 무술이다. 그것이 없다면 주먹질 연습밖에 안 되는 것이다. 그렇다면 이제까지 태권도 안에 쌓아온 철학을 공동 가치관으로 정립해 전 세계에 가르친다면 어떨까?

태권도의 기술적인 연구는 나 아닌 다른 사범들도 할 수 있다. 그러나 정신적인 철학은 인생을 깊이 살고 그 근본을 아는 사람만이 전할 수 있는 것이다. 그 날로 나는 내 사업 모두를 6개월 사이에 정리를 하고 새 인생을 시작했다. 그리고 그때 1984년 부터 세계 곳곳을 찾아 연설을 하고 있는 것이다.

내 강연 내용은 주로 태권도의 철학과, 인생의 본질적인 가치에 대한 내용으로 이루어져 있는데, 특히 행복가치론에 대해서 주로 전하고 있다. 또 다른 주요 강연 메시지는 바로 인생의 공동 목적과 가치관이다. 건강하고 유쾌하며 행복한 사람. 스스로도 행복하게 살고, 또 그 행복을 남들에게 전달하는 사람이 되기 위한 방법을 그렇게 살아가는 인생을 나는 보다 많은 사람들에게 들려주고 싶다.

지금까지 수천 번의 강연을 해오면서 나는 어느새 인기 강연자로 유명해졌다. 다른 강연자와는 다른 나만의 독특한 강연 방식 때문이다.

이제까지 강연이란 것은 큰 강당에 우르르 앉아 강연자의 말을 일방적으로 듣고(가끔 문답이 오고가기도 하지만…), 자료로 사용되는 것은 간단한 영상이나 문서 자료가 전부였을 것이다. 나는 강연을 시작하면서 그런 고정된 방식을 깨고 싶었다.

준 리의 강연은 청중과 강연자가 함께 하는 강연이다. 이를 만들기 위해 나는 많은 준비와 고민을 했었다.

강연을 하면서 나는 태권도 시범도 보여주고 때로는 청중을 연단(演壇)으로 불러내어 함께 동작을 해보기도 한다. 때로는 도장 아이들을 함께 데려가 태권무를 보여주기도 한다. 이러한 색다른 강연은 성인들은 물론이고 신세대 대학생들에게도 큰 호응을 얻었다. 최근에 강연 차 찾은 조지타운 대학에서 나는 학생들 중 몇 명의 지원자를 받아 태권도의 빠르기에 대한 시범을 함께 보였는데, 모두들 재미있어 하여 시종일관 강연은 유쾌한 분위기로 진행되었다.

얼마 전 미군 퇴역장성들의 모임에 강연자로 초대되었던 적이 있었다. 대부분 노인들이 모인 이 자리에서 나는 젊고 건강하게 사는 3가지 원칙(균형감각과 유연성, 근력 운동)을 몸소 보여주었다. 한 다리로 서서 균형을 잡고 1분에 100회의 팔굽혀펴기를 해내는 내가 73살의 노인이라는 것에 청중들은 놀라움을 표시했다. 그리고 직접 나의 움직임을 보았기 때문에 더욱 강연 내용에 공감할 수 있었다.

아무리 말로 건강이 중요하다고 해서는 소용이 없다. 직접 그들 앞에서 몸으로 시범을 보여주면 사람들은 내가 나의 말 그대로 실천을 했고, 그로 인해 건강하게 지금까지 살 수 있음을 눈으로 직접 확인하게 되는 것이다. 나의 강연이 쉽고도 배울 점이 많다는 얘기를 듣는 것은 이 때문이다.

몇 년 전부터는 태권도를 전하기 위해 강단에 설 때마다 나는 몇 곡의 하모니카 연주를 함께 준비한다. 육체의 건강함과 정신의 강인함을 강조하던 그랜드 마스터 준 리와 하모니카? 그것도 한 개가 아니라 자그마치 12개의 하모니카다! 사람들은 그 신기한 조합에 놀라움을 금치 못한다.

내가 하모니카를 불기 시작한 것은 아주 어릴 적부터의 일이다. 바이올린과 함께 하모니카를 즐겨 연주했던 나는 청년이 되어서도 그 취미를 놓지 않고 항상 하모니카를 들고 다니곤 했다. 그러나 6·25 전쟁이 일어나고 통역관으로서 미국과 영국군 부대에서 일을 하던 나는 1951년 말, 길에서 잡혀 그대로 논산 훈련소로 보내지게 되었다.

난데없이 강제로 입대를 하면서 들어간 논산 훈련소에서는 새로 들어온 신병들의 옷과 소지품을 집으로 보내주었다. 그 때 내 옷 속에 섞여 집으로 보내진 것이 내가 항상 소중하게 지니고 다니던 하모니카였다. 그 하모니카를 아직 어렸던 우리 막내 동생 전구가 가지고 불게 된 것이다. 내가 오랫동안 가지고 다녀서 흠집이 난 하모니카를 전구역시 꽤나 애지중지 아꼈다고 한다. 전구는 서울대학교에 들어간 다음에도 그 하모니카를 손에서 놓지 않았는데, 나중에는 전국 하모니카

대회에서 우승을 휩쓸 정도였다.

그리고 내가 전구를 미국으로 불러들였을 때, 그는 내 앞에서 하모니카 4개를 가지고 모차르트의 유명한 곡인 아이네 클라이네 나흐트 뮤직을 연주해주었다. 뿐만 아니라 뉴욕에서 자리를 잡고 성공한 동생 전구는 훗날 뉴욕 링컨 센터에서 American Royal Symphony Orchestra 와 하모니카 협연을 하고 한국인 음악가들로 조직된 연주회에 함께 서기도 했다. 내로라 하는 프로 연주가들 속에서 유일한 아마추어였던 그는 하모니카 하나로 청중들의 기립박수를 받았다.

나는 처음 듣는 동생의 하모니카 솜씨에 홀딱 반해버렸다. 전구가 연주하는 선율 속에서 예전에 하모니카를 불던 내 어린 시절의 추억을 다시 떠올리게 된 것이다.

그리고 며칠 후, 평소 안면이 있는 워싱턴의 여자 국회의원인 Connie Morella 의원이 자기 모금파티에 나를 초청했다. 간단한 스피치와 태권도 시범을 부탁한 것이다. 부탁을 받아들여 모금파티에서 태권도 시범을 보였는데, 나 다음으로 한 중국계 남자가 연단에 섰다. 그는 그 자리를 축하하기 위해 하모니카 연주를 했는데 분명 나나 전구보다 못한 실력이건만 자리에 모인 사람들이 깊이 감동하며 나의 태권도 시범보다 더 많은 박수갈채를 보내는 것이었다.

미국 사람들이 그렇게 하모니카를 좋아하는 지 그 때 처음 알았던 것 같다. 그 날 나는 새로운 것을 깨달았다. 일반적인 강연보다 태권도 시범과 태권무를 함께 하면 더욱 반응이 좋고 청중들이 흥미를 가진다는 사실을…. 만약 거기에 잠깐의 휴식처럼 하모니카 연주를 함께 한다면 어떨까?

　그 날부터 나는 동생을 졸라 여러 개의 하모니카 연주 방법을 배우면서 다시 하모니카를 손에 들게 됐다. 그 때부터 지금까지 나는 꼬박 7년간 하모니카 연주를 강연 때 해오고 있다.

　어린 시절부터 불기 시작한 하모니카는 육체를 단련하는 태권도와는 달리 나의 정신을 지배하는 또 다른 세계와도 같다. 4개, 7개 그리고 12개의 하모니카가 더해지면 큰 오케스트라도 부럽지 않은 화음을 낼 수 있다.

　하지만 이것을 마스터하기까지는 엄청난 연습이 필요했다. 지금도 나는 한번 앉으면 5시간, 6시간이 넘도록 연습을 하곤 한다. 그 정도로 온 힘을 기울여야 무언가 하나쯤 자신의 것으로 만들 수 있는 것이다.

　그 노력이 헛되지 않아 지난 2000년에는 워싱턴 심포니 오케스트라와 협연을 했고, 2003년 6월에는 한 · 미 문화예술 교류재단과 한 · 미 의원교류협회가 마련한 ‘우리는 하나’라는 콘서트에서 연주를 하기도 했다.

　그렇다면 하모니카와 강연, 그리고 태권도가 함께 하는 나의 강연을 사람들은 어떻게 받아들였을까? 몇 년에 걸친 노력의 결과는 충분했다. 강연을 하면서 태권도 시범을 보이고 또 12개의 하모니카로 오케스트라 못지않게 클래식 명곡을 연주하는 강연자 ‘준 리’의 이름은 사람들에게 깊이 각인되었고, 미국 최고의 인기 강사라는 명성까지 얻게 된 것이다.

　2003년 5월, 부시 대통령은 그 달을 아시아의 달로 선포하고 이에 관련해서 여러 가지 기념 이벤트를 마련했다. 행정부의 동양인 중 몇 명을 선정해 강연을 듣고 동양 문화를 소개하는 자리가 이어졌는데, 나 역시 강연자로 선정되어 국무성과 법무부, 교통부, 내무부, NASA 등 8군데의 정부기관 사람들 앞에서 강연을 하게 되었다.

이 날을 잊을 수 없는 것은 바로 강연 후에 그들이 보인 뜨거운 반응 때문이었다. 강연이라면 보통 연단(演壇)에 강연자 홀로 서서 얘기를 하거나 혹시 보조 자료가 있다 해도 스크린을 통한 영상물이 전부인데, 나는 앞에 나가서 얘기도 하고, 하모니카도 불고, 태권도 시범도 보이니 그들에겐 새로운 충격이었던 것이다.

강연이 끝난 후 정부기관 고위직의 인사들이 몰려와 진지하게 자신들이 느낀 감동을 이야기하고 장관까지도 싸인을 요청할 정도였다. 싸인을 받기 위해 늘어서는 장사진의 사람들에게 싸인을 해주려면 1시간 정도는 할애를 해야 한다. 이제까지 많은 사람들을 만나고 강연을 해왔지만 이렇게 한꺼번에 워싱턴의 심장부를 움직이는 인사들로부터 강연에 대한 찬사(讚辭)를 받기는 처음이었다.

강연을 다니다 보면 지방마다, 나라마다 청중들의 반응이 다른 게 재미있다. 최근에는 한국을 자주 방문하면서 한국 청중들 앞에서 강연하는 일이 많아졌다.

2003년 6월에도 한국을 방문, 서울 코엑스에서 열린 세계 문화 오픈을 성공리에 마쳤다. 스포츠에는 올림픽이 있지만, 문화에는 그런 것이 없다. 그래서 중앙일보 홍석현 회장이 주최하게 된 것이 세계 문화 오픈인데, 태권도의 힘과 문화 예술의 정신을 접목시킨 이번 행사를 계기로 향후 문화 올림픽이 만들어졌으면 하는 것이 나의 바램이다.

이번 행사에서 강연을 하면서도 느낀 것이지만, 한국 사람들은 듣는 자세만큼은 다른 나라에 비해 매우 진지하고 뜨겁다. 그러나 아쉬운 것이 있다면 박수에 인색한 게 흠이랄까? 우스갯소리로 한국의 한 지방에서 강연을 하다 농담을 던지면 그 지방 청중들은 반응이 늦어 삼일 후에나 그 농담을 이해하고 웃음을 터뜨린다고 하는데, 아직까지 동양식 사고가 깊이 뿌리내린 한국에서는 자기 감정의 표현이 약한 것 같다.

하지만 어찌됐든 내가 태어나고 자란 조국에서 나와 비슷하게 생긴 사람들을 앞에 두고 강연을 한다는 것은 여러모로 기분 좋은 일이다. 한 가지 어려움이 있다면 이제는 오랫동안 영어를 써와서 그런지 오히려 적절한 한국 어휘가 안 나와 고생할 때가 있다는 것. 앞으로 한국에서 활동할 여러 가지 계획을 세워놓았기 때문에 요즘은 열심히 한국어 강연을 준비하고 있다.

전두환 대통령이 1979년 10·26 사건으로 박정희 대통령이 시해(弑害)를 당한 후 쿠데타를 성공하고 제5공화국의 대통령으로 당선되었으나 5·18 광주항쟁으로 민심이 그렇게 좋지 못할 때였다.

미국의 교포 사회에서도, 특히 호남 출신들의 반정부 분위기가 대단히 좋지 않을 때였다. 그 당시의 주미 한국 대사는 직업 외교관이었던 김용식 대사였는데 군인 출신인 손장래 공사가 부임하였다. 전(全) 대통령이 방문한다는 소식이 전해지면서 한국대사관에서 전화가 왔다.

1981년 1월 28일, 전두환 대통령이 한·미 친선을 위해 방미(訪美)를 하실 때 환영객들이 되도록 많이 동원돼야 하니 도와달라는 공사의 부탁이었다. 아마도 태권도를 배우는 학생들을 동원해 달라는 부탁일 것이다. 특히 미국인들이 동원이 되면 한미 우호 증진의 의미에서 보기가 좋으니 특별히 부탁한다는 것이다.

나는 자유를 만끽하는 미국 학생들을 강제로 동원할 수는 없는 노릇이라 학생들을 설득하여 태권도 조국의 대통령이 오는 것이니 부탁한다고 각 도장 사범들에게 신신당부를 했다. 그 날 한 도장에서 50명씩 10개 도장에서 500여 명이 참석하도록 종용(慫慂)했던 것이다.

나는 대사관에 전화를 걸어 공사에게 "교통편은 어떻게 할까요. 500여 명이면 버스 10대를 동원해야 할텐데요"하고 의논하니 대사관에는 그런 예산은 없지만 어떻게 해서라도 그 예산을 마련하겠다는 말을 했다.

모든 학생들에게는 태권도복을 입고 환영하라고 지시를 한 다음 Prince George County에 있는 Andrew Air Force Airport로 나갔다. 그 날은 몹시 추웠으며 더구나 비행기가 2시간이나 늦게 오는 바람에 기다리던 환영객들이 밖에서 벌벌 떨면서 고생을 무척 했었다. 실은 대사관 측에서 안전하게 대처하기 위하여 1시간이나 일찍 오는 것으로 통지를 한 것이다.

제시간에 도착이 되었으면 점심 식사를 준비하지 않아도 될 것을 점심때가 되었으니 큰일이 터졌다. 태권도복 바람으로 춥고 배고프니 여기저기에서 불만이 터지기 시작했다. 군(軍) 비행장이기 때문에 비행장 내에는 식당도 없고 편의점도 없었다. 상가까지 나가려면 15분 이상을 운전해 나가야 했고, 갑자기 500명 분의 맥도날드 햄버거와 커피를 주문하니 그 또한 난리가 아닐 수 없었다. 모두들 버스로 왔기 때문에 자동차가 없어 심부름 보낼 사람도 없었다.

전화를 걸고 난리를 치며 대여섯 군데의 맥도날드 식당에서 싹쓸이를 하다시피 하여 간신히 준비는 했지만 오는 도중 다 식어 빠진 차디찬 햄버거와 커피로 그 추운 날씨에 점심을 해결하며 얼마나 나를 원망했을까?

하여튼 2시간이나 늦게 전두환 대통령 내외분은 손을 붙잡고 비행기 트랩을 내렸고 환영 나온 사람들에게는 실크 스카프와 '천금성'이 지은 전두환 대통령의 젊은 시절에 대한 책이 선물로 주어졌다.

500명 분의 점심값 1000달러를 내가 지불하고도 난 대사관 측에 청구하지도 않았다. 알아서 주면 다행이고…. 그 날 대사관 직원들도 함께 두 시간씩 기다리느라고 함께 고생을 했으며 동원된 태권도 학생들의 점심 문제로 난리를 치는 것을 옆에서 보았으니 자기들도 다 알고 있었을 것이다.

그후 10대의 버스는 백악관 건너편에 있는 국빈 숙소(Blair House)로 이동하며 그곳에서 또 1시간을 기다렸다가 전두환 대통령 내외분을 환영했다. 그러나 그 점심값 문제는 일체 언급을 하지도 않았으며 그 순간이 지난 다음에는 일체의 인사도 없었다. 어찌 사람들이 말 한 마디로 천 냥 빚을 갚을 줄 모르고 도와준 사람들의 마음을 상하게 할까?

나는 사소한 일이지만 독자들에게 '상대방의 입장을 배려할 줄 알라' 는 의미에서 이 이야기를 하는 것이다. 부탁할 때는 그렇게 공손하고 저자세였다가 일단 일이 성사되면 돌변하는 그 마음들은 어쩌면 그렇게도 똑같을까? 언제나 그랬듯이 나는 나의 미션을 조용히 이루어낸 것이라고 생각하며 미국인들 500명을 한순간에 동원하는 능력을 주신 것을 감사하게 생각한다. 태권도가 아니라면 학교와 직장을 결근시키면서까지 미국인들을 어찌 500명씩이나 동원을 할 수 있었을까?

노태우 대통령 때인 1991년 6월로 기억된다. 주미 대사관의 'C 공사'로부터 전화가 왔다. XX식당에서 점심을 함께 하자는 것이다. 노태우 대통령께서 미국 방문을 하시는데 미국국회에서 연설할 것을 신청했지만 국회에서 부결(否決)이 되었다는 것이다. 그러니 어떻게 해서든지 국회의원들을 설득시켜 국회에서 연설을 하도록 최선의 노력을 해보라고 특명이 내려왔다는 것이다. 그러니 Jhoon Rhee 회장님께서 국회의원들을 설득시켜 일을 성사시켜 달라는 간곡한 부탁이었다.

C 공사 입장에서 보면 너무도 다급하고 절박한 부탁이었다. 나는 C

공사에게 "미 국회에서 어떤 이유나 사정이 있는지 모르지만 여하튼 최선의 노력을 해보겠노라"고 하면서 헤어졌다.

그러나 나는 이미 2일 전에 그 사실을 알고 국회에 들어갔을 때 그 당시 국회의장이었으며 마침 나의 태권도 제자였던 Tom Foley 국회의 장(2000년에는 일본대사 역임)을 만나 말을 했다.

노태우 대통령이 미 국회에서의 연설이 부결된 것을 거론하며, "6개월 전에 필리핀의 아키노 여자 대통령이 미국을 방문했을 때 국회에서 연설을 했던 것을 상기시키면서 미국과 한국은 6·25 한국전 때 피를 함께 흘리며 공산주의와 싸웠던 맹방(盟邦)인데 어찌 이럴 수가 있는가? 우리 한국이 필리핀보다 못한 것이 무엇인가? GNP가 필리핀보다 못한 것인가? 또 월남전에 무수한 젊은이들이 함께 피를 흘리지 않았던가?"라고 조목조목 따지면서 대의명분을 세워가며 열변을 토하였다. "내가 30년 동안 정성을 바친 양부모가 나를 낳아준 친부모를 괄시하는 것 같아서 내 마음이 견딜 수 없이 슬프다"라고 말할 때는 나의 눈에는 눈물이 글썽였었다.

Tom Foley 국회의장은 나의 진지한 모습을 물끄러미 바라보며 나의 말이 충분히 일리가 있다며 "내가 외교 분과 위원을 소집하여 며칠 내로 알려 주겠다"는 언질(言質)을 받고 국회의사당을 물러 나왔었다. 나는 C 공사의 부탁을 받은 다음날 또다시 국회에 들어갔을 때 Livingston 의원이 나에게 말했다 "Master Rhee의 조국을 생각하는 그 아름다운 마음에 모두들 감탄했다" 면서 국회 내에 소문이 자자하다며 며칠 내에 좋은 소식이 있을 것이라고 했다.

아닌게 아니라 Tom Foley 의장을 다시 만났는데 State Department에
서 곧 연락이 갈 터이니 그리 알라고 하는 것이었다. 나는 곧 C 공사
에게 전화를 걸어서 국무성에서 곧 좋은 소식이 갈 것이라고 말을 전
하니까 국무성에서 전화를 받았다는 것이었다.

드디어 노태우 대통령이 미국을 방문했다. 그리고 국회연설이 있던
날에는 나도 국회에서 경청을 했는데 바로 김옥숙 영부인의 옆의 옆
좌석에 앉아서 경청을 했다. 그리고 대사관저에서 VIP들의 대통령 환
영 만찬에 당연히 내가 초청될 것을 기대하고 있었다. 하지만 파티 전
날까지 초청장이 오지 않아서 혹시 잘못 되었나 싶어서 대사관에 전화
를 걸었더니 우물쭈물 하면서 내 이름은 포함되지 않았다는 것이다.

나는 "이번에도 또 그럴 줄 알았다"고 전화를 끊고 담담하게 생각해
보았다. 지난 30년 동안 이런 비슷한 경우는 너무도 많았기 때문이다.
성경 말씀에 "오른손이 하는 것을 왼손이 모르게 하라"는 말씀을 생각
하면서 "나에게 주어진 미션을 조용하게 내가 한 것 일 뿐"이라고 생
각하니 마음이 그렇게 편할 수가 없었다.

나는 그 사람들, 즉 공무원들의 마음을 너무나 이해를 잘하고 있다.
내가 만약 그 만찬에 참석했으면 나를 노대통령에게 소개하며 이번 공
로를 인정하는 칭찬을 했어야 했을 것이다. 그러면 모든 공로와 시선
이 나에게로 집중되고 자기는 순식간에 소외가 되는 입장이 될 것이며
또 외교통상부와 대사관의 체면에 손상이 되는 등 미묘한 문제가 생길
것이라는 것을 잘 알고 있다.

중국 역사를 읽어봐도 그렇고 한국 역사에서도 국가간의 큰 외교문

제의 중요한 사건들은 거의 모두가 막후에서 일하는 숨은 공로자가 있게 마련이며 그들은 한결같이 주연이 아닌 조연으로 역사의 뒤안길에서 이름도 없이 사라지게 되는 것이다. 나는 그저 역사의 조연이었을 뿐이다. 그 후 C 공사는 노대통령이 귀국한 뒤에 곧바로 귀국하여 높은 지위로 영전되었다는 소식이 들려 왔다.

1993년 4월 김영삼 대통령이 당선되어 문민정부가 출범하면서 노태우 대통령때 상공부 장관이었던 '한승수' 씨가 주미합중국 특명 전권 대사로 임명이 되어 부임하였다. 나와는 인사를 나눈 적이 없지만 어느날 아침 대사관에서 전화가 왔다.

"주미 대사직을 수행하기 위하여 워싱턴에 왔으니 터주대감님께 우선 인사를 드리겠습니다" 하고 농담으로 시작하면서 대화가 시작되었다. 나도 "주미 대사님으로 부임 하신것을 축하드리며 환영합니다. 그리고 먼저 전화주셔서 큰 영광 입니다" 라고 응답하고 점심 약속을 하며 만나뵙기로 하였다. 과거에 많은 대사님들이 그랬듯이 참으로 훌륭하게 민간 외교를 하신다는 말씀 오랫동안 들어왔다면서 칭찬을 하며 우리 나라의 고유 무술인 태권도를 미정계 인사들에게 까지 보급하며 국위선양을 하였으니 대한민국 국민을 대표해서 진심으로 감사한다는 것이다. 그리고 태권도만 잘해서가 아니라 이준구 총재의 뚜렷한 철학과 애국하고자 하는 신념과 인류애가 없으면 이루기 힘들일이라고 생각한다면서 참으로 존경한다고 극구 칭찬하였다.

나는 날짜를 잡아서 우리집에서 자리를 마련하며 미국 국회의원들과 정계 인사들을 초청하며 "반기문 총영사를 비롯한 대사관 직원들과 함께 만날수 있는 파티를 주선하겠다고 제의를 하니 한승수 대사는 무척 기뻐하였다. 후일에 우루과이 라운드 농산물 협상때 대한민국 허신행 농수산부 장관과 협상테이블에 함께 했던 미농무장관인 Mike Espy장관을 비롯하여 상원 세출분과위원장이었던 Ted Stevens(ALASKA) 후일에 국회의장 내정자 였던 Bob Livingston, Nick Smith, Gene Taylor, Charles Taylor, Bob Borski, Toby Roth - 국제무역분과위원장, Carolyn Maloney 금융분과 위원장, Tom Davis, Jim Moran, Duncan Hunter, Dick Swett, Dan Lungren, Ike Skelton 등 쟁쟁한 상하원 의원들이 대거 참석하였다. Party는 조촐하였지만 참으로 알찬 Party였다고 생각되었다.

그후 몇일후에 한승수대사님은 나에게 KBS 또는 한국 대통령에게서 "상"을 받은 적이 있느냐면서 물어보는 것이었다.

나는 미국에서 주는 상은 많이 받았지만 한국에서 주는 상은 받아 본적이 없다고 말하자 한대사는 "이준구 총재 같은 사람에게 안주면 누구에게 줍니까?" 하면서 즉석에서 담당 명사를 불러 당장 신청서를 작성하게 하며 본국에 상신하였다.

그러나 나는 생각했다 "이번에도 ○○○ 총재가 있는한 또 안될껄? 하며 속으로 생각하며 기대하지도 않았지만 그래도 혹시나 싶어서 10% 쯤 기대해 보았다.

그러나 예상했던대로 입상자 발표가 되었는데도 나의 이름은 없었다. 처음부터 기대를 하지도 않았기 때문에 섭섭할 것도 없었으니 훗날 한대사를 만나서 나는 안되는 이유를 알고 있으니 염려하시지 말라고 오히려 내가 한승수 대사님을 위로하였다.

같은해 1993년 8월 全미국태권도 대회가 워싱턴 SHORAM HOTEL에서 개최되었다. 그때 국회의장이었던 Tom Foley(후일 주일대사 역임)의 장이 옆차기, 앞차기 송판 격파 시범을 보였으며 나는 머리위에 물컵을 올려 놓은채 앞차기로 1인치 두께 송판 2장을 격파하는 모습을 AP 합동통신을 통하여 세계 각국으로 Topic news로 전해졌다.

그때 그 광경을 한승수 대사님과 반기문 총영사(현재 외교통상부장관)가 함께 관람을 하였는데 반기문 장관은 지금도 만날때 마다 그때의 감격스런 광경을 회자(膾炙)하곤 한다.

한대사가 귀국하여 김영삼대통령의 비서실장으로 있을때 였나 싶다. 그때 Virginia 주시사였던 George Allen(현재 상원의원)이 Virginia주와 경기도가 자매 결연을 맺기 위하여 한국에 방문하게 되었는데 나와 함께 동행할것을 부탁했지만 나는 그때 소련 CIS에 65개의 Jhoon Rhee TAEKWONDO 도장에 유단자 심사를 주기 위해서 우크라이나에 가기로 되어 있어서 함께 하지는 못했지만 George Allen 주지사가 청와대 김대통령을 방문했을 때 나의 칭찬을 함껏하고 돌아왔다 한다.

그리고 1997년 3월 16일 킹그리치 하원의장 이 한국에 방문했을때 김영삼 대통령을 방문하여 마침 미국전국에 4000만부가 발행되어 팔리는 주간지 PARADE 잡지 표지에 나 Jhoon Rhee와 Ira Yoffe, 그리고 미국의 유명한 영화배우 겸 Model인 Cheryl Tieg와 함께 나온 것을 김대통령에게 보여주면서 Jhoon Rhee는 한국이 미국에게 보내준 최고의 선물이라며 칭찬하면서 그 표지신문을 앞에 들고 김영삼 대통령과 함께 사진을 찍어 왔었다. 참으로 미국 정치인들의 사려 깊은 마음에 감동하지 않을 수가 없다.

여하튼 한승수대사님은 2년의 대사 임무를 마치고 귀국하여 청와대 비서실장, 부총리겸 재정경제부장관, 외교통상부장관으로 승승장구하더니 IPU(국제의회연맹)한국 이사회 의장, 2002년에는 제56차 UN총회 의장으로 선임되며 한국인으로서는 처음으로 유엔총회의장으로 선임되었으니 참으로 크나큰 명예가 아닐수 없다고 생각한다.

그리고 어느날 우리 한국인 중에서 UN사무총장이 탄생할 것을 나는 꼭 믿는다.

왜냐하면 우리 나라는 세계의 이념 전쟁을 제일 혹독하게 치루어 낸 나라이며 그 희생또한 어마어마 하였으며 세계 유일의 분단국가로 남아 있는 나라이기 때문이다.

1998년 이홍구 대사가 부임했다. 집안자랑 족보자랑 하는 것 같아서 민망하지만 나와 같은 '九'자 돌림인 이홍구(李洪九) 대사는 성종대왕의 13번째 왕자(王子)인 영산군의 15대 손이며, 나는 성종대왕의 10째 왕자인 경명군의 15대 손으로 똑같이 세종대왕의 19대손, 세조대왕의 18대손, 성종대왕의 16대손으로써 촌수로 따지면 30촌이 된다. 그런데 미국은 친척 개념도 없고 촌수 따지는 것을 모르는 사람들이라서 4촌만 넘으면 그저 cousin이라고 한다.

이홍구 대사는 나보다 2살 아래이고 한국에서 몇 번 만난 적이 있었으며 이번에 주미 대사로 온다하니 같은 피가 섞인 친척이 무엇인지 그렇게 기쁠 수가 없었다.

나는 미국 사람들에게는 cousin이라고 소개하면서 우리 집에서 이대사를 위한 특별환영 파티를 열었다. 상·하원 의원 20여 명과 전·현직 장관들, 친지들 약 200여 명 정도와 유명 인사들을 초청하여 성대한 환영 파티를 연 것이다. 가장 큰 목적은 많은 VIP들과 인사를 함으로써 대사로 있는 동안 조금이라도 편리한 외교활동을 하도록 도와주기 위해서였다. 개인사업은 물론이고 외교는 더더군다나 많은 인맥이 필요한 것이며 이 세상 모든 것이 사람이 하는 것이기 때문이다. 인간관계가 좋지 않으면 아무것도 성공할 수가 없는 것이다. 성공의 지름길은 첫째도 둘째도 셋째도 좋은 인간관계인 것이다.

그러나 내가 대사에게 무엇을 바라고 하는 것은 결코 아니다. 내가 이대사에게 바랄 것이 무엇이 있겠는가? 그리고 이대사가 나에게 해줄 수 있는 것이 무엇이란 말인가? 나는 그저 나의 최대한의 능력으로 나에게 주어진 조건들로 외교하는데 조금이라도 도움이 된다면 이것이 나의 미션이라고 생각을 하기 때문이다. Cousin이기 때문에 조금 더 특별하게 파티를 준비한 것뿐이다.

이홍구 대사는 비교적 관복(官福)이 많아서 통일원장관, 국회의원, 주영국대사, 주미대사, 부총리, 국무총리 등 대통령만 빼고는 모든 좋은 관직을 두루 지내신 분이다. 그러니 어찌 자랑스럽지 않을까? 지금까지도 미국 친구들은 이준구와 이홍구는 cousin이라고 생각한다.

1993년 11월 캘리포니아 주의 Diamond Bar 시에서 민주당 경쟁자인 밥 컨스를 큰 표차로 승리하고 한국인으로서는 처음으로 미국국회 하원으로 입성한 공화당의 김창준 의원은 그야말로 한국인의 영웅이 되었다.

나도 김창준 의원의 위싱턴 D.C. 후원회장을 하면서 적극 후원했던 것을 참으로 자랑스럽게 생각하며 나의 동생 전구(典九)도 뉴욕에서 후원회의 일원으로 많이 협조를 하였다.

지난 1994년 국회본회의에서는 100% 출석률과 가장 많은 발언을 하였으며 의정 활동이 뛰어난 의원으로 뽑혔던 김창준 의원은 14개의 법안을 의회에 제출하는 왕성한 입법 활동을 펼쳤다.

그 중에서도 우리 한국인의 관심을 끌었던 대미 무비자 입국문제, 한국기업인들의 대미 상용비자 면제법을 주도했다. 또 북한의 경수로 지원문제가 난항을 거듭하던 1995년부터는 국제관계 위원회에서 아태 관계위원회로 소속을 옮기면서 1995년 동료의원들과 북한(North Korea)을 방문하려다가 북한의 거부로 무산되었다. 그러다가 대만의 핵폐기물 이전반대 결의안을 상정하며 통과시켰다.

이렇게 왕성한 의정 활동을 하면서도 나의 국회 내의 태권도 class에 틈틈이 나와서 동료 의원들과 함께 운동을 하였고 나와 친하게 지냈다. 그러다가 갑자기 난관에 봉착하게 되었으니 1997년 아시아계의 선거자금법 위반 사건에 휘말리게 되었다.

한국의 대기업들이 감창준 의원에게 선거자금을 제공했는데 외국기업 또는 외국인이 미국 정치가에게 선거자금을 제공하는 것은 불법이라는 것이다. 그래서 한국의 재벌 그룹들이 160만 달러의 벌금을 추징당하게 되었던 것이다.

이런 저런 불법 빌미를 정적(政敵)인 '밥 컨스'가 지켜보고 가만히 있을 리가 있겠는가? 여러 방법으로 언론들이 함께 공격을 하였으니 큰 난관에 봉착했던 것이다.

하여튼 정치를 하는 사람이 제일 경계를 해야 할 것은 첫째 불법(不法) 또는 부도덕(不道德)이라고 생각한다.

중세기 유럽에서 만든 사형 집행기구인 단두대(斷頭臺, Kirotin)를 만

든 발명가가 자기가 만든 단두대에 목이 잘리어지듯이 법을 만든 사람
이 법을 위반하면 자기가 만든 단두대에 목이 잘리어지는 것과 같은
것이다.

둘째, 인간관계(Human Relationship) 중에서 제일 중요한 것은 가족과
의 유대관계 즉 자기 아내, 자기 아들 딸, 그리고 부모형제들과의 유대
관계라고 생각된다. 가족을 잃고서는 세상의 아무것도 얻을수가 없는
것이다. 그래서 수신제가치국평천하(修身齊家治國平天下)라는 말이 수
천 년 동안 우리에게 교훈으로 남겨지지 않았는가?

셋째, 정치하는 사람 즉 국가의 경영을 맡은 사람들은 항상 여자의
유혹에 자유로워야 한다. 미국 속담에도 "No hankey pankey during
business"(자기의 일터 주위에서는 결코 그릇된 일 특히 여자관계를 하지 말
라)라는 말이 있다. 그리고 동서양의 역사를 막론하고 많은 실패한 정
치가들이 한결같이 여자 때문에 자신도 망하고 나라도 망하게 한다.

고대 희랍(Greece)에서 있었던 트로이 전쟁도 남의 나라 왕비(Helen)
를 탐하였다가 복수를 당해서 패망한 예이며 중국의 하(夏)나라의
'걸' 왕은 말희(末喜)에게, 은(殷)나라의 '주' 왕은 '달기'에게, 주(周)나
라의 '유(幽)' 왕은 '포사'에게 빠져서 나라를 망하게 했다. 당(唐)나라
'현종'은 양귀비에게 빠져서 '안록산'의 난을 당하였으며 우리나라
'연산군'도 예외가 아니었다.

나의 할아버지는 항상 말씀하셨다. 중국 주(周)나라의 개국 공신인
'강태공'이 말하기를 "瓜田不納履(과전불납리) 하고 李下不正冠(이하부
정관)"이라 즉 "참외밭에서는 신발 끈을 고쳐 신지 말고 오얏나무 아

래에서는 모자(갓)를 고쳐 쓰지 말라”는 말이다.

“넙적 다리를 보고도 사타구니를 보았다”고 소문내는 것이 세상의 인심인 것이다. 이 교훈 역시 명심보감(明心寶鑑)에 수록되어 나오는 말이다. 그런데 안타깝게도 우리 한국인의 첫 번째 미국 주류 정치사회에 꿈나무였던 김창준 의원은 위의 세 가지 금기 사항을 모두 소홀하게 생각하여 모처럼 만에 쟁취한 미국 국회의 의석에서 도중하차 하고 만 것이다. 그렇게도 자신 만만하였고 걸출한 미남에 그렇게도 당당했던 김창준 의원의 국회탈락은 우리 모든 한국인의 손실이라고 생각한다.

나의 절친한 친구였던 이소룡(Bruce Lee)은 항상 여자들에게 대단한 인기가 있었는데 나는 항상 그에게 여자를 조심하라는 충고를 했었는데 그 충고를 한지 불과 며칠 후에 여자친구의 집에서 시신(屍身)으로 발견 됐다.

그리고 무하마드 알리(Muhammad Ali)가 일본의 프로 레슬러인 ‘이노끼’ 와의 경기를 끝내고 한국에 방문했을 때 나에게 여자를 하나 소개해 달라고 졸라대는 것을 내가 “다른 부탁은 다 들어 줄 수 있어도 그것만은 안 된다”고 단호하게 거절을 하고 난 후 한동안 무척 무안해 하는 모습을 하고 있다가 “Master Rhee I respect you very much(이사범님 나는 진심으로 사범님을 존경합니다)”라고 진지하게 말을 했다.

2000년 11월 조지 부시 주니어(George Bush Jr.)가 거의 1개월 이상의 진통 끝에 플로리다에서의 극적인 승리로 알 고어(Al Gore)를 물리치고 미국대통령으로 당선되었다. 2001년 2월 새 대통령의 취임식이 워싱턴에서 한창 준비되고 있었다.

대통령 취임식을 20일 정도 남겨 놓고 대사관으로부터 전화가 왔다. 대통령 취임식 초청장 40장이 필요하니 구할 수 있는가하고 부탁이 왔다. 한국 국회 외교분과 위원들과 신문기자를 합쳐 40여 명이 부시 대통령 취임식에 갈 예정이니 초대권을 보내라는 공문이 외교통상부 장관으로부터 주미 대사관으로 온 것이다. 그러나 대통령 취임식 초청장은 한 달 전에 매진이 되어 버렸다. 부시후원자들을 위주로 한 초청인 리스트가 벌써 작성된 것이다.

미국사람들은 개인들도 파티를 계획하면 최소한 2~3개월 전에 준비를 한다. 휴가를 위한 비행기표와 호텔은 보통 1년 전에 예약한다. 그런데 3주일 남짓 밖에 남지 않았는데 대통령 취임식 초청장을 40장이나 만들어 보내라고 본국 외통부 장관으로부터 공문이 왔으니 양대사가 얼마나 황당하고 난감하겠는가? 한국 사람들은 국민도 그렇고 정치가도 그렇고 관리도 그렇고 모두 발등에 불이 떨어져야 콩콩 뛰고, 빨리빨리하며 냄비에 죽 끓듯 한다.

대사관에서는 하루에도 몇 번씩 전화를 하고 독촉을 한다. 나는 내가 아는 모든 국회의원들에게 전화를 하기 시작했다. 국무성에는 전화를 걸어봤자 가망이 없다는 것을 알기 때문이다. 국무성에 배당된 초청장은 모두 계획된 것이기 때문에 남아 있을 수가 없다. 그러나 국회의원들은 몇 장씩 여유가 있을 수 있다는 것을 나는 알고 있었다.

나는 나에게 태권도를 배우고 있는 국회의원들에게 일일이 전화를 걸어 표를 부탁했다. 이렇게 해서 모은 초청장이 45장이나 되었다. 나는 40장을 대사관에 전달하고 2장은 뉴욕의 동생 전구(典九)에게 보냈다. 전구가 조카사위인 한국의 모대학 총장에게 준다고 부탁했기 때문이다. 그리고 나머지 3장은 친구들에게 주었고 나는 그날 플로리다에 출장을 가기로 되어 있어서 참석을 하지 못했다.

그런데 조카사위의 말에 의하면 한국에서 이 초청장을 구하기 위하여 어느 재벌이 10만 달러를 사용했다는 신문기사를 가위로 잘라 가지고 온 것을 보고 웃지 않을 수가 없었다. 그것을 모두 가격으로 친다면 400만 달러가 되는 것인데 이러한 400만 달러짜리 로비를 전화 몇 통화로 해냈다고 생각하며 나 홀로 어깨를 으쓱해 보았다.

　나는 잠시 생각해 보았다. 나의 능력을 돋보이게 해주시려는 신(神)의 역사라고 생각했다. 그리고 우리 조상님들의 돌보심이라고도 생각하고 감사했다. 이번에도 역시 나에게 맡겨진 미션이라고 생각하며 조용히 해낸 것이다.

이회창 총재와의 만남

1999년 이회창(한나라당)총재가 워싱턴에 방문했다. 그 당시 함께 수행했던 미국 동포출신 한나라당 전국구 국회의원인 조웅규 의원으로부터 전화가 왔다.

이회창 총재를 모시고 워싱턴에 4일간 머무는 동안 미국 국회의 저명인사들을 만나서 면담을 하고 4일 후에 귀국을 하고 싶으니 도와달라는 것이다. 그러면 누구누구를 만나고 싶으시냐고 물었더니 미하원(美下院) 외교분과 위원장인 Ben Gilman 하원의원과 미하원(美下院) 군사분과 위원장인 Floyd Spence 상원의원, 미상원(美上院) 세출분과 위원장인 Ted Stevens 알라스카주의 상원의원, 미국회(美國會) 의장인 Dennis Hastert 등 네 분을 만나보고 싶다는 것이다.

참으로 난감한 일이 아닐 수 없었다. 그리고 한국의 국민들과 정치가들은 왜 이다지도 계획성이 없는지 모르겠다. 주미 한국 대사관에 부탁을 해도 야당 총재이기 때문에 대사관에서는 정부의 허락을 받아야 하기 때문에 불가능했을 것이며 2~3일밖에 시간이 없기 때문에 신청한다는 자체가 외교적으로 예의가 아니기 때문이다.

아마도 미국 여행 일정이 최소한 1개월 이상 전에는 계획되어 있었을 것이다. 그렇다면 그런 부탁은 최소한 3주 전에 했었어도 내가 움직이는데 충분한 시간이 결코 아니다. 미국 정치가들은 자기들 지역구를 관리하느라 시간만 나면 자기 고향에 내려가서 만나기가 무척 힘들다. 더구나 네 분 모두들 엄청난 자리에서 국정을 보느라 얼마나 바쁜 사람들이겠는가?

그런데 자기 이웃집 친구를 만나려 해도 몇 주 전에는 통지를 하고 확인을 하고 전화를 수 십 번씩 하는데 위의 네 분들을 내일 모래 귀국하기 전에 만나게 해달라니 이런 어처구니 없는 일이 어디 있는가?

나는 조웅규 의원에게 우선 그 분들이 워싱턴에 계신지 안 계신지도 의문이고 계신다 해도 그 분들의 스케줄이 어떤지도 모르고 있는데 내일모래 만나게 해드릴 수 있을지가 의문이며 다행히도 Ted Stevens 상원의원과 Floyd Spence 상원의원, Ben Gilman 하원의원 등 세 분은 모두 나에게 태권도를 배우시는 분들이지만 Dennis Hastert 국회의장님은 태권도를 배우지 않았기 때문에 자신이 없다고 말했다. 여하튼 발

등에 불이 떨어진 일이라서 부딪쳐 볼 수밖에 없으니 기다려 보라고 말한 후에 로비(Lobby) 회사를 하고 있는 Bob Livingston 前하원의장에게 부탁하여 국회의장인 Dennis Hastert와의 접견을 타진해 보았다.

Bob Livingston 전(前)의장에게서 최선을 다해 보겠노라는 언질을 받고 나는 곧바로 Ted Stevens 상원 세출분과 위원장에게 전화를 걸어 이회창 한나라당 총재와의 면담을 부탁했더니 Master Rhee의 부탁인데 어찌 거절하겠느냐면서 오후 1시에 15분간 면담을 하겠단다.

나는 흥분을 하면서 곧바로 Floyd Spence 군사분과 위원장에게 전화를 걸었는데 오전 11시에 15분간 시간을 내어 주겠다는 약속을 받았다.

이 어찌 조물주의 보살핌이 아니겠는가? 나는 진심으로 감사하면서 또다시 하원 외교분과 위원장인 Ben Gilman 의원에게 전화다이얼을 눌렀다. 한동안 국회 태권도 class에 출석을 하지 못했던 Ben Gilman 은 무척 반가워 하면서 나의 부탁에 "Why not. I will see you and Mr. Lee(이회창) tomorrow ten O' clock in the morning in my office" 하며 쉽게 면담을 하겠다는 것이다. 너무나 쉽게 이루어지는 일들에 나도 어안이 벙벙할 수밖에 없었으며 하느님께서 함께 하신다는 것을 실감하였다.

그리고 난 후 30분 후에 Bob Livingston 전하원의장으로부터 전화가 왔는데 내일 오후 2시에 국회의장사무실에서 Hastert 국회의장이 15분간 시간을 내어주겠다는 약속을 받았다는 것이다.

시간 약속을 네 사람이 약속이나 한 것처럼 10시, 11시, 1시, 2시 등 점심시간만 빼고 1시간 간격으로 스케줄이 정해진 것이다. 이것은 나의 능력을 돋보이게 해주시려는 주물주의 보살핌이라고 나는 굳게 믿는다.

이틀 후에 스케줄대로 Gilman, Spence, Stevens 의원을 차례로 접견을 하고 2시에 Dennis Hastert 국회의장을 방문하는데 나와는 처음으로 인사하는 Hastert 의장은 일어서서 나에게 악수를 청하며 Master Rhee 이야기를 많이 들었다면서 이회창 총재 앞에서 나를 한껏 칭찬해 주는 것이었다. 역시 미국 정치가들의 세련된 제스추어는 참으로 감탄 할만하다.

이때 이회창 총재로서도 이렇게까지 일사천리로 원하던 네 분을 모두 만나 뵙게 되리라고는 기대하지 못했을 것이다. 한두 사람 만나게 되면 다행이라고 생각했을 일을 불과 30시간만에 이루어낸 역사적인 사건인 것이다.

그 후로 귀국하여 3장의 친필의 감사편지를 이회창 총재로부터 받았으며 같은 해 한국에 방문했을 때 비서로부터 미화 9,900달러를 감사하다는 명목으로 전달받았는데 나는 그 돈을 워싱턴 이회창 후원회에 다시 되돌려 주었다. 그 돈을 받으면 나는 한낱 정치 브로커 밖에 되지 않는 것이라는 생각 때문이다.

그 후 2002년 대선에서 노무현 후보와 대결하게 되었을 때 여론조사에서 단연 이회창 후보의 당선이 확실시 될 때 미국에 다시 오기 위한 계획이 있었다. 홍 의원과 전 미하원의원인 Solaz씨가 나의 친구이며 태권도 제자인 Livingston의 사무실에 찾아 왔다는 것이다.

그 이유는 한 달 후에 예정된 이회창 총재의 방미 로비를 하기 위해서 라는 것이다. Livingston이 나에게 말하기를 3년 전에 이회창 씨가 그렇게 신세를 졌으면서 왜 Master Rhee를 통하지 않고 김대중 씨와 가까운 Solaz 의원을 통하여 나 Livingston에게 오는 것이냐고 의아스럽게 질문을 하는 것이었다.

나로서는 뭐라고 대답할 수도 없었으며 무척 황당하게 생각했다. 그리고 무척 섭섭한 마음을 가졌던 것은 나도 감성을 가지고 있는 인간이기 때문이며 무슨 특별한 정치적인 사연이 있었을 것이라고 이해하고 싶다.

아마도 홍씨가 Solaz 전하원의원을 잘 알고 있다고 하며 이회창 총재의 방미를 적극 주도하고 나섰기 때문에 이 총재가 별 생각 없이 허락했을 것으로 나는 추측을 한다.

미국 태권도협회와 국제 태권도연맹의 최홍희 장군

미국의 제일 첫 번째 태권도 도장은 1956년 6월 1일 San Marcos Texas의 Edward Air Force Base(에드워드 공군기지)에서 L-19기 정비 교육을 받을 때, 부대 유도클럽에서 내의 태권도 시범을 보이면서 창설한 태권도 클럽이다.

하지만 나의 교육기간이 6개월밖에 되지 않았기 때문에 오래 지속되지는 못했다. 그러나 이 일이 미국 땅에 처음으로 태권도를 소개하고 씨를 뿌리는 기초가 될 것이라고 실감도 하지 못하고 낮에는 L-19기 정비교육 및 기타 교육들을 받고 저녁에는 태권도를 가르쳤다. 밤에는 밤잠을 절약하여 낮에 배운 것을 복습하고 예습하면서 참으로 힘들고 짧은 6개월간의 훈련과 교육을 받았다.

그러나 그렇게 행복할 수가 없었다. 그렇게도 꿈에 그리던 일들을 1차적으로 이루어 낸 것이라 생각하니 그 얼마나 통쾌하겠는가? 교육 시간도 재미있고 태권도 가르치는 일도 그렇게 즐겁고 행복할 수가 없었다.

어느덧 6개월이 지나 훈련과 태권도 가르치는 것도 중단하게 되었다. 가르치던 제자들에게는 1~2년 후에 다시 돌아와서 가르쳐 주겠다고 위로하고 그동안 내가 가르쳐 준 것을 많이 연습하라는 신신당부를 했다. 그리고는 기어코 다시 미국에 와서 "이루지 못하고 돌아가는 목적을 달성하기 위하여 또다시 오리라" 하고 굳게 다짐을 하였다.

귀국하자마자 50대 1의 유학 시험에 합격을 하고 육군 대위로 제대하면서 1957년 11월 21일 곧바로 텍사스 대학으로 유학길을 오른 것이다. 귀국 후 만 11개월 만에 이루어낸 꿈이었다. 그때 나의 나이는 26살 때였다.

그리고 5개월 후인 1958년 4월 텍사스대학 교내 체육관에서 대학 총장의 허가를 받아 태권도장을 열었다. 그 후 4년 동안 열심히 태권도를 가르쳐서 훗날 미국 태권도계의 거성들, 즉 1963년에 독일에 태권도장을 차린 Michael Anderson, Allen Steen, Jeff Smith, Pat Burlson, Pat Worley, John Wooley 등 유명한 미국 챔피언들이 모두 당시 Jhoon Rhee 태권도장에서 배출해낸 사범들이다. 이들은 모두 1970년대를 주름잡던 미국 챔피온들이다.

어느덧 졸업반이 되었을 때 6개월 한 학기 12학점을 남겨놓고 휴학을 하고 워싱턴에 첫 번째 태권도장을 열었다. 1962년 6월 28일 정일권 주미 대사님의 축사와 황재경 목사님의 미국의 소리(The Voice of America) 방송을 통하여 개관소식이 중계되면서 참으로 화려하고 역사적인 창업을 한 것이다.

그 후 1969년까지 많은 한국 사범들이 미국 전지역에서 태권도를 시작했다. 뉴욕에서는 신현옥 · 조시학 · 전인문 · 이영구 · 김정구 사범, 필라델피아에서는 박만서 사범, 오하이오의 전계배 사범, 미네소타의 박규창 사범, 콘네티것의 이재복 사범, 디트로이트의 심상규 사범, 아크론 오하이오의 김일주 사범, 클레브랜드 오하이오의 백문규 사범, 와이어밍의 김인묵 사범, 네브라 스카의 이행웅 사범, 멤피스 테네시의 이강희 사범, 센프란시스코의 나종학 사범, 실버스프링 매리랜드의 김기황 사범, 아이오와의 정우진 사범과 김정은 사범, 발티모어 메릴랜드의 공영일 사범, 매릴랜드의 차수용 사범, 오클라호마의 황세진(잭황), 그리고 하워드 유니버시티서 유도와 태권도를 가르친 양동자 사범, 그리고 워싱턴의 버지니아 매리랜드에서 나 이준구와 내가 초청한 사범들로서 정석종, 이규석, 노관 사범 등이 1969년대에까지 미국에 태권도를 심은 사범들이다. 그리고 1970년대에는 너무 많아서 이름 소개를 할 수가 없다.

그러던 중 이제는 미국 전역에 태권도장이 많이 생겼으니 미국 태권도 협회가 생길 때가 되었다고 생각하여 몇몇 뜻있는 사범들과 연락하고 발기인을 조직하여 1969년 11월 26일 미국 워싱턴의 George Town

Club에서 미국 태권도 협회를 탄생시켰다. 명예 회장에는 김동조 대사를 모시고 초대 회장에는 상원의원 Milton R. Young 의원을 추대하여 다음과 같이 임원을 선출하였다.

명예회장　　：김동조

초대회장　　：Senator Milton R. Young

부 회 장　　：김기황, 이준구

사무총장　　：이준구

총무부장　　：차수용

경기부장　　：조시학

기획부장　　：심상규

기술부장　　：전계배

재부무장　　：박만서

섭외부장　　：전인문

심사 위원장 : 김일주

징계 위원장 : 백문구

간사　　　　：김동필

주소 : 2000 L. STREET. N.W. WASHINGTON. D. C. 20036

사무실은 바로 나 이준구의 'Jhoon Rhee Tae Kwon Do' 도장의 사무실을 사용하기로 했다. 이때 우리 미국 태권도 협회의 제일 큰 목표는 우리 태권도를 올림픽 경기에 추가하도록 하는 일이었다. 그러기 위해서는 사범들 한사람 한사람이 크나큰 책임감을 가지고 태권도 보급은 물론 민간 외교관의 본분을 한 시라도 잊어서는 안 되는 것이었다.

그러나 시간이 흐르면서 여기에서도 한국의 태권도협회와 마찬가지로 청도관, 연무관, 지도관, 무덕관, 창무관 등 많은 출신도장 계파간의 보이지 않는 자존심 경쟁으로 단결이 되지 못하고 가끔 불협화음이 끊이지 않았다. 그래서 안타까웠던 것은 숨길 수 없는 사실이었다.

그리고 세계 각국에서 활동하는 태권도 사범들을 규합하여 만든 '국제 태권도연맹'이 탄생하게 되었다. 이 기구는 논산 훈련소 소장이었으며 1959년부터 초대 대한 태권도 협회장을 지냈었던 최홍희 예비역 소장의 열성의 결과였다.

최홍희 장군은 세계 각국으로 직접 여행하면서 현지의 태권도 사범들을 개인 대 개인으로 만나서 인간관계를 쌓은 덕분에 거의 세계 30여 개국에서 열심히 태권도를 보급하던 사범들과 친해지게 되어 국제 태권도 연맹이 빠르게 성장할 수 있었다.

말레이시아의 우종림 사범, 최창근 사범, 남태희 사범, 이기하 사범, 캐나다의 박종수 사범, 독일의 이준구 제자였던 Michael Anderson 권재하 사범, 그리고 월남에서는 청룡부대와 맹호부대의 활동 덕분에 매우 활발히 보급되었으며 특히 나와 미국 태권도 협회가 큰 힘이 되었다.

1963년에 독일에서 첫 번째로 창업한 Michael Anderson은 텍사스 대학 때의 나의 제자로서 박정희 대통령이 독일을 방문했을 때 비행장까지 태권도 학생들을 이끌고 나가서 태극기와 준 리 태권도 기를 흔들며 대대적인 환영을 했었다.

내가 제일 처음 최홍희 장군을 만난 것은 그가 1960년에 San Antonio, Texas에서 현대무기 숙련과정 군사교육을 받을 때였으며 나는 그 당시에 San Marcos, Texas에 있는 텍사스 대학에 다닐 때였다. 나의 학교 교내 태권도장에 방문하여 나에게 많은 격려를 보내 주었으며 함께 태권도 세계 보급을 위하여 노력하자고 굳게 다짐했다.

그러다가 1966년에는 국제 태권도 연맹을 창립하고 그 이듬해에 내가 10년만에 1967년에 한국 방문을 했을 때 동생 전구의 결혼식까지 와서 축하해 주었다.

아마 1970년이었던 것으로 기억된다. 최홍희 장군이 워싱턴에 방문할 때 본인 비자는 나오고 부인 비자가 나오지 않아 난감했었던 적이 있었다. 나에게 전화를 걸어 "어떻게 방법이 없을까?"하고 문의를 하였다. 어떻게 해서든지 방법을 생각해 보라는 부탁이었다.

그러나 나는 그때 주한 미국 대사관에 아는 사람이 있을 턱이 없었고 그 비자 때문에 미국 국회의원에게 부탁하며 압력을 넣기도 낯이 뜨겁고 하여 생각 끝에 타국으로 우회하여 들어오도록 아이디어를 짜내었다.

마침 도미니카 공화국에 나의 태권도장이 있었는데 그곳 사범인 Jose Reyes가 그 나라 대통령과 친한 사이였다. 대통령의 든든한 빽으로 일단 도미니카 공화국으로 비자를 받게 했다. 그리고 그 곳에 있는 미국 대사관에 미국 비자신청을 하고 그곳 정부의 부탁으로 입국 비자

를 받았다. 그렇게 하여 미국에 온 최장군과 부인은 "역시 준 리는 국
제적으로도 파워풀 하구먼"하며 칭찬한 적이 있다.

그때부터 미국에 오면 우리 집에서 숙식을 하게 되었고 그러면서 자
연스럽게 친해지게 되었다. 그 분 역시 박정희 대통령과 비슷한 점이
있어 사람을 압도하는 군인 특유의 카리스마가 있었다. 그리고 1972년
에는 내가 주선하여 도미니카 공화국과 Haiti 공화국에 최홍희 장군과
함께 방문하여 두 나라 대통령에게 '명예단증' 을 수여하면서 민간외
교도 착실히 했었다.

그 후로부터 4년 후인 1974년 최홍희 장군은 캐나다로 이민(망명)을
가게 되었는데 들리는 이야기로는 박정희 대통령과의 사이가 매우 좋
지 않았다는 것이다. 그러던 중 어느 날 갑자기 청천벽력(靑天霹靂)같
은 소식이 들렸다. 최장군이 이북으로 갔다는 것이다. 그리고 '김일
성' 을 찬양했다는 것이다.

그 당시에는 '김일성' 이라는 이름만 들어도 가슴이 두근거리고 '친
북' 이라는 말만 들어도 근육이 마비되는 것 같은 시절이 아니었던가?
더구나 나는 처절하고 비참했던 6 · 25전쟁을 겪었으며, 특히 1 · 4 후
퇴 때에는 가족들이 기차 화물칸 지붕 위에서 추위에 떨며 남쪽으로
피난을 내려오고, 북한 인민군과 강원도 철원 전선에서 총뿌리를 겨누
던 내가 아니던가? 그리고 나를 감싸주시고 사랑해 주시고 태권도장에
다니도록 적극 도와주시던 작은 아버지를 9 · 28 수복 때에 납치해서
납북하던 중 총살시킨 그 공산당이 아니던가?

모처럼 국제 태권도 연맹과 대한 태권도 협회와 미국 태권도 협회와

함께 웅대한 꿈을 실현 하고자 하는 때에 이런 엄청난 사건이 터진 것이다. 나는 아직도 최홍희 씨를 이해할 수가 없다. 공산주의가 싫어서 정든 고향을 버리고 남한으로 내려온 사람이 아니던가. 공산주의를 누구보다 더 잘 아는 사람이 아니던가 말이다.

교회에 다니는 사람이 장로가 하는 짓이 밉다고 하느님을 배척(排斥)해서는 안 되는 것처럼 사람을 미워할 수는 있어도 조국을 미워해서는 안 된다고 생각한다. 아마도 1965년, 서독대사로 임명되었던 최덕신 장군도 외무부장관까지 지냈으면서 이북으로 망명한 다음 이루어진 일이니 최장군의 영향을 받았지 않나 생각되었다.

또 다른 이유는, 박정희 장군의 군(軍) 선배였던 최장군이 박장군에게 쿠데타를 성공하고 다시 군(軍)으로 돌아가라고 충고를 했다고 한다. 그런데 박장군이 이를 듣지 않고 대통령이 된 후 최장군의 존재를 귀찮고 괘심하게 생각을 하여 말레이시아 대사로 보내 몇 년간 수족을 묶어 놓았다. 이를 섭섭히 여긴 최장군이 한국에는 발붙일 곳이 없다고 판단하고 캐나다로 망명을 했다가 이북으로 넘어갔다는 것이다.

또 최홍희 씨가 태권도 잡지와 2000년 1월에 인터뷰를 한 내용을 보면, 태권도를 세계 방방곡곡(坊坊曲曲)으로 전파시키는데 이데올로기(이념), 종교, 인종을 초월하여 공산국가와 제3세계에까지 전파하기 위해서는 돈 버는 데에만 급급하지 않고 오염되지 않은 태권도 사범들을 북한에서 양성할 생각으로 북한에 갔다는 것이다.

이 말은 내가 봐서는 명분이 서지 않는 말이다. 중공이나 소련이나 공산국 관리들이 돈을 밝히는 모습은 자본주의 나라에 비하여 훨씬 더 도덕관념도 없고 경우도 없다는 것을 나는 보았고 이야기도 많이 들었기 때문이다.

하여튼 그 결과 '국제 태권도 연맹'에 속해있던 세계 각지의 태권도 사범들은 대부분이 탈퇴해 버리고 연맹은 많이 약화되었다. 그 후 박정희 대통령의 지지를 받으며 김운용 씨가 곧바로 WTF(세계태권도협회)를 만들어서 총재직을 맡았고 ITF(국제태권도연맹)와 함께 두 개의 단체가 되었다.

미국에서도 이 두 단체가 싸우는 꼴을 보이면서 도대체 I.T.F.는 무엇이고, WTF는 뭐냐는 질문공세에 진땀을 흘린 적이 한두 번이 아니었다. 그래도 최홍희 씨는 캐나다에 살면서 근근히 총재직을 유지하고 있다가 재작년인 2002년 작고(作故)한 것으로 알고 있다.

그런데 1991년 9월, 내가 소련에 65개 태권도장을 열고 태권도 붐을 일으킬 무렵에 소련을 방문했던 때였다. 한국 음식이 먹고 싶어서 Moscow 시내에 있는 북한에서 경영하는 '평양냉면' 집에 소련 태권도 사범들과 함께 들어가다가 문 앞에서 최홍희 씨를 정면으로 마주친 것이다.

그야말로 외나무다리에서 만난 것이다. 나는 깜짝 놀랐지만 다가가서 악수를 하며 인사를 할 수밖에 없지 않은가? 서로 쳐다보는 눈길이 좋지는 않았지만 어찌할 것인가? 참으로 세상이 좁은 것인지….

내가 소련까지 가서 소련 매스컴을 대대적으로 타고 65개의 태권도장을 순식간에 만들고 하는 뉴스를 보고 대경실색(大驚失色)하여 부랴부랴 달려온 것으로 짐작이 되었다.

그런데 그가 다짜고짜로 나에게 하는 말이 "세상에 음악에 맞추어서 하는 태권도가 어디 있나, 춤선생이나 하지 그래?"하며 시비부터 거는 것이 아닌가? 나이도 나보다 14살이나 위이며 군대 계급으로나 지위로나 나보다 대선배이고 그의 태권도에 대한 정열은 그 누구도 부인할 수 없는 공로가 있으니 옛날 같으면 그가 나에게 반말로 하는 것이 자연스러웠다. 하지만 이젠 내가 존경할 수 있는 사람이 아니지 않은가? 나는 대꾸를 했다.

"나도 이제 환갑이 넘은 나이이고 당신은 이제 나에게 그런 말 할 자격도 없는 사람이니 냉면이나 한 그릇 잘 드시고 가시지요"하고 내 자리로 돌아왔다. 냉면 한 그릇을 입으로 들어가는지 코로 들어가는지도 모르게 후루룩 뚝딱 다 먹고 났는데 최홍희 씨와 함께 와있던 북한 대사관 사람인 듯한 남자가 나에게 다가와서 "최장군님께서 사과를 하신다 하니 노엽게 생각하지 마시고 잠깐 뵙자고 하시니 가보시라요"하는 것이었다.

나는 하는 수 없이 다가가 사과를 받고 다시 악수를 한 후 식당을 나섰다. 나는 그때 건장한 소련의 태권도 사범들이 앞뒤로 호위하며 다녔으나 그는 조선사람 한 사람만 대동하고 왔으니 무슨 생각을 하고 있었을까 궁금하다.

그렇다면 왜 최홍희 씨의 ITF가 소련에는 한 사람도 보내지 못했을까? 그것은 1981년 '브레즈네프'가 사망하고 '유리 안드로포프'가 집권할 때 동양무술이 반체제가 되는 것을 두려워하여 불법화시켰기 때문이었다.

만약 소련 정부가 1981년 동양무술을 불법화시키지 않았더라면 북한의 ITF가 오래 전에 소련에 태권도를 보급시켜 내가 소련으로 진출할 수 있는 기회가 없었음이 틀림없다고 생각한다. 이 어찌 하나님의 빈틈없는 계획이 아니겠는가.

만약 박정희 대통령께서 최홍희 장군에게 국제 태권도 연맹에 정부 차원의 강력한 후원을 해주었더라면 태권도 역사는 훨씬 더 빨리 자리를 잡고 북한과의 쓸데없는 경쟁도 없었을 것이라고 생각을 해 보았지만 어찌 하겠는가? 한국의 태권도의 가는 길이 그렇게 순탄하지 않은 것을….

김운용과　태권도

2004년 1월, 한국 IOC 위원의 부정뇌물 사건으로 인한 추락과 태권도 협회장 선거에 조직 폭력단 개입 사건으로 회장이 구속되어 감옥에 간 사건은 지난 반세기동안 수많은 해외 태권도 사범들이 쌓아 올린 금자탑을 한순간에 무너뜨린 일이었다. 또한 한국 태권도의 국제적인 명예 추락일 뿐만 아니라 세계 속에 비추어진 태권도 종주국(宗主國)인 한국인의 도덕성의 추락이라고 말하고 싶다.

물론 지난 수십 년 동안 출신 도장의 계파간의 주도권 쟁탈 등 자존심 싸움으로 불협화음은 항상 있었으나 이번 사건처럼 태권도 지도부의 도덕성의 타락사건이 표면화 된 적이 별로 없었다. 어느 단체나 국가의 지도자의 도덕관은 그 단체나 국가전체의 도덕관으로 표출되는 것이다.

내가 13살 때 태권도를 시작할 때 나의 아버지께서 동네 깡패나 하는 짓을 하려 하느냐면서 극구 반대하시던 생각이 났다. 돌아가신 아버지께 할 말이 없어진 것이다.

지난 반세기 동안 전 세계의 지구촌 방방곡곡에 퍼져서 피땀 흘려 태권도를 보급시킨 사범들의 노력으로 이루어낸 세계 속의 태권도가 태권도 종주국의 태권도협회의 상징적인 지도자들의 부정과 부도덕으로 국제 망신을 당하여 앞으로 올림픽 종목으로 계속 될 수 있을지 염려하지 않을 수 없다.

미국 국회는 물론 웬만한 큰 조직체에는 윤리분과 위원회(Ethics Committee)라는 소(小)조직이 있어서 그 도덕성의 추락을 항상 감시 감독한다. 특히 미국 은행의 경우에는 서슬 시퍼런 윤리분과 위원회가 주(主)가 되어 참으로 엄격한 규정이 존재한다.

우리 한국 사람들이 항상 쉽게 외치는 '동방예의지국(東方禮義之國)'이란 말은 우리가 편리할 때 써먹는 참으로 아전인수(我田引水)적인 텅 빈 자만심의 수식어일 뿐이다. "우리는 도덕과 예의를 잘 지키려는 민족이려니"하고 생각하는 것이 항상 큰 문제다. 부뚜막에 있는 소금 항아리를 보고 "음식의 간이 맞으려니"하고 생각하는 것과 같은 것이다.

미국이나 유럽의 상류 사회 사람들의 예의범절은 우리가 상상 할 수 없을 정도인 것을 알아야한다. 특히 정치가들의 도덕성은 우리나라 정치가들보다 몇 십 배나 훌륭하다. 예를 들어 1974년에 닉슨 대통령이 Water Gate Hotel 민주당 사무실에 전화 도청 장치를 했다가 책임을 지고 대통령직을 하야(下野) 한 것을 두고 비교하며 생각해보자.

대한민국 같으면 그것이 문제가 될 수 있을 법이나 한 이야기인가? "공자는 미국에 많이 있다"는 한 워싱턴에 있는 전종준 이민 변호사의 말이 생각난다.

많은 우리나라 정치 지도자들의 도덕관념은 한심하고 통탄할 정도로 타락되어 있다. 그러니 젊은 청소년들이 그들로부터 무엇을 배울 수 있으며 어떻게 존경을 받을 수 있는가? 우리가 옛날 중·고등학교를 다닐 때는 도덕 과목인 '윤리' 라는 과목이 따로 있었는데 지금은 그 과목을 아예 없애 버렸다는 말을 듣고 우리 교육 당국자들에게도 도덕성의 문제가 있다는 것을 알았다.

아무리 시대의 흐름에 따라 모든 것이 변하고 있다고 할지라도 2,000년 3,000년이 지났어도 요한복음의 어느 구절이나 반야심경(般若心經)의 어느 한 구절도, 논어(論語), 맹자(孟子)의 어느 글귀 한 마디도 변한 것이 없다. 도도하게 전해오는 성인들의 말씀은 절대 변하지 않는 것이다.

그러나 그 도덕성이 파괴된 지금 대한민국의 현실은 어떠한가? 스승과 제자의 존경심이 파괴되고, 부모 자식간의 예의가 문란해지고, 남과 북의 이념이 갈라지고, 동서간의 이기주의가 팽배해지고, 여성과 남성의 분별이 없어지고, 노인에 대한 젊은이의 존경심이 파괴되고, 진보세력과 보수세력이 칼날을 세우며 으르렁대며 이것들을 부축이고 이간질하여 한 표라도 더 얻어 보자는 정치꾼들의 얄팍한 도덕심들이 참으로 한심스럽다.

결국 호랑이 새끼를 방종스럽게 고깃덩어리를 뿌려 놓아 먹여주고 그 우악스럽게 성장한 호랑이에게 잡혀먹는 현실이 되어버린 꼴이다.

2004년 총선 때 젊은 한 정치인의 노인 비하 실언(失言)은 실언이 아니라 젊은 세대들에게 그런 비도덕성적인 사상과 지식이 가득 찬 생각이 자연스럽게 표출된 것이라고 생각한다.

나는 항상 태권도 승급·승단 심사 때에는 학생들의 부모들과 형제 친구들이 모두 함께 참석하도록 한다. 그리고 심사를 '시작하기 전에 20~30분 동안 일장연설을 한다. "너희들이 술과 담배를 마시고 피우는 것은 너희들의 몸과 정신에 좋은 것이라고 생각하는가?" 하고 질문을 하면 "no sir(아닙니다)" 하고 크게 고함을 치며 대답을 한다. 나는 또다시 "그러면 엄마와 아빠가 술과 담배를 마시고 피우는 것은 엄마 아빠에게 좋은 것이라고 생각하는가?" 하고 또 다시 질문을 하면 더욱더 큰 소리로 "no sir" 하고 장내가 떠나갈 듯 고함을 지른다. 부모들은 이때 많이 당황스러워 하고 부끄러워하는 모습들을 역력히 볼 수 있다.

아이들은 다 알고 있는 것이다. 부모들이 하는 것이 무엇이 옳고 무엇이 그릇된 것인지를…. 그러면서 자기도 모르게 부모가 하는 대로 자연스럽게 따라 하는 것이다. 이것이 가정교육이다.

이런 일이 있은 다음에는 학부형들로부터 항상 두 가지 반응이 보인다. 첫째는 아이들 앞에서 망신을 주었다고 약간 불평 섞인 말을 하는 사람이 있고 대부분은 "참으로 절실하게 부모로서 부끄럽게 생각하고 앞으로는 술 담배도 끊고 모든 면에서 자식들에게 모범이 되도록 노력을 하겠노라"고 말하면서 참으로 '평범한 예'를 들어서 우리를 깨우쳤다고 감사를 한다.

나는 이런 때가 제일 행복하고 보람을 느낀다. 부모와 자식들을 한꺼번에 교육을 시킨 것이 되는 것이기 때문이다. 이야기가 잠시 빗나간 것 같다.

신문과 방송이 대서특필(大書特筆)한 뉴스에 의하면 세계태권도연맹 총재는 엄청난 뇌물을 KOC 위원들로부터 또는 체육과 관련된 업체로부터 받고, 협회의 공금 21억 원을 내 돈처럼 사용하고, 부인의 여행비를 개인 비서 월급조로 처리 사용했다는 내용과 집에 있는 금고에서는 엄청난 액수의 외화와 보석이 발견되었다고 한다.

그리고 '2010년 평창 동계 올림픽' 유치를 성공시켜 달라는 고건 국무총리의 요구를 거절하고 또 유치 실패 이틀 뒤에 IOC 부위원장에 당선 되었다는 것이다. 그러자 모든 매스컴에게 조국을 팔아 개인의 영달(榮達)을 산 것이라고 맹렬한 비난을 받았단다.

그리고 국회에서 있었던 평창 동계 올림픽 유치 특위 실패 진상 조사 과정에서 "수 틀리면 IOC가 KOC와 평창 유치 위원회를 조사하도록 하겠다"고 으름장을 놓기도 했다고 많은 언론들이 IOC 부위원장직을 가지고 조국에 군림하겠다는 것이냐며 신문 사설에까지 통렬하게 비판했다.

나는 미국에서 이 모든 소식을 듣고 부끄러움과 허탈감에 아연실색

(啞然失色)하지 않을 수 없었다. 이 분은 오랜 세월동안 대한 태권도 협회장과 세계 태권도연맹 총재 그리고 국기원장으로 대한민국 태권도의 대명사처럼 온 세계에 각인되어 있기 때문에 이 사람의 도덕성 추락은 한국 태권도의 도덕성 추락이 되기 때문이다.

한국 태권도 지도자들은 어째서 이 모양들인가? 내가 한때 존경했었던 최홍희 총재는 어느 날 갑자기 공산주의로 돌변해 버리고, 존경하던 또 한 사람의 전 세계태권도연맹총재는 뇌물 수취(受取)로 감옥에 가버리고, 앞길이 창창한 태권도협회장은 조직 폭력배들을 동원하여 부정선거를 하고 감옥에 가버리고…. 도무지 황당하고 부끄러워 견딜 수가 없다. 젊고 어린 태권도 후배들을 무슨 낯으로 무슨 말로서 변명하며 지도를 할 수 있단 말인가?

1976년 6월 28일, 28년 전 알리와 일본 프로레슬러인 안토니오 이노끼가 일본에서 빅매치를 끝내고 내가 알리의 스승으로서 한국의 초청을 받아 방문했을 때 김포공항에서부터 100만 인파의 대대적인 환영과 함께 카퍼레이드를 하며 알리와 함께 서울에 도착했다.

그때 김운용 씨는 대한 태권도 협회 회장이었고 알리와 우리 일행을 환영 만찬에 초대하여 테이블에 앉았을 때 나는 응당 알리의 스승으로서 알리와 함께 주빈(主賓)이었다. 그러면 의전(儀典)상 내가 어디에 앉아야 되겠는가? 국가간의 외교관계는 물론이고 비록 한 개인의 손님을 초청 할 때에도 그 만찬 테이블의 자리 배석은 엄청난 의미를 가지고 있는 것이다. 국가간의 회의 때 만찬 테이블의 자리 배석을 잘못하면 외교 분쟁까지도 일어날 수 있는 것이다.

그런데 이 만찬 자리에서 김운용 회장은 알리만을 자기 옆에 앉게 하고 협회 임원들이 순서대로 앉았으며 나 '이준구' 자리는 맨 끝 자리에 배석하였다.

그때 알리의 민망해 하고 당황해 하던 표정은 지금도 눈에 선하다. 그 자리에 앉았던 많은 사람들이 오히려 민망해 하는 표정들이었으며 한 신문 기자는 귓속말로 "어찌 이럴 수가 있는 겁니까?"하며 소근거리기도 하였다. 그러나 나는 초연(超然)하게 말석에 앉아서 만찬을 즐기고 필요할 땐 알리의 인사말을 통역도 하였다.

나는 그 당시 많은 매스컴에 첫 번째 미국 태권도의 개척자로서, 그리고 미국 태권도 협회 부회장 겸 사무총장으로서 김운용 회장 옆에 앉을 자격이 있었으며, 더구나 내가 주인공이었던 홍콩의 태권도 영화 '흑권'의 상영 후이기 때문에 한국에서 태권도를 배우는 모든 젊은이들의 우상이자 선망의 대상이었다.

그런데 알리와의 만찬 자리에서 자리 배정을 이렇게 함으로써 나의 공로와 인기를 애써 폄하(貶下)시키고 알리 앞에서 망신을 주려는 의도라고 생각했었는데 요즘(2004년 1월) 김운용 씨의 뇌물 사건을 읽어보고 '혹시 내가 그 당시에 뇌물을 바치지 않아서 그랬던 것일까?' 하는 의문스런 생각이 들었다. 더더구나 내가 알리의 통역까지 겸하지 않았던가?

나와 김운용 씨와의 첫 번째 인연은 1963년 그가 워싱턴에 주미 한국 대사관의 참사관으로 있을 때 처음 알았으며 내가 생명을 걸고 운전 교육까지 시켜준 인연이 있다. 김운용 씨는 원래 태권도를 배운 사람이 아닌 외교관 출신이다. 외교관 임기가 끝나고 귀국하여 청와대 경호실에서 일을 하게 되었다. 때마침 최홍희 씨가 캐나다로 망명을 했다가 이북으로 넘어가 김일성을 찬양하는 사건이 있어서, 박대통령이 최홍희 씨가 맡아서 하던 ITF(국제태권도연맹)에 대응할 수 있는 WTF(세계태권도협회)를 만들어 김운용 씨를 총재로 임명했다고 한다.

지난 43년 동안 참으로 많은 주미 한국 대사들이 다녀갔다. 그 분들은 거의 대부분이 워싱턴 대사관에 부임하자마자 나 '이준구'를 찾는다. 그리고 함께 국회에 가서 국회의원들의 태권도 class에서 태극기와 성조기를 나란히 걸어놓고 경례하는 모습과 나 '이준구' 사범을 철저히 스승으로 모시는 모습을 보면서 참으로 놀랍고 깊은 감명을 받았다고 침이 마르도록 칭찬을 한다. 그리고는 꼭 본국에 보고하여 '훈장'을 받게 해야겠다고 부탁하지도 않은 말을 먼저 하곤 한다.

그러나 지난 43년 동안 나는 단 한번도 대한민국 정부 훈장은 고사하고 감사장 하나 받은 적이 없으며 전혀 기대하지도 않았다. 그 중에 몇 분의 주미 대사님들은 실제로 본국에 나의 훈장을 상신(上申) 했었다는 것을 알고 있었다. 그러나 번번이 태권도협회와 국기원의 반대에 부딪쳐 무산되었던 것을 나는 너무나 잘 알고 있었다.

얼마 전에 전(前)주미대사인 H 대사를 서울에서 만났을 때 훈장을 주기로 약속하고 실행되지 않아 미안해서 어쩌냐며 어쩔 줄 모르는 모습을 보고 "나는 그 과정과 내막을 잘 알고 있으니 조금도 염려하지 말라"고 오히려 위로의 말을 하고 껄껄껄 웃고 말았다.

콜린 파월 전 국무장관과는
오랜 친분관계를 유지해왔다.

클린턴 대통령 취임식에서
(1996)

유명 칼럼리스트인 잭 앤더슨에게
유단자 상패를 수여하는 준 리

모스크바에서
옐친 대통령과 함께한 준 리

레이건 대통령과
악수를 나누는 준 리

절친한 친구로 지내온
조지 부시 전 대통령과 함께

2004년 여름
러포트 한미연합사령관을 예방

한남동 외무장관 공관을
반기문 장관과 함께 방문

2003년 제주도에서 열린
'경영자 포럼' 에서 강연하면서
'동방의 등불' 을 낭송하는 준 리

부시 전 대통령과 함께한
준 리 부부

제프리 존스
전 미상공회의소 회장과 함께.
왼쪽은 곽종룡 전 청와대 민정팀장

한미 태권도 우호를 위한
국기원 방문
김운용 전 세계태권도협회
총재가 밥 리빙스톤 미국
하원의장을 안내하고 있다.

2003년 최병렬 한나라당
대표와 점심 식사 후
박명환 의원, 박진 의원 등과
기념 촬영

김광석 참존화장품 회장(왼쪽),
영화인 도동환 회장과 함께

이홍구 전 국무총리의
사무실을 찾은 준 리 내외

국제 10021클럽 부산지부
창단식. 준 리의
오른쪽이 한민족 한마음운동 본부
주종기 총재

손길승 전경련 회장과 함께한
준 리와 동생 이전구 회장(2003.5)

뜸사랑 봉사활동을 20년 이상
해온 김남수 옹과 함께

이회창 한나라당 총재실 방문을
마치고 기념촬영(2002. 10)

방한한 깅그리치 미 하원의장이
「퍼레이드」지에 게재된 준 리의
사진을 내보이면서 김영삼
전대통령과 환담하고 있다.
(좌측은 현 박진 한나라당 의원)

국제 10021클럽
창립 총회 기념촬영.
뒷줄 왼쪽 박기현 실장,
여섯 번째 임세근 위원,
아홉 번째 서진기 위원,
앞줄 오른쪽에서
두 번째가 김성걸 사무총장,
세 번째가 김일윤 부총재
(2002. 3. 4)

10021 클럽 후원회를 발족한 후
후원자들과 함께 기념촬영

10021클럽 청주지회
창립대회를 마치고 기념촬영.
앞줄 왼쪽부터 김성걸 사무총장,
김희숙 지회장, 정종택 고문,
준 리, 아내인 테레사

추재영 양천구청장을
지회장으로 추대하고
증서를 전달하고 있다.

최기선 인천시장을 클럽 부총재로
추대하고 김선홍 강화군수를
자문위원으로 위촉했다.(2002. 4)

허남식 부산시장
취임축하와 함께
클럽 부총재로 추대

심대평 충남도지사를
클럽 부총재로 추대한 후
자서전을 전달받고 있다.

김영석 우석대 총장을
클럽 특별 자문위원으로 추대

김혁규 경남도지사를
클럽 부총재로 추대한 후
부부가 함께 기념촬영

264

염홍철 대전시장을
클럽 부총재로 추대

이원종 충북도지사를
클럽 부총재로 추대

강현욱 전북도지사를
클럽 부총재로 추대

강현석 고양시장을
클럽 운영위원으로 추대

이수성 전 국무총리를
클럽후원회장으로
추대한 후 기념촬영
좌로부터 박기현 기획실장,
이정구 부회장, 이수성 후원회장,
준 리, 이전구 뉴욕지부장,
김성걸 사무총장

이명박 서울시장을
10021클럽 고문으로 추대한 후
기념촬영.
왼쪽부터 김성걸 사무총장,
준 리, 이 시장, 박기현 실장
(2005. 3.)

경주대학교 태권도 대학
명예학장 추대식을 마친 후
기념촬영.
준 리의 왼쪽이 김일윤
경주대 총장,
오른쪽은 불국사
이성타 회주스님

국제 10021 클럽 창립총회에
참석한 강영훈 전 국무총리와
민관식 전 국회의장이
인사를 나누고 있다.

전경련 방미 경제사절단
환영식에서 준 리가 아내인
테레사가 지켜보는 가운데
조지 앨런 상원의원과
환담하고 있다.

전경련 방미사절단의 행사에서
일레인 탸오 미 노동부 장관이
축하인사를 하고 있다.

방미 경제사절단 환영행사장에서
잭 발렌티 미국영화협회장이
축사를 하고 있다.

방미 경제사절단을 이끌고 온
손길승 당시 전경련 회장이
테드 스티븐스 상원의원과 기념촬영
(2003. 5. 13)

2003년 전경련 방미
경제사절단이 미 상·하
의원들과 의사당 내
귀빈식당에서 기념촬영

서울로얄심포니오케스트라와
협연한 후 친지, 후원자들과 함께

2005년 3월 서울로얄심포니
오케스트라와 하모니카
협연 후 기념촬영.
왼쪽부터 테레사의 언니
김정대, 테레사의 사촌동생 김희수,
조카손녀 이혜원, 누님 이안구,
준 리, 사촌동생 이정구 전
항만청장과 부인, 동생 이전구,
조카 이민용

국회태권도 동호회 1기
창립총회(2002. 2. 25)

국회 태권도 동호회 2기 출범식.
준 리의 오른쪽이 김정길
대한체육회장,
왼쪽은 정세균 동호회 회장
(2005. 4. 1)

LG인화원에서 특강을 마친 후
회장단과 다과회를 가졌다.
오른쪽부터 김성걸 클럽사무총장,
성재갑 회장, 이문호 부회장,
구본무 회장, 허동수 회장,
허창수 회장(2004. 9.)

일레인챠오 미국 노동부장관
(가운데)의 초청으로 특강을
마치고 기념촬영한 준 리 내외

특강을 위해 평택대학교를
방문한 준 리.
왼쪽부터 김영미 부총장,
조기흥 총장,
김영식 전 코스타리카 대사

한대수 청주시장의 초청으로
특강을 마치고

김진동 동해시장의 초청으로
특강을 마치고

청와대 특강 후 김우식
비서실장과 환담하는 준 리

특강을 마친 후
김흥식 장성군수를
자문위원으로 추대했다.

인간개발연구원에서
특강 후 기념촬영
왼쪽부터 백기현
이순신오페라단장,
장만기 회장, 서정갑 회장,
조순 전 부총리, 준 리,
유종하 전 장관, 임덕규 전 의원

용인대 특강 후
김정행 총장과 환담

영산대에서 특강 후
부구욱 총장이
준 리를 석좌교수로
임명하고 있다.
(2004. 10.19)

273

매일경제신문사를 방문해
장대환 회장과 환담하고 있다.
왼쪽부터 장대환 회장, 김성걸
클럽 사무총장, 준 리,
한명규 편집국장

2004년 제주도 오현고에서
강연 후 학생들에게
사인해 주고 있다.

Jhoon Rhee Day

June 28, 2003

A PROCLAMATION BY THE MAYOR OF THE DISTRICT OF COLUMBIA

WHEREAS, its been almost a half-century since Grand Master Jhoon Rhee introduced Tae Kwon Doe to the United States; and

WHEREAS, on June 28, 1962, Jhoon Rhee opened the first professional Tae Kwon Doe School in Washington, D.C. and in 1969, was the first person to introduce Tae Kwon Doe in the former USSR; and

WHEREAS, this event celebrates the 40th anniversary of Jhoon Rhee Tae Kwon Do in the Capital area; and

WHEREAS, in honor of Master Rhee's success, family, friends and students from all over the world will join in a special tribute to honor him for his past achievements:

NOW, THEREFORE, I, THE MAYOR OF THE DISTRICT OF COLUMBIA, do hereby proclaim June 28, 2003, as **"JHOON RHEE DAY"** in Washington, D.C., and call upon all the residents of this great city to join me in recognizing this distinguished gentleman and wish him continued success.

Anthony A. Williams
Mayor, District of Columbia

2003년 6월 28일을
'준 리의 날'로 선포한
워싱턴 D.C.의 공문

강연 후 준 리의 사인을 받기 위해
줄을 선 노동부 직원들

한미 태권도 우호를 위해 국기원을 방문한 밥 리빙스턴 미국 하원의장

뉴트 깅그리치 하원의장(오른쪽)의 사무실을 방문한 준 리 총재. 왼쪽은 찰스 테일러 하원의원

조지 부시 당시 대통령과 준 리가 경호원들에게 둘러쌓인 채 사진을 찍었다.

제 3 부

"인간의 공동가치관 중 첫 번째는 사랑이요.
두 번째는 아름다움이요. 세 번째는 진심이다.
내가 진실할 때 나의 마음은 아름답고,
이렇게 아름다운 나의 마음을 사람들은 사랑하게 된다.
모두에게 사랑 받을 때
나는 비로소 진정 행복한 사람이 되는 것이다."

미국독립기념일의 행사준비위원장 임명

1983년 7월 4일, 미국의 207번째 독립기념일 행사 준비위원회의 준비위원장으로 임명을 받았다. 한국 사람으로서 이 큰 국가적인 행사의 준비위원장으로 임명된 것은 지난 200여 년 동안의 역사에도 없었으며 앞으로도 있을 수 있을까 싶을 정도로 한국인의 영광이라고 모두들 말한다. 그 자리의 높고 낮음이 문제가 아니라 그 사회 각 분야의 저명인사들로부터 인정을 받았다는 사실이 대단히 큰 의미가 있는 것이리라.

공동 명예 회장으로는 워싱턴의 Marion Barry 시장과 유명한 인기

배우였던 Patrick Wayne과 실력 있는 국회의원이었던 Claude Pepper 이렇게 세 사람이었다. 분과위원장들로서는 유명한 컬럼니스트였던 Jack Anderson, 세계적인 New York Philharmonic Symphony Orchestra 지휘자였던 Leonard Bernstein, 유명 MC였던 Bill Mayhugh, Joan Maccarty, Robert Sigholtz 등 명사(名士)들이 분과위원장 구성 멤버였다. 대형 불꽃놀이(fire works)는 물론 미(美) 전역에서 선출된 밴드팀, Horse Show(마장마술) 팀, Indian Heritage 팀, 그리고 1982년과 1983년 Miss USA 들의 카퍼레이드, 유명가수 Wayne Newton의 특별 출연 등 많은 특별 행사들이 7월 1일부터 4일까지 참으로 찬란하고 멋지게 행사를 장식했다. 그 중에서도 나의 Jhoon Rhee 태권도 학생들 229명(그 당시 미국인구 2억 2,900만 명을 상징하는)이 미국성조기를 만들어 백악관 옆 워싱턴 광장에서 God Bless America에 맞추어 단체 Martial Ballet(태권무)를 특별 공연한 것이 두고두고 찬사를 받았다(50명은 청색 도복을, 90명은 적색 도복을, 89명은 백색 도복으로 인간 성조기를 만든 것이다.).

독자들은 궁금할 것이다. 어떻게 미국 국가 차원의 행사에 한국인이 위원장직을 맡을 수 있으며 또 어떻게 진행할 수 있었을까? 실제로 많은 VIP들로 구성된 분과 위원회 회원들을 어떻게 다루었는지 궁금해하면서 질문하는 사람들이 무척 많았다.

나는 말했다. 미국 속담에 이런 말이 있다. 'Miracle doesn't happen miraculously(기적은 결코 기적적으로 일어나지 않는다)' 간단한 말이지만 참으로 심오한 뜻이 있다. '기적은 행운이 아니다. 인간적이고 성실성을 가진 부단한 노력에 대한 신(神)의 선물이다.' 그리고 이런 말도 또 있다. 'The miracle could become a mirage' 신이 주신 선물인 기적을 감사하지 않고 사람이 교만해 진다면 그것은 한낱 '신기루' 로 변할 수 있다는 것이다. 그러니 겸손하고 감사하고 교만하지 말라는 말이다.

이와 같이 미국독립기념일 준비 위원장직은 그냥 공짜로 주어진 것이 아니고, '진실한 마음을 가지고 미국을 사랑하고 미국에 봉사하는 마음으로 노력하고 집착한 것' 이 인정되어 나에게 주어진 선물이라고 생각된다. 이명박 서울시장이 썼던 『신화는 없다』를 읽어보신 분들은 나의 말과 상통하는 점이 있다는 것을 알 수 있을 것이다.

Regan 대통령이 이날 행사 때 했던 연설 중 한 부분을 소개한다.

"207년 전, 독립선언문에 서명했던… 그리고 크나큰 꿈과 영감(靈感)을 가지고 선언했던 우리의 위대한 Founding Father(독립선언을 한 선조들)들은 말했습니다. 국민 개개인의 꿈을 정부로부터 방해와 압박을 받지 않고 자기의 꿈을 실현시키기 위해 부단한 노력을 하게 한다면 그 꿈은 꼭 실현될 것이며 그것은 새로운 세상을 만들게 될 것입니다."

이 말은 미국 민주주의의 기본이 되는 말이다. 지난 230년의 미국 역사상 얼마나 많은 미국과학자들의 발명품들이 세계를 바꾸어 놓았는가? 토마스 에디슨의 전구와 축음기, 축전지, 활동사진기 발명, 라이트 형제의 비행기 발명, 헨리 포드의 가솔린 자동차 발명, 알렉산더 벨의 전화기, TV, 냉장고, 컴퓨터, 그리고 현대에 와서는 팩스와 휴대폰, 인터넷 더 나아가서는 아인슈타인의 상대성 원리와 우주개발 등 거의 모든 현대 문명의 하이라이트는 미국에서 발명이 되어 미국선구자들의 예언대로 새로운 세계를 만든 것이다.

봉건시대와 가까운 왕권시대까지도 통치자들은 결코 국민들에게 상상의 날개를 펼 수 있는 자유를 주지 않았기 때문에 백성들이 능력을 발휘할 수 있는 기회를 주지 않았으며 항상 어두운 역사의 연속이었으니 미국의 Founding Father들의 비전을 어찌 위대하다고 말하지 않을 수 있겠는가?

나는 그 때 레이건 대통령의 그 말에 감명을 받았으며 그 말은 꼭 나에게 한 말이라고 순간적으로 받아들였다. 미국의 위대한 선조들의 위대한 비전(Vision)과 담대한 꿈 때문에 지구상에 처음으로 자유민주주의 꽃을 피운 미국은 세계를 바꾸고, 세계를 제패하고 이끌어 나가는 그리고 우주로 향하고 있는 위대한 나라가 된 것이다.

태권무 공연에 미국인들 감명

지난 1976년 7월 4일 미국의 200주년 독립기념일 때 큰 행사를 준비하는 과정에서 미국 정부의 주도가 아니고 뜻있는 봉사자(volunteer)들과 단체, 영향력 있는 개인들이 합심해서 준비위원회를 결성하여 준비하는 것을 보고 생각했다. 다음 번 행사에는 내가 프로그램 하나를 준비하리라 계획을 하고 미국 인구 2억 2,900만 명을 상징하는 229명 태권도 학생들로 구성된 Human Stars and Strips을 만들어 God Bless America 음악에 맞추어 태권무(Martial Ballet) 공연을 준비했다. 이 과정에서 여러 Committee Member들이 감명을 받아 생각지도 않게 나를 1983년 미국독립 기념일 행사 준비 위원장으로 임명한 것이다. 나는 여기서 또 한 가지 독자들과 함께 나누고 싶은 철학과 진리를 실감 했다.

아무런 반대급부도 바라지말고 무조건 남을 위한다던지, 사회나 국가에 정성을 다 바쳐서 최선을 다하다 보면 그것은 사람들을 감동하게 만들고 그 사람들에 의해 그 보답은 생각지도 않은 곳에서 오게 되어 있다는 것이다.

예를 들어 당신이 열 사람에게 무조건 도움을 주었다고 하자. 그 중에서 9명은 인사는커녕 연락도 없이 사라진다. 그러나 그 열 사람 중의 한 사람은 꼭 그 아홉 사람에게 베풀어준 것보다 더 큰 은혜를 당신에게 갚아준다. 그렇지 않으면 전혀 관계도 없고 생각지도 않은 사람이 100배나 더 큰 은혜를 당신에게 갚아줄 것이다.

나의 인생경험이 그렇다는 이야기다. 지난 반세기 동안 수도 없이 많은 사람들을 초청해주고, 취직시켜주고, 영주권을 내어주고, 불법체류자를 미국 군대에 입대시켜주고, 시민권을 받게 해 주었지만 정작 내가 도움을 받은 것은 모두 엉뚱한 사람들로부터였다.

'有陰積德 惠如時雨(유음적덕 혜여시우)'라는 말이 있다. "그늘이 있는 곳에 덕을 쌓고 때 맞추어 내리는 단비와 같이 은혜를 베풀어라. 그러면 하늘이 복을 주리라"는 공자(孔子) 말씀이다.

장님이었고 귀머거리이면서 유명한 교육자였던 헬렌 켈러 여사에게 어느 기자가 질문을 했다. "장님보다 더 어려운 인생이 있다면 그것은 무엇이겠습니까?"하고 물으니 헬렌 켈러의 대답이 "나는 눈이 없어서 보지 못하지만 비전(vision)이 있습니다. 그러나 '두 눈을 가지고 있으면서도 '비전이 없는 사람(sight without vision)'은 참으로 불쌍한 사람이지요"라고 말했다고 한다.

미국독립기념일의 행사준비위원장 임몀

나의 건강, 나의 행복론

　이제까지 가장 많이 받은 질문 중의 몇 개를 꼽으라면 '왜 태권도를 시작했는가?' '왜 미국에 오게 됐는가?' 등과 내 건강 비결을 묻는 질문이 압도적이다.

　강연을 다니면서 나는 강연 중간중간 내 건강의 정도를 보여주는 이벤트를 종종 갖는다. 양복을 입은 채로 한 다리를 일자로 쭉 뻗어 머리 위까지 올린다던가, 바닥에 앉아 스트레칭을 보여주면 사람들은 모두 감탄을 금치 못했다. 한 중년의 남자는 자기보다 훨씬 나이가 많은 70대 노인인 내가 아무 어려움 없이 스트레칭을 유연하게 하는 것을 보고 자극을 받아 자신도 운동을 시작했다고 말을 건네오기도 했다.

잡지와 기념간행물 등의 표지를 찍기 위해 도복 차림으로 카메라 앞에 서면, 오랫동안 사진촬영을 해온 베테랑 사진작가도 내 몸을 보고 깜짝 놀란다. 여느 할리우드의 젊은 남자 모델들보다도 훨씬 탄탄하고 근육질의 몸매를 가지고 있는 비결이 대체 뭐냐며 조심스럽게 물어오는 사진작가도 있었다.

나의 건강비결, 건강론은 의외로 간단하다. 그저 잘 먹고, 잘 마시고 규칙적으로 몸을 움직여 주는 것이 가장 특별하고, 항상 긍정적인 감정을 갖고 사는 것이 가장 올바른 방법인 것이다. 거기에 음식 선정에 있어서 조금만 주의를 기울인다면 백세를 누릴 건강이란건 누구에게나 허락될 수 있는 쉬운 일이다.

아침에 일어나면 나는 일단 물을 두 잔 마신다. 사람의 인체의 66~70%가 바로 물로 이루어져 있는데, 하루 종일 흡수하는 수분의 총량이 전체 음식 섭취량의 70%가 되어야 매일 체내의 수분이 깨끗한 물로 대체가 된다고 한다. 그래서 물을 많이 마셔야 변도 부드럽게 볼 수 있고, 몸 안의 독소를 뽑아내어 밸런스가 맞게 되는 것이다.

평소 음식을 먹을 때는 특별히 몇 가지 음식을 정해 놓고 가려먹거나 하지는 않는다. 다만 고기 등의 기름진 것을 피하고 채식을 주로 하며 과식은 절대 하지 않는 것이 중요하다. 사람들은 흔히 과식을 하게 되는 것은 마음속의 음식에 대한 욕심을 버리지 못하고 계속 먹어대기 때문이다. 사실 과식을 하지 않기 위해서는 배가 좀 불러온다 싶을 때 단호하게 숟가락을 놓아야 한다. 육식보다는 채식을 하라는 것은 예전부터 잘 알려진 장수 비법. 장수마을의 노인들은 육식보다는 채식을 주로 했고 생선을 즐겨 먹었다고 한다. 또한 건강을 위해서는 한국 음식을 먹는 게 바람직하다. 그래서인지 요즘 세계적으로 김치가 인기를 끌고 있다.

예로부터 전해 내려온 발효음식의 먹거리에 대한 우수성은 우리 조상들의 현명한 지혜이며 존경스럽고 감사할 따름이다.

거실에서 스트레칭이 새벽운동 요체

하지만 건강을 유지하는 비결은 단지 음식만을 가려먹는 것으로는 해결되지 않는다. 가장 중요한 것이 바로 운동.

나는 매일 아침 새벽운동으로 하루를 시작한다. 어렸을 적 할아버지께서 매일 하시던 새벽운동을 그대로 본받아, 태권도를 시작하면서부터 줄 곧 해왔던 것이다. 운동이라고 해서 사람들은 거창한 것을 해야 한다고 생각하고, 또 그렇기 때문에 부담을 느끼곤 한다. 하지만 운동하는 것에 크게 부담을 가질 필요가 없다는 것이 내 생각이다. 특별히 체육관에 가서 기구들을 사용해야 하고, 트랙을 하루에 꼭 몇 바퀴씩 돌아야 하고…. 이런 식으로 계획부터 거창하게 세우다가는 스스로 질려 운동을 피하고 싶은 마음이 들 것이다.

내가 하는 새벽운동은 아주 간단하다. 거실에서 간단하게 팔굽혀펴기와 스트레칭을 하는 것 뿐이다. 유연성과 균형감각을 길러주기 위해 다리를 올리고 한 발로 균형을 잡고 서 있는 것만 매일 해도 우리 몸은 확실히 달라진다. 거기에 간단한 태권도-주먹지르기와 발차기 동작을 계속해서 반복하는 것이 내가 하는 운동의 전부다.

더 중요한 것은 긍정적인 생각이다. 이 정신을 가지고 간단한 운동을 몇 십 년 동안 꾸준히 해왔기 때문에, 지금도 나의 몸은 여느 젊은이 못지않게 단단한 근육을 자랑하고 있다. 거기에 인생의 절반, 아니 인생의 대부분을 태권도로 보냈으니 지금의 20대 젊은이 못지않은 건강은 어쩌면 당연한 것인지도 모른다.

아이들이 건강한 이유. 그것은 바로 엄청난 운동량에 있다. 아이들이 어디 찬찬히 걷는 법이 있던가? 하루 종일 뛰고 구르고, 몸을 움직이는 어린아이들의 운동량은 성인이 감당하지 못할 정도라고 한다. 그러던 것이 점차 나이가 들고 노인이 되면 대개 운동을 포기하고 자기 몸을 아끼는 데에만 급급하게 되는 것이다.

나는 여기에 절대적으로 반대 입장이다. 나이가 먹을수록 사람이 더 의식적으로 몸을 움직여야 하는 것이다. 나이가 들어도 건강을 유지하고 싶다면 죽기 전까지, 활발히 뛰는 심장처럼 움직이고 자기 몸을 단련해야만 하는 것이다.

육체의 건강뿐만 아니라, 정신의 건강도 마찬가지다. 적당히 지혜의 말씀을 듣고, 명상으로 마음을 가다듬고 창조 작업 등으로 마음의 운동을 꾸준히 하면 우리의 정신 역시 쉽게 쇠하지 않고 젊은이와 같은 반짝거리는 창조적인 정신을 가질 수 있을 것이다. 사람이 새로운 아이디어를 내지 않고 사고를 하지 않는 죽은 뇌로 살아간다면 동물들과 다른 점이 무엇이 있을까? 쉴 새 없이 두뇌를 움직이고 새로운 아이디어를 창조하며 긍정적인 사고를 가지고 인생을 살아가는 것. 이것이 우리네 정신 건강을 이끌어 가는 바람직한 운동이다.

아름다움이 최고의 가치

육체와 정신의 건강과 함께 내가 사람들에게 전하고 있는 것은 바로 행복한 삶을 살 수 있는 방법, 행복론이다.

사람들은 자주 이런 질문을 한다. "왜 태권도를 하십니까?"라고.

대답을 하기 전에 나는 "그럼 당신은 왜 사십니까?" 하고 물어본다. 그러나 대부분의 사람들은 내 질문에 선뜻 답을 하지 못한다. 왜 그런 것일까? 이는 내가 강연을 다니면서 수백, 수천, 수만 명의 청중들에게 물어봐도 마찬가지였다. 세상 사람들이 그만큼 자기 인생의 목적을 알지 못하고 살아간다는 얘기다.

만일 어떤 물건의 목적을 모른다면 그 물건은 버려지게 되어있다. 가치가 없기 때문이다. 그러므로 삶의 목적을 모른다면 이는 곧 삶의 가치를 모르는 것이며, 우리들의 삶은 가치가 없는 것이 된다. 그런데도 우리는 모두 인간의 삶보다 가치 있는 것은 없다고 생각한다. 그렇다면 인간의 삶에서는 분명한 목적과 그에 상응하는 가치가 있어야 하는 것이고 우리는 이 목적을 찾아내야만 한다.

인간들은 항상 두 가지 목적에 따라 움직인다. 고통을 회피하고, 기쁨을 추구하는 것이다. 우리가 교회를 가고, 절을 찾는 것은 모두 행복을 기원하기 위해서다. 직장에 다니는 사람들은 회사에 가지 않는 일요일이면 늦잠을 자기 마련이다. 그 날 만큼은 힘든 일을 쉴 수 있기 때문이다.

하지만 평일에 늦게까지 잠을 자버린다면? 당장 그 사람은 회사에 가서 면박을 당하는 고통을 겪게 될 것이다. 곧 사람들은 누구나 힘든 일을 피하려하고, 언제나 자신의 행복을 최우선으로 생각한다는 얘기다. 이는 인간뿐만이 아니라 개, 물고기, 개미에 이르기까지 이 땅의 모든 생명들이 동시에 추구하는 것이다. 고통을 회피하고 기쁨을 추구하는 것. 이것이 곧 인생이요, 모든 동물들이 살아가는 목적이다.

토머스 제퍼슨은 "창조자는 인간에게 '남에게 양도할 수 없는 권리들'을 주셨다. 그 중에는 생명과 자유와 행복의 추구가 있다"고 말했다 이 세상 모든 사람들이 태어나서 교육을 받고, 돈을 벌고, 가정을 꾸리는 이유는 바로 자신의 삶을 행복하게 살아가기 위해서다. 그러기에 행복은 전 세계 사람들의 공동 목적이다.

그렇다면 우리는 언제 가장 행복할까? 바로 사랑할 때와 사랑 받을 때이다. 행복의 절대적인 가치관은 사랑이며, 이것이 곧 인간의 첫 번째 공동가치인 것이다. 나는 첫 번째 공동가치인 사랑을 불러일으키는 것을 아름다운 마음이라고 정의한다. 그렇다면 아름다움은 어디서 나오는 것인가? 우리네 외적인 아름다움은 멋진 옷으로, 화장으로 고칠 수 있지만 마음속의 아름다움을 만드는 것은 진심이다. 그러므로 아름다운 마음은 진심에서 우러나오는 것이다.

이를 정리하자면 인간의 공동 가치관 중 첫 번째는 사랑이요, 두 번째는 아름다움이요, 세 번째는 진심이다. 내가 진실할 때 나의 마음은 아름답고, 이렇게 아름다운 나의 마음을 사람들은 사랑하게 된다. 모두에게 사랑 받을 때 나는 비로소 진정 행복한 사람이 되는 것이다. 반대로 말하면 내가 남을 속일 때 내 마음은 추악해지고, 내 마음이 추악해지면 모든 사람들은 나를 미워하며, 모든 사람들이 나를 미워할 때 내 인생은 불행해지는 것이다.

그러므로 진실한 삶은 곧 지혜롭게, 아름답게 사는 길이며 행복의 길이기도 하다. 이러한 보편적인 가치관 체계에 모든 인류가 수긍한다면 아마도 인류사회의 모든 전쟁과 분쟁은 없어지게 될 것이다.

나의　인생과　골프　인생

나는 오늘 할 일을 결코 내일로 미루지 않는다. 무엇을 하다가 시간이 모자라 내일 계속하는 일은 있지만 태만하고 게으른 마음으로 내일로 미루지는 않는다. 항상 시간이 아깝기 때문이다.

나의 50년 미국 인생은 긴장의 연속이었으며 꿈과 상상력의 연속이었다 해도 과언이 아니다. 항상 크고 작건 간에 비전을 가지고 살아왔다. 나쁘게 말하면 항상 기와집을 대여섯 채씩 지으며 꿈속에서 산다는 말일 것이다.

워싱톤 골프 센터 창업자이며 그룹 회장인 최종선 씨가 있다. 나의 동서(전처인 '한순'의 동생 남편)의 매형 되는 사람이다. 1970년 내가 초청하여 1975년까지 Jhoon Rhee 태권도장의 부사장을 했다. Jhoon Rhee 태권도장의 총지배인인 정구경 씨와 더불어 골프를 무척 좋아했다. 그리고 나에게도 골프를 배워보라고 골프채를 선물로 사주고 배우게 하려고 노력했다.

하루는 억지로 떠밀려서 골프를 치기 위해 골프장에 함께 가보았다. 그런데 골프장에 가는 시간이 한 시간, 18홀 끝내는 데 다섯 시간, 치고 난 후 목욕하고 음료수 한 잔 마시고 잡담하는 데 두 시간, 집에 오는 데 또 한 시간, 도합 9시간 내지 10시간을 소비하는 것이었다.

운동신경이 발달해서인지 그런대로 재미있었고 조금만 노력하면 따라 잡을 수도 있을 것 같았다. 그러나 나에게는 그날이 골프장에 나간 처음이자 마지막날이었다. 도무지 시간이 아까워서 견딜 수 없었다.

많은 골퍼들은 건강과 취미생활을 위해 골프를 친다고 하지만 나에게는 의미가 없었다. 취미생활은 잠깐잠깐 하는 것이고, 건강을 위한 운동 또한 그렇게 시간을 많이 소비할 필요가 없기 때문이다.

미국 대부분의 태권도 사범들은 거의 골프가 프로급 수준이다. 1986년에 작고(作故)하신 김기황 씨를 비롯하여 조시학 씨, 최준표 씨, 김기중 씨, 권오덕 씨, 박동근 씨 등은 골프를 무척 좋아해서 태권도대회가 끝나면 의례히 골프 대회를 했으므로 나는 그 자리에서는 항상 왕따를 당했다.

나는 그 당시 1970년대에는 자나깨나 운전을 할 때도 태권도 안전기구(Safety Equipments)를 발명하여 어떻게 하면 더 좋은상품을 만들어내

고 또 태권무(Martial Ballet)를 어떻게 하면 더 멋있게 개발을 할까하고
온정신을 집중할 때이니 어떻게 골프 이야기가 귀에 들어올 수 있겠는
가? 나는 어릴 때 할아버지께서 말씀하시던 교훈을 잊은 적이 없다.

'少年易老學難成, 一寸光陰不可輕 (소년이로학난성 일촌광음불가경)'

'소년은 늙기는 쉽고 학문은 이루기 어려우니 한마디 짧은 시간도
가볍게 여기지 말라'

'未覺地塘春草夢 階前梧葉已秋聲 (미각지당춘초몽 계전오엽이추성)'

'연못가의 풀이 아직 봄꿈에서 깨어나기도 전에 섬돌 앞의 오동잎은
벌써 가을소리를 내는구나'

이 시(詩)는 시간을 귀중하게 쓰고 낭비하지 말라는 뜻이 담겨있다.
중국 송나라 때 주희(朱熹)가 지은 시(詩)로 청소년들을 교육시키기 위
한 글이며 '명심보감' 에 수록된 글이다. 역시 할아버지가 말씀하신 중
국진 (晋)나라 때 유명한 시인(詩人) 도연명(陶淵明)의 시(詩)를 소개하
겠다.

'盛年不重來 一日難再晨 (성년부중래 일일난재신)'

'젊은 시절은 두 번 다시 오지 않고 하루에 새벽은 두 번 있지 아니
하니'

'及時當勉勵 歲月不待人 (급시당면려 세월부대인)'

'때가 이르면 마땅히 부지런하고 힘쓰라, 세월은 사람을 기다리지

않느니라'

이것도 역시 명심보감에 나오는 글로 할아버지께서 주신 좌우명 이었다.

이와 같이 시간이 아깝다는 이유로 주위 사람들이 모두 좋아하는 골프를 멀리 한 것이다. 나의 동생 전구(典九)도 역시 최종선 씨와 나의 동서 정구경과 최영호의 도움을 받아 뉴욕에 가서 뉴욕골프 센터를 1984년에 개점하여 지금은 13개 지점의 그룹 회장으로써 한국 사회에서는 꽤나 성공한 사업가로 인정을 받고 있다. 전구(典九)는 사업을 하면서도 시인(詩人)으로서 이름이 나있었는데 '골프 인생' 이라는 시(詩)를 써서 미국에서는 물론 한국에까지도 골프를 치는 사람은 모르는 이가 없단다. 내가 읽어보니 참으로 공감하는 인생의 교훈되는 철학이 많아 동생 자랑 겸 여기에 소개하고자 한다.

골프 人生

1. 치는 법을 배움
골프를 치려거든 치는 법을 배우시게
팔과 어깨 목에서 힘을 쭈욱 뽑으시고
백스윙은 천천히 공에서 눈을 떼지 말고
고개를 들지 말고 외아들에 정성 쏟듯
하얀 공에 정성들여 다운스윙도 천천히

스슬쩍 찰싹하고 내려치는 느낌이라.

2. 예의를 지킴

골프를 즐기려면 예법부터 배우시게
이 세상에 신사놀이 이만한 것 또 있을까?
말조심, 서는 자리, 앞서가고, 뒤서는 것
내 파트너 잘 칠 때엔 칭찬일랑 잊지 말고
내 파트너 실수할 땐 그 실수가 내 것인 듯
내 친구만 이웃인가 건넛동네도 이웃일세
호떡집에 불 안 났네 말소리는 조용조용
실례가 많아지면 친구들이 멀어지네
나를 슬프게 하는 것 중 이것 또한 으뜸이라
잘못된 모든 일은 그 모두가 내 탓이며
라이벌은 누구인가 바로 "나" 자신일세.

3. 실패를 극복

골프를 치다보면 청개구리 공이란 놈
곰배팔이 팽이친 듯 좌측으로 우측으로
오줌 맞은 두꺼비가 웅덩이로 뛰어들 듯
돌팔매에 놀란 토끼 숲 속으로 도망가듯
골프인생 우리인생 실수투성이 아니런가?
관운장도 실수하여 조조에게 잡혔듯이

이것들이 그 모두가 병가상사 아니겠소
낙담일랑 하지 말고 초연함을 잃지 말게
이번 실수 교훈삼아 새 성공을 기대하소.

4. 과욕은 금물
핸디를 줄이려면 서두르지 마시게나
열여덟 개 기회 있고 일흔 두 번 기회 있네
조금 더 내 보낼까 팔과 목에 힘을 주니
공이란 놈 잘 가다가 삼천포로 빠지누나
상쾌하게 날아가는 공을 한번 바라볼까
머리를 번쩍 드니 쌩크 볼이 나는구나
한 번 실수 두 번 실수 누구라고 아니하나
전(前) 홀에서 잃은 것을 지금 당장 찾으려고
욕심을 내어서는 공이 알고 도망가네
항우장사 실패하여 유방에게 잡혔듯이
동탁이가 실패하여 여포에게 죽었듯이
과욕으로 인한 실패, 실수 아닌 업보라네.

5. 운영의 묘
골프를 잘 치려면 나온 거리 남은 거리
수학문제 풀어가듯 계산부터 하신 후에
풀길이가 길었는가? 장애물은 어디 있나

그린 위에 팔락이는 핀을 슬쩍 노려본 후
분수에 맞는 채를 꺼내 깊은 호흡 한번 쉬고
마음부터 비운 후에 투~욱 하고 내려치면
공이란 놈 날아가서 그린 위에 꽂힌다네.

6. 정직함

골프를 즐기려면 이 세상에 무엇보다
'정직' 보다 중요한 것 그 어디에 있을쏘냐
풀 섶에 숨은 공을 발로 차서 꺼내 놀까?
아무도 안보니까 공을 한 개 놓고 칠까?
모든 유혹 떨쳐버려 있는 그대로 올려보세
자기 것을 계산하고 내가 나를 감독하고
백에라도 단 한 번쯤 자기 양심 속일 때에
공이란 놈 먼저 알고 숲 속으로 도망가네.

7. 운

골프를 잘 치려면 운도 또한 기다리세
모사(某事)는 재인(在人)이요 성사(成事)는 재천(在天)이라
그대가 할 수 있는 최선을 다 한 후에
과욕은 극복하고 마음만 차분하면
팔과 다리 허리 머리 오장육부 조화 이뤄
기적 같은 동작들이 이따금씩 나타나서

날아가는 새도 잡고 홀인원은 못할쏘냐.

8. 건강

이렇게 하여 열여덟 홀 한 바퀴를 돌고 나면
몸에서는 싱그러운 풀 냄새가 향기롭고
푸른 하늘 닮은 마음 한량없이 상쾌하네
엔돌핀은 축적되고 백혈구도 많아지고
혈액순환 순조로워 혈압도 뚝 떨어져
허리뼈가 시큰 시큰 이따금씩 아픈 증세
목욕 한 번 하고난 후 씻은 듯이 없어졌네.

9. 가정

하루 종일 나 혼자서 좋은 시간 가진 동안
사랑하는 우리 아내 골프과부 만들었네
당신도 골프 배워 우리 함께 건강하여
검은 머리 파뿌리 되어 한 백 년을 살아보세
미안한 맘 금치 못해 혼잣말로 중얼 중얼
운전일랑 조심하고 고속으로 가지마소
천사 같은 마누라와 토끼 같은 우리 새끼
저녁밥상 차려놓고 아빠 오기 기다리네.

내가 젊었을 때, 태권도는 내게 곧 생명과도 같았다. 점차 나이를 먹어가면서 그렇게 생명과도 같은 태권도 안에 남다른 철학을 정립해야겠다는 생각이 들었다. 철학이 없는 태권도는 그냥 단순한 주먹질이 될 뿐이다. 이제껏 준 리 태권도가 세계적으로 알려지게 된 것도, 단순히 신체 단련과 자기 보호에만 치중한 것이 아니라 태권도를 통해 자신의 마음을 단련하고 생활 속에서 모범 실천을 할 것을 강조했기 때문이다.

태권도 사범에서 이제는 강연자로 곳곳에서 강연을 하면서 나는 내가 생각하는 가치관을 새롭게 정립해 나가게 되었다.

내가 항상 내 자신에게 질문했던 것이, ‘내가 왜 사는가? 사는 목적이 무엇인가?’ 하는 질문이다. 세상의 모든 사람들이 삶을 살아나가는 목적. 그것은 모두가 공감할 수 있는 목적, 바로 ‘행복 추구’ 이다.

그렇다면 나 자신의 행복을 완성하기 위해서는 무엇이 필요할까?

거기서 얻은 정답이 바로 진리와, 미와 사랑. 온 세상 사람들이 공감하는 절대적인 행복의 가치인 것이다. 그러기에 나는 진리와 미와 사랑이 바로 행복을 가져다주는 온 인류의 공동 가치관이라고 자신 있게 말할 수 있다. 여기까지 생각이 미친 나는 새로운 계획을 세웠다. 일선에서 물러나서 새로이 발전시킨 공동 가치관을 세계에 전하는 일이 바로 그것이었다.

정신세계를 바꿔나가고자 하는 운동 시작

그 결심은 곧바로 옮겨졌다. 공장과 태권도장을 두 아들에게 각각 맡겼고, 태권도의 기술적인 연구는 현재 세계 곳곳의 젊은 태권도인들에 의해 이뤄지고 있다. 내가 처음 미국에 왔을 때만 해도 태권도의 불모지였던 이 곳에 지금은 수 만 명이 넘는 사범들이 활발하게 활동을 하며 다음 세대까지 태권도를 전하기 위해 노력하고 있다. 이제 미래는 그들의 자리이다.

그들에게 자리를 마련해 준 다음 이제 내가 할 것은 바로 정신적인 철학의 완성이었다. 이는 말로만 읊어대는 철학이 아니라 몸소 실천에 옮기는 철학을 뜻한다.

태권도 사범에서 강연자로…. 이제는 나이 칠십을 넘기면서 나는 새
로운 일을 준비하기 시작했다. 지금 내가 새롭게 추진하고 있는 것은
국제적으로 하나의 가치관을 가지고 사람들의 정신세계를 바꿔나가고
자 하는 운동, 이른바 '10021' 클럽이다.

국제 10021클럽은 세계 지도자들의 교류협력 단체기구로, 그 설립
목적은 '100년의 지혜가 깃든 21세의 젊음'을 모토로 하고 있다.

이는

- 知(Knowledge) - 머리에는 지식
- 德(Honesty) - 마음에는 양심
- 體(Strength) - 몸에는 힘과 건강

이라는 3대 인격을 갖추며,
선(善)의 3대 가치관인

- 眞(Truth) - 진실한 사회
- 美(Beauty) - 아름다운 사회
- 愛(Love) - 사랑

이 넘치는 공동체 사회 건설을 위한 계몽운동이다.

10021 클럽이 중요시하는 '100년의 지혜'는 인간에 대한 열정을 가지고 인간 완성에 도달하기 위한 긴 세월의 정직한 삶에서 얻은 지혜를 뜻한다. 절대 정직한 사람은 자신에 대해 책임을 질 수 있으며, 깊은 책임감은 균형 있는 지식에서 우러나온다는 생각이다.

우리는 이를 토대로 밝고 건강하며 아름다운 사회를 지향하는 범국민적 실천운동을 펼쳐 자손만대에 번영과 행복을 물려주어야 한다. 그리고 지구의 환경보호와 인류애를 실현하는 인류공동체에 기여하여 베풀고 물려주는 행복한 삶을 지향하는 공동사회 환경을 조성하며 가꾸는 데 앞장서고자 하는 것이다.

또한 그 주된 사업으로는

1. 세계지도자 교류활동 및 인류공동체 운동
2. 인류의 행복한 삶을 위한 교육 및 眞, 美, 愛, 體, 德, 知(진, 미, 애, 체, 덕, 지)이념의 실천 운동을 실행해 나갈 것을 계획하고 있다.

그밖에 세부 사업으로는

1. 세계 각국 지도자들의 교류
2. 眞, 美, 愛의 공동가치관으로 행복세계의 실현을 위한 계몽 및 교육사업

3. 眞, 美, 愛의 형성을 위한 토론회 및 국제포럼개최

4. 眞, 美, 愛, 體, 德, 知 교육프로그램 운영 및 강연

5. 연구 간행물 발간 및 출판

6. 사회복지사업(장학 및 노인복지사업)

7. 교육 아카데미 운영 및 교육재단(체육대학)운영

8. 국내외의 심성정화 관련 단체와의 교류, 협력 및 국제적 결연 연
대 활동

9. 심성건강 지도자 양성

10. 국가간의 교류 같은 종교간의 진리교류

11. 태권도 교육을 더 높은 차원으로 올려 균형적인 체덕지(體德知)
를 갖춘 인간완성 교육개발(인간 완성은 전지전능한 것이 아니고 거
짓과 추함과 증오는 절대 행하지 않고 진미애(眞美愛)만 실천하는 것
을 말한다)

등을 세워놓고 있다.

국제 10021클럽은 미국과 한국의 여러 지인들이 함께 힘을 모아 창
단한 이래, 일단은 한국에서 먼저 이 운동을 시작할 계획을 가지고 있
다. 내 반평생이 훨씬 넘는 긴 시간을 미국에서 태권도와 철학을 전하
며 살았으니, 나머지 시간은 10021클럽의 모범실천운동을 먼저 한국에
전하고 살겠다는 결심을 하게 된 것이다.

내 고국에서 대한민국 사람들을 깨우치는 운동을 한다는 것. 이 생
각을 처음 하게 된 것은 5년 전인, 인도의 시인 타고르의 시 〈동방의

등불〉을 읽었을 때부터였다. 이 작품은 1929년 4월 2일자 동아일보에 처음 발표된 자유시이다. 1929년 인도의 시성(時聖) 라빈드 라나드 타고르가 일본을 방문했을 때 동아일보 기자로부터 한국 방문을 요청 받았으나 응하지 못하는 미안한 마음을 대신하여 기고한 작품이다.

이 시는 타고르가 한국을 소재로 쓴 두 편의 작품 중 하나로, 일제 식민치하에 있던 한국인들이 희망을 잃지 말고 꿋꿋하게 싸워 독립을 이루기를 바라는 마음에서 보낸 격려의 송시(頌詩)다. 이 격려의 송시에 眞美愛體德知(진미애체덕지) 사상에서 나오는 귀한 내용이 모두 들어있다. 즉, 하나의 세계, 완성세계, 자유로운 지식 즉, 깨달음, 자유의 천국 등의 사상이다.

동방의 등불

- 타고르 -

일찍이 아시아의 황금시기에
빛나던 등불의 하나인 코리아
그 등불 다시 한번 켜지는 날에
너는 동방의 밝은 빛이 되리라.

마음엔 두려움이 없고

머리는 높이 쳐들린 곳

지식은 자유스럽고

좁다란 담벽으로 세계가 조각조각 갈라지지 않는 곳

진실의 깊은 속에서 말씀이 솟아나는 곳

끊임없는 노력이 완성을 향해 팔을 벌리는 곳

지성의 맑은 흐름이

굳어진 습관의 모래벌판에 길 잃지 않는 곳

무한히 퍼져 나가는 생각과 행동으로 우리들의 마음이 인도되는 곳

그러한 자유의 천국으로

내 마음의 조국 코리아여 깨어나소서.

이 시는 한국 민족문화의 우수성과 강인하고도 유연한 민족성을 '동방의 등불'로 표현하여 당시 식민치하에 있던 한국 민족에게 큰 격려와 위안을 주었다. 특히 한국의 독립 쟁취에 대한 시인의 강렬한 기원을 진취적이고 희망적 어조로 노래하여 3·1운동 이후 실의에 빠져 있던 한국 민족에게 큰 감동과 자긍심을 일깨워준 작품으로 평가된다.

〈동방의 등불〉을 처음 접한 뒤 나는 큰 충격을 받았다. 그 후로 쭉 이 시를 외우고 다녔는데, 작품의 내용처럼 뛰어난 민족성 우수성을 지니고도 그 동안 많은 어려움을 겪어왔던 이 땅의 사람들을, 그들의 정신을 10021클럽 운동을 통해 최초로 깨우치리라는 결심을 하게 된 것이다.

그 첫 번째 발걸음으로 지난 2002년 3월 4일. 서울 메리어트 호텔에

서 열렸던 국제 10021클럽 창립대회를 성공적으로 치루어냈고, 이어 7월에 가진 본부 현판식을 계기로 한층 사업에 힘을 더해가고 있다. 여기에 얘기를 듣고 모여든 국내외의 여러 중요 인사들이 뜻을 함께 해 10021클럽은 점차 그 힘을 얻고 본격적인 모범실천운동에 나서기 위해 준비중에 있다. 앞으로 이 클럽이 한국에서 자리를 잡고, 어느 정도의 성과를 나타내기 시작하면, 조지 부시 미국 전 대통령과 고르바초프 전 소련 공산당 서기장을 세계 10021클럽 명예 총재로 위촉할 계획이다. 10021클럽의 민관식 상임고문님, 이수성 후원회장님, 이명박 고문님, 정종택 고문님, 김일윤 상임부총재님, 김성걸 사무총장 외 간부회원들에게 특별히 감사를 드린다.

그렇다면 10021클럽의 본 취지는 무엇인가.

현재 세계는 정신철학에 있어 대혼란을 맞고 있다. 전통의 가치는 모조리 소멸해 버리고 급박하게 바뀌어 가는 세상 속에서 기존의 도덕과 진리는 파괴되어 가고 있다. 이러한 사회 속에서 10021클럽의 운동 추진 방향은 급격하게 변화하는 정보화, 지식화, 세계화로 기계적, 분열적, 해체적인 경향으로 치닫는 사회를 인간 중심으로 되돌려오는 일이다.

진, 미, 애 철학을 바탕으로 공동의 가치관을 함양하여 아름다운 문화와 활력이 넘치는 건강한 사회 공동체를 실현하고 체, 덕, 지 인격 요소를 바탕으로 개인의 건강한 삶은 물론 미래 지향적 가치관을 함양함으로써 공동 운명체로서의 '행복한 세계인' 이 되는 것이다.

인류 공동체 운동은 전 세계 국가 , 전 인류가 함께 고민하고 동참해야 할 문제이기에 한 단체나 국가적 차원을 벗어나 통합된 접근이 가능한 다양한 루트를 통해 해결점을 찾을 생각이다. 이를 위해 우리는 세계 각 정부와 UN산하단체, 법인단체, 기부단체, 및 다른 활동단체들과 건설적인 협력관계를 유지하고 세계적인 휴먼 네트워크를 구축해 나간다는 청사진을 만들고 있다.

그 안에서 나는 앞으로 100년을 보고 있다. 부모들이 아이들에게 모범 실천을 보여주지 못해 타락한 사회가 되었으니 21세기 내에 이 10021철학이 전파되어 아이들에게 모범실천운동을 가르치면 오히려 부모들이 그 아이들을 보고 본받아 여기에 동참하게 될 것이라고 믿는다.

또 처음 10021운동을 시작한 아이들이 자라서 2세를 갖게되면 그 2세 역시 부모를 따라 모범실천운동에 합류하게 되는 것이다. 한 사람이 하면 그 힘이 미약하지만 한 사람이 둘이 되고, 그것이 넷… 여덟, 열여섯으로 점차 늘어날 때 그 힘은 엄청난 것이 될 것이다.

약 50년 전에 3분 안에 서울에서 워싱턴까지 문서를 보낼 수 있다고 말하는 사람은 분명 미친 사람 취급을 받았을 것이다. 그러나 지금은 어떤가? 인터넷의 급격한 발달로 온 지구촌은 정보와 문화를 공유하고 있다. 이것이 오늘날의 현실인 것이다. 10021클럽 운동도 마찬가지이다. 지금은 나의 비전과 행동계획이 더디게 받아들여진다고 해도 이를 발전시켜 나간다면 앞으로 100년 내에 전 세계에 10021클럽이 활성화 될 것이란 것이 나의 전망이다.

　60년 동안 나는 오로지 태권도만을 위해 살아왔다. 그러나 이제 인생의 황혼기라 불리는 시기에 나는 새로운 시작을 다짐한다. 이준구, 준 리. 미국과 소련의 태권도 아버지라 불리며 대 사범 - Grand Master 라 불리는 사람. 나는 내 자신을 통해 사람들이 건강하고 올바른 삶을, 행복한 미래의 세상을 볼 수 있길 바란다. 그러기에 지금부터 다시 미래를 위한, 세계를 위한 비전을 펼치려 하는 것이다. 앞으로도 도전은 계속될 것이다.

공산국가 소련 땅에 태권도를 개척하다

　1985년 소련 공산당 서기장으로 당선된 미카일 고르바초프가 '페레스트로이카(개혁)'와 '그레스노스트(개방)'를 선포하면서, 1988년 3월에는 '신베오그래드 선언'을 하여 동유럽 공산위성국가들의 독자선언을 공식으로 인정했다.

　7·1 그리고 같은 해인 1988년 5월에는 아프카니스탄에서 모든 군(軍)을 철수하고 미국의 '레이건' 대통령과 미·소 정상회담을 하며 냉전종식을 선언했다.

　그리고 동유럽에서 50만 명의 주둔군을 감축시켰으며 그 후 유고슬

라비아를 비롯한 동유럽 공산위성국가들이 차례로 붕괴되기 시작했고 급기야는 1989년 11월 9일 동·서 독일의 두꺼웠던 베를린 장벽이 힘없이 무너지더니 그 어느 전문정치가도, 어느 예언자도 점치지 못했던 독일 통일의 기운이 역력히 보이기 시작했다.

나의 조국인 대한민국은 남과 북이 분단된 현실 속에 1950년 6월 25일, 조용한 일요일 새벽, 전쟁이 발발하여 서울이 무방비 상태로 점령당한 후 삽시간에 부산, 대구만 빼 놓고 한반도 전지역이 공산군에 의해 점령당했다. 이후에 미군과 유엔군에 의해 같은 해 9월 28일, 서울을 수복하고 압록강까지 진격하였지만 중공군의 개입으로 다시 후퇴하여 지금의 휴전선까지 다시 밀려 내려왔다.

나도 20세 강원도 철원에서 조국을 위해 맹렬한 전투에 임했었다. 그리고 용케도 살아남은 나는 그 후 도미(渡美)하여 조국을 떠나 살면서 여전히 조국분단의 아픔을 느끼며 부러움과 가슴 설레임으로 며칠 동안 계속 독일사태의 TV 뉴스를 바라보았다. 그러던 어느 날, 베를린 장벽 붕괴 3일 후인 1989년 11월 12일 나에게도 기적 같은 일이 벌어졌다.

‘워싱톤 Film’ 사(社)의 사장이며 7년 동안 나에게서 태권도를 배우던 제자 ‘찰스 서더랜드(Charles Southerland)’ 로부터 뜻밖의 전화가 왔다. 오는 12월 16일 소련의 모스크바에서 ‘미·소 친선 예술대회’ 가 개최될 예정인데 Jhoon Rhee 태권도와 태권무(Ballet)를 선보일까 한다는 것이다. 그는 나에게 6명 정도의 태권무(Ballet) 시범단을 만들어서 모스크바의 ‘미·소 친선 예술대회’ 에 참여할 것을 요청해 왔다. 이번 기회에 태권도의 미개척지인 소련에 태권도를 소개시키자는 것이다.

뜻밖에 찾아온 행운을 믿을 수가 없었지만 나는 즉각 "Why not? Wonderful!" 이라며 환호성을 지르고 서더랜드의 제의를 승낙한 것은 너무나 당연한 일이었다.

그 날로 소련국가에 맞추어 태권무를 구상하기 시작했다. 나는 좋은 생각이 번뜩이거나 기회가 왔다고 생각될 때에는 주저 없이 즉시 행동에 옮긴다. '타격을 가해야 된다고 생각함과 동시에 타격을 해야 한다' 는 모하마드 알리를 위해 만든 나의 '아큐펀치' 의 이론과 같은 것이다. 도이칠랜드 제국의 초대재상이었으며 1871년 일명 철혈재상으로 독일을 웅변으로 통일시켰던 '비스마르크' 가 말했다.

"쇠는 불에 달구어졌을 때 망치로 때려야 연장을 만들 수 있다."

이 말은 영국의 '윈스턴 처칠' 수상도 자주 인용했던 말이다. 나는 소련에서 열릴 예술대회에서 소련국가에 맞추어 태권무를 공연한다면 그 홍보효과가 대단할 것이라고 순간적으로 판단한 것이다.

12월 13일로 출국일정을 잡고 빡빡한 시간 속에 밤낮으로 학생들을 훈련시키며 태권도 안무를 일단락지었을 즈음인 12월 2일 '찰스 서더랜드' 에게서 좋지 않은 소식이 날아왔다. 그의 말에 의하면 소련 대통령이 자기 나라의 국가에 맞추어 태권무를 한다는 말을 듣고 거북한 기색으로 고개를 갸우뚱거리며 회의적인 반응을 보였다는 것이다.

나는 서더랜드에게 분명하고 확신에 찬 어조로 말했다. 분명히 이 공연이 소련에서 열광을 받을 것으로 확신한다고…. 3주일 동안 잠도 못자며 연습을 했고 리허설까지 멋지게 끝냈으니, 우리가 그곳에 도착하기 전에 대사관을 통해 현지 분위기나 잘 조성해 달라고 강력하게 부탁했다. 나의 고집에 서더랜드도 두 손을 들고 그러마고 마지못해 전화를 끊었다. 하지만 고집을 부리긴 했어도 불안한 마음이 전혀 없었던 것은 아니었다.

시간이 없었기 때문에 일단 12월 13일로 티켓을 예약했다. 아내(한순)와 아들 천우, 그리고 딸 미미 외에 4명의 학생들과 공화당 상원의원인 James Jefferds(Vermont 주 상원의원) 씨 부부와 함께 모스크바에 가겠다고 결정을 했지만, 당시 소련의 정치적 상황을 고려하면 '내가 가서 만약 일이 잘 안되면 무슨 일을 어떻게 할 수 있을까' 하고 생각을 하니 눈앞이 캄캄했다. 그러나 나는 마지막 순간까지 최선을 다하자며 마음을 다잡았다.

그런데 정말 생각지도 못한 곳에서 천군만마(千軍萬馬)의 손길이 다가왔다. 이스라엘의 다윗왕이 마하나임 들판에서 반란군 압살롬에게 쫓기며 막다른 골목에 있을 때 암몬국의 소비 왕자가 도와준 것 같이 말이다.

당시 워싱턴에는 'Jhoon Rhee 태권도장에 아이들을 보내면 공부도 열심히 하고 착한 모범생이 된다' 고 소문이 나 있었다. 워싱턴에 주재하는 각국 대사관 직원들의 자녀들 역시 Jhoon Rhee 태권도장에 많이 다니고 있었으며 그 중에 주미 소련 대사관 외교관들의 아이들도 태권도를 많이 배우고 있었다. 그 중에 오랫동안 우리 태권도장을 지켜보며 관심을 가지고 있던 주미소련 대사인 'Viktor Komplektov' 대사가 내가 소련에 가게 되었다는 이야기를 듣고는 자신이 도울 일이 없냐며 전화를 해 왔다.

그러더니 소련 정부의 Anatoly Koolesov 체육차관에게 공문을 보내 Jhoon Rhee 태권도와 나의 세미나에 대한 많은 칭찬과 긍정적인 이미지를 심어주었다. 레이건과 부시 대통령의 교육담당 고문(顧問)이라고 칭찬하면서 이소룡(브르스 리)과 무하마드 알리의 스승이라고 잔뜩 추켜세우며 강력하게 추천을 했던 것이다. 이 어찌 신(神)의 손길이 아니겠는가?

Komplektov 소련 대사의 보고를 받은 소련 정부에서는 호기심을 가지며 그럼 한 번 와서 세미나와 태권무를 해보라는 전문(電文)을 보내왔다. 그렇게 하여 계획대로 우리는 소련으로 출발을 하게 되었다. 결과적으로 소련대사의 공문 한 장이 천군만마(千軍萬馬)의 역할을 한 것이다.

첫
번
째

소
련

여
행

1989년 12월 13일 ~ 14일

1989년 12월 13일, 위싱턴 댈러스공항을 떠나 모스크바에 14일 새벽 6시에 도착했다. 공항에 내려 짐을 찾으러 컨베이어 벨트(conveyer belt) 쪽으로 가보니 카트에 우리나라 삼성과 럭키금성, 대우의 심볼이 붙어있어 조국의 경제력이 소련까지 진출해 있음을 보고 감개무량(感慨無量)함을 금치 못했다.

전력(電力)이 약한지 컨베이어 벨트가 움직이다 정지되고 또 정지되기를 수십 번 반복하더니 공항건물 전등불이 흐려서 잘 보이지 않았다. '한 때는 지구의 반 이상에 영향력을 미쳤던 초강대국(Super Power)의 수도, 모스크바의 국제공항이 이 모양인가?' 하고 한심스런 생각이 들었다.

공항에서 입국수속을 마치고 러시아 호텔에 도착하니 아침 8시 30분이었다. 주미 소련 대사관에서 본국의 신문과 TV에 소식을 알리고 체육부차관인 아나톨리에게 연락하여 소련 무술협회 회장인 '일리야 굴리에브(Ilya Guliyev)' 씨가 호텔에 와서 기다리고 있었다.

굴리에브 회장은 외교관으로 10여 년간 근무하다가 무술계에 정진하기 위해 외교관을 사퇴한 사람으로 영어가 너무나 유창해 조금도 불편함이 없었다.

1989년 12월 15일~16일

12월 15일은 러시아 호텔 강당에서 예행연습을 하며 하루 종일 지냈고, 16일에 이번 여행의 주목적인 청소년과 아동들을 위한 '미 · 소 친선 예술 대회'가 열렸다. 미국에서는 할리우드의 유명한 가수와 무용단들이 출연했으며 소련 역시 유명한 예술인들이 출연하여 소련이 생긴 이래 처음 있는 미 · 소 합동 행사를 빛냈다. 이것 역시 '고르바초프'의 개혁 · 개방 정책의 부싯돌 역할로써 서방 특히, 미국과의 문화교류의 물꼬트기의 제스츄어인 것이다.

1973년에 미국의 닉슨 대통령과 중국의 등소평이 화해무드를 조성할 때 탁구선수들을 중국으로 먼저 보내 부드럽게 물꼬를 텄던 것과 같은 맥락(脈絡)인 것이다.

나는 공연에 앞서 태권도 안무(Martial Ballet)를 통하여 세계평화의 철학적인 메시지를 다음 세 가지로 함축해서 설명을 했고, 이를 '일리야 굴리에브' 가 통역을 한 후 태권무를 시작했다. '일리야 굴리에브(Ilya Guliyev)' 의 완벽한 통역은 마치 'Billy Graham 목사' 의 설교와 '김장환 목사' 의 통역을 연상케 했다.

내가 천명한 메시지는 다음과 같다.

첫째, 지금부터 시작될 태권무는 세계인들과 미국인들의 마음을 활짝 열도록 만든 고르바초프의 '페레스트로이카(개혁)와 글래스노스트(개방)' 을 찬양하는 '마카일 고르바초프 발레' 라고 말하며 소련 애국가에 맞추어 태권무를 선보였다.

둘째, 미국 애국가에 맞추어 한국어로 America를 미국이라고 설명하면서 태권도 안무로 미국을 선보였다.

셋째, 동양무술과 서양음악을 조화하여 '동서양(東西洋)의 결혼(Marrage of East and West)' 이라고 명명(命名)하며 베토벤의 운명교향곡에 맞추어 미·소의 결혼을 축하한다고 인사를 하면서 태권도 안무를 하며 오른손에는 미국기를 들고 왼손에는 소련국기를 들고 양국기를 휘두르다가 끝날 무렵에는 양국기를 높이 들고 마지막으로 양국기를 교차시켰다. 이 공연으로 2시간 30분 동안의 행사 중에 제일 많은 기립박수 갈채를 받았으니 이 어찌 신(神)이 함께 하지 않았다고 말할 수 있을까?

나는 이 흥분의 순간을 잊을 수 없다. 나는 다시 한 번 한국의 홍익인간(弘益人間)임을 감사했다.

함께 동행 했던 미 상원의원 James Jefferds 내외는 감탄의 칭찬을 아끼지 않았고, 무대 단상으로 올라와서 미국대표자격으로 인사를 하며 미국을 위하고 또 소련을 위하고 나아가서는 전세계를 위하는 'Jhoon Rhee' 의 노력은 역사에 남을 것이라고 칭찬에 칭찬을 하였다.

1989년 12월 17일

12월 17일에는 8시간 동안 기차를 타고 가서 '레닌그라드(세인트피터스버그)' 시(市)에서 똑같은 공연을 하고 역시 많은 관중들로부터 기립박수를 받았다.

'레닌그라드' 시(市)는 원래 러시아 왕국의 수도 ST. Petersburg였었는데 1917년 볼셰비키 혁명 후에 러시아 왕인 니콜라이 2세를 축출시키고 종교냄새가 나는 이름을 바꾸어 '레닌' 의 이름을 따서 레닌그라드(Leningrad)라고 이름을 고친 것이다.

그 러시아 왕국의 마지막 왕의 비극과 원한이 서려 있는 도시, '막스 레닌' 의 공산주의가 시작된 도시인 이 레닌그라드에서, 한국에서 태어나고 한국의 태권도와 태권도 철학을 전파하기 위해 이곳까지 온 나 'Jhoon Rhee' 가 미국 상원의원을 증인으로 동행하고 소련의 역사적인 도시 레닌그라드에서 대공연을 성공적으로 마치고 3,000여 명 관중의 기립박수를 받은 것이다.

유방암 수술을 받고 함께 동행한 아내 한순과 아이들도 모두 감격해 어쩔 줄 몰라 했다. '제발 많은 엔돌핀이 나와 아내의 병이 빨리 나았으면 얼마나 좋을까? 기쁘고 흥분한 중에도 아내의 건강상태를 틈틈이 살펴야 했다. 아내가 유방암 수술을 받은 지 14일 정도 밖에 되지 않았기 때문이었다.

공연 참가 요청을 받고 불과 1개월도 안되는 시간에 새로운 태권무 구성을 짜고 연습을 함께 하는 강행군을 했으니 아이들이 무척 피곤할 것이다. 그럼에도 불구하고 너무나 의외의 성공으로 인한 흥분 때문인지 모두 피곤한 것도 못 느끼는 것 같았다.

1989년 12월 18일

레닌그라드 시내관광을 하고 그 유명한 '하마타지' 박물관을 관람했다. 원래 월요일은 박물관을 닫는 날인데 우리 일행들을 위해 특별히 문을 연 것이란다. 사람이 하나도 없어서 그런지 구경하는 실감이 나지 않았지만 워낙 볼거리가 많고, 너무나 휘황찬란한 고적들과 러시아 보물들인지라 도대체 어떤 말로 표현해야 할지 알 수 없었다.

하지만 그 유물들은 그 옛날 러시아 제국의 제왕들의 화려한 삶과 백성들을 수탈했던 역사를 그대로 말해주고 있었다. 그랬기 때문일까? 재정이 바닥이 난 러시아 왕국이 재정 적자를 메우느라 1867년에 엄청난 보물덩어리인 - 우리나라 한반도의 7배 반이나 되는 크나큰 땅, 황금과 석유가 넘쳐 흐르는 땅 - '알래스카'를 불과 맨하탄의 조그만 빌딩 값에 지나지 않은 720만 달러에 미국에 팔아먹었으니 이 어찌 한심한 일이 아닐 수 있는가. 또한 그 귀한 '알래스카'의 진가를 알아본 미국 조상들의 선견지명(先見之明)에 감탄을 보내지 않을 수 없다.

그 720만 달러는 알러스카 주변 바다의 수달의 숫자를 계산하며 산출한 것이라 하니 하느님께서 러시아 왕의 눈을 멀게 한 것임이 틀림없다.

1989년 12월 19일

여러 시간동안 침대차에 몸을 싣고 모스크바로 다시 돌아오면서 창밖을 바라보며 많은 생각에 잠겼다. 미국도 넓지만 소련도 엄청나게 넓은 나라라는 것을 새삼스레 실감했다.

미국과 서방국가들을 위협하던 Super Power 소련! 한 때는 지구의 반 이상을 영향권 하에 두었던 소련! 나라 안에서도 시간 차이가 9시간이나 나는 거대한 나라 소련! 엄청나게 많은 지하자원과 천연가스와 석유 매장량을 갖고 있는 나라. 어마어마한 넓이의 비옥한 곡창지대(우크라이나 쪽)를 갖고 있는 나라.

나의 조국을 두 동강으로 갈라놓고 북한의 김일성에게 소련제 탱크를 주어 6·25 한국전쟁을 부추기고 전쟁을 일으킨 나라 소련! 우주개발을 미국보다도 먼저 선수친 소련! 핵개발을 하여 미국과 쌍벽을 이루던 그 소련이라는 나라가 오늘 날엔 손바닥보다도 작은 쿠키 몇 개를 사려고, 주먹만한 빵 한 덩어리를 사려고, 쓰디쓴 담배 한 갑을 사려고 사람들이 몇 백 미터의 장사진을 치고 기다리고 있단 말인가?

이런 현실을 이제야 깨닫고 우리가 보고 듣기에는 초등학교 교과서에서나 나옴직한 이야기인 '개방과 개혁'이란 말을 새삼스럽게 외치고 있으니 참으로 우스꽝스럽고 한심한 일이 아닌가? 비즈니스 세계에서는 가장 효과적이고 간단한 이론(理論)인 인센티브(incentive) 제도(장려임금제도)를 74년이나 지난 이제야 어렴풋이 깨달았다니 말이다. 밭에서 어렵게 캐낸 감자 더미가 자기들 것이 아니라고 게으름 부리며 들판에 그대로 방치하면서도 집에서는 엄동설한(嚴冬雪寒)에 양식이 없어 굶주리는 부조리(不條理)의 나라, 모순의 나라 소련 땅을 달리고 있는 것이다.

오후에 모스코바에 다시 도착했는데 아직 해가 많이 남아 있어서 지구의 반 이상을 공포에 떨게 했던 쌀쌀하고 을씨년스러운 크레믈린과 레드스퀘어를 구경했는데 날씨는 매우 추워서 아내가 무리를 할까 싶어서 호텔로 곧 돌아와 쉬게 했다.

1989년 12월 20일

오늘은 참으로 중요한 날이다. 주미 소련 대사인 'Viktor Kompletov'가 주선하여 소련의 체육차관인 '아나톨리 콜레소브' 씨와 2시간 동안 회담을 했다.

대사관 직원들을 통하여 '아이들이 태권도를 배우면서 모범생들이 되었다는 말을 듣고(워싱턴에서 국회의원들을 가르치며 부시 대통령의 고문이라는 직함을 가진 준 리가 가르치는) 태권도(동양무술)에 대하여 다시 인식을 하게 되었다' 면서 기쁜 소식을 전해왔다.

어제(12월 19일) 체육부 회의에서 동양무술을 처음으로 국가 공식 체육과목으로 채택하였으며, 동시에 지난 6년 동안 모든 무술을 불법으로 묶어 놓았던 것들을 해제하여 어제 날짜로 합법화 시켰다는 것이다. 이것은 나의 세미나와 태권도를 관람하고 난 후에 회의를 열어 결정했다는 것이다. 이 어찌 하늘의 역사가 아닐까? 그 동안 지하에서 몰래 배우던 무술인들이 모두 'Jhoon Rhee' 덕택이라며 환성을 터트렸다는 것이다.

오늘 12월 20일 4시부터 6시까지는 모스코바 체육대학 강당에서 태권도 철학 세미나를 개최했는데 300여 명의 무술사범들이 조지아, 아르메니아, 유크레인, 에스토니아, 아제르바이잔, 카자흐스탄, 우즈베키스탄, 벨로 러시아 등지에서 타기 어려운 비행기를 타고 모여 들었다.

이 강당에는 신문기자, TV 기자들과 카메라맨이 동원되어 촬영을 하고 취재 하였는데, 소련 연방에는 국영 TV 방송국이 단 한 개밖에 없어 15개 공화국 2억 8,900만 인구가 이 러시아 국영 TV 방송국 하나만을 의존하고 있다고 한다. 그렇기 때문에 Prime Time에 나가는 나의 프로그램의 광고 효과는 엄청난 위력을 가지고 있는 것이다.

국영 TV 아나운서가 30분짜리 '준 리 태권도 특집'을 하고 싶다고 내일 시간이 있느냐고 묻기에 물론 쾌히 승낙했다. 12월 28일에 소련 15개 공화국에 전국적으로 방영이 될 것이라는 것이다.

지난 6년 동안 무술이 비록 불법이었지만 비밀스럽게 암시장을 통하여 들어오는 미국의 'Black Belt' 매거진이나 '태권도' 잡지 등 무술 잡지가 무척 비싼 값으로 인기가 대단하다는 것이다. 이 무술 잡지가 'Playboy'나 'Penthouse' 잡지 다음으로 인기가 있다는 말을 듣고 웃음을 금치 못했다. 공을 압박하면 압박할수록 폭발하는 위력이 더 커진다는 이치와 같다고나 할까….

많은 사범들이 나의 기사가 실린 미국잡지인 'Black Belt' 잡지와 'Tae Kwon Do Magazine'을 가지고 와서 사인을 해달라고 장사진을 쳤다. 더구나 브루스 리(Bruce Lee)와 무하마드 알리의 스승이라고 소문이 나서 이미 소련 방방곡곡에 내 이름이 널리 알려져 있던 것이다. 나 자신도 어안이 벙벙하지 않을 수가 없었다.

다섯 명의 사범들은 곧 준 리 태권도 운영 승인을 받는 대로 'Jhoon Rhee' 간판을 걸고 태권도 도장을 운영하겠다고 나섰으니 'Jhoon Rhee' 태권도는 소련 땅에 이미 심어진 것이나 다름없었다.

특히, '아나톨리 콜레소브' 체육부 차관은 앞으로도 계속 나의 무술 철학 지도에 많은 부탁을 한다며 감사의 표시를 했다. 나는 그 답변으로 나는 미국시민이며 한국인이기 전에 지구의 한사람(One of The World Citizens)으로서 나의 태권도 철학은 원하는 곳에는 지구 끝 어디라고 나의 생명이 존재하는 한 정력을 다 바칠 것이라고 대답했다.

어쨌든 1956년, 텍사스의 Edward 공군기지 내의 유도 클럽에서 더부살이로 미국에 처음 태권도를 알리기 시작하여 미국 태권도의 아버지라고 불리는 것만으로도 영광스런 이름인데, 34년 후인 1989년에 소련 정부 TV 방송과 신문을 총 동원하여 한국의 태권도를 심고 또 다시 소련 태권도의 아버지란 말을 듣게 되었으니 신(神)께서 나에게 부여한 사명과 엄청난 축복을 어떻게 감사해야 할지 모르겠다.

우리 단군 조상의 뜻을 이어 받은 홍익인간(弘益人間) 즉, ‘우주의 모든 사람들에게 고루 이익을 주는 사람’의 철학을 가지고 나의 생명이 다할 때까지 경천의 유일한 길인 애인(敬天愛人) 즉, ‘하늘을 공경하는 유일한 방법인 인류를 사랑할 것’을 맹세한다.

여하튼 이번 소련 방문은 ‘고르바초프’의 개혁·개방 정책에 기름을 끼얹고 부채질을 한 셈이 된 것이라고 생각한다.

두 번째 소련 여행 ①

1990년 8월 29일 동생 전구와 기꾸치 씨와 함께

8월 28일 워싱턴 Dulles 공항을 출발하며 29일 새벽에 Aero Float 편으로 모스코바 국제공항에 도착했다. Izvvestia 신문 국장인 'Taranov'와 소련 무도 협회장인 'Ilya Guliev'와 모스코바 경찰 국장급인 '율란 무자갈리에브', '알렉산더' 외 수행원들 4명, 모두 6명이 환영 나왔다.

이번에도 Conveyer가 수시로 중단 되며 짐을 찾는데 시간이 걸렸다. 통관수속을 일사천리로 끝마치고 나오는데 공항에서 벤츠를 타고 나온 한국사람인듯한 두 사람이 우리를 주시하고 있는 것을 느꼈다. 직감적으로 북한 외교관이라는 것을 느끼고 눈이 마주쳐 우리는 미국에서 온 교포라고 소개하며 인사를 했는데 그 사람 말이 “우리도 동독, 서독같이 빨리 통일을 해서 함께 살아야 한다”며 강한 이북 발음으로 대꾸를 했다.

이 사람 혹시 우리 같은 사람 납치하려고 온 사람들 아닌가 하고 경계를 했지만 우리는 소련 경찰과 무술인들 6명이 앞뒤로 호위를 하고 있으니 무엇이 겁이 나겠는가?

차 안에서 오늘 Izvestia 신문에 나와 부시 대통령과 함께 찍은 사진이 Full Page 기사와 함께 보도된 페이지를 Iliya가 보여주면서 ‘Taranov’가 기사를 썼다는 것이다. 나는 고맙다고 인사를 하며 모스코바 공항을 출발했다. 그런데 그들도 계속 우리 차를 바라보고 있었다. 서로 얼싸안고 기뻐해야 할 사람들이 이렇게 서로 경계를 해야 하는 분단의 슬픔을 다시 한 번 뼈저리게 느꼈다.

모스코바 시내를 들어가니 쿠키를 사려고 장사진을 친 사람들, 담배 배급소에서는 담배를 사려고 장시간 진을 친 무리들을 시내 곳곳에서 보게 되었다. 지나가다 맥도날드 간판이 보였다. 모스코바에 제일 먼저 생긴 합작 사업이란다. 200m나 되는 장사진을 사람들이 기다리고 있었는데 3시간 정도를 기다려야 햄버거 하나를 살 수 있다는 것이다. 그러다가 재료가 떨어지면 문을 닫아버리고 사람들은 불평 한마디 없이 뿔뿔이 흩어진다는 것이다. 햄버거 한 개 값은 4루불로 공식적인 환율은 6루불이 미화 1달러이며 암시장에서는 20루불이 1달러이다.

요즈음 미국산 말보로 담배 한 갑에 암시세가 25루불이란다.

첫 날은 카작 house 호텔에 체크인을 했다. 이 호텔은 카자흐스탄 공화국의 관리들이 소련연방에 출장을 오면 묵는 호텔이라고 한다. 카자흐스탄은 15개 연방 공화국 중에서 러시아 다음으로 큰 나라로서 남·북한을 합친 한반도의 약 12배 정도의 큰 나라인 것이다. 일행들과 함께 러시아에서 유명한 식당이라는 곳을 찾아 갔는데, 이곳은 100년 전 러시아 왕국의 포도주(wine) 창고를 개조한 반 지하실의 식당으로 옛날 벽화를 원형 그대로 보관한 아주 고전적 분위기의 식당이었다.

양고기와 토마토와 감자를 원료로 한 음식을 주문했는데 시장한대로 먹을 수는 있지만 양고기의 독특한 냄새와 Aregano 라고 하는 herb 냄새 때문에 우리 입맛에는 맞을 리가 없었다.

점심 식사 후에 1980년 모스크바 올림픽을 개최했던 올림픽 경기장을 방문했다. 작년(1989년)에 체육차관과 인터뷰를 한 후부터 소련의 무술이 합법화되어 이곳에서 태권도를 배우는데 교통이 불편해서 사람들이 많이 나오지 못한다고 한다.

1980년 모스코바 올림픽을 위해 엄청난 재정을 들여 건설한 경기장이 올림픽이 끝나고 10년 동안 한 번도 사용하지 않고 방치하여 운동장은 물론 좌석 구석구석 돌 틈 사이마다 잡초가 엄청나게 자라서 호랑이 새끼를 치게 생겼다. 건물 안에는 전기도 없고 건물 청소도 안하고 있으니 참으로 한심하기 짝이 없었다.

이것을 어떻게 합작으로 비즈니스하는데 좋은 아이디어가 없느냐고 물어보는 것이다. 나는 언뜻 뉴저지에 Great Adventure나 버지니아에 있는 King's Dominion 같은 어린이 놀이터로 사용하면 좋을 것이라고 말했지만 무슨 말인지 이해가 가지 않은 듯 싶었다. 다시 카작 호텔에 들어와 잠을 청했다.

1990년 8월 30일

새벽 5시에 잠이 깨서 잠이 도무지 오지 않는다. 새벽바람이라도 쏘이려 밖에 나가니 날씨가 제법 선선하다, Alexandre와 Ilya가 내려와 함께 식당에 내려가 아침 식사를 하고 크렘린 광장과 붉은 광장에 나가보니 많은 사람들이 장사진을 치고 있다.

레닌묘소를 참배하는 사람들이란다. 72년 동안 소련의 15공화국과 동구 유럽 여러 나라를 위성국가로써 공산독재의 체재로 몰아넣고, 6·25 한국전쟁을 부축이고, 서방과는 가공할 무기 경쟁을 하면서 차차로 경제력이 쇠퇴하여 급기야는 소련을 요 모양 요 꼴로 만들어놓은 원흉을 아직도 진실로 흠모하여 참배하고 있다는 것인가?

Ilya의 말로는 사람들이 그 동안의 관습 때문에 기계적으로 그렇게 하지만 지식 있는 사람들에게서는 마음이 떠난 지가 오래 되었다는 것이다.

소련의 국보인 크레물린 궁전을 배경으로 사진을 찍고 있는데 모스크바시의 Folk Dance group인 너무나 아름다운 미인들이 소련의 전통 의상을 차려입고 난데없이 나타나서 우리에게 다가 오는 것이었다. 마치 하늘에서 천사들이 내려온 착각이 들 정도였다. 함께 사진을 몇 장 찍은 후에 모스코바 경찰 국장인 '율란 무자갈리에브' 집으로 점심초대를 받았다. 율란은 카자흐스탄 사람이며 그의 아내는 백인계 러시아 여자였다. 카자흐스탄 사람은 동양사람 특히 몽고족과 비슷하며 우리의 모습과 많이 닮아서 훨씬 정(情)이 통하는 것 같았다.

점심을 어찌나 정성스럽게 많이 차렸는지 전통적인 러시아 음식으로 생선튀김, 감자, 양고기 등을 내왔다. 요즈음 시장에서 음식을 구하기가 무척 어려운 실정으로 빵과 담배, 쿠키 배급소에 장사진을 치고 있는 사정을 고려하면 참으로 애쓴 흔적이 역력하니 감동을 금할 수가 없었다.

'율란 무자갈리에브'는 러시아 여자와 결혼하여 두 아들을 두었는데(11살, 9살) 큰아이는 태권도를 배우고 있으며 작은 아들은 바이올린을 하고 부인은 피아노를 치며 남편은 굵은 바리톤으로 소련의 노래를 불러 우리를 즐겁게 해주느라 무척 애를 썼다.

소련 사람들은 예술적인 감각이 매우 뛰어난 사람들이다. 혼혈인 아이들은 두 아이 모두 무척 잘 생겼다. 율란의 친형은 카자흐스탄 공화국의 Djamble State의 Governer이며 9월 9일에는 이 Governer가 초청하여 카자흐스탄에 갈 예정이다. 이 소련이란 나라에도 무척 많은 다른 민족들이 섞여 살고 있는데 동양 민족들이 비교적 대우를 받고 사는 편인 것 같다.

변호사인 Alexander와 그의 여동생 Irina도 그룹의 멤버로써 무척 미인이다. 점심이 끝난 다음 짐 속에서 Pantyhose 4개와 100달러를 봉투에 넣어 아이들 엄마에게 선물로 주고 아이들에게는 20달러씩 바이올린과 태권도 장학금조로 선물로 주었다.

이곳에서는 루불과 달러 공식 환율은 6대 1이지만 암시세는 20루불이 1달러라고 하니 100달러면 2,000루불이고 공무원 한 사람 월급이 평균 200루불이라 하니 10개월 월급인 셈이다. Irina에게도 Pantyhose 2개와 50달러를 선물로 주었더니 어쩔줄 몰라 하며 기뻐하는 표정이 아직도 눈에 선하다.

Bolgagrad시(市)에서 9월 1일 개최 예정인 전국 무술(태권도)대회에 참석하기 위해서 오후 4시에 모스코바 비행장으로 갔다. 비행기를 타기 위해 12시간씩 터미널에서 담요를 깔고 진을 치고 기다리는 많은 사람들을 제치고 특실로 들어가 버스를 탔다. 그랬더니 다시 다른 터미널로 가서 내리고, 여기서 비행기를 타는가 싶더니 다시 짐을 검사하고, 체크인 하고, 다시 버스를 타고 내려서 비행기를 탔다.

도저히 체계가 잡히지 않았다. 국민들을 골탕 먹이려고 작정을 하는 정부인지 이것이 어디 인민을 위한 정치란 말인가? 이렇게 각자가 시간과 정력을 낭비하며 살고 있으니 이들이 무엇을 생산할 것이며 무슨 생산성으로 국가 경제가 발전하며 국민을 먹여 살릴 것인가? 이렇게 해서는 외국인인 우리끼리는 도저히 여행을 할 수가 없을 것 같다.

Ilya는 소련의 태권도협회장이며, Alexander는 변호사의 직함을 가진 고위층인데도 참으로 정성스럽게 모든 짐을 챙기고 우리가 무거워할까 신경 쓰는 정성이 참으로 고맙기 짝이 없다.

Ilya는 그래도 해외 경험이 있어서 우리의 불만스런 표정을 읽고 이 공산주의 나라의 시스템을 탓하며…. 이제 이 체제가 얼마 남지 않았다고 설명한다. 그러기 때문에 서방 특히, 미국에 줄을 대려고 이렇게 우리에게 열성인 것이라 생각하니 '우리는 참으로 복도 많다'는 것을 새삼 느꼈다. Ilya는 비행장까지만 나오고 다른 일이 있어 Bolgagrad는 함께 가지 못하고, Bolgagrad에서는 Mikhail Bondar라는 통역이 맡게 될 것이라고 했다.

비행기에서 내려다보니 참으로 넓은 나라, 세계지도를 펴놓고 보고 있으면 우리 한반도의 왜소함에 참으로 주눅을 들게 하는 나라, 미(美) 본토와 캐나다와 알레스카를 합친 것 보다 더 큰 나라, 시베리아에는 석유와 천연 가스, 다이아몬드, 금, 석탄 등이 하늘 땅 만큼이나 매장되어 있는 나라….

그러나 한 사람의 지도자가 실수를 하면 수억의 민생들이 이렇게 고통을 받아야 되는 진리와 역사를 우리는 분명히 배웠다. 과연 고르바초프가 이 백성들을 구제할 것인가 아니면 이 상태가 얼마나 지속할 것인지 궁금하다.

1990년 8월 30일 오후 6시

3시간 비행을 하며 Bolgagrad시(市)에 도착하니 Bolgagrad와 모스코바는 1시간의 시차가 나기 때문에 오후 6시였다. 미국은 동부와 알라스카까지 6시간 차이가 나는데 소련의 동쪽 끝에서 서쪽 끝의 시간 차이는 무려 9시간 차이가 난다. 그러니 얼마나 넓은 나라인가?

이곳 시장의 보좌관 3명이 고급 승용차를 5대나 대기 시켜놓고 있었다. 숙소에 도착해보니 매우 고급스럽고 깨끗한 건물인데 중앙정부에서 고급손님이 오나 국빈(國賓)이 오면 대접하는 게스트 하우스(guest house) 즉 영빈관(迎賓館) 인 것이다.

우선 체크인을 하고 응접실에 있으면서 시장보좌관과 얘기를 나누었다. 이곳에 온 목적인 '전국태권도대회' 는 물론 태권도 철학을 통한 청소년 교육 세미나와 곁들여서 서방과의 합작할 경우 대비할 점을 말해 주었다. 서방 사업가들을 대할 때 주의할 점과 기초적인 문제들을 질문과 답변 식으로 이야기할 예정이라고 Mikhail Bondar 통역을 통하여 전달했더니 시장 보좌관은 귀가 번쩍 뜨이는 눈치이다. 이들은 무엇보다도 거센 파도와 같이 밀려오는 자유화 물결과 서방과의 교역관계 그리고 서방 기업들과 합작할 경우 어떻게 할 것인지 노하우를 배우는 것이 제일 큰 관심의 초점인 것이다.

저녁 8시에 있었던 만찬은 국빈을 대접하는 정도로 화려하고 다양하게 차려져 있었다. 미국에서 떠날 때는 전혀 기대하지도 않았던 일들이 계속 일어나고 있는 것이다.

식사가 끝난 다음에 2층 객실로 안내를 받았는데 복도에는 공산주의의 상징인 붉은 카펫이 쫙 깔려있고 2개의 침실과 거실, 식당, 대기실 등 5개의 거대한 방이 조화를 이루고 있는 suite room인데 한 달 전에 영국의 'Princess Anne' 이 이 suite room에서 3일간 머물고 있다가 갔단다.

내가 무슨 복으로 Princess Anne의 체취를 맡으며 자게 되었는가?

사사건건 하느님께서 함께 하신다는 생각이 들었다. 목욕을 하러 욕실에 들어가니 변기, 비데, 욕조, 씽크대, 화장대가 모두 구비 되어있고 6평정도 되는 꽤나 넓은 화장실에는 비누와 치약이 놓여져 있었다. 치약을 짜서 양치질을 하는데 옛날 6·25 전쟁 당시 치분을 물에 개어 만든 것 같이 아주 조악(粗惡)하여 욕지기가 나와서 변기에 뱉어 버렸다. 세수비누 역시 5~60년대에 한국의 양잿물 빨래비누와 똑같은 품질로써 비누 표면에 양재물(염화나트리움) 결정체가 희끗희끗 붙어 있었다. 여하튼 각종 소비재의 부족과 조잡스러움은 이루 다 말로 표현할 수가 없다.

그럴 줄 알고 작년에 소련에 왔었던 경험으로 아이보리 비누 4개와 다이얼 비누 4개, 치약과 화장지, 종이타올까지 몇 개 가지고 왔다. 그리고 이 소련제 비누와 치약은 기념으로 가져가 사람들에게 보여주리라.

군사적으로는 미국과 어깨를 겨루던 슈퍼파워라는 나라가 도대체 이게 무슨 꼴인가? 'Princess Anne' 이 이 물건을 사용하면서 표정이 어떠했을까 하는 상상을 해 보니 나도 모르게 웃음이 나왔다.

1990년 8월 31일

잠을 깨어 보니 새벽 2시. 아마 3시간 정도 잠을 잤는가 보다. 시차 때문에 영 잠이 오지 않았다. 이번 Bolgagrad 여행에는 'Ilya' 가 함께 오지 못하고 대신 이곳의 'Mikahail Bondar' 라는 눈이 유난히도 날카롭게 생긴 사람이 통역을 했는데 Ilya만은 못하지만 내가 말하는 것을 제대로 표현하는 것 같았다. Ilya는 9월 1일, 태권도 대회 때 합류하기로 되어 있다.

Mikahail Bondar가 자기 말로는 군대장교를 제대했다는데 KGB 같은 정보장교가 아니었나 싶다. 매서운 눈매에 날카로운 통찰력을 가지고 있는 것 같았다. Ilya는 외교관 부모를 따라 다니며 외국 경험이 있었지만 Mikahail Bondar는 외국 경험이 전혀 없는 군인 출신이 얼마나 많은 노력을 했으면 이렇게 영어를 잘할 수 있을까…. 하는 의문이 들었다. 그러나 이 사람은 쥐꼬리만한 연금을 타면서 어려운 생활을 하고 있었다.

Bolgagrad 시장인 'Uori Starovatyk'의 보좌관인 'Alexander'는 서방 비지니스 Men의 유치를 담당하는 모양이다. 기회만 있으면 합작 비즈니스 이야기를 들고 나오는 것이 이 나라 지방공무원들까지도 막연히 외국자본 유치에 혈안이 되어 있는 것 같은데, 자본주의를 배우는 것이 어디 그리 쉬운 일인가? 갈 길이 참으로 먼 여행인 것이다.

아침 식사를 한 후 그 유명한 Bolga 강으로 뱃놀이를 갔다. 내가 9~10살 때 배웠던 소련 민요가 생각이 났다. "넘쳐 넘쳐 흘러가는 Bolga 강 물위에 스텐카라진의 배에선 노래 소리 드높다" 40년이 흐른 지금 불현듯 떠오르는 노래를 흥얼거리니 Alexander가 그 노래는 어떻게 아느냐며 눈이 휘둥그레졌다. 참으로 인간의 두뇌는 조물주가 아주 잘 만들어 낸 컴퓨터인 것이다.

Bolgagrad 시(市)는 Bolga 강을 따라서 80Km나 되는 길게 만들어진 도시이다. Bolga 강은 카스피해로 흘러들어가는 길고도 넓은 강인데 시(市)의 남쪽에 댐을 쌓아 북쪽 시베리아까지 뻗어있는 인공호수가 되었으며 낙차는 불과 10m도 못되며 발전량은 그리 많지 않았다. 이 강과 카스피해에서 잡히는 철갑상어(Sturgeon)에서 생산하는 상어 알 캐비어는 세계적으로도 유명한 음식이다.

1942년 2차 세계대전 때 독일과 전쟁을 할 때 이곳에서 200만 명이나 전사(戰死)했다는 이 강변에는 전몰(戰歿) 기념비가 미국의 '자유의 여신상' 만큼이나 큰 'Statue of Moma'가 세워져 있는데 나라를 지키는 여신(女神)을 상징한다고 한다.

배 안에는 음식을 차려놓았는데 수박, 자두 등 모스크바에서는 보지 못하던 음식들이 많이 나왔다. 지방은 모스크바 보다 식량과 채소, 과일의 수급 사정이 훨씬 좋은 편이라고 했다.

배를 타고 낚시도 했는데, 낚시를 던지기가 무섭게 팔뚝만한 고기가 딸려 올라왔다. 원래는 Bolga 강에서는 낚시를 절대 금지하고 있었는데 우리를 국빈(國賓)으로 대접한다는 뜻에서 시장(市長)의 특명으로 허락을 받았다는 것이다.

호텔로 돌아와 보니 독일 Frankfort에 출장 갔던 'Uori Starovatyk' 시장이 돌아와 응접실에서 기다리고 있다가 맞이했다. 얼굴은 꼭 '후루시초프' 같이 생겼는데 대단한 호걸(豪傑)형이었다. 기념촬영을 하고 미국 국회 넥타이핀과 셔츠 단추를 선물했다.

오늘 만찬 테이블에는 시장이 참석해서 그런지 어제보다 더 나은 것 같았다. Uori 시장은 연거푸 보드카 술잔을 치켜들면서 '감빠이'는 어떻게 배웠는지 계속 '감빠이, 감빠이' 하며 술잔을 비우며 잔을 권했다.

거리에는 담배, 빵, 쿠키를 사려고 장사진을 치고 있는 이 나라 국민들의 불쌍한 모습을 보다가 이런 국빈(國賓) 대접을 받으니 미안한 마음에 음식 맛까지 없어지려 했다.

유리(Uori) 시장은 동생 전구의 명함(뉴욕 골프 센터 회장)을 읽어보고는 합작을 해서 골프코스와 호텔 부지를 제공할테니 골프장을 만들어 보면 어떻겠느냐며 먼저 제안을 했다.

시내의 Bolga 강변에 20층짜리 호텔을 짓다가 골격까지만 건축해 놓고 자금사정으로 완공을 못한 채로 거의 10년 가까이 방치하고 있는 건물이 있으니 그것을 호텔로 사용하고 그 근방의 땅을 골프장으로 만들어 보라는 것이었다. 그래서 내일 현지답사를 하기로 했다.

1990년 9월 1일

어제는 새벽 2시에 깨어 겨우 3시간 정도 밖에 잠을 자지 못했는데 오늘은 깨어보니 아침 7시였다. 7시간 동안 숙면(熟眠)을 했으니 기분이 매우 상쾌했다.

정장을 하고 식당에 내려가니 벌써 시장 보좌관인 Alexander와 통역인 Mikahail Bondar가 와서 대기히고 있었다. 여자 관광안내원과 우리 일행 세 사람은 우선 국립묘지와 'Statue of Moma'를 둘러보았는데 수십 명의 신랑, 신부들이 웨딩드레스를 입은 채 묘지를 참배하고 있었다. 무슨 합동결혼식이냐고 물었더니 깔깔 웃으면서 말했다. 스탈린 시대부터 남녀가 결혼을 하면 우선 이 묘지에 함께 와 참배해야 한다는 엄명을 내렸기 때문에 지금까지 이것이 풍습이 되어 버렸고, 마침 결혼 계절이라서 이렇게 많은 신랑, 신부들이 참배를 한다는 것이다.

높이가 85m나 되는 이 'Statue of Moma'는 1965년에 뉴욕의 '자유의 여신상'을 보고 힌트를 얻어 건축한 것 같은데 새학기가 되기 전에 모든 학생들은 교복을 단정히 차려 입고 이곳에 참배를 해야 한다고 했다.

이 Bolgagrad시(市)와 Bolga 강은 1942년 2차 세계대전 때에 소련, 독일 양쪽 군사들이 200만 명이나 전사(戰死) 하여 이 Bolga 강이 피바다를 이루었었던 전쟁 유적지이다. 이 Bolgagrad시(市)도 철저하게 초토화가 되었으며 그 당시 가장 처절하게 파괴된 곳을 그대로 보관한 채 옆에는 전쟁박물관을 지어 탱크, 대포, 총, 기관총 등 각종 전쟁무기를 전시하고 있다.

시내 관광을 끝내고 시청 청사를 방문하니 'Uori Starovatyk' 시장이 기다리고 있다가 반갑게 맞아 주었다. 시장으로부터 시(市)의 400주년 기념 메달과 'Statue of Moma'의 모형을 선사받았다. 그런데 오늘도 역시 어제 이야기하던 호텔의 합작 이야기를 꺼내는 것을 보니 이 나라가 얼마나 서방과의 교류를 갈망하는지 이해할 만했다.

방문이 끝나고 내친 김에 그 문제의 호텔을 가 보자고 하여 현장에 가 보았는데 과연 10년 동안 콘크리트 골격만 올려져 있고 철근까지 삐죽삐죽 나온 채로 녹이 시뻘겋게 끼어 도깨비집 같이 흉한 모습으로 방치되어 있었다.

모스크바에서도 시내 곳곳에서 이런 미완성 상태인 건축물을 무척이나 많이 볼 수가 있었다. Mikahail Bondar에게 왜 이렇게 미완성 건물들이 많이 있느냐고 물으니 '후르시초프'와 '브레즈네프' 집권 후에 의욕적으로 건축 일을 벌였는데 체코 침공과 아프카니스탄 침공으로 갑자기 재정이 궁핍하게 되자 공사를 중단한 채 지금까지 이르고 있다고 했다. 사람의 건강과 운명도 한 번 기울기 시작하면 다시 회복하기가 그렇게 힘든 것이다.

그리고 골프장 후보지를 보여주는데 30여 에이커(약 36000평) 정도 되는 강변부지였다. 이 사람들은 골프장의 크기가 얼마나 필요한 것인지 아무런 지식도 없이 무작정 합작에만 흥미가 있는 것이다. 골프장은 최소한 150~200에이커(약 20여 만 평)가 있어야 한 개를 만들 수 있는 것이라고 말해 주었으며, 이 나라는 아직 골프장이 급한 것이 아니고 생활필수품인 비누, 치약, 식료품 등 일반 소비자의 제조 공장이 훨씬 더 시급하다고 설명해 주었다.

그 말을 듣고 'Uori Starovatyk' 시장도 갑자기 심각한 표정을 짓더니 나의 말이 맞다고 손을 잡더니 그런 소비재 회사를 소개해 달라는 것이다.

소련에서는 처음으로 개최되는 '전국 마샬 아트 챔피온십'이 Bolgagrad시(市)의 시립체육관에서 오후 5시에 있을 예정이라고 해서 가보니 공산당 시최고위원장인 'Youri Chekhov'와 'Uori Starovatyk' 시장이 함께 중앙 앞자리에 앉아 있었다. 그리고 Ilya Guliev와

Taranov도 오늘 도착하여 합류했다. Opening Ceremony로 Jhoon Rhee 의 소개와 함께 인사말이 있었는데 유창한 연설과 연설 내용인 'Joy of discipline(규범의 기쁨)' 에 시장과 당위원장이 무척 흡족하고 놀라워 하는 표정이었다.

2500여 명의 관중과 200여 명의 선수들이 운집 했는데 태권도 역사가 짧은 관계로 선수들의 기술은 한국이나 미국선수들만 못했지만 잘 짜여진 조직력과 절도 있는 모습들은 역시 미국의 자유분방한 학생들과는 많이 대조적이었다. 거기에다 대회위원장인 Ilya Guliev가 서방의 organization방법을 배워서 대회는 성공적으로 끝난 것 같다.

대회가 있기 전에 ballet단의 무용공연이 있었는데 어찌나 잘하던지 professional 무용단으로 생각했었는데 알고 보니 모두 Local 중·고등학생들이었다. 역시 소련은 ballet의 나라, 예술의 나라인 것을 새삼 실감했다.

대회가 끝난 다음 많은 사람들이 몰려와서 사인을 해달라고 대혼잡을 이루었다. 이 사람들은 줄서는데 훈련이 잘된 사람들이라서 1시간 20분 정도 싸인을 해주고 나니 팔이 뻑적지근했다.

첫인사를 할 때는 약간 거만한 인상을 풍겼던 Youri Chekhov 시(市) 공산당 의회 의장의 표정과 태도 역시 180도 달라졌다.

Ilya Guliev와 Taranov와 그리고 Mikahail Bondar도 이번에 이루어진 일들이 전혀 예상치 못할 정도로 대성공이었다고 했다. 모든 이루어진 일들이 하느님께서 마련해 주신 계획된 일임에 틀림이 없다며 감격해 했고, "하나님" 소리를 70년 동안 해 보지 못한 사람들 입에서 그런 소리가 터져 나오니 우습기도 했다.

분명히 이 나라가 급변하고 있음을 피부로 느낄 수 있으며 나는 이 '페레스트로이카'의 불길에 기름을 붓고 부채질을 하는 임무를 받고 이 나라에 왔다는 생각이 또 들었다.

여하튼 'Uori Starovatyk' 시장과 'Youri Chekhov' 당(黨) 최고위원의 배려로 영빈관(迎賓館)을 통째로 내어주고 모든 음식을 무료로 제공해 주며 이렇게 직접 참석할 줄은 전혀 예상치 못한 일이었다.

1990년 9월 2일

어제 지나쳤던 전쟁박물관을 자세히 관람할 것이란다. 통역인 Mikahail Bondar에게는 사례금조로 어제 부인 이름으로 100달러를 주었는데 Kikuchi씨도 50달러를 주며 사례를 했단다.

150달러면 Black Market 환율로 20대 1이기 때문에 3,000루불이 되고 이 사람의 월급으로 따지면 15개월 치에 해당된다. 그것이 고마워서인지 자기 집에서 점심을 대접하겠단다.

전쟁박물관에는 1942년 세계 제2차 대전 당시 처절했던 전쟁을 묘사한 30m 길이의 벽화가 Panoramic View로 그려져 있는데 200만 명이 죽거나 부상하여 Bolga 강이 피바다를 이루고 시체로 가득 찬 모습이 묘사되어 있다.

그리고 전쟁무기인 탱크, 대포, 기관총, 포탄 등과 전쟁 영웅들의 사진들이 전시되어 있다. 박물관의 안내원 여자는 나이가 45세 정도로 영국식 발음으로 영어를 꽤 잘하는 편이었다. 이 여자에게 공산주의와 민주주의를 비교하는 의견을 물어 보니 이 여자는 철두철미하게 공산주의에 빠져 있었다. 이 여자는 오늘 공산주의가 잘사는 나라가 되는 것을 보기 위해서는 70년 가지고는 모자란다는 것이다. 30년을 더 기다려 100년은 걸려야 한다는 것이다. 그 잘난 자존심 때문에 어거지를 부리는 것이리라. 이런 공산주의 상태로 30년을 더 기다려 100년을 채운다면 이 나라는 어떤 모양이 될까?

미국의 아담 스미스의 『국부론』은 40년 만에 미국을 충분히 잘 사는 부국으로 증명시켰는데, 공산주의 실습 70년이 아직도 부족하단 말이냐? 30년이 아니라 3년 만에 다 굶어 죽을 것이다.

나는 소련에 와서 만나는 사람마다 공산주의와 민주주의에 대해 기회가 있을 때마다 비교 토론을 끄집어내었다. 왜냐하면 이 사람들의 현재 의식을 살펴보기 위해서였다. 그 동안 수많은 이곳의 지성인들은 한결같이 공산주의는 대실패작이라는 것이다.

그런데 이 박물관의 안내원 여자는 참으로 별종중의 별종이었다. 이 여자야말로 공산주의와 함께 전쟁박물관의 '살아있는 진열품' 인 것 같았다.

박물관 관람이 끝난 후에 수고했다고 10달러를 팁으로 사례하니 두어 번 사양하다가 못이기는 척하고 받아 넣었다. 알고 보니 이 여자의 아버지가 소련정치국 고위급 간부라는 것이다. 어쩐지 영어를 참 잘 배웠다 싶었었다. 영어를 잘하는 사람들은 대개 KGB 출신이거나 군대의 정보장교, 아니면 외교관들이다.

Mikahail Bondar의 집은 이 전쟁박물관에서 불과 50m 거리에 있었는데 오늘 처음으로 이 박물관을 관람했다고 했다. 마치 서울의 종로통에 살면서 창경궁 구경을 못한 것과 같지 않은가.

Mikahail Bondar의 집에 가보니 음식을 잔뜩 차려놓고 처남 내외와 부인이 함께 기다리고 있었다. 부인이 어찌나 미인인지 깜짝 놀랐다. 속으로 '이 녀석이 제 마누라 자랑하려고 저희 집에 가자고 그렇게 졸랐구나' 하는 생각을 하며 빙그레 웃었다. 아들 둘에, 딸 하나를 두었는데 모스코바의 경찰국장인 '율란 무자갈리에브'의 집보다 조금 큰 것 같았다.

Mikahail Bondar의 집을 나와서 재래시장에 들렀는데 '고르바초프'가 집권한 이래 이 시장이 많이 활성화 되어 텃밭에서 자기들이 재배한 농산물 즉, 채소, 과일, 곡물, 꿀 등을 거리 좌판을 벌려놓고 파는데 40년 전에 수원의 영동시장 거리에서 콩나물이나 두부, 채소 등을 팔던 아낙네들과 너무 흡사했다. 약 60세 쯤 되어 보이는 한국 사람인 듯한 할머니가 채소와 김치를 좁은 비닐주머니에 넣어서 팔고 있었다.

'카레스키(조선사람)'냐고 물어보니 그렇다고 했다. 옛날에 자기 부모들이 한국을 떠났기 때문에 조선말을 못하지만 그런대로 끙끙대며 의사를 통할 수가 있었다. 할머니는 고향이 어디인지도 모른단다. 참으로 가슴 아프기 짝이 없었다. 그러면서도 같은 '카레스키(조선사람)'라고 1루불짜리 김치 한 봉지를 공짜로 주겠단다. 나는 3봉지를 달라고 하고 미화 5달러를 주었다. 암시세로 따지면 100루불인 것이다. 이 할머니는 너무나 감격하여 어쩔 줄을 몰라 했다. 자기 생전에 이런 일은 처음이란다.

전차를 타보려고 지하로 들어갔는데 열대여섯 살로 보이는 두 학생이 나를 알아보고 따라오면서 사인해 달란다. 잡지에서 사진을 보고 알아본 것이다. 미국이나 한국에서는 Jhoon Rhee를 몰라보는 사람이 별로 없지만 소련에서까지 사람들이 알아보니 참으로 매스컴의 위력을 실감하지 않을 수 없었다.

체육관에서는 6시에 태권도대회를 끝내고 내가 상(賞)을 수여하기로 되어 있어서 다시 종합체육관으로 돌아왔다. 'Uori Starovatyk' 시장이 부인과 함께 다시 참석했는데 나를 대하는 태도가 어제와는 또 다른 꽤나 존경하는 태도였다. 어제 있었던 초청연사로서의 연설과 관중들에게서 받은 호응과 끝난 뒤의 사인 공세를 자기 눈으로 직접 목격하고 느낀 반응이 나타난 것이다.

대회가 끝난 후 각 분야별로 참피온들에게 직접 상(賞)을 수여하고 나머지는 대회장인 Ilya Guliev가 수여를 하고 대회를 종결하고 돌아오는데 어제 사인을 못 받았던 학생들이 계속 따라오며 사인을 해달라고 졸라 또 한 시간 이상 지체되었다.

1990년 9월 3일

오전 10시 30분에 'Jhoon Rhee' 세미나가 'Born to be Happy' 라는 주제로 Bolgagrad시(市) 극장에서 계획되었다. 소련 연방의 각국 공화국에서 모인 사람들과 오늘 시장의 특별한 관람허가를 받은 시청직원들, 그리고 학생들까지 모두 800명 정도의 관중이 모였다. 'Uori Starovatyk' 시장도 꼭 참석하겠다고 약속했었는데 이집트에서 온 손님을 접견한 다음에 한 시간쯤 늦게 오겠다는 연락을 해왔다.

'Born to be Happy(행복하기 위해서 태어나다)' 라는 제목으로 세미나가 Ilya Guliev의 통역으로 시작되었는데 너무도 막힘이 없이 자신만만한 웅변으로 이끌어 나갔다. 내 동생(전구)는 형님의 세미나를 오늘 처음 듣는데 이렇게까지 관중을 사로잡을 줄은 전혀 몰랐단다. '등잔 밑이 어둡다' 더니 나야말로 형님의 진면목을 모르고 있었구나 싶었다고 말했다.

4시간 동안 계속된 연설과 나이가 60세이면서도 100번의 팔굽혀펴기를 1분 동안 하면서 지친 기색도 없이 계속하는 것을 보고 같이 갔던 Kikuchi 선생과 관중들은 모두 감탄을 금치 못했다. 젊은 청년보다도 넘치는 에너지는 나의 뚜렷한 목표의식과 집념, 정신력과 사명감이 아니면 이루어질 수 없는 것이다.

세미나가 끝난 다음에 지방 방송국 기자와 인터뷰가 있었다. 계속되는 사인 공세에 1시간 이상이 또 지체되었지만 그래도 사람들이 떠날 생각을 하지 않았다.

10명이나 되는 전국에서 모인 사범들이 다음 행선지인 Nalchick 시(市)와 카자흐스탄의 Djumble State 시(市)와 모스코바까지 함께 동행하며 다음 세미나에 또 참여하겠단다. 그 중에서는 우크라이나의 하리코프(Kharikov)에서 온 5명의 사범이 나의 오래된 60년 대 젊을 때 사진을 가지고 사인을 해달라고 하는 것이다. 나는 깜짝 놀라며 이 사진이 어디서 났느냐고 물었더니 11년 전인 1978년 자기의 사범이 준 것이라고 말하는 소리를 듣고 또 한 번 깜짝 놀랐다. 11년 전 누구에게 어디에서 배웠냐고 흥분하며 다시 물어보니 "지금 소련에는 Jhoon Rhee style로 배운 태권도 학생들이 지난 11년 동안 약 2,000여 명이나 된다"는 것이다. 나는 하도 기적 같고 꿈같은 이야기라서 그를 다그쳐 물어보았더니 다음과 같았다.

1966년에 도미니카 공화국의 수도인 산토 도밍고에 'Jhoon Rhee' 태권도 도장이 개설되어 'Jhoon Rhee' 의 제자인 Jose Reyes라는 사범이 운영하고 있었다. 그의 학생 중에 Louis Carvahal라는 Brown-belt(자띠2급) 학생이 있었는데 이웃나라인 쿠바에 입국하여 공산주의에 심취했던 것이다. 그리고 그 공산주의의 조국과 같은 소련으로 1976년에 유학을 하게 되었단다.

그가 첫 번째로 도착한 곳이 우크라이나에 있는 하리코프라는 도시이며, 이곳은 소련의 각종 무기 공장이 있는 국방산업 도시였다. 'Jhoon Rhee' 는 Louis에게 사상을 초월한 우상이었으며 정신적인 지주였던 것이다. Louis는 우크라이나의 Kharikov 대학에서 biology 공부를 하며 교내 체육관에서 태권도를 가르치며 공부를 한 것이다. 'Jhoon Rhee' 가 1956년 미국에서 그랬던 것처럼 말이다.

소련에 입국할 때 Louis는 'Jhoon Rhee' 의 사진과 'Jhoon Rhee' 가 쓴 5권의 태권도 교본을 가지고 온 것이다. 그리고 'Jhoon Rhee' 사진을 수천 장 복사해서 나누어 주고 또 사진을 확대 복사하여 체육관 벽에 걸어놓고 태권도를 가르쳤다고 한다. 그러면서 1981년경까지 5년 동안 300여 명의 제자들을 길러냈다는 것이다.

그러다가 후루시쵸프가 실각하고 브레즈네프가 집권하면서 체코를 침공하게 되었으며 이어 아프카니스탄까지 침공하면서 민심이 흉흉하고 반체제의 기운이 일어나는 가운데 무예(Martial Arts)의 인기가 높아지자 Martial Arts가 반체제의 중심이 되는 것을 두려워한 정부에서 Martial Arts를 불법으로 금지하였던 것이다. 이를 위반하고 Martial Arts를 하는 사람은 2년 동안 감옥에 가야한다는 소위 '형법조항 219-1' 이 생겨났다.

그래도 Martial Arts(그 당시 소련에는 오끼나와 가라데와 쑈토칸〈松道館〉 가라데가 대부분이었음)의 인기는 대단해서 많은 사람들이 지하에서 숨어서 가르치고 배웠던 것이다. 억압을 하면 반항하는 심리작용으로 더욱더 하고 싶어지는 것이 인간의 심리인 것이다. 그런 틈에서 'Jhoon Rhee' 태권도가 뿌리를 내리고 있었을 줄이야. Louis가 1976년부터 1981년까지 배출한 제자 300여 명이 지하에서 자기들끼리 배우며 가르치 제자들이 6년간을 합하면 2,000여 명이나 되고, 지난 13년 동안 꾸준히 배출되었다. 그리고 어느 날 갑자기 Louis가 행방불명이 되어 아무도 그의 행방을 모른다는 것이다.

그러다가 몇 년 후 1990년에 'Jhoon Rhee' 가 모스크바에 와서 체육부 차관인 '아나톨리 클레소브' 와 인터뷰를 하고 Martial Arts가 불법에서 합법으로 바뀐 것이 소련 TV와 신문에 연일 대서특필(大書特筆)되면서 다시 Martial Arts가 유명해 졌다는 것이다.

더구나 'Jhoon Rhee'는 Bruce Lee와 무하마드 알리의 스승이라고 알려지면서 더욱더 유명해졌으며, 미국 국회의원 제자들이 200여 명이나 되고 레이건 대통령과 부시 대통령의 체육교육 담당고문이라는 것이 더 큰 상승작용을 했다는 것이다.

나는 이 5명의 Kharikov의 사범들로부터 그 story를 전해 듣고는 너무 놀랐다. 감격스럽고 꿈만 같아서 한동안 어쩔 줄을 몰랐다. 하나님의 역사가 아니고서는 어찌 이럴 수가 있을까? 나는 성경 구절이 번뜩 떠올랐다.

'예수님께서 오시기 전에 먼저 요한을 보내셨던 것' 처럼 'Jhoon Rhee'가 소련에 오기 훨씬 전인 12년 전에 Louis를 먼저 보내어 길을 닦아 놓게 하고 본인도 모르는 'Jhoon Rhee' 태권도장을 이 동토(凍土)의 땅에까지 열게 하였으니 오늘날 Jhoon Rhee가 일하기가 그렇게 쉽게 되었음을 이제야 알았던 것이다. 이 어찌 하나님의 역사가 아니겠는가!!

지난 70년 간 계속된 공산주의 정치로 인해 너무나도 암담하고 처절했던 시간들에 고르바초프의 개혁 · 개방 정책으로 서방세계의 자유의 바람이 거세게 불게 되었고, 이즈음 나의 세미나가 휘발유를 뿜어댄 것이 아닐까 싶다.

"한 사람의 지도자가 세상을 망하게 할 수도, 행복하게 할 수도 있는 것이다. 막스 · 레닌이 70년 세월 동안 세상을 암흑으로 만들었으나 이제는 고르바초프가 필경 세상을 밝게 만들 수 있는 기초를 닦았다"고 연설을 마쳤을 때 우뢰와 같은 박수가 쏟아졌다.

1990년 9월 4일

    오늘은 Bolgagrad시(市) 비즈니스 Men들과의 만남이 시장의 주선으로 시청 의회 회의실에서 있었다. 공산주의 국가에서는 모든 것이 국가 소유였으나 고르바초프가 개혁·개방 정책을 선언하고 나서 국가가 주관하던 비지니스를 맡아서 하던 사람들 또는 능력 있는 개인이 외국기업과의 합작투자를 유치하는 역할을 담당하게 되었다. 그리고 유치가 성사되면 그 공로를 인정하여 그 비즈니스를 소유할 수 있는 우선권을 준다는 것이다. 이것이 점진적으로 국가소유를 개인소유로 변화하려는 과정에서 주어지는 인센티브 제도이며 바로 자본주의 자유경제의 기초가 되는 것이다.

그래서 50여 명의 국가 또는 시(市) 소유의 사업체 책임자들이 모여들었다. 화학공장, 비료공장, 인쇄소, 제재소, 벽돌공장, 빵 공장, 쿠키공장, 금속공장의 책임자들과 호텔의 매니저 등이 모였다.

세미나를 이미 한 번씩은 다 들은 사람들이기 때문에 서방사업에 대한 질문을 듣고 답변하는 식의 좌담회를 가졌다. 첫 번째 사람이 질문하기를 막스·레닌주의의 공산주의와 민주주의 즉, 자본주의와의 가장 큰 차이점을 간단하게 설명해 달라는 것이었다.

나는 말했다. "지금 밖에 나가면 여러분이 보시다시피 빵 배급을 타려고, 소시지 한 개를 사려고, 담배 한 갑을 구하고자 수도 없이 많은 사람들이 장사진을 치고 있습니다. 그러나 자본주의 사회에서는 많은 빵 장사, 소시지 장사, 그리고 담배 장사들이 손님 앞에서 하나라도 더 팔려고 가격 경쟁과 서비스 경쟁을 하면서 줄을 서서 기다리고 있습니다. 이것이 바로 공산주의와 자본주의의 차이입니다"라며 열변을 토하자 사람들이 열렬히 박수를 보냈다.

나의 말에 동생도 깜짝 놀랐다. 그 어느 누구가 공산주의와 자본주의의 차이점을 이 사람들에게 이렇게도 간단명료하게 설명할 수 있을까? 이 사람들에게 이 말 외에 어떻게 더 쉽게 설명할 수 있을까하고 생각하니 나의 말은 하나님께서 시킨 답변이라는 생각이 들었다고 한다.

사실 수도 없이 외쳐대었던 페레스트로이카(개혁)와 그래스노스트(개방)를 들어왔지만 정확히 그 뜻을 아는 사람이 몇이나 될까. 서방국가들과 전혀 연결이 없던 사람들이 부시대통령의 고문과 미국 사업가들이 왔다니까 끈이라도 어떻게 한 번 잡아볼까 하여 호기심에 참석했던 것이다.

나의 연설은 계속 되었다. "소련이 70년의 막스·레닌주의를 청산하고 자본주의로 탈바꿈 할 수밖에 없는 이유는 이렇습니다. 지금까지 소련의 생산은 모두 국유 내지는 공유만 있었지 개인소유가 없었습니다. 그렇기 때문에 국민들의 주인의식이 없어지고, 창조력이 없어지고, 경쟁의식이 없어진 것입니다. 그래서 게으름을 피우고 적당히 시간이나 때우려는 노동습성 때문에 생산성이 떨어지고 산업의 전반적인 경쟁력이 저하되는 현상을 가져온 것입니다. 그 결과 세계에서 제일 넓은 땅과 엄청난 양의 지하자원, 또 우수한 두뇌를 가지고 있으면서도 빵 배급을 위해 몇 시간동안 줄을 서야 했던 것입니다. 그러나 다행히도 고르바초프의 개혁·개방 정책으로 소련은 자본주의로의 기초를 다질 것이지만 시간은 좀 걸리리라고 생각됩니다. 왜냐하면 여러분 한사람 한사람이 자본주의를 배우고 익숙해질 때까지 시간이 필요하기 때문입니다. 그 시간을 단축하기 위해서 사업가 여러분들이 서방과의 교역을 빨리 그리고 많이 이루어야 할 것이며, 연방정부와 지방정부가 강력한 법적, 제도적인 뒷받침을 해 주어야 할 것입니다"라고 말을 했을 때 우뢰와 같은 기립박수가 터져 나왔다.

자기소개를 하며 명함교환을 했는데 명함을 가진 사람이 대여섯 명

밖에 없어서 이름과 주소, 전화번호 등을 러시아 말로 종이에 적은 것을 건네받았다. 하지만 그들의 이름이 너무 어려워 도대체 알 수가 없었다. 때문에 통역에게 부탁하여 이름들을 영어식 이름으로 바꾸어 수첩에 적어 넣었다. 그럴 수밖에 없는 것이 오늘 행사는 계획에 없는 것을 시장의 아이디어로 즉흥적으로 이루어 진 것이기 때문이다. 명함을 주문하면 3~4개월을 기다려야 한다니 참으로 어처구니가 없는 일이었다.

25년 전인 1960년대 우리나라 대한민국의 연간 총 수출액이 불과 2~3,000만 달러 시절에 우리들은 미국이나 일본 바이어를 잡느라고 혈안이 되어 그 얼마나 애절하고 간절하게 몸부림을 쳤던가!! 그래도 우리는 소공동과 명동 거리에서 명함만은 뻑쩍지근하게 만들어서 삐라 돌리듯 돌렸었다. 지금 소련은 바로 우리 대한민국의 1960년대 그 시절을 시작하려 하고 있으나 모든 여건들이 도무지 박자가 맞지 않는 것이다.

비즈니스 회합이 끝난 다음 Uori Starovatyk 시장이 차나 한 잔 하자며 시청 응접실로 안내했다. 그 동안 나의 세미나와 비즈니스 회합을 참관한 후 나를 대하는 태도가 더욱더 달라졌다. 응접실 벽에는 아직도 레닌의 초상화와 흉상을 모셔놓고 있었다. 개인적으로는 이 레닌 때문에 이렇게 나라꼴이 되었다고 불평을 하면서도 아직은 연방정부에서 아무런 조치가 없기 때문에 차마 이 초상화와 흉상을 떼어내지 못하는 딜레마에 빠져 있는 듯 했다. 우리 일행의 눈길이 계속 레닌의 초상화를 바라보고 있는 것을 보고 Uori Starovatyk 시장이 좀 멋쩍어

하는 눈치였다.

지난 3월에 소련연방 인민대표회의에서는 농민들이 농지를 가질 수 있도록 했으며 자식에게도 상속을 허용하는 사유재산법을 만들었다. 그리고 노동자들이 개인공장을 가질 수 있도록 허용하고 고용인을 고용할 수 있는 법을 만들었다. 참으로 파격적인 법 개정인 것이다. 그래서 고르바초프는 국민적인 인기를 얻고 있으며 그러면서도 "개혁은 추진하지만 사회주의는 포기하지 않는다. 그리고 각 공화국의 연방탈퇴 독립은 있을 수 없다"고 말하고 있다. 하지만 각 공화국들의 중앙정부로부터의 독립욕구는 이미 문턱에까지 밀려오는 거대한 물결이 되어 도저히 막기가 어려울 것 같다.

특히 '옐친' 대통령의 연방으로부터의 독립의욕은 대단해서 고르바초프가 골치를 썩고 있다는 것이다.

나를 만나기 위해서 15시간이나 Samara라는 시(市)에서 버스를 타고 왔다며 내 손을 꼭 쥐고는 놓을 줄을 모른다. 그 곳에서 인쇄업에 종사하는 사람이란다. 미국이나 한국 또는 일본에서 중고기계라도 사왔으면 좋겠다고 말하면서 소개해 달란다. 명함을 주면서 신신당부(申申當付)를 하는 것이었다.

시장실을 나와서 필름을 사기 위해서 외국인 상점(Dollar Shop)에 들렀다. Dollar Shop이란 미국 달러(Dollar)나 일본 엔(Yen)과 또는 독일의 마르크(Mark)만을 받고 물건을 파는 곳인데 담배, 양주, Film 등을 수입해서 파는 곳이다. 암시장에서 유통하는 달러 또는 외화를 수집하기 위한 국가 또는 시(市)에서 운영하는 조그만 가게인 것이다. 들어가서 담배 몇 보루와 필름을 사서 자동차 운전기사와 수행원들에게 선물로 주었더니 그렇게 기뻐할 수가 없었다. 그 옛날 60년대에 양담배가 귀하고 암달러 시장과 양키시장이 번성하던 시절, 우리도 그런 시절이 있었다.

1990년 9월 5일

오늘은 시장의 주선으로 Bolgagrad시(市) 경찰국의 간부 200명을 모아놓고 강연을 했다. 오늘의 통역은 Ilya Guliev가 맡았다. 내용은 역시 'Born to be Happy' 였으며 경찰간부인 점을 생각해서 '민중을 위한 지팡이' 라는 주제를 곁들여 미국경찰의 예를 들면서 경찰은 결코 민중 위에 군림(君臨)해서는 안 된다는 점을 강조하면서 강연을 이끌어 나갔다.

통역이자 소련 Martial Art(무술) 협회 회장인 Ilya Guliev에 대하여 좀더 자세히 이야기 해보려고 한다.

Ilya Guliey의 아버지가 UN 참사관으로 있었던 1960년대 초에 후루시초프 수상의 UN 연설에서 미국의 U2기 사건을 공박하기 위해 구두를 벗어서 테이블을 때리며 연설하던 그 유명한 광경이 벌어졌다고 한다. Ilya Guliev는 그 옛날을 회상하면서 자기는 그 때 미국에서 중학교를 다니고 있었다고 한다. 그 뒤 Ilya Guliev는 아버지의 뒤를 이어 외교관이 되어 10년 동안 외교관 생활을 하다가, 학교 다닐 때 배웠던 쇼트칸(송도관松道館) 가라데에 심취하게 되어 외교관을 그만두고 사범이 되었고 소련무술협회 회장까지 되었다는 것이다.

그는 워낙 활동적이며 특히 영어를 구사하는데 있어 조금도 어려움이 없었던 점이 그의 큰 장점이 되었다는 것이다. 오늘 Mikhail Bondar의 말이 걸작이다. 자기 생전에 4시간 동안이나 쉬지 않고 원고도 없이 연설한 사람을 본 것은 쿠바의 '카스트로'와 한국사람인 'Jhoon Rhee' 단 두 사람뿐이라는 것이다.

경찰간부들 연설이 끝난 다음 Youri Chekhov 시(市) 당위원장의 저녁초대가 있었다. 처음에는 꽤나 거만하고 관료적이었던 Youri Chekhov 당위원장의 태도가 그렇게 부드럽고 공손할 수가 없었다. 그리고 내일(9월 6일) 오전 Bolgagrad시(市) 의회 정기회의가 있는데 초청연사로서 강연을 부탁한다는 것이다. 나는 쾌히 승낙을 했고 내일 오후에는 Nalchik 시(市)로 떠나야 하기 때문에 꽤나 바쁠 것 같다.

1990년 9월 6일 오전 10시

Youri Chekhov 시의회 의장이며 당위원장의 초청으로 Bolgagrad시(市) 의회에 guest 초청연사로 초대되었다. Bolgagrad시(市)는 러시아 남쪽 Bolga 강변을 따라 형성된 80Km나 되는 길쭉한 도시이며 인구는 100만 명이다. 200여 개의 동단위별로 선출된 시의원 200여 명 중에서 16명이 경선을 하여 사상 처음으로 민주적 투표를 거쳐 시의회 의장을 선출했다고 한다. 이들은 한 달에 한 번씩 회의를 하는데 요사이에는 정국이 어수선하여 비상대책위원회로써 특별의회를 소집한 것이다.

그런데도 불구하고 나를 초대한 것은 200여 명의 시의원들에게도 나의 세미나 내용이 필요하다고 생각되었으며 서방(西方)을 배우게 하려는 생각인 것 같다.

역시 'Born to be Happy'를 위주로 하면서 "나의 아버지도 한국의 수원(水原)이라는 시(市)에서 1960년에 시의회 의장을 지내셨다"고 자랑하면서 "나의 아버지를 대신해서 30년 후에 여러분을 뵙게 되었습니다. 그 때에는 한국이 철저한 반공국가로서 북한의 김일성과 대치하고 있었기 때문에 소련의 스탈린을 적(敵)으로 생각하였지만 지금 와서 여러분을 뵈니 괜한 걱정을 했다는 생각이 듭니다. 그렇게 생각한 것을 참으로 죄송스럽게 생각합니다"라고 말하니 우뢰와 같은 박수가 더해졌다.

연설이 끝난 다음 나를 Bolgagrad시(市)의 명예 교육체육 담당 고문으로 추대하는 수여식을 가졌다. 참으로 놀랄만한 일이 아닐 수 없다. 운도 떼지 않고 있다가 오늘 갑자기 만들어낸 깜짝 이벤트인 것이다. 날마다 일어나는 일들이 기적 같은 일들이었다. 이 어찌 하나님의 축복이 아닐까…. 평생 미국을 위해 헌신한 대가를 미국이 아닌 소련에서 받게 될 줄이야…. 아이러니가 아닐 수 없다!

모든 식이 끝나자 방송국과 신문기자들이 인터뷰를 하기 위해 기다리고 있었다. 제일 먼저 받은 질문이 "어떻게 비즈니스도 성공을 하고, 철학적이나 학문적으로도 성공을 하고, 태권도에도 성공을 하여 세 가지를 한꺼번에 이룩할 수 있느냐"는 것이었다.

나는 즉석에서 'Knowledge in the mind(머리에는 지식을 가지고),
Honesty in the heart(가슴에는 정직함을 가지고), Strength in the Body(육
체에는 정열을 가지고)'를 신조로 임했기 때문에 세 가지 모두 성공을
했다고 대답했다. 비즈니스는 항상 정직하게, 항상 건강을 유지하며,
머리에는 항상 지식을 가지고 임해야 한다는 것이다. 기자들은 모두
놀랍다는 표정이 역력했다. 이 기자회견은 오늘 저녁 8시에 방영이 된
다고 했다. 나는 1962~1964, 3년 간 미국인을 위하여 성경을 가르치고
40년을 여러 도장에서 매월 심사 때마다 강연을 하였으니 영어강연이
긴 세월 훈련이 되어 즉석강연을 몇 시간 할 수 있는 준비가 되었음을
다시 한 번 하나님께 감사한다.

1990년 9월 6일

오늘 오후에는 러시아의 수많은 공화국 중의 하나인 카바르디니안
발카리안(Kabardinian Balkarian) 공화국의 수도인 날칙(Nalchick)이라는
두 시를 가게 되어 있다. 이곳에서는 9월 8일에 세미나가 있을 예정이
다.

러시아라는 나라는 총면적이 1,690만㎢ (한반도의 77배)이며 인구는
약 1억 6,000만 명이며 16개 자치공화국(Autonomous Soviet Socialist
Republics)들과 5개의 자치구(Autonomous Regions)와 10개의 국가 행정
구(National Districts)로 이루어져 있는데 이 '카바르디니안 발카리안' 공
화국은 16개 공화국 중 하나이다.

이 도시는 흑해(Black Sea)와 카스피해(Caspian Sea) 사이에 Georgia 공화국과의 국경근방에 위치한 도시로써 Caucasia 산맥 북쪽과 접경되어 있으며 인구 22만 명의 작은 도시이다. 바로 옆의 체첸 공화국과 경계를 이루고 있는 이 도시로 가기 위해 2시 비행기를 타기로 되어있어 Bolgagrad 비행장으로 나갔다.

'Uori Starovatyk' 시장의 특명으로 Airo Float 30인승 제트엔진 비행기를 전세내어 우리 일행끼리만 가도록 주선해 주었다. Viacheslav Shoustov 부시장이 직접 비행장에 나와서 공항사무실에서 즉석으로 주선한 것이다. 공산국가가 아니면 이런 일이 있을 수 있을까 싶다. 참으로 기적 같은 일들이 연속으로 일어나고 있는 것이다.

날칙(Nalchick)시(市)에 도착하여 비행장의 규모를 보니 우리나라의 부산비행장은 엄청나게 크다는 생각이 들었다. 참으로 초라하기 짝이 없는 비행장에는 군(軍) 헬리콥터 2대와 조그만 경비행기 2대가 있을 뿐이었다.

열 사람의 환영객 중 두 사람의 여자가 꽃다발을 갖고 영접을 하는데 무술협회 회장과 사범들인 모양이다. Mr. Ruslan Gyatov는 이곳 공화국의 국회의원이며 태권도와 무술 협회장을 겸하고 있는 이 공화국에서는 실력자인 사람이란다.

두 여자 중에서 한 여자인 Asya라는 여자는 신문사의 에디터로서 언어학을 전공하여 영어를 떠듬떠듬 그런대로 답답증을 면할 정도이며 한 여자는 Ema라고 하며 몽고족 후손인 듯 우리 얼굴과 비슷한 데가 많았다.

우선 날칙(Nalchick) 호텔에 체크인을 하였는데 스위트룸으로 거실, 현관, 목욕탕이 따로 있으며 피아노까지 비치되어 있으니 소련이 예술적인 민족이라는 것을 말해주는 것 같다. 들어오자마자 무술협회 회원들이 음료수와 과일을 냉장고에 채워 넣느라고 여념이 없다.

여장을 푼 뒤에도 아직 해가 남아있어 전망이 제일 좋은 높은 산으로 드라이브를 다녀왔다. 그리고 아주 분위기가 있는 식당으로 가서 Gyatov 의원이 host가 되어 축배를 하자 이곳의 전통음식이 나왔다. 이곳은 주로 양고기를 많이 먹으며 이곳에서 생산되는 Aregano라는 야생 허브와 곁들여 먹는데 한국의 산초냄새와 비슷하다. 이층에서 식사를 한 후에 아래층 홀로 안내되었는데 이 도시의 top class 민속무용단과 합창단이 이곳의 전통의상을 입고 옆구리에 번쩍번쩍 빛나는 칼을 차고, 남자는 투구를 쓰고 여자는 아랍의 전통의상 비슷한 가운을 입고 노래와 춤을 추었다. 이 공화국은 Georgia를 사이에 두고 중동의 이란과 터키와의 국경에서 불과 100km 거리 밖에 되지 않아서 이슬람교의 영향을 받는 나라이다.

그래서 페루시아풍의 의상으로 춤을 추고 노래를 하니 마치 페르시아 왕이 된 기분이었다. 안타까운 것은 드라이브를 하다가 식당으로 바로 왔기 때문에 카메라를 가지고 오지 않은 것이다.

Kabardinian Balkarian Autonomous Soviet Socialist Republic 이라는 긴 이름의 이 작은 공화국은 1936년에 러시아에 편입되었으며 면적은 1만 2,500㎢로써 한반도의 약 1/17에 해당되며 우리나라 경기도와 같은 크기이다. 인구는 73만 명이며 그 중에 22만 명이 이 날칙(Nalchick)

시(市)에 살고 있다.

고려인들은 날칙(Nalchick)시(市)에 약 2,000명 정도가 살고 있으며 전
(全) 공화국 전체에는 1만 4,000명 정도가 살고 있다니 조그만 공화국
치고는 꽤 많은 고려인이 살고 있는 셈이다.

이 공화국 사람들은 요사이 연방회의에서 논의되고 있는 독립가능
성에 잔뜩 기대가 부풀어 있단다. 이 공화국은 Kabardinan 언어를 쓰
는 Kabardin 민족과 Balkarian 말을 쓰는 Balkarian 민족의 두 민족이
러시아 말과 함께 3개 언어를 사용하면서 공존하고 있다. 이 두 민족
은 오랜 역사 동안 단 한 번도 전쟁을 하지 않고 결혼도 자유롭게 하
면서 형제처럼 의좋게 살고 있는 것이 특징이다.

이 공화국은 체첸 공화국과 인접해 있는 조그만 공화국으로서 항상
독립에 대한 열망이 대단한 공화국이다. 이들은 아랍 계통 민족과 흡
사하게 생겼으며 비교적 미남·미녀들이 많은 것 같다. 칭기즈칸이 이
곳까지 점령한 이래 몽고족들이 정착해 살면서 퍼트린 자손들 때문인
지 우리 얼굴과 비슷한 얼굴들이 많이 눈에 띄었다.

여하튼 이 두 민족들도 오랜 역사동안 숫한 전쟁에서 주변국가들 특
히 페르시아, 터키, 로마, 몽고족들로부터 줄기차게 침략을 받아가며
살아왔던 약소민족이니 저희들끼리 싸울 기력이나 있었을까?

우리 한국만이 5,000년 역사 동안 줄기차게 주변국의 침략을 받아왔
다고 분하고 억울하게 생각했었는데, 이제 세계 방방곡곡을 여행하며
인류 역사 이래 동·서양을 막론하고 전쟁과 침략을 받아가며 살아왔
던 약소민족들이 많은 것을 알게 되었다. 이제 우리가 현재 살고 있는

21세기에는 그런 침략을 하는 시대는 지나갔다는 생각이 들지만, 한치 앞을 못 보는 것이 인간의 능력인데 그 누가 알겠는가?

1990년 9월 7일

오늘은 Kabardinian Balkarian 공화국에 속해 있는 Caucasia 산맥에서 제일 높다는 Elbrus 산꼭대기에 가기로 되어 있다. 이곳 날칙(Nalchick)시(市)에서 150Km 떨어져 있는 이 산은 일 년 내내 만년설(萬年雪)로 덮여 있으며 해발 5,642m로 유럽에서는 제일 높은 산으로 백두산의 2,750m 보다 두 배 이상 더 높은 산이다.

아침에 약 30분간 이곳 박물관을 관람한 후에 그대로 Elbrus 산으로 향했다. 이 나라의 산은 우리나라 산들과 비교하면 비슷한 점이 많은 것 같으나 우리나라의 산들은 아기자기 하고 수려하며 아름다운 정감을 느낄 수 있는데 비해 이 나라의 산들은 대륙의 산답게 참으로 웅장함을 느낄 수 있다. 나무가 많이 없는 것이 특징이랄까?

1시간 반 쯤 올라가니 타이르니아우스(Tymyaus)라는 조그만 마을을 지나가는데 이곳이 소련연방 전체의 60% 이상의 텅스텐을 공급하는 광산이 있다는 것이다.

Asya의 설명에 의하면 이곳에서 생산되는 텅스텐을 수출해서 먹고 산다고 한다. 그러나 이 공화국이 모든 수입을 챙기지 못하고 연방에 내야 하는 부분이 많아서 불만이 많단다. 텅스텐 수출 시 이 모두를 자체 수입으로 인정한다면 스위스 정도의 GNP를 유지하며 살 수 있다며 이곳 사람들은 소련연방이 빨리 해체되고 각 공화국이 독립을 해야 한다고 간절히 바라고 있었다.

이 정도로 소련 내 각 연방 국가들은 물론 러시아 내의 작은 공화국들까지도 독립되는 것을 학수고대(鶴首苦待)하고 있는 것이다.

조금 더 올라가니 작은 관목들이 우거져 있으며 주황색의 작은 열매들이 다닥다닥 붙어 있는데 다른 곳에서는 못 보던 식물이다. Asya에게 물으니 Seabuckthorn(갈매나무과)이라는 나무인데(이 Seabuckthorn와 비슷한 것이 한국에도 분포되어 있음) 이 Town에서 1㎞만 내려가도 없으며 1㎞만 올라가도 이 나무가 자생하지 않는 이 동네에만 있는 식물이란다.

Seabuckthorn 열매는 심장병이나 고혈압에 특효란다. 운전사에게 정차를 시킨 다음 가지 하나를 꺾어서 열매 맛을 보니 시금털털하며 독특한 맛이 났다. 바로 이곳이 세계에서 가장 장수(長壽)하는 지방으로 그 유명한 Caucasia 지방인 것이다. 평균수명이 90살로 100살 이상 사는 사람들이 수두룩한 곳이 바로 이 지방이다. 일본의 어느 학자는 어째서 이 지방 사람들이 왜 오래 사는지를 연구하기 위해 이곳에 오랫동안 머물면서 연구를 하며 논문을 썼다고 한다.

나는 계속 Ruslan Gyatov 무술협회 회장(국회의원)과 청소년 문제와 공산주의의 맹점(盲點), 레닌의 실책, 스탈린의 잔인성, 브레즈네프의 소수민족 언어말살 정책 등을 비난하는 토론을 하느라고 열변을 토하는데 Asya가 그 짧은 영어실력을 갖고 진땀을 빼는 모습이 측은하기까지 했다. 제대로 통역을 하는 것인지 얼버무려 적당히 넘어가면서 고개만 끄덕이는 것인지 모르겠지만 어제보다 많이 익숙해진 것 같았다.

어느덧 자동차가 올라올 수 있는 곳까지 온 것 같다. 해발 3,000m 지점인 이곳에는 객실 60개 정도의 호텔이 하나있는데 난간의 나무 널빤지가 너덜너덜 거리고 호텔 로비 옆에 있는 화장실이 수세식이 아니다. 사람이 밟을 수만 있도록 약간 높게 해 놓고 그대로 쪼그리고 앉아서 용변을 보아야 하며 악취는 30년 전 한국 농촌의 화장실, 바로 그런 것이었다.

화장실 종이는 항상 자기가 준비해 갖고 다녀야 하며 그것이 없을 땐 큰 낭패를 보게 마련이다. 이것이 소위 관광호텔이란다. 지금 우리가 머물고 있는 '날칙 호텔'은 중앙에서 당위원장이나 외국손님이 방문할 경우에만 숙박할 수 있는 최고급 호텔인 것이다.

케이블카를 세 번이나 갈아타고 정상인 Elbrus 산꼭대기에 올라갔다. 과연 산소가 부족하여 호흡이 잦아지는 것을 느낄 수 있었다. 주위에는 온통 빙설(氷雪)로 덮여있고 조금씩 녹아내리는 얼음물이 모아져서 2,500m 지점에서는 급류로 변하여 폭포를 이루고 있었다. 그런 와중에도 중간중간 양지바른 곳에서는 눈이 먼저 녹아버려 파릇파릇한 풀밭을 이용하여 산양떼를 방목(放牧)하여 기르는 모습이 낭만적이다.

케이블카를 갈아 탈 때마다 느끼는 것은 자칫 잘못하면 구조물 아래 절벽으로 굴러 떨어질 수도 있는 아슬아슬하게 위험한 것들이 너무 많아서 미국이나 한국 같으면 이런 시설로는 절대로 손님을 받을 수가 없을 것이다. 그만큼 공산주의 국가인 이 나라는 인명을 가볍게 보는 생각들이 정부 관리들이나 일반시민들까지 퍼져 있는 것이다.

자동차를 타고 하산하면서 보니 해발 1,500m 지점쯤 사람들이 즐길 수 있을 만큼의 넓은 공간이 있는 공원에 나무의자와 나무테이블들이 설치되어 가족들이 편안이 쉴 수 있도록 꾸며져 있었다.

Gyatov 회장이 사람을 시켜 미리 준비를 하여 화덕에 숯불을 피워놓고 양고기를 굽고 있었다. 내가 술을 절대 안 먹는 것을 알고 탄산수 물병과 코카콜라는 어디서 구했는지 준비해 놓아 배가 고픈 김에 아주 맛있게 먹었다.

다시 자동차를 타고 날칙 호텔로 밤 10시가 되서야 돌아왔는데 날칙(Nalchick)시(市)에 산다는 고려인 고(高) 선생이라는 분이 두 청년과 함께 5시부터 긴 시간을 우리를 만나기 위해 기다리고 있었다. 이곳에서 태어난 교포 3세인데 할아버지가 1912년에 함경도에서 이곳으로 왔으며 아버지도 이곳에서 태어났다고 한다. 이 고(高) 선생은 고등학교 교장선생님이며 이 날칙(Nalchick)시(市)에는 한인들이 2,000명쯤 살고 있고 자기가 한인회의 회장노릇을 하다시피 한단다.

신문에서 내가 온다는 소식을 읽고, 또 인터뷰 기사에 "고국을 떠나 미국에서 30년 이상이 되었으나 한 시각도 조국을 잊어 본 적이 없다"는 내용을 읽고 그 동안 고국을 잊어버리고 말도 못하는 자신을 생각해 보니 너무나 부끄럽고 슬픈 생각에 잠기게 되었다고 했다. 그러면서 'Jhoon Rhee' 선생이 자신의 잠자던 조국에 대한 생각을 깨워주었다며 꼭 만나고 싶어 왔다고 했다.

이제 53세가 된 고(高) 선생은 부인과 아들 하나, 딸 하나를 두었으며, 내일 자기 집에서 점심을 대접하고 싶으니 꼭 와 달라고 신신당부(申申當付)를 하는 것이었다.

우리는 쾌히 승낙을 하고 호텔로 들어가 잠자리에 들었는데 3명이나 되는 경호원이 호텔 문 밖에서 밤새도록 지키고 있었다. Gyatov 회장의 배려가 너무 고마웠다.

1990년 9월 8일

아침 10시 Kabardinian Balkarian 자치공화국 정부의 국무총리를 방문했다. 국무총리의 인사가 끝나고 나의 인사말이 있은 다음에 곧바로 비지니스 회합에 40여 명의 비지니스 맨들이 참석하여 Bolgagrad시(市)에서와 비슷한 질의응답이 있었다.

러시아에는 16개의 자치공화국들이 있는데 모두들 자기 공화국의 국무총리가 다 따로 있는 지방자치제도가 조직적으로 잘 정비되어 있어 일사분란하게 하부조직까지 관리를 하고 있다. 그런데 고르바초프의 개혁·개방 정책으로 그 수많은 공화국들이 모두 독립의 꿍꿍이 속을 가지고 있는데 비해 연방에서는 개혁은 하되 연방해체는 있을 수 없다는 이율배반(二律背反)적인 이론을 가지고 있었다. 때문에 지금 몇 달째 연방은 연방대로 날마다 회의를 열고 갑론을박(甲論乙駁) 하고 있으며, 공화국들은 공화국대로 지방의회에서 비상대책위원회라는 명목으로 회의가 끊이질 않는다. 그러나 무엇 하나 결정되는 일은 없다고 한다. 하지만 도도하게 밀려오는 민주화와 자유화의 물결과 개혁·개방정책의 물결에 연방의 결속이 계속될 것인지는 의문이다.

국무총리 방문을 마치고 우리 일행은 고(高) 선생 댁을 방문했다. 있는 정성을 다해서 음식을 차렸는데 쌀밥을 짓고 김치도 담그고 찌개도 있었다. 집 떠난 지 10일 밖에 안되었는데 한국음식이 그립던 차에 참으로 맛있게 먹었다. 2~3 세대를 살아오면서 고국의 말은 잊어 버렸어도 고국의 입맛은 잊지 못하는 까레이스키(고려인)들…. 2년 전에 88올림픽 중계를 통하여 조국의 발전된 모습을 보고 그 후에도 계속되는 조국의 소식을 들었단다. 삼성, LG, 현대. 등 조국의 기업들이 소련에 진출했다는 얘기를 듣고 잊어버렸던 향수(鄕愁)에 불을 당겨 설레던 차에 미국에서 크게 성공한 미국의 까레이스키인 'Jhoon Rhee' 일행이 온다는 소식을 신문에서 보고 뿌듯해 했단다. 이렇게 '까레이스키'임을 자랑스럽기는 이번이 처음이라는 것이다.

점심이 끝난 후인 오후 2시에 국립회관에서 있는 세미나를 주제하기 위해 고(高) 선생의 집을 나섰다. 1,500명의 관중 가운데는 아침에 만났던 국무총리도 참석하였고 고려인들 100여 명도 참석하였으며, 조선구락부 회장과 한국 어린이들이 꽃다발까지 증정했다.

세미나 주제는 역시 'Born to be Happy' 였다. 모슬램 교인들이 많은 이곳의 관중들답게 역시 종교적인 질문이 많았다. 그래도 그 많은 질문들에 명쾌하게 대답하고 일리야의 통역은 참으로 불가사의(不可思議)한 것이라고 생각되었다. 마치 신(神) 들린 사람들 같은 느낌이 든다.

오늘 저녁에는 카자흐스탄 공화국의 Djamboul State의 Governer인 Yerkiboulan Mouzegalyev의 초청을 받아 Djamboul 행 7시 비행기를 타기 위해 날칙(Nalchick)시(市)의 Minbody 비행장으로 갔다. 그곳은 비행장까지도 3시간이나 운전을 해야 하는 먼 거리였다.

Minbody 비행장에서 5시간을 비행해야 되는 미국의 동부와 서부의 거리이며 시간차이가 3시간이나 차이가 나는 거리인지라 도합 11시간을 손해 보는 셈이다. 거리가 너무 멀어서 중간에 'Ilya' 회장과 똑같은 이름의 'Ilya' 라는 도시의 비행장에 기착하여 급유를 받고 다시 비행을 했다.

1990년 9월 9일

밤새도록 비행을 하며 Djamboul에서 3시간이나 떨어져있는 Chimkin 비행장에 아침 8시에 도착했다. 모스크바의 경찰 국장인 Yealan Muzagalyev의 친형이며 Djamboul State의 Governer(도지사)인 Yerkibulan Muzagaliyev가 부인과 함께 비행장에 마중을 나왔다.

우리 일행이 비행기에서 내리는 모습을 Muzagaliyev 도지사가 최신형 소니캠코드를 가지고 직접 비디오를 찍으며 우리를 맞이하는 모습이 공산국가의 도지사답지 않게 진취적이고 민주적이며 저돌적인 성격인 것 같았다. Dryland인 사막과 초원지대(steppe) 길을 동서남북 끝이 보이지 않는 나무도 없이 풀만 우거져있는 평원 길을 차가 지날 때면 흙먼지가 구름같이 일어났다. 그런 비포장도로를 털털거리며 3시간을 달렸다. 거리로 따지면 불과 100여㎞밖에 되지 않지만 비포장도로를 털털거리며 가려니 3시간이나 걸리는 것이다.

1960년대 우리나라에서도 수원에서 아산 큰 집에 가려면 버스를 타고 4시간씩 걸렸었다. 중간에 느티나무 숲을 조성하여 휴게소를 만들어 놓고 간단한 음료수와 식사를 할 수 있는 주막집 비슷한 곳이 있었다. 그 곳에서 간단히 아침식사를 하고 커피 한 잔을 마시고 다시 끝도 없는 초원을 흙먼지를 일으키며 달렸다.

호텔에 도착하니 교민회장이라는 박회장과 고여사라는 부인, 최공선 씨라는 교포사회의 유지라는 분과 화학공장의 총 책임자라는 조선생이 기다리고 있었다. 카자흐스탄 공화국의 크기는 소련연방에서 러시아 다음으로 크다고 한다. 프랑스의 3배나 되는 면적에 인도보다도 넓고 한반도의 12배 이상이나 되는 큰 나라이면서 인구가 고작 2,500만밖에 되지 않고 석유매장량이 많은 나라이다. 그리고 이 Djamboul State는 5개주 중에서 제일 큰 주이며 1만 5,000명의 까레이스키(고려인)들이 살고 있으며 전체 카자흐스탄 공화국에는 10만 명의 고려인들이 살고 있단다. 그리고 소련연방 전체에는 50만 명 정도의 고려인들이 살고 있다고 한다.

이들은 모두 잔인한 스탈린의 '소수민족 분산 이주정책'의 희생자들로 일본 식민지 시절 고국을 떠나 연해주 지역에서 살던 한국인들을 붙잡아서 밤중에 화물칸에 짐승처럼 때려 싣고 영문도 모른 채 이곳 카자흐스탄과 우즈벡스탄 지역에 내팽개쳐졌다. 그 가운데 무수한 사람들이 굶어죽고 얼어 죽는 고난 속에서 살아남은 사람들이다. 참으로 잔인무도한 공산주의 스탈린이 아닐 수 없으며 이제 그 죄 값을 받는 날이 다가오고 있는 것이다.

오늘 오후 4시에 Djamboul State 인민회관에서 세미나가 있을 예정인데 아직 4시간 반이나 남아서 어제 밤새도록 비행하느라 잠을 못 잔 탓에 눈이라도 부쳐 보려고 침대에 누었으나 도무지 잠이 오질 않는다. 시내 곳곳에 나의 사진과 포스터가 붙어 있었으며 신문에 대서특필(大書特筆) 기사가 난 것을 Ilya가 가져왔다. 오늘은 2,000여 명 정도의 관중들이 모였으며 150명의 고려인들이 세미나에 참여했다.

오늘도 역시 'Born to be Happy'를 주제로 하면서 스탈린의 소수민족 언어문화 말살 정책이었던 소수민족 분산이주 정책으로 희생된 결과에 따른 인과응보라는 내용으로 강연을 했다. 그리고 고르바초프는 미국의 루즈벨트 대통령과 비교되는 정치가라고 미국언론들이 논평을 한다는 말과 그는 세계 역사의 물줄기를 바꾸어 놓고 있는 역사적 인물이라고 논평했다. 그리고 질의응답 시간을 합쳐 장장 4시간 동안의 강연을 끝낸 후에 사인을 받으려는 관중으로 또 다시 1시간 30분을 할애했다.

고려인 한사람이 사인을 받으며 자기 이름이 '오가이'인데 '오가이'가 된 내력을 설명한다. 성은 오(吳)씨인데 카자흐스탄에 아버지와 함께 도착하자마자 자기 아버지는 굶주림과 추위에 돌아가시고 자기만 남았단다. 그 때 관리에게 나의 성이 '오'가라고 대답하자 그대로 '오가이'가 이름과 성이 되었다는 것이다. 그래서 Gay Oh로 지금까지 불려진다는 것이다. 이 어찌 눈물겨운 스토리가 아니겠는가?

1990년 9월 10일

아침 9시 30분에 Djamboul State 의회 의장인 Umirbek Baygeldiev(우미트벡 바이겔디에브)의 사무실에 방문을 했다. 이곳에도 역시 레닌의 사진과 고르바초프의 사진이 함께 걸려있었다.

우리의 눈길이 자꾸만 레닌의 사진에 가 있는 것을 보고 Umirbek 의장 역시 웃으면서 저 사진을 떼어낼 날도 얼마 남지 않았으니 이제 그만 바라보라고 농담을 하여 함께 주지사와 함께 껄껄 웃었다. 이 말이 무엇을 뜻하는가? 만약 3년 전에 이런 말을 했다가는 쥐도 새도 모르게 죽었을 것이다. 자유화와 민주화의 개혁·개방의 거센 파도가 문턱까지 왔다는 말이다.

곧바로 주청사 회의실에서 비지니스 회합을 하였는데 Constrution Corp, 가죽공장, 태권도장, 구두공장, 빵공장, 주물공장, 구리광산, 채석장, 인쇄소, 호텔, 양털 가공 공장, 기차 수리 공장 등의 책임자들 60여 명이 모였다.

도지사와 의회의장도 함께 참석한 이 자리에서 역시 Bolgagrad시(市) 비즈니스 회합과 같은 질문, 답변 형식으로 진행했다. 이번에는 특히 도지사에게 투자 안내서(Investment guide)와 투자 장려 안내서(business Inducement book)를 만들어서 의욕이 있는 비지니스 맨들에게 나누어 줄 것을 제안했다.

사실 의장과 도지사도 밀려오는 민주화 개방·개혁물결을 어떻게 대처해야 할지 도무지 알지 못하는 것이었다. 역시 정부가 주역이 되어 의회에서 법적(法的), 제도적(制度的) 뒷받침이 절대로 필요하다고 역설(力說)도 했다. 이번에 귀국하면 팩스기계 5대를 보내마고 약속했다. 그리고 그 팩스를 통하여 많은 정보를 보내겠다고 말했다.

팩스는 이곳에서 너무나도 경이적이고 인기가 있는 서방세계의 혁명적인 신상품이다. 불과 몇 분 만에 서방세계의 정보를 받을 수 있으니 말이다. 미국에도 팩스기계가 발명되어 사용한지가 불과 3~4년 밖에 되지 않았으니 말할 나위가 없지 않은가?

그리고 귀국하여 Governer를 미국으로 초청하겠다고 약속을 했더니 기립박수를 하며 좋아서 어쩔 줄을 모르는 것이 마치 어린아이 같이 기뻐했다.

비즈니스 회합이 끝난 다음 시장을 구경하기로 했다. 개혁·개방을 선포하면서 자기 집이나 텃밭에서 재배한 농산물을 가공하거나 해서 신선한 과일과 채소를 이 시장에 내다 파는 것이다. Bolgagrad 시에서와 마찬가지로 우리는 까레이스키(고려인) 아주머니가 파는 좌판에 가 보았다. 김치, 마늘쫑, 장아찌, 과실, 꿀 등을 판대기에 놓고 팔고 있었는데 김치 한 봉지를 1루불만 달라고 한다. 1봉지를 사서 2달러(50루불)를 아주머니에게 주니 아주머니가 어리둥절하고 기뻐서 어쩔 줄을 모른다.

오후 5시에는 고려인(한인회) 회장이 고려인회 사무실을 방문해달라고 요청을 하여 회관을 방문하였는데 박회장과 고여사, 이중섭 씨, 유부원장, 최공선 선생, 화학공장 조선생, 그리고 기차 수리공장 이선생 등 20명이 참석했다. 이 분들은 1930년대에 연해주 지역에서 스탈린의 소수민족 분산이주정책으로 이 지역에 강제 이주되어 정착하고 살게 된 2세, 3세들인 것이다.

고 여사는 환영사에서 지금까지는 스탈린, 후루시쵸프, 브레즈네프 시절의 소수민족의 문화와 언어의 말살 정책으로 인하여 언어, 풍속, 문화를 모두 잃어버린 채 살고 있다가 오늘 'Jhoon Rhee' 선생의 강연을 듣고 별안간 날개를 달고 조국의 꿈속을 날아다니고 있다고 말하며, 카자흐스탄 관리들이 이 선생을 극진히 대접하는 것을 보고 까레이스키라는 것을 이렇게 자랑스럽게 생각한 적이 없다고 말했다.

고려인 회장의 말에 의하면 한국말 학교를 만들고 싶어도 선생님과 마땅한 교재가 없다는 것이다. 한국의 학교에 유학을 보내고 싶어도 이곳의 '루불' 가치를 가지고는 몇 년 치의 수입으로도 불가능하다고 한다.

그 말을 듣고 나는 앞으로 소련과 한국이 외교관계가 더 원활해지면 정부차원에서의 보조와 많은 기업가들의 후원, 그리고 한국대학들이 관심을 가질 수 있도록 적극 노력하겠다고 약속을 했다.

나는 500달러를 우선 고려인 회장에게 아이들의 장학금에 써 달라고 기탁(寄託)했다. 1달러가 25루불이고 500달러면 1만 2,500루불인데 상류층이라는 의사의 월급이 200에서 300루불이니까 이곳에서는 엄청나게 큰 돈인 것이다.

오늘 저녁을 이종설(이.이바노비치) 씨 집에서 저녁 초대가 있어서 고려인 회관을 나와서 곧바로 이 집으로 향했다. 이 지방의 고려인들 중에 많은 존경을 받고 있는 이종설 씨는 65세인데 딸만 5형제를 두었으며 모두 결혼을 하고 막내딸만 미혼이며 오늘 나를 보기 위해서 '알마타' 에서 3시간을 버스를 타고 왔다는 것이다. 이 집에서의 파티에는 Muza Galiyev 도지사도 참석을 하여 집주인 이종설 씨는 크나큰 영광이라고 어쩔 줄 몰라 했다.

오늘 Governer는 인사말에서 앞으로는 고려인들을 주정부 차원에서 더욱더 관심을 가지고 후원하겠다는 인사말을 잊지 않았다. 이종설 씨의 23살 난 예쁜 막내딸이 피아노를 치며 춤까지 추어 분위기가 한껏 고조되었다.

화학공장의 공장장 조선생은 다음달 미국의 Idaho주의 Sodaspring에 있는 화학회사의 초청으로 연구차 도미할 계획이란다.

이렇게 우리 한민족은 지구 곳곳에 퍼져 주어진 환경에 잘 적응하면서 우수한 소수 민족으로서 자기 몫을 잘 하고 있다. 자유국가인 미국 동포들은 자기 자유의사대로 이민을 갔지만 공산국가인 소련국가의 동포들은 강제로 짐승같이 화물칸에 실려서 어디인지도 모른 채 이민을 보내졌다.

기름진 옥토에 뿌려진 소나무 씨앗은 많은 영양과 수분을 섭취하며 건강하게 자란다. 하지만 바람에 날려 절벽 위 바위틈에 떨어진 소나무 씨앗은 그저 비가 오면 목을 축이고 불타는 태양빛을 견디며 모질게 불어내는 폭풍우속에서도 질긴 생명을 유지한다. 그렇게 우아하게 우뚝 서있는 절벽 위의 소나무와 같은 이들이 이 나라의 까레이스키들인 것이다.

마침 오늘 8시에 Djamboul 극장에서 한국에서 온 아리랑 무용단이 공연을 할 예정이니 저녁을 먹고 함께 관람을 가자고 주지사가 제안을 하며 서둘렀다. 이곳까지 와서 한국에서 무용단이 왔다는데 어떻게 안 갈 수가 있겠는가? 극장으로 가서 아리랑 무용단의 한국 고전무용과 창(唱)과 판소리를 감상하고 공연이 끝나고 Muzagalyev 주지사가 우리 일행을 무대위로 올려서 인사를 하도록 주선해 주기도 했다.

1990년 9월 11일

오늘 아침에는 김효진 씨 외에 5명의 노인들이 호텔로 방문을 했다. 이 분들은 해방직후인 1945년 12월 28일 모스코바 삼상(三相)회의에서 조선의 신탁 통치안이 채택되자 또 다시 외국의 압박 속에서 살 수 없다고 반대하는 시위를 했단다. 그러나 며칠 만에 김일성의 북한 당국에 체포되어 황해도 해주에서 1년 동안 감옥살이를 하다가 각지에서 똑같은 이유로 잡혀온 19명과 함께 1946년 12월에 소련으로 끌려왔단다. 블라디보스톡에서 또 반년을 감옥에서 보낸 후 다시 시베리아의 강제 노동 수용소에서 5년형을 살았으며 또 다시 종신형을 선고 받고 시베리아 밀림에까지 가서 송진 채취, 벌목 등의 노동을 하며 여름에는 모기에게 뜯기고 겨울에는 영하 40도의 추위를 견뎌내야 하는 인간 이하의 노예 생활을 했단다.

그러다가 스탈린이 사망한 후 1953년 간신히 풀려나게 되서 다행히도 고려인이 많이 산다는 이 카자흐스탄의 Djamboul까지 오게 되었으나 '민족의 반역자이며 인민의 적' 이라는 낙인은 벗겨지지 않은 채 국영농장에서 강제노동을 계속 했었다는 것이다. 그래도 고려인들이 많이 살고 있는 이곳에 오게 된 것이 큰 행운이라고 했다. 그러다가 고르바초프의 개방정책으로 자기들이 이제야 좀 편하게 되었다고 한다. 이제 69세의 늙은 나이가 되었으니 꿈에도 그리는 조국 대한민국에 가서 죽을 수 있도록 도와달라는 것이다.

김효진, 황억걸, 권용일, 송병달, 황이각, 현태문. 이렇게 6명의 노인들 중에서 김효진 씨와 황억걸 씨 두 분은 아직도 소련 국적을 거부하고 무국적자로 버티고 있다는 것이다. 그러니 꼭 고국에 갈 수 있도록 도와달라고 신신당부(申申當付)를 하는 것이다.

이런 분들이야 말로 진정한 숨은 애국자이며 희생자들이 아닌가. 공산주의자들의 사상놀이, 정치놀이, 전쟁놀이 때문에 이렇게 억울한 사람들이 어디 이 여섯 노인들뿐이겠는가? 나의 삼촌도 9·28 수복 후에 이북으로 끌려가다가 총살당하지 않았던가!

나는 이 여섯 분들의 이름과 주소를 모두 적어 모스코바에 가는 길에 '공로명' 대사님에게 드리려고 가방에 챙겨 넣었다. 그리고 이 분들에게 각각 100달러씩을 선물로 드렸다. 100달러면 2,500루블로 의사들의 1년 수입과 맞먹는 돈이기 때문에 큰 돈임에 틀림이 없을 것이다. 그리고 무자갈리에브 도지사에게 이 여섯 분을 특별히 돌봐달라는 부탁도 잊지 않았다. 어서 빨리 소련과 국교가 정상화되어 이 분들이 고국의 품에 안길 수 있도록 적극 후원해야 되겠다. 여섯 분의 노인을 보내고 참으로 아픈 마음을 달래고 있을 때 도지사가 앞으로는 절대 그런 일이 없을 것이니 마음을 가라앉히라고 위로의 말을 한다.

Governer와 함께 Djamboul의 옷공장을 방문했다. 기계가 어찌나 노후 되었는지 아마도 30년 이상은 됐을 듯 싶었다. 그리고 비즈니스 의욕은 대단하지만 도무지 L/C(신용장)이 무엇이며 F.O.B.가 무엇인지 C.I.F.가 무슨 말인지도 모르고 무역관계 이야기를 어디서부터 어떻게 통역해야 할지도 모르니 참으로 답답하기 짝이 없다. 통역을 그렇게 잘하는 Ilya도 무역용어는 도무지 알지를 못하니 어떻게 의사전달이 되겠는가?

그래도 Muzagalyev 도지사는 Letter of Intent라도 만들어서 비즈니스를 하자는 상호 협정을 맺자며 대단한 적극성을 보였다. 이곳에서는 꿀, 양털. 낙타털, 수정, 주물, 면화, 대리석 등 원자재를 수출할 수 있으니 미국이나 한국에서의 기술도입이나 소비재품목 수입은 더욱 좋고, 아니면 어느 품목이라도 좋으니 연결시켜 달라는 것이다.

곧바로 도지사의 사택(私宅)으로 향했다. 이미 많은 전통음식을 차려 놓고 우리 일행을 기다리고 있었다. 고려인인 '박 아카니' 씨 내외와

의사 공부를 한다는 딸을 초청하여 함께 우리를 기다리고 있었다. 박 아카니 씨 역시 1930년대 이곳으로 강제 이주해 온 3세였으니 한국말을 전혀 하지 못했지만 도지사의 친구로서 우리 일행을 편하게 해주려고 초청한 것이다.

Dinner에서 축배를 돌리며 Muzagalyev 도지사가 의형제를 맺자고 제안했다. 즉석에서 승낙을 하고 당신은 나의 형제이기 때문에 당신의 어머니는 나의 어머니라고 말하면서 노인 어머니를 껴안고 키스를 하니 모두들 박수를 치고 노인 어머니도 무척 기뻐했다.

마지막으로 나온 음식은 양의 머리를 특수 향료를 넣고 삶아서 쟁반에 받쳐놓은 것인데 그 날의 Guest of honor(주빈〈主賓〉)가 제일 먼저 한 쪽을 잘라 먹은 다음에 돌아가며 한 쪽씩 잘라 먹는 것이다. 이것은 귀한 손님을 대접하는 전통적인 방식으로 10년 만에 처음 있는 큰 파티라는 것이다. 박 아카니 씨의 말도 역시 Nalchik의 고선생과 똑같은 말을 한다. Izvestia 신문에 난 나의 기사에 '미국에서 크게 성공을 했지만 결코 고국인 대한민국을 한시도 잊어 본적이 없다' 는 말에 크게 감명을 받고 조국의 말도 잊어버리고, 문화도 잊어버리고, 역사도 모르는 자기가 얼마나 부끄럽고 한탄스러운지 견딜 수가 없었다고 눈물을 글썽이며 말을 잇는다.

나는 이렇게 대답했다. "내가 미국에 가서 살게 된 것도 박선생이 이 곳 카자흐스탄에 오게 된 것도 다 하나님의 뜻이라고 생각됩니다. 나를 낳아준 대한민국은 나의 생모이며 이 카자흐스탄은 나를 길러준 양어머니라고 생각하시고 이 나라에 아니 이 양부모에게 온갖 효도를 다하는 것은 나의 생모인 조국에 애국하는 것이니 이 나라에 충성을 하십시오. 그리고 남북한이 통일 될 수 있도록 분위기 조성을 하는 것이 우리들이 할 수 있는 최선의 일이라고 생각합니다"라고 말하니까 Muzagalyev 도지사가 무척 감명을 받은 표정으로 참으로 옳은 말씀이라고 격려를 아끼지 않았다.

잠시 후에 Governer가 두 개의 푸른 Gown과 모자를 가져와서 우리 형제에게 입게 했다. 이것을 카자흐스탄의 전통 귀족의 의상이며 이것을 입고 나가면 모든 사람들이 90도 각도로 절을 하며 경의를 표해야 한다는 것이다. 이 옷을 입은 후에 이 곳의 Top singer 남녀 두 사람을 불러와서 Dombra(만도린 비슷하나 좀 길음)라는 악기를 치며 노래를 하고 우리를 즐겁게 해 주었다.

Gaverner의 말에 의하면 옛날 스탈린과 브레즈네프 시절에는 각 공화국 청사의 책상과 걸상, 도지사 관저의 숟가락, 젓가락, 수저까지 '모스코바' 에 보고를 했었는데 고르바초프 이 후에는 이런 것들을 모두 공화국 재량으로 처리하여 합작 비즈니스까지도 웬만한 것은 공화국과 State 재량으로 이관되어 많은 것들을 자기 재량으로 결정을 한다는 것이다. 과연 고르바초프의 민주화 개혁은 또 다른 혁명인 것이다.

오늘 도지사 관저에서 dinner party가 끝난 다음 8시 15분 비행기로 모스크바로 가게 되어있다. 이미 비행기 준비와 여권 수속이 관리들에 의해서 끝나고 비행장에 나가보니 한인 회장 고여사와 최공선 씨, 화학공장 지배인 조선생이 벌써 나와서 기다리고 있었다.

꿈같은 시간을 보내고 아쉬운 작별을 고하며 비행기에 올랐다. 모스크바에 도착하려면 4시간 반 가량 비행을 하면 되니 12일 새벽 12시 반에 도착할 예정이다.

9월 12일

새벽 12시 30분에 모스크바에 도착하니 비행기 앞까지 Izvestia 신문사 체육국장인 Taranov와 시인(詩人) Alikanov와 Vladimir가 벌써 기다리고 있다가 VIP실을 통하여 빠져나갔는데, 많은 사람들이 대합실에 진을 치고 어떤 사람은 담요를 깔고 누어서 비행기를 기다리고 있다. 보통 10시간, 12시간을 기다린다고 한다. 참으로 한심하기 짝이 없는 공산주의 시스템인 것이다. 이 나라는 외국인 혼자서는 여행하기가 무척 힘든 나라다.

새벽 1시 30분에 Peking 호텔에 도착했다. 11시에는 기자회견이 있을 예정이다. 우리 방 바로 옆에 마침 Dollor Shop(외화인 Dollor, Yen, Mark만을 가지고 물건을 살 수 있는 Shop)이 있어서 필름을 사 넣고 외무부의 프레스센타에 도착하니 Izvestia, 프라우다, 타스 통신, Soviet sport 등 20여 명의 기자들이 와서 기다리고 있었다. 약 1시간 동안 우리 일행이 오게 된 이유는 밝혔다. Martial Arts를 통한 'Born to be Happy(행복의 원리)' 라는 제목을 가지고 청소년들을 위한 세미나를 가질 예정이라는 취지를 밝힌 후 'Born to be Happy' 의 내용을 대충 설명을 하고 기자들의 질문을 받았다.

그 많은 기자들의 날카로운 질문들을 한마디도 주저하지 않고 명쾌한 기지에 기자들도 놀라는 표정들이었다. 그 가운데 타스 통신의 기자가 한국말로 또박또박 질문을 하는데 질문의 내용을 귀담아 듣지 않고 그의 한국말에만 정신이 팔렸다가 다시 질문해보라고 부탁을 해서 장내에 웃음이 가득 찼었다. 그 기자는 외무부에 근무할 때 북한관계 일을 보면서 한국말을 배우게 되었다고 한다.

1990년 7월 9일자 '워싱턴포스트'에 게재되었던 William Rasberry라는 Columnist가 쓴 기사에 "Change young lives and change the world"(젊은이들의 생활을 바꾸면 세상을 바꿀 수 있다)라는 기사와 youth Magazine에 게재된 15페이지의 나의 기사를 함께 복사하여 모든 기자들에게 나누어 주면서 참조하라고 부탁했다.

기자 회견이 끝난 다음에 별안간 그 기자들이 우루루 몰려들면서 사인을 해달라는 것이다. 서방 세계의 기자들은 인터뷰를 하고 사인을 해달라는 경우는 그렇게 흔하지 않은데 이렇게 기자들이 줄을 서서 사인을 기다리는 것은 그만큼 세미나와 인터뷰 내용에 감명을 받은 것이리라 생각되었다.

오후 3시까지 점심을 넘긴 채 있었으니 배가 무척 고팠다. Ilya가 우즈베키스탄 공화국에서 운영하는 우즈벡 house 식당에 자리를 마련했다. 절인 생선, 캐비어(Sturgeon 철갑상어) 알과 양고기 구이, 삶은 양배추가 나왔는데 한 가지 좋은 것은 통마늘 장아찌를 한 대접 갖다 놓은 것이다. 워낙 마늘과 파를 좋아하는 식성이라서 정신없이 먹고 나니 속이 쓰렸다. 양고기 삶은 국물에 국수를 말아 왔는데 비위가 거슬려서 두 젓가락 먹다가 그만 두었다.

오늘 저녁 7시에 이 호텔에서 Airo Float 항공사 당국과 K.A.L.과의 항공협정문제로 함께 만찬이 있어 우리도 한 쪽에 자리를 잡고 저녁을 시켰는데, 저쪽 별실에서 Airo Float 측 사람들과 한국 측 대표들이 '공로명' 대사를 중심으로 아주 심각하게 논의를 하는 것이 보였다.

9월 13일

오늘은 전(숖) Soviet Union 15개 공화국으로 방영되는 TV 프로그램 'Good Night 모스크바' 라는 Talk show에 앵커맨인 Boris Notkin의 host로 진행될 예정이다.

태권도복을 입고 도복의 왼쪽에는 태극기를 달고 오른쪽에는 미국기를 달고, 오른손에는 미국기를 왼손에는 소련기를 들고 태권무인 Martial Ballet를 선보이며 'Born to be Happy' 와 젊은 청소년들의 Joy of Discipline이라는 강의를 하면서 여러 가지 Boris Notkin의 질문을 곁들인 Talk show로 진행되는 것이다.

그런데 지금까지 통역을 맡아 왔던 Ilya는 의당 자기가 통역을 하는 것으로 기대하고 왔다가 이 show의 Host인 Notkin이 자기도 영어를 할 수 있기 때문에 통역이 필요 없다고 거절하자 Ilya는 Mr. Jhoon Rhee의 철학을 자기가 누구보다도 이해하고 있기 때문에 청취자들에게 제대로 전달을 하려면 자기가 해야 된다고 고집을 부리고, Notkin은 자기 show이기 때문에 다른 통역은 원하지 않는다고 서로 옥신각신 했으나 Notkin의 자존심대로 통역 없이 직접 하게 되었다. Notkin

은 이번 기회에 시청자들에게 자기도 영어를 잘 할 수 있다는 것을 보여 줄 기회라고 생각했던 것 같다.

약 45분의 인터뷰와 촬영을 끝낸 다음 Alikanov와 젊은이들을 위한 Youth magazine 회사에 방문했다. 300만 부가 팔린다는 이 잡지는 요즘 종이가 부족하여 충분한 부수를 발행하지 못한단다. 300만 부가 팔려도 돈은 들어오는 것이 없자 소정의 소모품도 못 사고 월급 주기도 턱도 없이 부족하단다. 그러니 일 할 의욕도 없고 그저 그럭저럭 시간만 때우다 마는 눈치였다. 이 잡지사도 외국의 투자가가 투자를 한다면 합작 비지니스로서 즉각 민영화 할 것이니 투자자를 소개해 달라는 것이다. 기계도 모두 30년 이상 된 노후 된 기계들이다. 사회 곳곳에 이와 같이 누적되어 있는 수많은 공산주의 찌꺼기들, 이것들이 어떻게 하루아침에 해결이 될 수 있을까?

다음 행선지는 시인(詩人)인 Alikanov의 안내로 Soviet Writer Association(소련작가협회)에 방문 했다. 톨스토이의 조각이 모셔져 있는 이 건물은 대단히 역사가 깊은 건물이다. 만여 명의 문인들이 회원인 이 협회는 소련의 엘리트 중의 엘리트 집단이다. 이 협회의 회장은 Mikhail Karpov이며, 부회장은 Sergey Kolov인데 Karpov 회장은 일본과 한국에 출장 중이라서 Kolov와 함께 건물 옆에 있는 writer restaurant(작가식당)에 준비된 점심을 먹으러 갔다.

이 식당은 외국에서 VIP 손님이 오면 의례히 모시는 식당이다. 식당의 한 자리에 가더니 1987년 미·소 정상회담 때 레이건 대통령이 앉았던 자리라고 Alikanov가 설명해 주었다. 카스피해에서 잡히는 철갑

상어(Sturgeon)과 그 알인 캐비어, 그리고 게살요리, 양고기와 야채스프 등이 질펀하게 등장했다. 밖에서 빵과 담배를 사려고 사람들이 장사진을 치고 있는 것을 생각하니 참으로 미안한 생각이 끊이질 않았다.

우리는 얼마나 축복받고 살고 있는 사람인가! 미국에서도 그렇게 잘 먹고 잘 사는데 이 동토(凍土)의 땅 소련까지 와서 이런 대접을 받고 있으니 도대체 우리가 무엇이관데 이런 축복을 받고 있을까! 이 축복 뒤에는 분명히 채찍이 있을 것임을 나는 느낀다.

식당을 나와 바로 모스크바의 Youth Education 담당 부시장(교육감 겸)인 Ernest Bakirov를 만나 'Born to be happy' 와 'Joy of Discipline' 에 대한 내용을 설명하고, 1986년 10월 16일 미 국회에서 통과되어 스승의 날 선포됐던 국회기록을 함께 설명하니 무척 감동이 되어 이곳 국회의원들도 소개하며 적극 후원해 주겠다고 약속하는 표정이 정말로 진지하게 느꼈으며 우리를 건물 밖까지 배웅했다.

저녁 6시에 Peking 호텔로 돌아 왔는데 오늘도 '공로명' 대사는 한·소 경제 항공 대표단들과 함께 meeting을 계속하고 있었다. 13일과 14일 양일이 한·소 항공 경제협정의 중요한 매듭을 짓는 대단히 중요한 회의라는 것이다. 내일의 세미나에도 이 협정관계로 도저히 참석을 할 수 없다고 한다.

9월 14일

Izvestya 신문 체육국장인 Taranov의 소개로 'Mocst' 라는 소련의 유일한 외국인과의 합작 비지니스를 위한 consulting Law firm(법률고문회사)의 초청을 받았다. 이 회사의 사장인 Vladimir Gusinsky와 부사장인 Alexis Klishin은 미국 하버드대학 출신의 수재들로서 영어를 잘 구사할 수 있고 소련 정부에서도 인정받는 합작투자 전문회사이다.

1988년에 설립해서 1989년 1년 동안 400만 달러의 외화 수입과 600만 루불의 내국화를 벌어들였다. 또 이와 같은 격동기에 재빨리 서방세계를 받아들이는데 선구자 역할을 하는 회사인 것이다. 미국화된 경영방식으로 벌써 100여 명의 고용인을 거느리고 급성장하고 있는 회사로서 가슴에는 Rotary pin을 달고 있었다. 나의 동생 친구도 뉴욕의 Elmhurst Rotary Club 창립멤버로서 회장을 지낸바 있다고 말하니 더한층 친밀하게 대했다. 자기 Rotary Club이 소련에서 제1호로 탄생되었으며 아직도 제2호 Rotary Club이 탄생하지 못했단다.

그는 미국 대기업들을 소개시켜 주는 일을 한다고 소개했다. 그는 또 70년 동안 공산주의 악습에 길들여진 관리들을 대하는 문제와 의욕만 있고 서방에 대하여 무지한 기업 책임자들을 다루는 문제들을 일일이 열거하기도 했다. 솔직하고 진솔하게 자기들의 약점들을 열거하면서 주의사항들을 환기 시켜주는 모습들이 참으로 인상적이었다.

얼마 전에 국가에서 담배생산을 줄이면서 담배 가게마다 장사진을 치고 난리를 치면서 폭동단계까지 이른 적이 있다고 한다. 그 때 부랴부랴 미국의 Phillip Morris사에서 2,000만 달러 어치의 담배를 긴급 수입한 것도 이 'Mocst' 사의 Gusinsky가 이루어낸 업적이며 미국의 Mc Donald의 소련진출도 이 회사의 업적이라는 설명이다. 조그만 사무실

하나와 전화 한 대, 팩스 한 대를 가지고 1년 만에 억만장자가 된 것이다.

1960년대 우리도 명동이나 소공동 빌딩 한구석에 전화 한 대만 놓고 소위 오퍼상이라는 것을 하면서 많은 돈을 벌었던 기억이 난다. 그로부터 30년 후 지금 그 거대한 나라가 한국의 전철을 밟고 있는 것이다.

이들의 점심초대로 근처에 있는 고급식당에 들렀는데 대리석 기둥이 식당 한복판에 4개가 서 있고 기둥 꼭대기에 사자 비슷한 짐승이 정교하게 조각되어있는 대단히 운치 있는 식당이었다.

주 소련 대사관에 있는 '김찬선' 영사에게 다시 전화해서 '공로명' 대사님께서 못 오시더라도 한 분이라도 오후 6시에 있을 세미나에 오실 수 있는가 하고 확인을 하니 오늘(14일)이 항공협정의 막바지 고비이기 때문에 확답을 하지 못하지만 최대한 노력을 하겠다고 말했다.

오후 6시에는 Lenin Hill에 있는 Central Palace에서 Jhoon Rhee 세미나가 있을 예정이어서 1시간 전인 5시에 도착했다. 도착해 보니 벌써 Martial Arts협회의 간부이며 당(黨)고위 학교 역사와 정치학 교수인 Vladimir Lukov박사와 그의 친구인 모스크바 Join stock Innovation Bank 부사장이며 Business in 러시아 잡지사의 발행인 Yuriy Talismanov와 공산당고위 학교 경제담당 연구박사인 Yuriy Zvoryguin 박사와 고려인 Yuriy Cho 박사와 함께 우리를 기다리고 있었다. 약 40분 동안 이 분들과 얘기를 나누었는데 이들도 역시 Youth progrem에 적극 협조하겠다는 약속을 한 다음 세미나를 시작했다.

세미나에는 Nalchik과 Djambul에서와 같이 극장 안이 꽉 차지는 못했지만 2/3정도, 900명은 되지 않나 싶다. 1,500명이 들어가는 홀에 2/3가 채워졌으니 관계자들 말에 의하면 모스크바에서는 유명한 Rock Music Group이나 Beatles가 오지 않는 한 극장을 가득 채우지 못한다는 것이다. 그만큼 모스크바 사람들은 생활이 급급하여 Mohammed Ali나 Bruce Lee 또는 Swatsneger가 오지 않는 한 웬만한 sports activity도 흥미가 없다는 것이다. 그래도 Muhammad Ali와 Bruce Lee의 스승이 오셨으니 이만큼 모였다고 말을 하여 함께 웃었다.

오늘도 역시 세미나는 대성공이다. 끝난 다음 모두 무대 위로 뛰어 올라 사인을 받느라고 대 혼잡을 이루었다. 약 50분 동안 사인 공세로 지체된 것 같다. 6시에 시작해서 10시에 끝났으니 장장 4시간이나 꼼짝하지 않고 그 강의를 다 듣는 사람들도 감탄할만 하거니와 그 사람들을 4시간 동안 꼼짝하지 않고 경청하게 하는 강연솜씨도 대단하다고들 말한다. 그 기술은 머리에서 나오는 것일까! 70여 회에 걸친 미국에서의 세미나에서 얻은 경험으로 굳게 다져진 실력으로 소련의 4개 도시에서 한 마디의 주저함 없이, 단 한 번의 실수도 없이 그 많은 질문공세를 명쾌하게 대답하는 데는 관중들이 너무나 감탄했다는 표정들이다.

BolgaGrad에 있는 소련의 정보장교 출신인 Mikhail Bondar 예비역 대령이 말한 것이 생각난다. 4시간이나 쉬지 않고 대본도 없이 연설하는 사람은 쿠바의 ‘카스트로’와 한국사람 Jhoon Rhee 두 사람 밖에 보지 못했다고….

내가 생각해도 감탄할 일이 아닐 수 없다. Yuriy Cho씨도 소련 부인과 함께 무대위로 올라와서 축하한다며 같은 고려인으로서 너무나 자랑스럽다며 이렇게 고려인임에 긍지를 느낀 적이 없었다고 어쩔 줄을 모른다. 내일 아침에 이곳 모스코바의 고려인들과 함께 할 수 있는 시간을 달라고 한다. 쾌히 승낙하고 내일 아침식사를 하기로 약속했다.

1990년 9월 15일

아침 9시에 모스코바 고려인 협회 인사들이 Peking 호텔로 방문했다. 협회 회장인 Alexei Shin 씨와 신 회장의 아들이자 사무총장인 아파나 씨, 태권도장을 경영하는 박씨 등과 함께 호텔식당에서 만났다.

그들 모두 연해주 지방에서 스탈린의 소수민족 분산 이주정책으로 카자흐스탄 또는 우즈베스탄 서쪽으로 강제 이주 되었다가 살아남은 3세들인 것이다. 그래도 운이 좋고 실력도 있어서 고르바초프 때에 모스코바로 오게 된 것이다.

앞서도 말했지만 스탈린과 브레즈네프의 소수민족 언어말살정책으로 희생된 우리의 동족들이기 때문에 역시 한국말을 하지 못하여 불행스럽게도 Ilya의 통역으로 의사 소통을 할 수밖에 없었다. 그들도 역시 남한 동포들은 모두 거지들로서 미국에서 주는 원조로 간신히 살아간다는 공산주의의 허위 선전에 속아서 그런 줄 알고 있다가 88서울올림픽 때 TV를 통하여 남한의 잘 사는 모습을 보고 이때까지 속았다고 통탄하며 고려인임을 자랑스럽게 생각하고 있던 차에 Jhoon Rhee

선생과 같은 동포가 있다는 것을 알고 무척이나 자랑스럽게 생각한다는 것이다.

그리고 앞으로 태권도 교육, 문화교류, 언어 교육 등을 통하여 조국을 더 배울 수 있도록 도와 달라는 것이다. 그리고 한국으로 또는 미국으로 유학할 수 있는 길을 열어 달라는 것이다. 지금 '공로명' 대사께서 한·소 항공협정에 오늘이나 내일 바로 이 호텔에서 마무리 단계에 있으니 곧 한국도 방문하시고 미국도 마음대로 방문할 수 있는 날이 올 것이니 조금만 더 기다리라고 말하면서 섭섭한 이별을 했다.

전 Soviet 연방의 고려인 숫자는 약 50만 명이 되는데 모스코바에 5만 명 정도가 살고 있다고 한다. 거의 99%가 소수민족 언어 말살정책으로 한국말을 하지 못한다니 앞으로 한국 정부와 소련과의 국교정상화가 되면 많은 고려인 학생들을 유학생으로 초청해서 한국역사와 언어를 교육시켜야 할 것이다. 거기에 비교하면 미국은 얼마나 휴머니즘을 가지고 점령국을 통치했는가! 제2차 세계대전의 패배국인 독일과 일본을 경제적으로 협조해 주어 거의 같은 세계의 1등 경제대국으로 키위주지 않았는가!

그 대가로 미국이 받아간 것이 무엇인가? 이것이 미국이 침략국이 아니라는 증거가 아닌가! 독일에서는 폭스바겐과 벤츠를 수입하고 일본에서는 도요다와 미쓰비시를 수입하여 자국(自國)의 GM과 포드보다도 더 많은 자동차를 팔아 도와주지 않았는가! 과연 인류 역사상 이런 나라가 있었던가! 과연 미국이 축복을 받을 수밖에 없는 나라가 아니겠는가!

Alikanov의 안내로 어제 왔던 Writer Association 식당으로 다시 와서 레이건 대통령이 앉았었던 똑같은 테이블에 앉아 점심을 한 후 곧 바로 Ilya의 태권도장으로 갔다. 어린이 태권도 class에서 강의가 있었다. 나의 'Universal Common Sense' 강의는 어린이로부터 어른들에게까지 심중을 찌르는 효과가 대단하여 누구보다도 학부형들의 기쁨은 미국에서와 똑같이 대단하다. 부모를 공경하고 스승을 공경하는 교육철학이 깊이 새겨지는 강의이기 때문이다.

강의가 끝난 다음 변호사이며 처음부터 지금까지 꾸준히 동행하며 애를 많이 쓰던 Alexander의 집에서 만찬을 준비했다고 해서 Vladimir의 차를 타고 출발했다. Vladimir는 그동안 우리 일행을 자동차로 안내하던 기사이다. 아파트는 협소하지만 있는 정성을 다해서 차린 음식은 그동안 우리의 식성을 알아차리고 우리 입에 맞게 차렸다. 마늘장아찌, 핫소스, 마늘쫑, 오이지, 만두, 고추, 야채스프 등 맛있게 음식을 차렸다. 오랜만에 음식다운 음식을 먹는 것 같았다.

Alexander의 10살짜리 딸인 Olga가 함께 춤을 추자고 하여 나는 소련의 Folk Dancer인 Iryna와 함께 춤을 추면서 여흥을 즐겼다. 소련 어디에서나 볼 수 있는 춤추는 광경은 참으로 이국적이다. 10세, 13세 소년 소녀들이 거리에서 음악을 틀어놓고 왈츠나 탱고 등의 춤을 추는 모습은 너무나 귀엽고 아름답다. 정치만 좀 잘했더라면….

지난 20여 일 동안 Ilya가 통역을 하느라고 너무나 수고가 많았기 때문에 Ilya의 아내인 Asya에게 500달러를 봉투에 넣어 손에 쥐어주니 나의 뺨에다 키스를 대여섯 번을 퍼부었다. 그리고 Alexander의 아내를 불러서 300달러 봉투를 전해주니 역시 끌어안고 키스를 퍼부었다. 운전을 하느라고 수고가 많았던 Vladimir는 방이 세 개인 아파트에 세 가족이 함께 산다고 한다. 소련에는 주택이 모자라서 이렇게 사는 사람들이 많다는 말을 들었는데 바로 Vladimir가 그렇게 산다는 말을 듣고 무척 마음이 아팠다. 그러나 아파트 렌트비는 1달에 30루불 정도로 1.5달러 밖에 안되는 것이니 그래도 이 나라 시스템에서는 그럭저럭 먹고는 산다고 하니 그 삶의 질이 어떤 것인지는 짐작이 가지 않겠는가!

참으로 별난 '수퍼파워' 나라도 다 있다. Vladimir는 이 돈으로 단독 아파트를 얻게 됐다며 무척 기뻐하며 내 뺨에 그 거칠거칠한 수염을 가지고 키스를 퍼부어 대니 고통스러우나 참기로 했다. 우리도 50~60년대에는 많은 사람들이 단칸방에 세를 들어 대여섯 식구들이 함께 살았던 적이 그리 오래된 일이 아니다.

Peking 호텔에 와 보니 주 소련 한국대사관의 '김찬선' 영사가 와서 기다리고 있었다. '공로명' 대사는 며칠동안 한·소 경제 항공협정을 조인하느라 세미나에 참석 못하여 미안하다고 전하랬다며 이제 막 Cosmos 호텔로 갔다는 것이다.

김찬선 영사는 외교관이면서도 미국과 유럽의 한국 입양아들을 위해 Koreana 기금을 설립하여 이들을 위한 기금모금을 적극 후원하고 있으며 박봉을 털어서 인쇄물을 만들어 열심히 뛰고 있었다. 이곳 모스코바에서는 한인교회를 설립하여 전도사업까지 하고 있는 독실한 기독교 신자이다.

한국 6·25전쟁 이후 전쟁고아들의 해외입양을 시작으로 80년대 초에 급격히 증가 된 한국 고아들의 입양은 미국과 유럽에 집중되었는데 계속 성장하고 있는 이 입양아들에 대해 그 동안 수치와 분노와 갈등만 보여 왔을 뿐이었다.

뒷받침이나 사후정책은 전무한 시점에 그들을 입양해준 미국인 가정을 돕고 성장하는 입양아들에게 정체성을 일깨워 줄 것과 그들 양부모들에게 왜곡되지 않는 진정한 한국문화를 심어주기 위한 것을 목적으로 하는 것이 바로 Koreana 기금이라는 것이다. 나는 즉석에서 300달러를 헌금하고 앞으로 기회 있는 대로 돕겠다고 말했더니 무척이나 고마워했다.

지금 '김찬선' 영사의 부인은 뉴욕 Kotra에서 일을 하고 있으며 이산가족이 되어 있다는 것이다. 그리고 지난번 카자흐스탄의 Djambul에서 만났던 신탁통치 반대를 하다가 시베리아에서 오랜 세월 강제노동을 하던 김효진, 황억걸 씨 등 6명 할아버지들의 명단을 전해주고 한국에 갈 수 있는 길을 열어주라고 부탁을 했다.

9월 16일

오늘 아침 10시 비행기로 출발하여 오후 1시에 뉴욕 JFK 공항에 도착할 예정이다. 이 세상에 내 집만큼 편안한 곳이 어디 있을까! 지난 18일간의 소련의 기적 같은 사건들이 너무도 꿈만 같다.

1991년 1월 9일 ~ 22일

준 리 태권도와 철학 세미나가 소련의 준 리재단 주최로 모스크바에서 준비되었다. Jhoon Rhee 기금의 설립목적은 청소년교육을 통해 행동 철학을 생활화시키는 것을 목적으로 'Joy of Discipline(규범의 기쁨) 프로그램'을 가지고 공부를 하는 것이다. 소련의 Jhoon Rhee 재단의 설립 후원자들은 소련의 유력한 일간지인 Izvestya, 러시아의 문교부(Department of Education), Soviet Writer Union(소련의 작가협회), 러시아의 내무부, 그리고 Victoria Fund 등이다.

작가협회의 Alikanov에게 아침 6시부터 밤 12시까지 하루에 18시간씩 87명의 사범들을 11일간 맹훈련을 시킬 것이라고 말하니, 그의 대답이 "소련 땅에는 아무도 하루에 18시간씩 훈련받는 사람들이 없다"고 말했다.

나는 대답했다. "미국에서도, 한국에서도 하루에 18시간씩 훈련 받을 사람이 없는 것은 마찬가지입니다. 그러니 나의 훈련이 절실하고 감동이 되어 충분히 납득이 되지 않고서는 불가능한 것입니다"라고 말했을 때 Alikanov 역시 의심은 하면서 나를 따르기로 했다. Wilfred 와 Erike Rivera 두 사범도 보조사범으로 합류했다.

Airo Float 편으로 워싱톤 Dulles Airport를 출발 하여 1991년 1월 9일 오전 6시 모스코바에 도착했다.

우리 일행은 곧바로 Krylatskoye Olympic Sport Complex에 도착하였는데, 이곳은 숙소로 만들어진 곳이 아니고 운동선수들의 합숙 훈련소이기 때문에 침대도 없는 마루만 있을 뿐이다.

우리는 어릴 때부터 마루에 익숙해 있고 군대에서도 사용했으며 6·25 전쟁터에서도 살아남은 사람인데 무엇이 두렵겠는가?

소련 15개 공화국 전역에서 87명의 일본 Karate 사범들이 모였으며, 그 중에 65명은 이미 그들 소유의 도장을 운영하고 있고 어떤 사범은 2000명의 Active한 학생을 보유하고 있단다.

1월 10일부터 시작하여 1월 20일에 끝난 이 소련 전역의 사범들만을 위한 이 세미나에서는 Jhoon Rhee Martial arts basic과 감사(Apreciation) form, Jhoon Rhee Martial arts ballet를 소련 국가, 미국 국가, 한국 국가에 맞추어서 지도했으며, 도장 운영방법에 대해서 많은 시간을 할애했다.

하루 18시간 11일 세미나는 나의 가장 긴 세미나였다. 매일 식사 3시간, 5시간 철학, 5시간 도장 경영학, 5시간 태권도 실기, 총 18시간이다. 마지막 날은 15시간 정치·경제·사회 전반적인 문제의 질문을 받았다. 나는 한 질문도 막히지 않고 모두 대답을 할 수 있었다. 마지막 질문은 '닭이 먼저요? 계란이 먼저요?' 하는 질문이었다. 나중에 알고 보니 이 질문을 한 사람은 모스크바 대학의 철학교수란다.

이에 답을 한 다음, 모두 일어서 기립박수를 받았다. 이 세미나는 모두를 감동시켜 65명의 도장 주인들이 만장일치로 일본 쇼토칼 가라데로부터 준 리 태권도를 바꾸어 현재 전 구소련에 65개의 준 리 태권도 도장에서 태권도를 가르치고 있다. 한국에서 무덕관 학생을 청도관 희생으로 바꾼다는 것도 거의 불가능하다. 하물며 가라데가 태권도로 65개 도장이 11만여 개로 바뀐다는 것은 기적이 아닐 수 없다.

87명 중에 5명은 끝까지 완성하지 못하고 82명은 성공적으로 세미나를 끝냈다. 그 중에 태권도장을 직접 운영하고 있는 65명 사범들은 모두 'Jhoon Rhee Institute of Taekwondo' 간판을 걸고 모든 curriculum을 Jhoon Rhee System으로 바꿀 것을 서명했다.

이렇게 해서 소련 15개 공화국 전역에 한날한시에 65개 Jhoon Rhee institute of Taekwondo 도장이 탄생한 것이다. 이 어찌 상상이나 할 수 있었던 일인가? 신(神)께서 어떻게 나에게만 이런 축복을 주시는 것일까? 나는 감사하지 않을 수가 없었다. 그리고 내가 앞으로 1년에 한 번씩 모스크바 또는 다른 도시에 방문하여 Black Belt 심사를 해 주기로 했다. 그 때에는 Black Belt 심사를 받기 위해 15개 공화국 각 도장에서 모두 한자리에 돌아가며 모이는 것이다.

1991년 1월 20일, 11일간의 집중적인 노력으로 세미나가 끝난 다음 나는 Alikanov와 함께 러시아 부총리인 Nikolai Malyshev 박사와 러시아 문교부장관의 초대를 받아서 나의 프로그램에 대한 브리핑을 하였는데 러시아 문교 당국에서 나의 프로그램을 적극 협조해 주겠다고 약속했다.

월 200만 부가 배달되는 소련에 International Affairs 라는 외무부에서 관장 발행하는 잡지가 있다. 발행인은 Boris Pyadyshev로서 외무성에서 대사를 지낸 사람이었다.

주 워싱턴 소련 대사관의 Alexander Potemkin의 소개로 알게 되었는데, 이 잡지는 소련의 외무장관이었던 Andrei Gromyko 외무장관이 1954년에 첫 발행을 한 후에 러시아어, 영어, 독일어 그리고 프랑스어 4개 국어로 발행하는 40여 년의 역사를 가지고 있는 소련 제일의 엘리트 월간 잡지인 것이다.

이 유명한 잡지의 금년 첫 번째 기사로 나의 세미나의 주제인 Born to Be happy가 'When you are loved, you are happy' 라는 Subject로 11페이지 분량의 내용으로 게재되었다.

소련 연방 붕괴의 조짐이 짙어질대로 짙어지고 공산주의 이념이 쇠퇴해 갈 즈음, 1991년 1월 첫 번째 달의 첫 번째 기사로 다루어진 나의 기사가 주목을 받은 것은 대단한 의미가 있는 것이다.

Pyadyehev 발행인은 나에게 참으로 엄청난 말을 했다. '칼 막스'의 공산주의 이념이 74년 만에 한낱 실패한 이념으로 판명이 되면서 이념의 공백 상태에서 우왕좌왕하는 국민들에게 가장 적합한 이념으로 대체 될 수 있는 이론이 바로 당신 'Master Jhoon Rhee' 선생의 Born to the happy라는 Happism 이라고 생각한다는 것이다. 이 얼마나 어마어마한 말인가?

그러면서 1월 18일 소련의 3 members of Supreme Soviet 등의 고위층과 함께 이 Happism에 대하여 Round Table Discussion(좌담회)을 주선하겠으니 시간을 내어 달라는 것이다. 이 모임의 내용은 International Affair(국제문제)의 오는 4월 초에 다시 게재될 계획이라는 것이다.

1991년 1월 21일 87명의 태권도 사범들 세미나가 끝난 이튿날 모스크바 city 교육담당 교육감(Super Intendant) Ernest Bakirov 박사의 주선으로 30명의 Educational Commission(교육위원)들 - 250만 명의 학생들 교육에 대한 책임을 가지고 있는 이들을 위해서 'Joy of Discipline' 프로그램과 'Born to be Happy'의 강의를 했다. 이와 같이 일어나는 기적 같은 일들에 나도 놀라지 않을 수가 없었다.

11일간의 세미나가 끝나는 날 저녁에 소련에서 대단히 유명한 아버지와 아들 가수인 Oleg Gasmoanov와 유명한 뮤지컬과 댄싱그룹들이 출연하는 공연에 영광스럽게도 내가 Guest of Honer로 초대받았다. 'Majestic Palace of youth' 라는 공연장의 Box seat에 앉아서 관람한 공연은 성황리에 끝났다. 공연하기 전에 나는 이 자리에서 다음과 같이 미국의 독립전쟁 당시에 버지니아 주지사였던 George Mason의 말을 인용하며 인사를 했다.

"Liberty is the gift of God, not government and that the purpose of government is to protect that liberty, not to destroy it."

"자유는 신이 준 것이지 정부가 준 것이 아니다. 그리고 정부의 목적은 그 자유를 보호하는 데 있는 것이지 파괴하는 데 있는 것이 아니다."

1991년 5월 9일 ~ 18일(10일간)

이번 여행은 워싱톤D.C. 공립학교 교육감인 Dr.Constance R. Clark 을 비롯 Amidon School의 Paulin Hamlette 교장, Elaine Gordon 학교의 Brook Land 교장, Lewis 학교의 Joyce Thompson 교장, Raymond 학교의 Thimothy William교장, Bowen 학교의 Edward Well 교장, Ft. Lincoln 학교의 Jerome Shelton 교장 등 9명의 교장들과 Jhoon Rhee Tae Kwon Do의 wood Brige 사범인 Kenneth Carlson과 국제사업가이

며 태권도 사범인 Kevin Gilday와 함께 했다. 소련 모스크바의 교육감과 학교 교장들이 'Joy of Discipline' 프로그램을 공립학교 교육 커리큘럼에 적용시키기 위한 세미나를 하고자 했기 때문에 함께 가기로 했다. 미국의 수도인 워싱턴 D.C.와 소련의 수도인 모스크바 두 도시의 교육감들과 교장들이 Non Government 차원의 미·소 교육문제 교류를 한다는 점에서 대단히 의미가 있는 것이다.

이것을 내가 소련과 미국의 Jhoon Rhee 기금에서 계획하였으며 Mr. Charles Scott씨가 1만 4,000달러의 비용을 기증하여 이루어지는 것이다.

소련에서는 지난번에 Jhoon Rhee 기금 참여를 수락한 International affair 잡지 발행인 Pyadishev 대사와 Andrei Palchevski와 모스크바시 교육감 Ernest Bakirov와 모스코 초등학교 중학교 교육위원장 Mrs. Luvov Kezina의 적극적인 주선으로 이루어진 것이다.

영광스럽게도 세미나에는 러시아 공화국의 교육부 차관인 Eduard D. Dneprov 박사와 러시아 공화국 국회위원이며 교육 분과 위원장인 Mr. Shorin회장과 부회장인 Kuznetsov와Nilasov씨가 참여했다.

나의 'Joy of Discipline' 프로그램의 세미나가 끝난 후에 Kuznetsov 교육 분과 부위원장이 감명을 받아 Russia Jhoon Rhee 재단을 하나의 교육기관으로서 러시아 Educational 기관 산하에 등록시키겠다고 약속을 했다.

지난 1월, 동시에 open한 65개 Jhoon Rhee 도장들도 이미 'Joy of Discipline(훈련의 기쁨)' 프로그램을 대단히 인기리에 채택하고 있으며 학생들과 학부모들은 물론 각 공화국 Local 학교 당국에서도 대단한 관심을 가지고 있다는 기쁜 소식이다.

이번에 함께 왔던 워싱톤D.C.의 9명 교장 선생님들도 무척 만족한 듯 참으로 세상이 변해 가는 것을 실감한다며, Master Rhee 덕분에 이런 세상이 있다는 것을 내 눈으로 직접 확인했다고 무척 기뻐하고 이제 동·서 냉전이 바야흐로 종식이 되는 것을 실감한다고 말했다.

이번이 네 번째의 Soviet Union 여행으로써 태권도 속에 깃든 철학으로 소련의 중심부를 움직인 것을 참으로 자랑스럽게 생각하며 우리 홍익인간의 철학에 신(神)이 함께 하심을 또 한 번 감사드린다.

그리고 지난 1990년 5월부터 실시되어 2년간 계속된 프로그램인 Voice of America 방송을 통하여 나의 목소리가 소련 전역에 울려 퍼지게 된 것에 감사하지 않을 수 없다.

내가 1962년 6월 28일 워싱톤D.C.에 태권도장을 열 때 정일권 대사님의 축사와 황재경 목사님의 Voice of America의 중계방송으로 고국인 대한민국에 방송되었는데, 만 30년 만에 이 소련 땅에 똑같은 방송으로 3억의 소련인들에게 내 목소리를 들려 주게 되니 감개무량(感慨無量)함을 금할 수가 없다.

다섯 번째 러시아 여행

1991년 7월 6일 ~ 19일

이번 여행의 주목적은 러시아의 Bolgagrad와 Kiev Ukraine 두 도시의 Jhoon Rhee Taekwondo 도장의 검은 띠 심사와 도장운영 방법에 대한 business management에 대한 강의때문에 이루어진 여행이다.

이번에는 New Jersey에서 태권도장을 운영하고 있는 Master Chris Yu 씨와 동행했다. Dulles Airport를 출발하여 7월 7일 오전 9시에 모스코바에 도착했다.

Andrei Palchevski와 Alexander가 비행장에 마중을 나왔다. Bolgagrad行 비행기가 저녁 8시에 있기에 러시아 호텔에서 휴식을 취한 뒤 출발했다. 시간차가 3시간정도 나기 때문에 4시간여를 비행했는데도 밤 9시에 도착했다. 도착해 보니 30여 명의 소련 각처에서 모인 Jhoon Rhee Taekwondo 사범들이 비행장에 마중을 나와서 또 한 번 깜짝 놀랐다.

이번에도 역시 Bolgagrad 시(市)의 'Uori Starovatyk' 시장의 호의로 작년에 머물렀던 영국의 'Anne' 공주가 머물렀다던 영빈관에 다시 머무르게 되었다.

이튿날인 1991년 7월 8일 오전 6시에 체육관에 나가보니 5개 공화국에서 모인 110명의 Jhoon Rhee Taekwondo 도장 사범들이 하얀 도복을 입은 채로 기다리고 있었다. 오늘과 내일 2일 동안 하루에 18시간씩 Jhoon Rhee Taekwondo system 교육과 도장 운영방법을 강의하기로 되어있다.

예를 들어 전화 받는 방법, 학생들을 오래 머물 수 있게 하는 방법, 재미있게 class를 이끌어 갈 수 있는 방법, 사범과 경리직원이 엄격 분리되어 분업할 수 있는 방법, 시간엄수, 수준 높은 서비스 등, 비교적 서방국가에서의 운영방법을 집중적으로 가르쳐 주었다. 이 사람들은 아직 자본주의적인 이런 운영 방법에 미숙하기 때문에 대부분 이 분야에 더욱 흥미가 있어 했다.

7월 9일 세미나가 끝난 다음에는 'Uori Starovatyk' 시장과 Yuri

Checkov 시의회의장에게 명예 초단(검은 띠) 수여식을 하였는데 두 사람이 무척 좋아했다.

그리고 대부분의 사범들이 10년에서 15년 동안 Martial Arts를 훈련했고 실력도 대단하면서도 여전히 흰 띠를 매고 있었다. 그럴 수밖에 없는 것이 지난 1981년부터 1989년까지 8년 동안 Martial Arts 무술이 불법이었기에 지하에서 숨어서 배우느라 공식적으로 심사를 받을 시간도, 기회도 없었으며 다른 도장들과 종적, 횡적 연락관계도 별로 없었기 때문이었던 것이다.

검은 띠 심사를 받은 사람 중에서 반 이상이 초단에 합격하였으며 Mr. Oleg Arapov와 Mr. Seryogin 두 사람은 2단에 합격했다.

세미나가 끝나고 다음날 7월 10일 Ukraine의 수도 Kiev에 도착했다. Ukraine 각처에 이미 1만여 명의 학생을 보유하고 있는 Alexander Korobov 사범의 영접을 받으며 어제 Bolgagrad에서 있었던 'Joy of Discipline' 프로그램 세미나와 같은 비지니스 운영, 즉 태권도장 운영에 대한 강의를 하는데 영광스럽게도 Ukraine의 외무부장관인 Anatoly Zlenko도 세미나에 참석하였고 끝난 다음 외무부 장관실에 초대되어 담소를 나누었다.

신문과 TV를 통하여 이야기 많이 들었다면서 앞으로 소련연방이 분리되어(붕괴라는 말을 회피함) Ukraine 공화국이 독립을 할 경우에 공화국이 아닌 하나의 국가로서 계속 미국과 Ukraine의 관계를 돈독하게 할 수 있도록 많이 도와달라며 진지하게 말했다. 더불어 역시 외교관답게 외교적 제스츄어를 잊지 않았다. 그리고 그 분의 진심을 솔직하게 말하는 것임을 읽을 수 있었다. 아닌게 아니라 지금 소련연방 사정을 볼 때 머지않은 장래에 Ukraine가 독립을 하여 하나의 국가로서 미국과 동등한 외교를 하려면 어떻게 할 것인지 아무런 대책이 없는 상태에서 외무부 장관으로서 미국에서 왔다는 나를 만나고 싶지 않았겠는가!

저녁에는 Majestic Ukraine Concert Hall에서 Kiev Ballet단의 공연을 관람하였는데 역시 예술의 나라, 특히 Ballet의 본고장에서 관람하는 것은 많은 의미가 있었다. Martial Ballet의 창시자인 나는 또 다른 관점에서 관람하게 되었으며 동작 하나하나를 음미하면서 또 다른 Martial Ballet의 독특한 기법이 없을까 하며 감상을 하게 된다.

7월 12일에는 Ukraine 공화국 국회위원 교육분과 위원장인 Ihor Yukhnovski 박사와 문교부 장관인 Volodymir Parkomenko 박사와 회담을 하였는데 그들은 즉석에서 Jhoon Rhee의 'Joy of Disciplin' 프로그램을 그들의 초등학교에서 곧바로 채택할 것이라고 아주 만족한 표정으로 약속했다.

Ukraine의 면적은 60만 3,700㎢ 우리나라 한반도의 2.7배 정도이며 인구는 약 7,000만 명 정도, 현재 한반도 인구와 비슷하다. 이 공화국도 역시 급변하는 서구화 물결과 고르바초프의 개혁, 개방정책으로 서방과의 교역은 물론 연방 붕괴 시 독립의 갈망은 대단한 것이어서 지금부터 그 때를 대비하느라고 날이면 날마다 공화국 의회가 쉬는 날 없이 회의를 한단다.

그날 밤 Kiev에서 오후 8시 30분에 모스코바행 침대칸 기차를 타고 장장 12시간동안 밤새도록 Ukraine의 곡창지대요 밀농사의 중심지인 끝도 없는 비옥한 땅, Topsoil이 1.5m 이상 되는 땅 소련연방 2억 9000만 명을 다 먹여 살리는 그러한 끝도 없는 벌판을 밤새도록 달려 모스코바에 13일 오전 9시에 도착하여 러시아 호텔에 체크인 했다. Master Chris Yu는 곧바로 뉴욕으로 떠났지만 나는 5일간 더 모스코바에 머물 예정이었다.

7월 15일에는 소련의 'Znanie Society' 라는 organization에서 초대를 받았다. 이 Znanie Society는 '지식사회' 라는 뜻으로 글자그대로 소련연방의 지식인들, 즉 정치인, 문인, 교수, 과학자들의 모임으로 국가에서 관장하는 엄청나게 큰 organization인 것이다.

이 단체는 15개 소련연방 공화국의 세부조직까지 잘 되어 있어서 지난 70여 년 동안 국민들에게 Marks Lenin 공산주의 이념 교육을 시키기 위한 목적으로 만든 것이다. 이 어마어마한 단체에서 나 Jhoon Rhee를 초청한 것이다.

이 단체의 수석 부이사장(First Vice Chairman)인 Vladimir Kudinov 박사가 나를 만나자고 한 것은 1991년 1월로 'International affair' 잡지에서 나의 기사 'Born to be happy' 에서 설명하는 Happism의 Ideology에 대단히 감명을 받았다는 것이다. 2시간의 토론 후에 모든 질문에 대한 나의 답변을 듣고 Kudinov 박사는 이 'Znanie Society' 를 통하여 15개 공화국을 여행하며 나의 Happism 세미나를 했으면 한다는 것이다. 이 얼마나 어마어마한 이야기인가!

앞에서 언급했지만 막스·레닌 주의의 공산주의가 74년 후 이렇게 쓸모없는 이념으로 판명이 나면서 이 공산주의 이념을 가지고서는 더 이상 국가를 지탱할 수가 없으며 이 엄청난 나라가 이념공백 상태에 있다고 생각하던 차에 나의 Happism 이념이 이 공산주의를 대체할 수 있는 이념이라고 생각했다는 것이다. 나는 이 말을 듣고 꿈이 아닌가 싶어 하늘로 올라가는 기분이었다.

Jhoon Rhee Foundation of Soviet Union의 Pyadishev 회장과 함께 7월 18일 12시 소련의 유명한 경제학자인 Stanislav Shatalin 박사와 만나게 되었다.

'Joy of Discipline' 프로그램과 'Born to be happy' 설명을 한 다음 Jhoon Rhee League(Jhoon Rhee Foundation의 Born to be Happy 프로그램)의 고문으로 모시겠다고 부탁하니까 즉석에서 승낙하면서 오히려 자기가 영광이라고 말을 하는 것이다. 참으로 예측하지 못한 놀랄만한 일들이 날마다 생기는 것이다.

오늘 18일 오후 1시에는 크레물린궁의 Valery Tshibukh 소련 청소년 교육 장관이며 소련 최고회의의 청소년 정책 분과위원 위원장의 초대를 받았다. 2시간에 걸친 'Joy of Discipline' 프로그램에 대한 meeting 으로 많은 감명을 받은 이 분은 앞으로 이 프로그램 교육에 적극적으로 돕겠다는 약속을 하였으니 출국 직전까지 계속해서 일어나는 happening에 정신을 못 차릴 정도인 것이다.

출국하기 전에 Jhoon Rhee League of U.S.S.R. 회장인 Pyadishev 회장과 Andrei Palchevski 사무총장과 Ukraine의 Jhoon Rhee League 회장인 Alexander Korobov와 Lithuania에서 Jhoon Rhee League를 하겠

다고 나를 찾아온 Mr. Mikhail Stepanov와 final 마무리 이사회를 열고

오는 10월 초에 다시 모스크바에 방문하기로 결정하고 워싱턴행 비행

기에 올랐다.

1991년 10월 19일 ~ 11월 9일

1991년에만 내가 소련을 방문하는 것이 네 번째이고, 지난 1989년 11월의 첫 번째 방문과 1990년 9월 방문까지 합치면 여섯 번째이다. 특히 1991년은 소련으로서도 상상을 초월할 정도로 급변하는 정세에 정신을 못 차릴 형편이다.

내가 1989년 소련에 방문할 때부터 일어났던 큰 사건들을 요약해 보기로 한다.

1989년 : 동유럽 공산정권 연쇄 붕괴

1989년 5월 : 中·蘇 정상회담을 하며 상호 적대관계 청산

1989년 11월 9일 : 독일의 베를린 장벽 붕괴

1989년 12월 : 몰타 美·蘇(고르바초프·부시 대통령) 정상회담에서 냉전종식
　　　　　　　선언

1990년 2월 : 고르바초프가 공산당 중앙위원회 전체회의에서 공산당 독재포기
　　　　　　결정

1990년 2월 : 최고회의에서 대통령제 채택 결정하는 헌법개정안 승인

1990년 3월 : 소련연방(U.S.S.R.) 초대 대통령으로 고르바초프가 당선 됨

1990년 5월 : 옐친이 러시아 공화국 최고회의 의장에 당선

1990년 6월 : 샌프란시스코에서 노태우 대통령과 고르바초프의 韓·蘇 정상
　　　　　　회담

1990년 10월 : 독일의 통일

1990년 10월 : 고르바초프의 노벨 평화상 수상

1990년 12월 : 세바르 드나제 외무장관이 쿠데타 경고 후 사임

1990년 12월 : 인민대표회의에서 새 연방 조약을 승인하여 대통령 권한 대폭
　　　　　　　강화

1991년 1월 : 리투아니아 공화국 무력 탄압

1991년 4월 : 韓·蘇(노태우대통령·고르바초프)정상회담을 제주도에서 개최

1991년 6월 : 옐친이 러시아 대통령에 당선

1991년 7월 : 제 6차 美·蘇 정상회담 전략무기 감축 협정(Start)조인

1991년 8월 19일 : 소련에서 강경파들의 쿠데타 발발했다가 3일 만에 진압

1991년 8월 : Ukraine 공화국의 독립선언

1991년 8월 25일 : 고르바초프의 당 서기장 사임

1991년 8월 31일 : 발트3국 독립선언

1991년 9월 3일 : 과도 3원 체제(국가위, 인민대표위, 경제위) 출범

1991년 9월 16일 : 고르바초프의 소련연방 병력 절반 감축선언

1991년 9월 : 소련연방 국가 평의회에서 발트 3국 독립승인

1991년 10월 7일 : 고르바초프의 단거리 핵 폐기 선언

1991년 11월 15일 : 고르바초프의 연방 헌법 폐지 결정

1991년 11월 28일 : 공화국지도자들 신 연방 조약안 거부

1991년 12월 1일 : Ukraine 독립 승인

1991년 12월 8일 : 러시아 우크라이나, 벨로 러시아 3개 슬랍브 공화국의 소
련연방 해체 및 독립국가 공동체 결정 합의

1991년 12월 9일 : 카자스탄 공동체 참여 시사

1991년 12월 17일 : 고르바초프와 옐친간에 소련연방 해체 및 공동체 결성 전
격 합의(Commonwealth Of Independent States)(C. I. S.)

이상과 같이 2년 반 동안에 일어났던 사건들은 상상을 초월하는 공산주의 이념의 바벨탑이 밑에서부터 차근차근 벽돌이 빠지며 무너지는 사건들인 것이다. 사실 1986년 제 27차 공산당 대회에서 고르바초프의 페레스트로이카 승인이 공산주의 바벨탑 붕괴를 위한 부싯돌이었던 것이다.

그리고 1988년의 서울 올림픽 경기는 공산주의 바벨탑 붕괴를 위한 기폭장치였다고 생각한다. 왜냐하면 대한민국이 못 사는 거지나라로 알고 있었던 공산국가 국민들이 올림픽을 통해 그동안 속았다고 생각하게 된 것이다.

그 후 1989년 동유럽 공산국가들의 연쇄 붕괴와 베를린 장벽 붕괴는

공산주의 바벨탑의 주춧돌이 빠지는 사건이었다. 특히 미국의 팩스가 소련으로 대량 유입되며 서방세계의 정보가 흘러들면서 서방세계 특히 미국에 대한 동경(憧憬)은 서민들에게나 정치가들에게나 대단한 관심의 대상이었던 것이다.

나는 행복한 지구촌을 만들어 내기 위해 모범실천 철학을 결심하고 지난 40년간 현재에 이르기까지 실행에 힘써왔다. 워싱턴의 주류사회에서 많은 미국의 정·재계 기타 모든 이들에게 이를 전파하는 교육을 꾸준히 해오고 있다.

초기에는 워싱턴에 10021 운동본부를 창립할까 했는데 타고르의 시 〈동방의 등불〉에 나와 있는 구절을 생각해보니 나의 조국에 운동본부를 두어 대한민국이 지구촌의 정신세계를 이끄는 본산지로 만들어야겠다는 생각을 하게 되었다.

지난 1993년 대전엑스포 관람 차 한국에 들른 후 약 10여 년간 방한할 때마다 만나 보았던 많은 한국의 인사들과 이 문제를 논의했다. 2002년 3월 4일 마침내 이 운동의 국제본부를 한국에 설립하게 되었다. 미국에서의 바쁜 일정을 조절하여 가능하면 자주 한국을 방문하기 시작했다.

이 운동의 뜻에 동참하고자 하는 많은 인사들이 점점 모여들면서 한국에서의 일정과 업무가 늘어났고 이 일을 도맡아서 처리하기 위해 김성걸 사무총장과 박기현 기획실장이 운동에 올인하고 있으며 두 사람은 아예 하던 생업을 정리하고 조직을 갖춰서 10021 운동에 전념하고 있다. 나는 그들과 전국을 순회하며 강연을 다니는 것이 방한했을 때 주로 하는 일이다.

10021 운동의 저변 확대를 위해 우선 각계의 지도자들과의 공감대 형성이 절실했다. 교육도 필요했다. 모든 분야가 강연 대상이었다. 전국의 광역자치단체, 지자체, 기업체, 교육기관, 초중고대학, 특수교육단체, 언론기관, 국회, 외국인단체, 체육행사 등을 가리지 않고 강연을 했다.

태권도 사범 이준구, 미국 대통령 고문, 그랜드 마스터 준 리 등 수많은 호칭을 들어왔지만 내 생애에서 가장 귀중한 일은 10021운동의 전도사로 활동하는 것이었다. 나를 아끼는 많은 인사들과 가족들은 김성걸 사무총장에게 직·간접으로 압력을 넣는 것으로 알고 있다. 나의 건강을 위해 '1일 행사, 2일 휴식'의 원칙을 강력히 권한다는 얘기도 들었다.

하지만 나는 "김총장! 내가 휴식을 취하려면 워싱턴에서 가족들과 쉴 것이지 왜 한국에까지 와서 이 귀한 시간을 휴식으로 보내야 하나?" 하고 말했다. 나의 단호한 의지에 공감해서 이제는 그도 더 이상 나를 귀찮게 하지 않는다. 심장판막증을 가지고 태어난 나는 73년간 정신력과 운동으로 견뎌냈고 급기야는 2003년 초에 대수술을 받아야했다. 장장 10시간에 걸친 대수술이었다.

주치의로부터 고공비행과 과도한 활동을 삼가야 한다는 선고를 받았다. 그럼에도 불구하고 나는 수술 후 3개월 만에 또다시 한국과 러시아를 오가며 수많은 행사에 참여했다. 특히 10021운동의 전도사 역할에 여념이 없다.

나는 나의 사명을 위해 쉬지 않고 열심히 일함으로써 오히려 피로가 풀리고 병이 없어진다고 믿고 있다. 나는 일찍이 이 같은 진리를 터득했고 이를 후배들에게 전수하고자 한다.

충청대학교 정종택 학장님, 경주대학교 김일윤 총장님, 경남대학교 박재규 총장님, 영산대학교 부구욱 총장님께서는 강의에 초청해 후학들을 만날 수 있게 기회를 주셨다. (명예학장, 석좌교수, 명예교수 등) 감사한 마음을 금할 길이 없었다. 또 수많은 88서울올림픽, 2002월드컵 또 지방자치단체장님들은 나를 홍보대사로 임명해 주었다.

이제는 10021운동의 세계화를 준비하고 있다. 이미 각국에 운동본부 설립을 준비하고 있는 국가가 계속 늘어가고 있다. 여건과 경제가 허락하는 대로 그 등불에 불을 붙여주기 위해 나는 기꺼이 그 곳에 갈 것이다.

THE WHITE HOUSE

WASHINGTON

August 13, 1997

Mr. and Mrs. Jhoon Rhee
4068 Rosamora Court
McLean, Virginia 22101

Dear Therese and Jhoon:

Congratulations on the celebration of your wedding. Hillary and I wish you the very best as you begin a new life together. Our thoughts are with you.

Sincerely,

Bill Clinton

클린턴 대통령의
결혼 축하 메세지

THE VICE PRESIDENT

WASHINGTON

November 6, 1981

Mr. Jhoon Rhee
2000 L Street
Washington, D.C. 20036

Dear Mr. Jhoon Rhee:

Thank you for your good letter and copy of KICK Magazine.

That is an excellent article on your concept of martial arts. I really enjoyed reading it and appreciate your sending it to me.

Again, thanks for taking the time to write.

Best wishes,

Sincerely,

George Bush

아버지 부시 대통령이
편지의 호칭을 'Jhoon'으로
고쳐써서 친근감을 나타내고
있다. 이 편지는 1981년 당시
부통령 시절에 보낸 편지다.

THE FLAG
OF THE
UNITED STATES
OF AMERICA

This is to certify that the accompanying flag was
flown over the United States Capitol on August 20, 1982,
at the request of the Honorable Bill Patman,
Member of Congress.

This flag was flown for Jhoon Rhee.

George M. White, FAIA
Architect of the Capitol

47233

미 국회의사당에 게양됐던 성조기를 수여한다는 증서.
국회의원들에게 태권도를 지도해준 것에 대한 보답으로 주어진 것이다.

THE WHITE HOUSE

WASHINGTON

June 20, 1986

It gives me great pleasure to salute Congressmen Toby
Roth, Bob Livingston, Bill Chappell, and the Honorable
Richard Ichord as you are awarded the rank of Black
Belt in Tae Kwon Do. Congratulations!

Tae Kwon Do promotes strength, coordination, fitness,
and self-discipline. You've all worked long and hard
for this well-deserved recognition. You have my
congratulations and my warmest good wishes. God
bless you.

Ronald Reagan

의원들에게 태권도
유단자격이 주어진 것을
축하하는 레이건 대통령의 편지

THE WHITE HOUSE

WASHINGTON

March 17, 1992

Jhoon, my friend

Dear Mr. Rhee:

I was delighted to learn of your outstanding work
in behalf of your community. Your generosity and
willingness to serve others merit the highest praise,
and I am pleased to recognize you as the 721st "Daily
Point of Light."

Since taking office as President, I have urged all
Americans to make community service central to their
lives and work. Judging by your active engagement in
helping others, it is clear that you understand this
obligation.

We must not allow ourselves to be measured by the sum
of our possessions or the size of our bank accounts.
The true measure of any individual is found in the way
he or she treats others -- and the person who regards
others with love, respect, and charity holds a price-
less treasure in his heart. With that in mind, I have
often noted that, from now on in America, any definition
of a successful life must include serving others. Your
efforts provide a shining example of this standard.

Barbara joins me in congratulating you and in sending
you our warm best wishes for the future. May God bless
you always.

Sincerely,

G Bush

Mr. Jhoon Rhee
4068 Rosamora Court
Arlington, Virginia 22207

THE WHITE HOUSE

WASHINGTON

July 30, 1993

Greetings to the competitors, coaches,
officials, and spectators who have gathered
for the Jhoon Rhee International Competition.

Your participation in this competition
indicates a personal dedication to excellence.
I commend each of the competitors for their
sportsmanship, discipline, and perseverance.
Each of you can be proud of your efforts to
develop your skills and give your best
performance.

I am pleased to extend special
congratulations to Jhoon Rhee for his out-
standing leadership and teaching efforts.
His influence has guided this competition
and has contributed much of the martial arts.

Best wishes for an enjoyable tournament.

Bill Clinton

GENERAL COLIN L. POWELL, USA (RET)
1317 BALLANTRAE FARM DRIVE
MCLEAN, VIRGINIA 22101

2 July 1996

Dear Jhoon,

It was good seeing you recently.

Belatedly, Alma and I extend to you and your family our deepest sympathy on the death of your wife.

I pray that time and fond memories will ease the pain of your loss.

Sincerely,

콜린 파월 장군이
준 리의 아내가 죽은 일을
조문하는 내용의 편지

GEORGE BUSH

July 30, 2001

Mr. Jhoon Rhee
4068 Rosamora Court
McLean, VA 22101

Dear Friend,

I now have your letter of July 25, and Linda Casey told me about her conversation with you.

I simply wanted to thank you personally for that wonderful invitation and to express my regrets that I am unable to accept. As Linda may have mentioned, I have a long-standing commitment in Florida during the very week you will celebrate the 50th birthday of USO in Korea.

Thank you so much for writing. I, too, enjoyed seeing you at Chuck Norris's event, and I hope our paths cross again soon.

All the best,

P. O. BOX 79798 · HOUSTON, TEXAS 77279-9798
PHONE (713) 686-1188 · FAX (713) 683-0801

미군 위문 협회 행사에
참석하지 못한다는
조지 부시 대통령의
사과 편지

샌프란시스코 공항에
내린 준 리(1956. 6. 1)

1957년 신문 배달을 하던 준 리가
오토바이를 타고 포즈를 취했다.

1958년 텍사스 대학에서
태권도 클럽을 지도하고 있는
준 리(앞줄 왼쪽)

1960년 당시
준 리가 텍사스 대학에서
태권도를 가르치고 있을 때
미국을 방문 중이던 최홍희
장군이 도장을 방문했다.

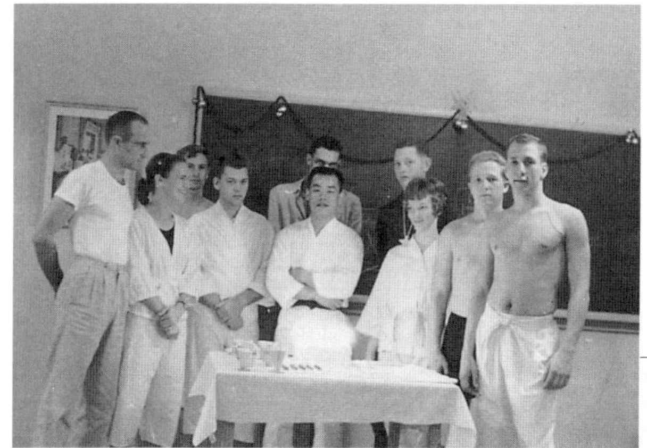

생일파티 텍사스 대학
태권도클럽의 제자들과
함께한 준 리(1958. 1. 7)

1969년 캘리포니아 해변가에서
브루스 리에게 옆차기 공격을
해보이는 준 리

준 리는 브루스 리와의
교류를 통해서 서로의 마음과
무술을 주고 받았다.

420

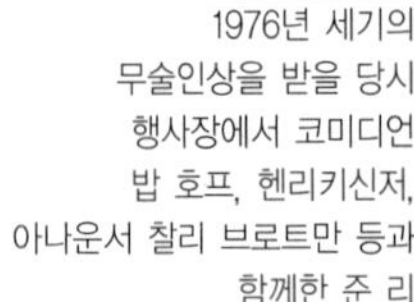

1976년 세기의
무술인상을 받을 당시
행사장에서 코미디언
밥 호프, 헨리키신저,
아나운서 찰리 브로트만 등과
함께한 준 리

알리가 일본의
이노키 선수와의 시합을 앞두고
준 리의 무술지도를 받고 있다.

1976년 1월 알리와 함께
'세기의 무술인상'을 받고난 후
기념촬영

준 리가 발명한 안전도구 광고에
알리가 출연해 협조했다.

청도관 창시자인
이원국 대사범과
함께한 준 리(옆은 딸 미우)

영화배우 척 노리스와
함께한 준 리

챔피언 복서였던
슈거레이 레오나드와 함께

영화배우 성룡과
반갑게 인사를 나누는 준 리

영화배우 성룡과
함께한 준 리 내외

우크라이나에서 세미나를 위해
게시된 포스터 앞에서 포즈를
취한 준 리와 동생인 전구씨

당시 영화배우였던 아놀드 슈워제너거와 함께(현 캘리포니아 주지사)

1991년 모스크바에서 하루 18시간씩 11일간 87명의 가라데 문하생들을 지도해서 태권도 문하생으로 길렀다.
이를 계기로 현재 65개 태권도장이 생겼다.

국기원 지도자 특강에서 준 리가 직접 기술지도를 해보이고 있다.(2005. 3)

국기원 전국 태권도 지도자 연수 과정에서 특강한 후 기념촬영

안토니오 이노끼와 한 · 일간 10021 운동을 논의한 후 기념촬영(2004. 10. 31)

2005년 3월 서울로얄 심포니오케스트라와 하모니카 협연을 하고 있는 준 리.
KBS공개홀에서 진행된 이 프로그램은 '명사와의 만남' 이라는 타이틀로 방송됐다.

준 리 총재의 든든한 후원자들인 강호갑 신영금속회장(왼쪽)과 설훈 전의원(오른쪽), 맨 오른쪽 정종택 장관은 동생 이전구(맨왼쪽)와 함께 삼형제 결의를 맺은 사이다.

경남대 명예박사 학위 수여식. 왼쪽이 박재규 총장(1995. 4. 11)

언제나 형님처럼 고맙게 돌봐주시는 민관식 상임고문과 함께. 2005년 3월 31일 클럽창립 3주년 행사 때

언제나 후원을 아끼지 않는 진생사이언스의 김복득 회장과 이수동 회장의 해외동포상 시상식 축하연에서 환담하고 있다.(2005년 3월 4일)

국회 특별초청으로 강연중인 준 리.
왼쪽에 이철승 자유민족민주연합 의장과 오른쪽에 강영훈 전 국무총리가 경청하고 있다.

Grand master **Jhoon Rhee**

펴낸날 2005년 6월 25일 초판 1쇄

지은이 이준구
펴낸이 김석규
펴낸곳 매경출판(주)
등 록 2003년 4월 24일(No. 2-3759)
주 소 우)100-728 서울 중구 필동1가 30번지 매경미디어센터 3F
전 화 02)2000-2610~2, 2632~3(기획팀) 02)2000-2645(영업팀)
팩 스 02)2000-2609
이메일 publish@mk.co.kr

ISBN 89-7442-342-1

값 12,000원